新しいゲーム始めました。
WE'VE STARTED A NEW GAME.
《～使命もないのに最強です？～》
8
TOブックス
じゃがバター
ILLUST. ▶▶▶ 塩部縁
Presented by Jaga Butter
Illustration by Enishi Shiobe

CHARACTERS

WE'VE STARTED A NEW GAME.
Presented by Jaga Butter
Illustration by Enishi Shiobe

シン

LV. 32 RANK▸C

職業　魔拳士／鍛冶士

HP▸1106 MP▸966 STR▸107 VIT▸35 INT▸23
MID▸11 DEX▸12 AGI▸53 LUK▸14

ホムラの友人でネトゲ仲間。脳筋、目の前に敵がいればとりあえず殴る。レオと時々行動がかぶって二垢と言われることもしばしば。仕事は残業が多目。

ホムラ

LV. 38 RANK▸C

職業　魔法剣士／薬士（暗殺者）

HP▸1408 MP▸1887 STR▸101 VIT▸55 INT▸205
MID▸67 DEX▸67 AGI▸111 LUK▸119

主人公。感覚はいたって普通なつもりなマイペース。生産用の名前としてレンガードをつける。得意技は立つフラグを無視して、まだ立たないはずのフラグを回収すること。仕事が不規則で友人たちと時間が合わないことが多く、ソロが多い。のんびりした性格の割には、魔物との戦闘は好き。

菊姫

LV. 32 RANK▸C

職業　戦士／裁縫士

HP▸1431 MP▸920 STR▸108 VIT▸64 INT▸16
MID▸15 DEX▸15 AGI▸23 LUK▸14

ホムラの友人でネトゲ仲間。剣士、後、戦士。小さいキャラ+でっかい武器でどっかんどっかんするのが好き。朝出勤、夕方上がりの勤め人。

LV. 33 RANK▸C ペテロ
職業 密偵／鍛冶士（暗殺者）
HP▸1044 MP▸1159 STR▸16 VIT▸14 INT▸38
MID▸14 DEX▸109 AGI▸131 LUK▸14
ホムラのネトゲ仲間。キャラなりきり縛りプレイが好き、爽やかにひどい。ホムラよりさらに仕事が不規則。
LV. 33 RANK▸C お茶漬
職業 聖法使い／鍛冶士
HP▸1003 MP▸1294 STR▸20 VIT▸32 INT▸49
MID▸173 DEX▸13 AGI▸39 LUK▸14
ホムラの友人でネトゲ仲間。要領よくゲームを進め、金を稼ぐタイプ。自営なので長時間いる。昼間は他の友人と遊ぶか生産に当てている。
LV. 32 RANK▸C レオ
職業 密偵／鍛冶士
HP▸1001 MP▸1018 STR▸15 VIT▸15 INT▸15
MID▸19 DEX▸86 AGI▸153 LUK▸14
ホムラの友人でネトゲ仲間。そのとき興味があるものにすぐ手をだすため、行動とスキル構成が謎。釣り好き。朝出勤、夕方上がりの勤め人。ただ夜は睡魔に負けて1時が限界。

D A NEW GAME.

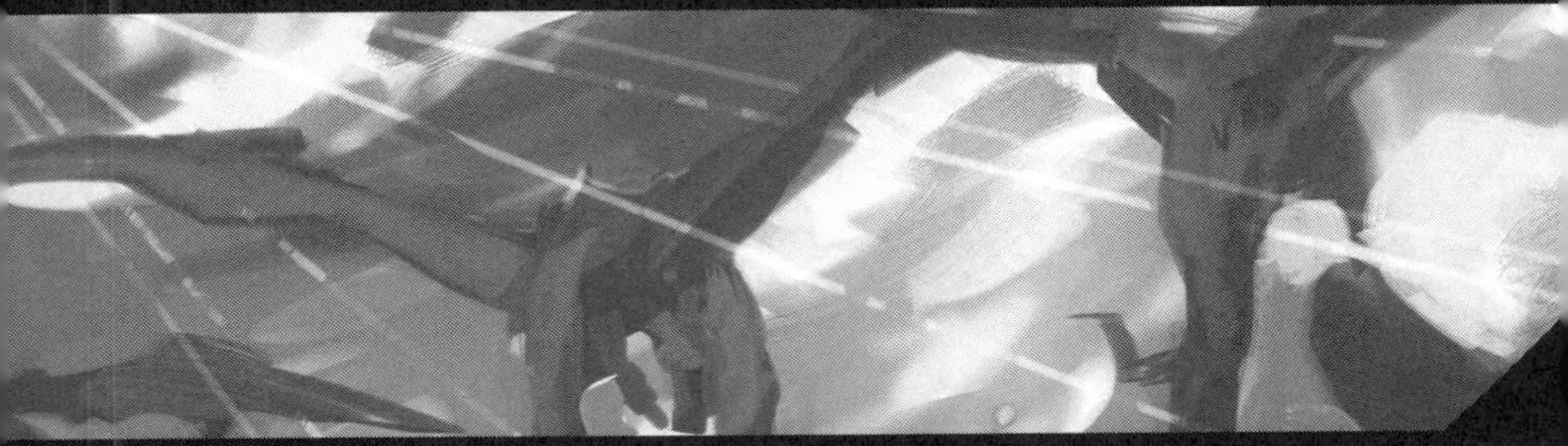

PART8—CONTENTS ▸▸▸ 目次

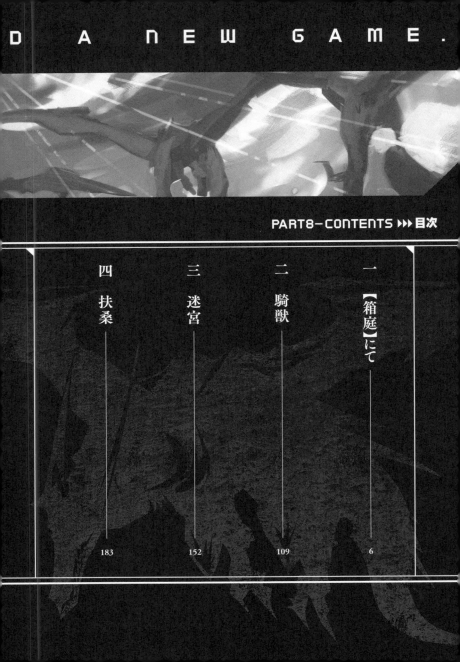

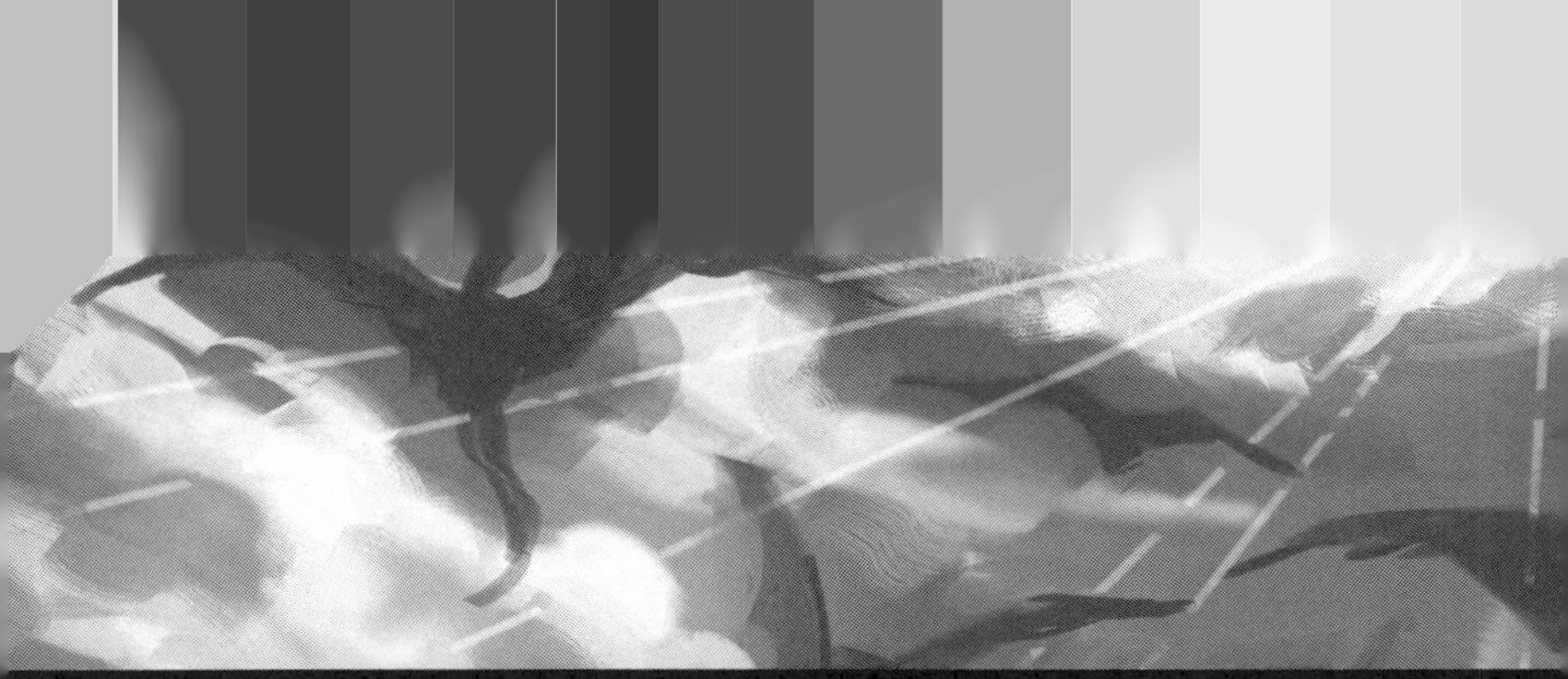

一　【箱庭】にて

黒々とした雲が渦巻き、時々白い稲妻が走る。

遠く離れた水平線は黒く波が立っている。目に見える範囲は穏やかだが、島を取り囲む海は大荒れなんだろうか？　勘弁していただきたい。

取り囲む状況をよそに、島は遠雷さえも届かず静かな夜明け前の闇の中、星々の光を受けて地に梢の影を落としている。

「やっぱりひどいよな？」

「そう思うなら何故ここまで……」

イーグルがこめかみに手をやりながら聞いてくる。

「いや、パルティンがやらかした状態がこれなんだが、カルとレーノと一緒に来た時は反応が薄くてな。ちょっと自分の中の常識が違うのかと不安になった」

「ホムラの、常識……？」

ちょっとカミラさん、何故そんなに不審げなんだ？

ガラハド、イーグル、カミラ、そしてリデルと共に私の個人ハウスのある島に来ている。

リデルは私たちのやりとりをおとなしく聞いているが、新しい場所が珍しいのか時々首を傾げながらあちこちを眺める。

「とりあえず、この島は二重カルデラっぽくなっていて、内側の崖《がけ》の中にはミスティフが棲んでいる。あの辺りにミスティフとの面会用にパルティンの離着陸場をレーノが造る予定だ」

そう説明して他の崖の頂上より、心持ち平らな場所を指さす。崖はどちらかというと白っぽい岩肌で薄い緑に覆われているのだが、今は黒々とした影だ。

「離着陸……」

イーグルが私の言葉を拾って繰り返す。

「こう、パルティンのことはレーノからも聞いてっから、ダメージが少ないかと思ったのに見ると聞くとは大違いだな。個人の敷地にあの竜が遊びにくるのか」

ややげんなりした様子のガラハド。

「まあ、ここでミスティフと逢ったら、パルティンか私の名前を出せば問題無い。向こうから寄ってくることも無いだろうがな」

パルティンが外部からの上陸手段はことごとく潰す宣言をしているので、ここに入ることができる人間は、私が転移を許可した者だけである。

そして、ミスティフたちは島の持ち主である私にも距離を取り、寄ってこない。何か必要があって意思の疎通を図りたい時は、パルティンかレーノに間に立ってもらうのがいいだろう。

それはともかく、あまり長く外にいると魔物が寄ってくるので宜しくない。

「で、さらに【箱庭】か」

若干遠い目のガラハド。

一旦家の中に入って、振り返って反対の扉を開けると、広い草原に牛がいる牧歌的光景――今は、暗いが、２００メートル×２００メートル、４ヘクタールくらいの範囲が見渡せ、それより先はもやがかかったようになっている。

「なんか思ったより広い気がするのだが、これはあれか奥行きがあるように見せかけて実際行ける範囲は狭いとかか？」

牛を放牧する場合は一頭一ヘクタール必要だった気がするので足りていないと困るのだが、確か【箱庭】のデフォルトは10メートル×10メートルだったはずだ。土地を増やさないと飼えない動物がいたりするのだろうか。

見る限り牧草というか『神の庭の草』は、もしゃもしゃもぐもぐされても減っている様子が全くないので、狭くてもいけるかもしれんが。

「いや、見えるところまで使えるはずだ。あと【箱庭】は、どういう理屈か霧の中に入ると反対側の端にでるんだ」

イーグルが言う。

「あれだろ、俺たちも助けられたし、ラピスとノエルも助けてる上、神殿に食物寄進してたろ」

「【箱庭】は、徳を積むと広がるのよね」

ガラハドとカミラ。

え、あれ寄進になるのか？　確かに孤児院にまわればとは思っていたが、足止め目的に投げつけてたんだが……。あれか、心情はどうであれ誰かが助かればいいのか。

そういえば、戦闘を伴わない納品などの町でのクエストを達成するほうが、【箱庭】は広くなりやすいとお茶漬が言っていた。「生産職のほうが、薬草などの栽培スペースが必要になるからかな」という推測付き。

まあ、広い分にはいいとする。

「うをぅううっ！！　いてえええええっ！！？」

考えに沈んでいたらガラハドの悲鳴。

声の出どころを見やると、トサカの立派なオンドリがガラハドに蹴りを食らわせまくっていた。連打です連打。

「きゃあ！」

「これがドゥルからの贈り物か!?」

威嚇しまくってイーグルやカミラも手が出ない様子。慌てて後ろから捕獲する。

《家畜に名前をつけてください》

アナウンスが来た。

「えーと。雄だしポチ？」

「コケッ」

了承？

「え。いや？　なんでその選択なんだ？」

「雄っていってもニワトリなんだけれども……」

イーグルとカミラは納得いかないようだ。

「ポチにしては凶暴すぎっだろ！」

ガラハドが痛そうに顔をしかめながら抗議の声をあげる。

「クックルル」

「あ、くっそ。飼い主《ホムラ》にはふくふくまるまるしやがって！」

確かに腕に抱いたポチは、先ほどとは一転、なんだか丸くふくふくと気持ちよさそうにしている。

「マスター、この子たちのお世話がリデルのお仕事？」

リデルが首を傾げて見上げてくる。

「できればお願いしたいかな？　動物は平気か？」

「はい、鳥は好きです」

「えー、こんなに凶暴なのに！」

私の腕に抱かれたポチを背伸びして撫でるリデルの横から、ガラハドがポチをつつく。

「ぎゃっ！」

ツツキ返されている。

「この家畜たちがドゥルから贈られたもので間違いないのかい？」

ガラハドに構わずイーグルが聞いてくる。

「ああ。『天の鶏《とり》』と『天上の乳牛』だ」

「それ以外ないだろうと予測をつけていても、はっきり聞くとショックよね……」

目を閉じてため息をつくカミラ。

その後、牛には春、メンドリはタマとミーと名前をつけた。タマとミーも最初ガラハドに突進していって抉るようなツツキを披露してくれた。番犬ならぬ番ニワトリになれそうである。あれか、ガラハドは髪が赤いから、トサカに見えて縄張りを荒らす同種だとでも思われてるのか？

……あとなんだか、名前をつけたあとにガラハドたちに残念なものを見るような目で見られたんだが。

「とりあえず春さん用に水桶が必要なのか？」

「あと木陰もいるんじゃないか？　牛は涼しいほうがよかったはずだ」

イーグルが助言してくれる。

「ああ、じゃあ何か植えるか」

【箱庭】がループしているのならば、柵などは必要なさそうだ。春さんとポチたちの相性は悪くない、柵は畑を作ったり、もっと飼う動物が増えた場合に考えよう。

「ふむ、大きくなってもいいようにちょっと離れたところに植えようか」

「植えられるようなものあるのか？」

「苗木が一本ある。……『幻想の種』もいけるかな？」

あのドゥルにもらった桃の種はどうしよう。同じ効果がある桃の実が大量にできてしまうのだろうか？　いや、神たるドゥルではなく、人たる私が育てたものが同じになるとは思えない。……が、劣化版のスキルが付く気もする。桃は食べたいが破廉恥な桃は困る。

「『幻想の種』か。ファル・ファーシで出たやつだよな？　木なのかな？」

「草花だったりしてね、見てみたいわ」

「まあ、それも端にでも植えてみたらどうだ？……ところでこのニワトリのヤローはいつまで人の頭に乗ってるつもりだ？」

春さんとニワトリ三羽がついてきているが、ポチはガラハドの頭の上に鎮座している。リデルは春さんに乗っている。いつの間に乗ったんだろう？

「分かり合えたライバル的ポジションだろうか」

「そのポジションじゃねぇだろ！　ライバルでもねぇよ！！」

「クックゥ」

「……なんだかいいコンビに見えるわ」

「まったく」

私とガラハド、ポチのやりとりに呆れたようにつぶやく二人。

「この辺か？」

「真ん中に植えるのね」

【箱庭】の広がる設定は家を起点に端が広がってゆく設定と、庭の真ん中を起点に広がっていく設

定のどちらかが選べる。私は真ん中から広がる設定を選んだ。

「家の近くには畑を作る予定だしな」

おいしい野菜の種や苗が手に入ればだが。薬草もか。

「畑……」

「ホムラはどこを目指してるんだ、どこを」

頭の上にニワトリを飼っている男に言われたくない。

「リデルがお世話がんばります、マスター」

……ちょっと植えるのは花とかベリー系中心にしようか。リデルの小さな白い手を見て、若干申し訳ない気がしてきたワタクシ。

苗を植えるべく地面を掘るが、土が露出した部分を瞬く間に『神の庭の草』が覆う。おい。

もしやこの草、本当に雑草……、いや、雑草という名の草はない。

「えーと、これはどうしたらいいんだ？」

「オレに聞くなよ」

「土を布か何かの上に載せておいて苗を据えたら一気にかけるとか？」

「もう穴に生える草は気にしないことにしたらどう？」

試行錯誤の結果、あらゆる素材を加工できる状態にする【ルシャの下準備】を発動、無理くり土の露出する穴を作ることに成功。絶対使い方違うよな？　土もまあ鉱物の親戚なのか？　さて、植えるのはやはりこれだろう。

『生命の木の苗』――、そしてスキル【神樹】発動。

「ぶをっ！」

「え？」

ひょろりとした苗木が光を放って、一段育つ。いや、育ったというより、枝や葉が美しく広がった印象。『生命の木の苗』が枝を伸ばすのに合わせたように、朝日が昇り始めた。

「なんだかやたら神々しい木だね。ホムラはスキルに【神樹】を持っていたんだったか。それにしても何の木にスキルを使ったんだい？」

相変わらず私より私のスキルに詳しい男、イーグル。

「【鑑定】、効かねえな」

『生命の木の苗』を眺め、目をすがめるガラハド。

私たちの前には、苗と言いつつ私の背丈を超すそこそこ大きな木が出現している。

初夏の若葉のような色の葉と、深い緑の葉の色がきれいな広葉樹。葉自体から湧いているのか、葉についた露が、キラキラと輝いている。そして木自体もうっすら光っている。

「『生命の木の苗』だな」

「……聞いたことがねぇんだが」

答えると、木を見つめたままのガラハドが声を漏らす。

「神々と宴会した時にもらった」

私も聞いたことのないアイテムだったが、ガラハドたちも知らないようだ。

「聞かなかったことにしていいか？」

「頭が痛い気がしてきたわ」

イーグルとカミラが、そっと『生命の木の苗』からも私からも目を逸らす。

「とりあえず、この大きさなら春さんがもぐもぐすることもなさそうだな。いや、下の枝葉はもぐもぐされる？」

「マスター、春は賢いから草以外は食べないです」

「そうなのか？」

リデルさんや、いつの間に牛と意思疎通を成功させたんだい？　まあ、ポチを見ていても賢い気はするのでそうなのだろう。さすが神々の牛。

春さんばかり気にしていたら、タマとミーが葉をつついていた。葉を食べるわけではなく、葉についた露を飲んでいるらしい。

気づけば『生命の木の苗』から『神樹・生命の木』に変わっている。その木の葉についた露をついばんでいたタマとミーが、卵を二つずつ産んだ。

「ニワトリって一日一個産むのかと思っておったが、二個産めるのか？」

その辺あまり詳しくないのだが、確かそうだったはず。

「俺に聞くなよ。『天の鶏』なんだし普通と違うんじゃね？」

「『生命の木』のせいかもしれないわね。どっちかしら？」

「両方初めて見るしな……」

三人とも知らない模様。

タマとミーが産んだ卵は少し大ぶりで、白は白なんだが銀色がかっている。

「マスター、卵拾っておく？」

「ああ、頼む。タマとミーが嫌がるようなら無理せんでいいが」

まあ、産んだ後は我関せずと地面を蹴って掘り返したりしているので大丈夫だろう。

リデルが小さな籐籠《とうかご》を出し、四つの卵を拾う。卵を残してヒヨコを期待したいところだが、味見の誘惑に負けた。雑貨屋のメンツを考えると、四つでも足りない。

どうやらニワトリたちは『生命の木』につく露や、草露でもいけそうだが、春さん用の水はそうはいかない。

とりあえず樽を臨時の水桶として設置。樽の丈のままでは飲むのに高すぎるので、鉄輪の上でガラハドが一刀両断してくれた。ちなみに切られた樽は水がなくなると消滅するので、それまでに新しい水桶を用意せねばならない。

春さんの乳も欲しいのだが、スキルもなければ瓶もない。【搾乳】は搾っていればスキルリストに上がってきそうではあるのだが、覚えるために使うスキルポイントが惜しい。

まあ、【ガラス工】のレベル上げをして牛乳を入れる瓶を作ってから、カジノの景品交換に行こう。結構なG《ゴールド》を持っているので、家と庭の手入れに使えそうな【スキル】をさっさと取ってしまう方向で。

「さて、そろそろ朝だし、お子様二人が起きる前に一旦戻ろうぜ」

「了解」

ガラハドの言葉に頷く私。

この島の家の中も、せめて台所の設置とリビングを整えるくらいせんと、休憩するにも落ち着かない。まあ、私は【転移】ですぐに戻れるのだが。

『転移プレート』は今のところ、神殿から店舗へ一方通行、不便だが便利すぎると町中から人が消える。ここからリデルが戻れなくなったら困るので、共有倉庫を設置して『転移石』を詰めておこう。

『雑貨屋』に戻ると、隠蔽陣の布団にくるまったまま体を起こして、プチケーキを頬張るレーノ。ソファーに座って顔を手で覆い、珍しく甘い物に手を出していないカル。

「お帰りなさい」

レーノがケーキを呑み込み、声をかけてくる。

「主、申し訳ございません。醜態を」

「いや、神々相手の話だし気にするな。朝食は入りそうか？」

謝ってくるカルに答えて聞き返す。甘い物に手を出さんとはよほど調子が悪いのか。

「はい。体調はもどりました」

「それは何より」

その割に調子が悪そうだが。


「主、おはようございます」

「主、おはよう！」

台所で調理をしているとラピスとノエルが起きてきた。

「はい、おはよう」

手を止めて振り向けば二人が嬉しそうに左右から抱きついてくる。

ひとしきりなでた後、料理を運んでもらう。もう二人は痩せすぎでもないし、髪の手触りもだいぶ良くなった。そして尻尾の誘惑度数も上がっている。もっふもふとふっさふっさがががが！

……ごほん。本日の朝食。

ごはん、レオにもらった『幻影ハマグリ』の潮汁。蜃気楼はハマグリが吐くんだったか？　小ぶりな『黒魔アジ』の塩焼き、胡瓜の浅漬け、ほうれん草の胡麻和え、そして卵焼き。私以外は箸が使えないので添えてあるのはフォークだが。

卵粥でも作ろうかと思ったが、カルがプチケーキに参戦したのを見て普通のメニュー。朝食前なのだが、まあ、スキルを使えば腹は減るからな。調子が戻ってほっとしたので、今日は止めずにいた。カルとレーノの二人の様子に、ガラハドが引いていたようだが、諦めろ。

『黒魔アジ』は箸でほぐした身が柔らかく、塩気もちょうどよく美味しかった。が、本日の主役は卵焼き。一人一つ卵がなかったので迷った末に卵焼きになった。茶碗蒸しでも良かったのだが、朝食べるなら卵焼きがいいかな、と。

タマとミーの卵焼きは一人一切れしかないが、せっかくなので米も使って、日本の朝ごはん。海苔が欲しい気がする。海苔……紙漉き職人を探せばいけるだろうか？

そんなことを思う間にも、目の前では大変いかがわしい光景が繰り広げられている。

ラピスとノエル、リデルはうぐうぐと子供らしく一生懸命卵焼きを食べてくれて微笑ましいのだが、大人どもがですね。

「ああ、これは……」

「おいしいわ……ぁん」

「ヤバイ、ヤバイ……」

「主……、おいしいです」

「至福……」

目を潤ませて感激している見た目がひどい。大の大人がフォークを口元にやったまま遠い目するな！　頬を染めるな！

人のフリ見て我がフリ直せ、である。あんな大人にはならないぞ！

何せ私には神々の宴会で耐性がある。……ドゥルの畑でトマトスパゲッティを食った時って、私もあんな顔しとったんだろうかもしかして。ぐふっ（吐血）

一部大変いかがわしい朝食を終え、片付けをラピスとノエルに任せて食卓からソファーへ移動する。

片付けといっても皿の下に敷く個々の布を棚に戻すだけだ。【料理】をする時に、食器を用意すれば盛り付けることもできるのだが、用意がない場合は食べ終えると消える食器がついてくる。屋台で飲み食いする時には便利だし、片付けが楽なのは喜ばしいのだが、やはり何か味気ないと思った結果、ランチョンマットを採用している。

現実世界でも面倒だとスーパーの惣菜をパックのまま並べてしまったりするのだが、あれはやっぱり皿に盛るのと文化が違うよなあ、と思いつつ。まあ、やるのだが。

カルが紅茶を淹れてくれる。こちらは消えないティーカップとティーポットで手作業だ。

「紅茶だけは上手く淹れられます」

カルは【料理】は持っていないが、紅茶を淹れるスキルは持っているそうな。少し前までは言っていなかったので取得したのが最近か、ようやく持っていると言えるレベルまで上がったのか。

住人は異邦人《プレイヤー》と違って、スキルをたくさん持っている――というと、語弊があるような気もするが、「日常生活でするようなこと」は、かなり高レベルな【鑑定】で見ると、レベル表記なしのスキルが見えるらしい。子供がお手伝いをすると増える感じで、経験から取得するものだそうだ。

住人にレベル表記無しで発現したスキルは、普段スキルとして意識されることもなく、ステータスや他の関連スキルに大きく左右される結果となるが、「一芸に秀でる」領域まで行けば、それ単体でレベルがついたりもするらしい。

大本となるスキルから細分化、あるいはステップアップする異邦人とは少々違いがあるようだ。

異邦人がスキルなしで料理をすると通常味がない、住人がスキルなしで作ったものは普通に味があって評価4がつくといったら、違いが分かりやすいだろうか。

カルが「スキルがある」と言うのなら、紅茶を淹れるスキルにレベルが出たことになる。

何が言いたいかというと――。

「カルの淹れるお茶は美味しいな」

最初に淹れてもらったものより、格段に味が良くなっている。

「ありがとうございます」

嬉しそうに笑うカル。

微妙な顔をするガラハドたち。

以前は「茶はなんとか淹れられる」と言っていたから、料理することとは縁遠い生活だったのだろうに、進歩が早い。

「ところで【箱庭】にはなんと名前をつけたのですか？」

カルが聞いてくる。【箱庭】には名前をつけることができるのだ。私の付けた名前は……。

「【庭】」

端的に答える。

「【庭】？」

「……【庭】？」

「【庭】だけなの？」

「主？」

順にガラハド、イーグル、カミラ、カルである。

「いいだろうシンプルで」

途中で考えるのが面倒になった、特にご大層な名前をつけることもあるまい。

「主、【箱庭】で収穫されたものの名前は、【箱庭】の名前プラスアイテム名になるのですが……」

「『庭の卵』『庭の牛乳』……」

カルの言葉の後にイーグルがつぶやく。

「いやいや？」

「すごく牧歌的な名前ね……」

「あの卵がですか？　牛乳も神から賜った牛のものですよね？」

ガラハドの否定と、カミラのつぶやきに問いを投げるレーノ。

何故かものすごく残念な目で見られたんだが、いいじゃないか！　シンプルで！


紅茶を飲みながらリデルのステータスを眺める。

リデルが覚えられるのは私のスキルか、私が取得可能となっているスキルだけだ。そして一つ覚えさせると、『二つのアリス』だった頃のスキルを一つ思い出す。思い出したスキルは効果が半減している。正しくはリデルが1／2だから半減で、分割された分だけ効果が減退する。

覚えさせるスキルと、思い出したスキルが同一であった時、リデルの場合は効果が1・5倍になる。なので、あえて同じスキルを覚えさせて特化してもいいかな？　ただ、何を思い出すか分からんのだが。

「『転移石』『帰還石』を作ってもらうからには【空魔法】は欠かせないかな？　リデル、何か他にほしいスキルはあるか？」

覚えさせるスキルは三十個と、上限が決まっている。思い出すスキルと合わせてスキルは六十となる。自分のスキルと違って慎重に選ばねばならない。いや、自分のも慎重に選んだほうがいいのだが。世の中には相性が悪くて、一緒に持っていると両方弱体化したりするスキルも存在するそうだ。

「春さんたちのお世話をするスキルが欲しいです」

「それは私のスキルに該当がないので、明日あたりまで待ってくれ。強化系で何かいるか？　早いうちから覚えておけば先々楽なようだぞ？」

カジノの景品には農業や牧畜系のスキルもあった。リデルに覚えさせるために早く覚えなくては。ある程度時間をかけて、同じ作業を繰り返せば、取得可能リストに出るのだろうが、私は戦闘がしたいのだ。

「はい、では知力と器用さでしょうか？」

こてんと首をかしげる。

「ある程度戦闘も想定しているなら、素早さか回避を持っとくといいぞ」

「そうだね、耐久タイプじゃなさそうだし、フィールドでの採取も考えてるなら、あったほうがいい」

「素早さは町中の移動も少し速くなるわよ」

確かに走る速度でなく歩く速度も速くなった。もっとも競歩のようになったのではなく、普通の範囲でだが。

で、結果。

種族固有【アリスの半身】【ＤＥＸ特化】

【隠蔽】　【幻想魔法】
【調合】　【投擲】
【錬金調合】　【闇魔法】
【鑑定】　【自己修復・ＭＰ】
【錬金魔法】　【自己修復・ＨＰ】
【器用強化】　【水魔法】
【知力強化】　【泪の幻影】
【回避】　【フラスコ】
【俊敏強化】　【時魔法】
【空魔法】　【お人形製作】
【幻想魔法】　【お人形操作】
【闇魔法】　【マスターの僕】

スキルポイントの残は31、上が覚えたスキル、下が思い出したスキルだ。【空魔法】がスキルポイント7、【幻想魔法】が10も必要とした。職を選ぶまでは一律5——まあ、上位スキルっぽいものは職の確定後に選べるようになったので、確定してから選ぶのが正しいのだろう。

錬金術士で魔法との相性も悪くないと思うし、【幻想魔法】に至ってはリデルが元々持っていたものなのになかなかハイコスト。プレイヤーでは考えられないが、ステータスに同じスキルが二つ載っている。

リデルのスキルは覚える数に上限があると言ったら、カルとレーノに無理に全部埋めるのではなく、強いスキルを手に入れてから覚えさせたほうがいいのではないかと返された。迷宮チャレンジ再びな予感。

【泪の幻影】は水の玉をつくって触れると連鎖爆破。アリスと戦った時に出て来た動物簡易版？こちらのほうが便利そうな気がする、条件がない分与えるダメージは少ないのかもしれんが。

【フラスコ】はフラスコに入った戦闘用の液体またはガスなどの製作。【お人形製作】は「【お人形操作】で操れる人形の製作が可能」だった。おもちゃの兵隊とかそんなイメージか？　ビスクドールとかだったら怖い。【フラスコ】は錬金の細分化、【お人形製作】は錬金と裁縫の派生のようだ。錬金のための設備は想定していたが、もしや、裁縫台も設置せんといかんのか？

【マスターの僕】はマスター《わたし》とパーティーを組んでいなくても、マスターの持つパーティーに影響する称号効果を得られる。――マスターが称号を持っていなかったら意味がないスキルな気がする……。

「マスター、【幻想魔法】おそろい？」

「ああ」

リデルが嬉しそうに笑いながら、こてんと首をかしげる。

「ぶ！　ちょっと待て！　スキル、増えてんじゃねーかよ！！！」

リデルの言葉で私のスキルが増えたことを知り、噴き出すガラハド。

「いや、スキルはそんなに増えてない？」

増えたのは称号な気がする。

「いやいやいや？」

「ホムラ？」

「【幻想魔法】って何？　聞いていいものなの？」

「対象人数が多いほど効果が高い、超広範囲で満遍なく効く大規模戦用《レイド》の魔法だな。大人数にかける機会がないせいか、全くレベルが上がらん」

紅茶を一口飲んで答える。

「レイド……」

「そんな魔法聞いたことねぇし」

「相変わらず軽くバラしてくれるわね……」

「ホムラは珍しい魔法を所持しているんですね」

レーノに珍しいと言われてしまった。まあ、ソロ討伐報酬だったし、珍しいのだろう。

覚えさせたスキルと、弱体化した思い出したスキルとで【幻想魔法】は1・5倍。

『一つのアリス』に戻るとスキルはそのままに、称号が戻るそうなので【幻想に住む者】がリデル――アリスに出るはずだ。戻るといっても私の称号が消えるわけでもないのだが。

『一つのアリス』だったころの称号は三つあるらしいが、他の二つは伏せられていて今はわからない。戦ったときに【鑑定】できていれば分かったのかもしれんが、【鑑定】していたとしてもレベル差により伏せられる情報の方が多いので、可能性は低い。

アリスが1／1、『二つのアリス』になった時、スキルは【思い出したスキル】三十と、各プレイヤーが【覚えさせたスキル】が参加上位順に三十取得、最大六十となる。スキルはアリスの名前の後ろの数字分弱体化して統合され、【覚えさせたスキル】については、事前に取得優先順位を決めておける。だ、そうだ。

そういうわけで【闇魔法】はあれだ、絶対ペテロが闇特化アリスをつくっている気がするので、『二つのアリス』になった時のために、だ。闇特化は確定として、ペテロの『A.L.I.C.E』は一体どうなっているのだろうか。

『アリス＝リデル』と『A.L.I.C.E』が融合した時、二人の【覚えさせたスキル】から交互に取得されるはずだ。とりあえず後でペテロと相談して、スキルの順位付けを十五までしておけばいいかな？

「主、エカテリーナ女史に使用したアイテムを返却したあかつきには、スキルを見せてくださいね？　選ばせていただきませんと」

「……【神聖魔法】なんかいいと思うな、私は」

カルが言うのに、思い切り目をそらして答える。

「【神聖魔法《それ》】も持ってるんですか？　貴方のスキルが謎なんですが……」

レーノが困惑した調子で言う。

「今回はいったい、何を隠そうとしているのかな？」

「やっぱりナニ系じゃね？」

「ホムラの隠す基準がおかしい気がするわ」

言い合う三人に、黙って紅茶を飲んでノーコメントを貫いた私だ。

カルとレーノはもう少し、今度はベッドで仮眠をとるそうだ。夜は『幻想の種』を求めて再び迷宮へ行くという。なんだかガラハドたちがこちらを見たが、気のせいだろう。うむ、気のせい。

【ヴェルナの祝福】がついてレアが出やすくなってしまった二人組だが、できれば出ないでほしい私がここにいる。せっかく【隠蔽】のレベル上げを頑張っているのに、なぜステータスを見せるシチュエーションが起きるのか。

というか、カルとレーノの二人はフェル・ファーシのボス含めた五層分、一晩で余裕なのか……。二人なのに。

これからノエルとリデルはイーグルの付き添いで薬師ギルドへ。イーグルはその後、闘技場でTポイントを貯めるのが最近のルーチンらしい。

一応、帝国とのいざこざに巻き込まぬように転移で移動はしているが、付き添っていたらバレバレな気はする。

気はするのだが、異邦人がノエルとリデルに話しかける案件がですね……。店舗を持つ異邦人も増えてきたそうだし、店員としてのスカウトなのかもしれんが。

ラピス、ガラハドとカミラは冒険者ギルドで簡単な依頼を受けているそうな。

どんな英才教育だ！　ガラハドがノリノリで教え込むのを、カミラがあまり無茶をさせないように止めるプレイが進行中。薬師ギルドで基本的なことを一通り習ったら——異邦人と違って、住人はすぐにはスキルが発現しないのだ——ノエルも合流するそうだ。

ガラハドたちはカルの迷宮通いが終了するまでの代役。どちらにしても、冒険者ギルドで受ける依頼は、午後の開店が滞りない範囲でだそうなので少し安心した。午前だけで済ますことのできる依頼ならば、討伐であってもファスト周辺のウサギ系の敵くらいだろう。しかも豪華な護衛付き。

「……リデルの登録もしておいたほうがいいか」

ラピスとノエルと一緒に育っていけるように。

「ホムンクルスって扱いは何になるんだろうな？」

リデルの冒険者ギルドへの登録について呟くと、ガラハドが反応して聞いてくる。

ステータス上はペットですが、口に出す勇気はアリマセン。

「僕みたいに観察期間を設けたのち、ギルド登録じゃないですかね？」

代わりにレーノがガラハドの疑問に答える。

リデルは予定を変更して薬師ギルドではなく、私と冒険者ギルドへ行くことになった。説明するのが面倒なんだが、ギルドマスターがいれば話が早いだろうか。いるといいな。

バロンの冒険者ギルドに到着。

ファストのギルドは、受付嬢の追っかけでいつもあふれているのでこちらに。島の申請もこちらで行ったので、仮面姿《レンガード》での手続きはバロンでの方がスムーズだ、たぶん。

「いらっしゃいませ」

何かギルドの掲示板前にいる冒険者たちの視線が集まっとる気がするが、気のせいだろうか。リデルの陶器のような白い顔は、触ればやわらかいのだが一見して人ではないモノとわかってしまうのかもしれない。もしくはここの受付嬢にもファンクラブが存在するのか。

「失礼、本日ギルドマスターのブルース殿は在席しているか？」

多忙なギルマスにCランクでは会えないような気がしないでもないのだが、まあ一応。『アリス』関係で騒ぎになっても相談はしようとした――と、言える実績づくりって大事だよね！

「ブルースは生憎不在です。ただ、レンガード様がマスターの名前を出した場合は、連絡を入れるよう申しつかっています。少々お待ちいただいてよろしいでしょうか？」

「ああ」

まだ名乗っていなかったのだが、先日の島のやり取りで顔を覚えられていた模様。すまぬ、私は受付嬢の顔を覚えていなかった。事務的な話しかしない一、二度あった程度の冒険者の顔なんてよく覚えられるな。

普通に登録できるのかね？　レーノのように観察期間を設けて冒険者として登録できるのか、ペットとして実は町中では仕舞っておかねばならないのか。

そういえば、隣でカウンターを見上げているリデルもそうだが、ラピスとノエルもカウンターに背が届かないような気がする。依頼はどうやって受けているのだろう。年齢的に町中の依頼以外は他の冒険者の付き添いが必須なはずだし、普段はカルが手続きしてるのかね？　異邦人と同じく、掲示板前でメニューから受けられるのだろうか。カウンター前に立ち、つらつらと考えていると、受付嬢が戻ってきた。

「お会いになるそうです。戻るまで少々お待たせするかもしれませんが、よろしければこちらへ」

と言って、以前アベーと会った応接室に案内された。

待たせるかも、ということでなのか、ケーキとコーヒーが出た。私の前に置かれたコーヒーが良い香りで部屋を満たす。リデルには砂糖とミルクをたっぷり。

ケーキはリンツァートルテ。アーモンドやヘーゼルナッツの粉末とシナモン、クローブなどの香辛料、ざっくりとした生地、フランボワーズより酸味があるので、多分砂糖たっぷりの赤スグリのジャム。まあ、こっちの全く違う果実かもしれんが。

紅茶のほうが断然好きだが、どっしりした甘いケーキには苦味のあるコーヒーがよく合うのは私も認める。ところでリデルは私より年上なのだが、味覚は見た目通りお子様味覚でいいのだろうか……。アリスといえば紅茶やケーキなわけだが。

「リデル、リデルは何が好きだ?」

「リデルはとうさまが好きです」

「とうさま呼びは禁止です。食べ物で」

「マスターから貰ったものならなんでも好きです」

「特に好きなものは?　甘いものとか」

リデルが首を傾げて少し考える。

「卵焼きでしょうか？　マスター、リデルには味覚がありません。ただラピスとノエルが美味しそうに食べていると美味しい気がします」

「……なるほど」

おっと、まさかの味覚無し。聞いてはいけないことを聞いた気分になるのは、味覚がある自分が幸せだと思っているからだろう。それが良いことか悪いことかは、リデルが幸せを感じるか感じないかで決まる。味覚があっても食に全く興味がない人もいるからな。

「そういえばリデルは【お人形製作】は使うか？」

「はい。今は大丈夫ですが、マスターの【庭】で手入れが必要なものが増えたら、『人形《おともだち》』を使いたいと思います」

人形が畑仕事をするのか、シュールだなおい。

「使う設備と他にあった方がいいスキルはあるか？」

「『裁縫台』があればうれしいです。準備の段階で錬金台も使用させてください。スキルは【お人形製作】単体でも使えますが、弱体化しているようなので、派生元の【錬金調合】と【裁縫】があると効率がいいので【裁縫】が欲しいです」

「了解、素材についてはは倉庫から持ち出せるようにしておこうか。足りない素材、欲しい素材は随時教えてほしい」

【裁縫】はなんとなく予想をしていたので取得可能リストに出してある。ちなみに布団を縫ったので、取得した場合、『得意』はきっと寝具とか上掛け布団とかだ。

【裁縫】を覚えさせると、リデルが【魔法反射】を思い出した。払ったスキルポイントは3、残り28だ。レベルが上がれば増えるのだろうが消費するのはあっという間だ。

「お待たせしました」

ドアがノックされて、最初に案内してくれた受付嬢とブルース、ついでにアベー、見知らぬ薄い色がだ――金髪が入ってくる。薄い金髪は耳が尖っとるしエルフのようだ。

受付嬢は私とリデルのコーヒーを新しいものに替えて部屋を出た。

「……」

「うわぁ……」

「これは……」

受付嬢が立ち去っても座る気配もなく、立っていた三人がなんとも言えない声を上げる。どうやらリデルを見て驚いたらしい。

「とりあえず座りましょうか」

薄い金髪が持ち直して他の二人を促す。

「私はアイル国、首都アルスナのギルドマスター、カインと申します。初めまして」

薄い金髪改め、カインから挨拶を受ける。

「初めまして」

稼働しているのはカインだけのようで、アベーとブルースがリデルを見たまま固まっている。

「『アリス』を攻略したのですね？」

「ああ、それで扱いやギルドへの登録がどうなるか聞きに来たのだが。受付にホムンクルスと申請してしまっていいか迷ったのでな。駄目で元々で面会をお願いした」

「高レベルの【鑑定】か、【眼】を持っている者には、すでにホムンクルスだということは知られているでしょう。ファストで、あるいはここのギルドの受付で」

ああ、私も人が多いところでは【鑑定】のレベル上げに勤しんでいるし、リデルはどこか無機質なところがある。少しでも気になれば【鑑定】持ちなら【鑑定】するだろう。【隠蔽】は最初に覚えさせたが、まだ育っていない。

「かといってリデルを閉じ込めておくつもりはないぞ？」

「ええ。ホムンクルスの人型はマスターがいなくてもある程度判断して動けるか、それとも指示されたルーチンしかこなせないかで、冒険者登録になるかペット登録になるか決まります」

カインが切れ長の眼でちらりとリデルを見る。この男自身、【眼】持ちである気がする。

「見たところ、十分冒険者登録が可能かと思います。ただ、ペットと同じく町中で暴走などをした場合、責任はマスターである貴方にゆきますので、そのつもりで」

「ああ、了解した」

ババムートが暴れたら私の責任か……。

「登録後、人と同じ行動を取っても規定的には問題はありませんが、ホムンクルスはまだ珍しい。異邦人や好事家がどう動くか予測がつきませんので、その点は考慮して行動してください」

好事家……そういえば、ノエルも珍しい白い髪を隠していたのだったか。白髪の多い異邦人が増えたせいで問題なくなったが。そう考えると早く増えてほしいな、ホムンクルス。

「……ファストのタチの悪いそっちの趣味の奴は、先日セカンの湾に浮いたという話だ。今は活気付いて人の出入りが増えて、他から来る奴のチェックがどうしても甘くなるんで、完全に安全とはいえないが、ファストの中でなら出歩いても問題ないだろう」

復活したアベーが言う。

「それにしても早すぎじゃないかね？」

「そうです！　この間ここで島の話をして数日しか経っていないじゃないですか！」

アベーの後を追って、惚け気味だったブルースが覚醒したように声をあげる。見かけの割に丁寧な言葉を使う奴である。

「まあ、下見のつもりで行ったら、そのまま攻略してしまった感じだな」

「普通そんなつもりでふらりと行ってクリアはできません！」

「ブルース、落ち着け」

身を乗り出すように主張するブルースをアベーが押さえる。

「『アリス1／2』か、当然他にもアリスがいるな？」

「まあな」

こっちも【眼】持ちか、【鑑定】のレベルが高いのか。

「1／2……」

ブルースがアベーの言葉を繰り返し呆然とつぶやいた。

でかい図体して繊細すぎやしないだろうか、大丈夫か？　バロンの冒険者ギルド。

アベーとブルースは体格は良いが、没個性的な目立たない顔の造作をしている。頬に傷でもあれば「らしく」見えそうではあるが。服装も良い生地を使っていそうではあるが、色が地味だ。

対照的にカインは肩甲骨下まで伸びる色の薄いストレートの金髪、白い顔、尖った耳と、物言いは柔らかいが、冷たい印象の美形。服はモスグリーンと薄いクリーム色に金糸の刺繍が入ったローブ。もしかしたら典型的なエルフなのかもしれんが、異邦人以外のエルフと間近で話したことがないので謎だ。身近なエルフがお茶漬と菊姫だからな。

「ギルドが調査した時は、複数のパーティーでなければ進めなかった記録があるのだが……」

どうやったんだ？　とアベーが問いかける目を向けてきた。

「ああ二人で行ったぞ」

「ふた……り？」

「……ちょっと理解できないッス」

ん？　ス？　思わず声がした方――カインを見ると、取り繕ったように微笑まれた。あれか、上品そうなのは見かけだけで中身は残念な感じなギルドマスターなのか。

「え？　じゃあもう片方のパーティーも一人ってことか？　じゃあアリスも二人？　え？　本気で？」

ブルースが何か言っているが、完全に独り言、小声すぎて途中の戸惑いを含んだ「え？」しか聞き取れない。

「『アリス1／2』というからには二人ッス。数字的には合ってるッス。でもおかしいッス」

カインも微笑みながら何か口の中でモゴモゴと独り言。

「とりあえず、島はもう一度ギルドで調査するが、初めて会った時に伝えた通り攻略は問題ない。その子は正当に君のものだ。受付で登録手続きを進めてくれたまえ」

正当に君のものっておい、人が聞いたらすごい誤解を受けそうなんだが。


冒険者ギルドの受付で、リデルの冒険者登録を済まし、ファストに戻る。何か、ブルースがダメージを受けていたようだが、アリスの島の調査担当だったのだろうかもしかして。クリアできてしまったのだから諦めて前向きになっていただきたい。

三カ国のギルドマスター——略してギルマスに囲まれたのはさすが『封印の獣』だな。そう思い、リデルを見ると、はにかんで微笑む。

リデルを薬師ギルドへ送り、カジノに行くべく転移する。ファストのやばい好事家はいなくなったということだが、しばらくリデルに独り歩きはさせられない。ラピスやノエルにもちょっかいを出してくる奴らがいると聞くし。

それにしてもスラムの犯罪者代表といい、今回の好事家といい暗殺者ギルドのクエストが荒ぶっている気がする。暗殺者ギルドのクエストが進みまくると二日に一回屍体が出そうで怖い。

イーグルがすでに取っているかもしれんが、【転移】のスキル石を人数分取るしかないかな？

二度目にしてすでにカジノ側に目をつけられている気がするのだが、仕方ない。いやこの姿《レンガード》で行くのは初めてか。

……多少無茶をしても大会優勝者《レンガード》が出禁をくらうことはない、かな？

闘技場でTポイントを稼いでいる現在。

バベルとホルスと再戦する羽目になったが、普通に勝てた。アクセサリーと神々の【寵愛】分、私の方が能力が高いのだ。

【縮地】も使ってみたが、こちらは普通に攻撃を返された。近接攻撃に使用するとどうしても対象の近くにでることになる。『地を縮める』からには移動は直線、到着地を決め発動した後は止まらない。さすがに正面に移動はしなかったのだが、少し後ろに下がられて、こっちの間合いを外された。たぶん【心眼】で読まれたのだろうが、【縮地】の使い方としては近接を仕掛ける時に使うよりは、避ける時に使う方が良さそうだ。あとは遠距離物理と組み合わせたら面白いかもしれない。ギルヴァイツアあたりなら近接攻撃にもうまく取り入れるだろうか。

あ、バベルとホルスは早々に沈めて戦闘不能、医療室なのか闘技場に神殿的なものがあるのか知らんが、そこに自動で転移しているので無問題。闘技場のデスペナルティーは住人でも復活できるが、能力減退時間が終了するまでステージには入れないので安心だ。

脱いで迫ってくるのを別にすれば、修行にいい対戦相手なのだが……。いかんせん別な意味で身の危険を感じるため、長く戦っていられない。

何故Tポイントを稼いでいるかというと、真面目に説明を読んだら、カジノの景品の『転移のスキル石』より、闘技場の商品の『転移のスキル石』の方が能力が良かったからだ。どちらも一人用のスキルなのだが、カジノの方は【空魔法】とほぼ同じ。闘技場の方は、なんと登録された転移プレートに直接転移できることが判明、ただし神殿に術式組んでもらわんといかんらしいが。

さすが一位解放、例えば生産系のスキル石は『得意』がついたりどれも少しずつ、カジノの景品よりも性能がいい。

残っていた2900Tで自分用を即行ゲット。ついでにINT《ちりょく》とDEX《きようさ》の上がる『妖精の腕輪』500T也を、ノエルの生産用に……。リデルに装備させた『妖精の手袋』といい、『妖精』とつくものはINTとDEXの上昇効果がついたアイテムが多いのかもしれない。もしかして最終的に錬金は『妖精装備で揃える』とかそんな感じなんだろうか。カジノのものとの違いは単純に数値だ、もちろんこちらの方が良い。で、減ったものはちょっと戻したくなる。【普通《ノーマル》ステージ】はバベル&ホルスに勝ったところで終了。物珍しさもあってTポイントが他よりたくさん貰える【拘束ステージ】にチャレンジし始めたのだが。

チャレンジ二回目。

一戦目

《【攻撃魔法封印】》

出現した敵は黒狼。いきなり【攻撃魔法封印】ってあなた、無茶ぶりな気がするのは私だけか？

飛びかかってきた黒狼を半身を引いて剣で迎撃。

二戦目
《【アイテム封印】》
出現した敵はヤグヤックル。ちょっといきなりセカンのボスはやめろ！　と思いつつも剣でダウンをとって勝利。

三戦目
《【ＩＮＴ半封印】》
出現した敵はサーの道中で出た植物系の敵。ＩＮＴが半分に落とされたが、そもそも攻撃魔法自体が封印されている。【一閃】して終了。

四戦目
《【ＨＰ10％減】》
出現した敵はフォスの熊。ＨＰ減少は５％から半減の50％まであるという噂だ。回復するのも面倒なので【一閃】して終了したいところだが、次回も楽勝な敵とは限らないので【一閃】の前に回復。ＨＰの『最大値』が減るタイプもありそうだ。

五戦目

《【HP回復】》

出現した敵はファイナのウォータ・ポリプ。運がいいのか悪いのか、せっかく回復した直後に全回復……。敵はもしかしなくとも、各エリアの敵がボスを含めてランダムに出るのだろうか。

一戦ごとに「やめる」か「つづける」か聞かれ、一回目は五戦目でやめるを選んだ。やめるを選べば、これまでのTポイントと対戦した敵からのドロップがそのまま自分のものとなるが、つづけるを選び、負けると全て無かったことになる。だが、アイテムはともかくTポイントが一戦目1T、二戦目2T、三戦目4T、四戦目8Tと倍になってゆくため、なかなか魅力的。

六戦目

《【回復魔法封印】》

出現した敵はハイゴブリンジェネラル。アイテムも封印されとるし、回復手段がない！　ジェネラル自体は大したことがなく、簡単に倒すことが出来たが、この状態で次にチャレンジするのは無謀だろう。

【封印解除】というアタリが出ない限り、封印されたものは持ち越しされる。まだ二回目の挑戦ではあるが、五戦に一回か二回はボスが出るような気がする。

チャレンジした一度目は、【拳封印】【火属性封印】【混乱付加】と続き、結構楽だったのだが、出る敵の種類といい、運の要素が強い。いや、【混乱付加】も開始直後にアナウンスと共に混乱のスキルが使われたようだが、レジストしたのである程度装備で予防できるのか。

封印を食らっても対応できるよう、複数系統のスキルを用意すればマシになるか。……シンとギルヴァイツアに拳士系の回復スキルがないか聞いてから再戦しよう。お茶漬が【チャクラ】があると言っていたので、期待している。

闘技場でのチャレンジを終えて、カジノを荒らしに……。

闘技場との連絡通路を抜けて入り口をくぐった途端、支配人が迎撃態勢なのやめてください。私今、仮面かぶってるよな？　ゴージャス美女二人にサンドイッチされ、支配人がにこやかに挨拶してくる。挨拶を受けている間にゴージャス美人にサンドイッチされているのは私に代わったわけだが。ちょっとあれです、左側の美女が腕というかむしろ胸を絡ませ、右側の美女は腰に腕を回して軽くしなだれてくるという拘束。

ものすごく視線が痛い。他の客からの視線が痛い！

「レンガード様、初のご来店ありがとうございます。大会優勝者に当店をお楽しみいただければ幸いです」

などと言われたが、すでに何度か荒らした後だ。

できれば運頼りなルーレットに行きたいのだが、毎度ルーレットというのも芸がないので本日はブラックジャック。

支配人がそっと高レートな方を薦めてくるのだが、もしかしてTポイントがG《ゴールド》を経由してシルに換金できるのでカモられロックオンなのか？

ブラックジャックは絵札を10と数え、Aは1か11か好きな方にカウント。合計が21を超えてはならず、21に近いほど強い単純なゲームだ。最初に配られた2枚が「10か絵札」と「A」の21が最強、3枚で21にしたよりも強い。そして勝率を上げる努力はできるが運の要素が強い。

支配人の顔が若干青いが問題ない。ルーレットの時は悪い気がしてたが、カモろうとしてきた相手をカモるのに遠慮はないぞ。高レートな台に連れて来たのはそっちだ、ご丁寧に最初の何度かはディーラーがバーストを起こしている。とても自然な悔しがり方だったが、表情を見ずに経過だけ考えれば、わざと21を超えるまでカードを引いて、勝たせていい気分にさせようという魂胆が透けて見える。

左右に侍る美女も最初は気味が悪いくらい持ちあげてきたが、今は若干表情が硬い。ディーラーに私のカードを教えないだけマトモか。……どうにもギャンブルは最初に相手の引っかけを疑ってしまうので純粋に楽しめていない自覚はある。ゲームの中なのだし、いい気分になってもっと鷹揚にG――この部屋はさらに高いチップ――を賭けて、散財して楽しんだ方が幸せなのかもしれない。

春さん用に『牧畜のスキル石』『搾乳のスキル石』、リデルの人形作りのために『カジノの裁縫台』。私の人形のイメージは顔が陶器で出来ているので、おまけに『陶芸のスキル石』『細工のスキル石』、錬金用に『万能薬のレシピ（錬金）』。ノエル用に『万能薬のレシピ（薬）』。

果樹を増やす予定があるので『樹木医のスキル石』『木こりのスキル石』、ついでに『毒草園のスキル石』『転移のスキル石』を七つ、カルあたりもすでに持っていそうだが、念の為。身代わり人形を七つ。『建築のスキル石』『寄木細工のスキル石』、適当に素材を数点。

【搾乳】に☆がついたことに微妙な気分になりながら、【牧畜】はすでに取得している人がいることに驚く。【農業】にも☆がつかなかったし、本格的に畜産農家をやる気なプレイヤーがいるのだろうか。……というか【牧畜】は菊姫か！　身内だった罠。

前回、交換しないまま退散した分と合わせて片っ端から交換した結果がこれである。

カジノの支配人には強く生きてほしい。私以外の誰かから搾取するのだろうから、まあ大丈夫だろう、カジノに異邦人が増えたし。シンとレオが通っているし。

ところ替わって自分の島。

ここの個人ハウスにも委託販売用ストレージが欲しいが、この場合所属はどこの商業ギルドになるのだろうか。そんなことを思いながら【魔物替え】をせっせと使っている。『トビウサギの魔石』を大量に購入して面倒な魔物の『オカウミウシ・緑』とせっせと入れ替えを試している。

自分の持ち物《テリトリー》でないと【魔物替え】の効果は無効。入れ替える範囲の広さと比例して難易度が上がる。入れ替えには新たに置き換えたい魔物の魔石が必要となり、スキルレベルと同等かそれ以下の魔石しか使えない。魔石のレベルはスキルを覚えた時からランクとは別に見えるようになった。その種族の平均的なレベルが魔石のレベルとなっているようだ。

金にあかせてレベル1から3の魔石を大人買いして、ついでに範囲魔法でトビウサギを大量虐殺。すでにこのレベルの魔物を狩る冒険者はいなくなっているため、他人の獲物を奪っているということもないだろう。ここのサーバーはいっぱいで、新たな冒険者が入ることはほぼない。……ちょっと肉の流通バランスを崩しそうになったが。

せっかくレベル3まで魔石を用意したものの、レベル1の入れ替えが一向に成功する気配がない。範囲も広ければ対象としている魔物がレベル50超えと、はるかに高いせいだ。対象と魔石のレベルが近ければ近いほど入れ替えやすいようだが、この島の魔物は全部レベル50超え。【魔物替え】のスキルレベル上げに専用ステージでもつくってくれないだろうか。

このスキルは特殊で、レベル1の魔石で一度入れ替えを成功させねば、いくら使ってもレベル2に上がらない。レベル3に上がるためにはレベル2の魔石で成功させる、必ず段階を踏んであげてゆくのだ。全員同じ時期にこのスキルを手に入れたとしたら、魔石の取り合いで大変だったかもしれない。

トビウサギへの魔物替えが成功すれば、次はレベル1と2での変更なので、楽になるはずなのだが……。

【魔物替え】を取得した時から、見かけるたびにせっせと買い溜めしていたのだが、使い切った。ファストに戻って委託を見るが、大した金がつかない初期の魔物の魔石の出品はごくごく少数だ。私だってスキルを手にいれる前は、売りに出すのが面倒で住人に捨値で売り払っていた。【ストレージ】がある私は、大して価値のないものも持ち帰っていたが、アイテムポーチが圧迫されるからとその場で捨ててしまう冒険者もいる。

……その所業、後で後悔するがいい！　私は今現在売り払ったのを後悔している！

魔物の入れ替えを魔石切れで諦め、【庭】に手をつけることにする。【大工】のレベルもさっさと上げて、家自体の手入れもしたいところ。木材や石材などの素材集めもせんといかん。

【庭】は、【農業】のレベルは低いが、スキル【植物成長】【緑の大地】、称号【ドゥルの果実】【ドゥルの大地】【ドゥルの指先】とあるせいか、草にも負けずちゃんと畑と呼べるものを作ることに成功した。

剣士の初期装備で鍬を振るう姿は、なかなかシュールだった気はするので、鍬だけでなくちゃんと作業着を買おうと思った私だ。気がつけばローブとコートばかりが増えていた、反省。ローブはなんだかんだと人にあげてしまっているものもあるのだが。

ところで購入した鍬には『鐵《クロガネ》の燕《つばめ》』という銘が入っていた。確かにその辺の剣より性能はいいのだが、微妙な気分になったのは許してほしい。

『神の糖枝《とうえ》』と言う名のサトウキビを植えた、これはまず増やさねばなるまい。10センチくらいに切って挿し木をすればいい程度の知識はあるのだが、育つまでに詳しく調べておこう。

少し間を空けてドゥルにもらった『苺』を植える。こちらは祖母が昔育てていたのを覚えているので問題は無い。苺がなり始まる前に藁を敷かねば！　名前からして藁苺《ストロー・ベリー》なのだからこれは絶対だ。あとは多少あやふやであってもゲーム補正が利くはず……。

果樹の類はどう配置するかな？　と全力で見ないふりをしながら作業を続ける。

何をって？

ルシャとヴァル、ファルという異色のトリオが『生命の木』のそばに宴会場を設置中なことを、だ。

私の【庭】のはずが、庭の真ん中に神々の宴会場が設置されるという事案発生中。これは運営に苦情を申し立ててもいいだろうか。いや、断らなかったのは私なのでしないが。家の中で宴会を始められるよりマシだろうという気持ちと、すでにドゥルとヴェルナから引越し祝いをもらってしまった引け目とで断れなかった。ぐふ……っ。

見ないようにしているのだが、やはり気になる。

ルシャがいっそ青くも見える白い建物を、地面からせり出すように出現させ、ためつすがめつ眺めては細部に手を入れていく。円形の柱の並ぶ建物は、壁のないこととも相まって精緻な鳥籠のような形状だ。

特に何も言われないのをいいことに、好奇心に負けて、結局近くで出来ていく様子を眺める。ルシャが触れるたび、柱の模様や階段の模様が、シンプルな縦の溝から唐草模様になったり、小鳥や花のレリーフが出現したりと見ているだけで面白い。

建物の形にリクエストを出しているのはヴァルのようで、かなり開放的な形状になるようだ。ファルは先ほどから建物の中に絨毯やクッション、敷布などあらゆる織物を出しては配置を変えてみたり、色を変えてみたりと落ち着かない。

「こんなものかな？」

どうやら納得がいったらしく、ルシャが建物から手を離す。

「良いのではないかの。これで夜の宴にヴェルナに月でも頼めばなおいい」

一応、別空間な【箱庭】ではあるが、昼と夜とがあり、夜は月星が見える。

「ん、ホムラはいつ脱いでもいい」

「脱がんわ」

いきなり会話に私を巻き込むな。

「ホホ、家主殿は引越し祝いは何がいいかの？」

ヴァルが聞いてくる。

「特に何も……いや、乳牛《はるさん》用に水が欲しいかな？【風水】で出した水場はすぐに草に侵食されて草地に戻ってしまうし、何か方法を教えてもらえれば嬉しい」

「それは私の領分。泳げる大きさにしとく」

「脱がんというのに」

隙あらば脱ぐ方向に持っていこうとするな、この残念女神は。

「では私はその水を狭間《はざま》を越えて、そなたの家でも使えるようにしようかの」

「おお、それは嬉しい」

料理にも勿論使えるだろうが、風呂の取得案件だ。

「じゃあ、僕は家がまだ途中のようだし、減らない木材でも送ろうか。草の件はドゥルに話しておくよ」

「ありがとう」

こちらも素直に嬉しい。

「じゃあ私は魅力極大のパンツを……」

「却下」

ファルのろくでもない提案を却下。

「どうしてそんなに嫌がるの!?」

「どうしてそんなにパンツにこだわるんだ！」

「魅力に溢れた裸を見たいからに決まってるじゃない！」

「全部《パンツ》脱いだらただの人だろうが！」

本当になんでこんな清楚な外見しとるくせに、口を開けば裸とパンツと魅力魅了なんだろうか。

「……まあ、肝心な時に脱いだら落差で相手が愕然としそうではあるのぅ」

「女の子は幻滅しそうだね。やっぱりメッキはダメだよ？　軽くできる利点はあるけどね」

——髪飾りとかは軽いほうが疲れなくてよさそうだ。いやまあ、脱ぐ気はないのだが、ヴァルとルシャの二人が、ファルをなだめてくれているのはありがたい。

「やるなら全裸でも有効に、じゃろう」

「全裸でも……」

笑いを含んでヴァルが言う。

ファルの目が少しだけ眇められる。

「二人とも？」

ルシャが戸惑ったような声をあげる。

「おい？」

前言撤回、なだめてくれてたのはルシャだけだった。

《称号【ヴァルの探求】を手に入れました》

《称号【傾国】を手に入れました》

《称号【ルシャの憐憫】を手に入れました》

《『神泉』を取得しました》

《『ヴァルの風の靴』を取得しました》

《『再生の欅《けやき》』を取得しました》

《『ルシャの透過面』を取得しました》

《『風の精霊』が放たれました》

《『水の精霊』が放たれました》

ファルの引越し祝いで、私の【庭】には水が渾々と湧き出る『神泉』が出現、水がヤバい。

ルシャの引越し祝いで、素材をとっても翌日には元に戻っている『再生の欅』を貰い、早速植えた。

『ヴァルの風の靴』は靴とあるが、装飾品に近く、繊細な細い鎖と宝石が組み合わされた足首と足の甲の飾りだ。パートナーカード一覧から任意の人がいる場所まで転移できる、大変便利な効果が付いている。

……ってそんなので騙されんわあああああああああああああっ！！！

称号【傾国】！！！！　私に何をしたああああああああああああああっ！！！

仮面《ホムラ》無しで外歩けないだろうがああああああ！！！

顔が変わってないのに姿がやばいらしいです。どうしろというのだ……。私の顔、猥褻物なのどうなの？　魅力と魅了が極大だそうで。一応顔を隠すだけでも【傾国】については効果が落ちるそうなので、レンガードの時は問題ない、ようだ。いや、落ちるということは効果はあるのか。

ルシャが同情をして新たな仮面をくれた。称号の周囲への効果減少・阻害隠蔽という内容だけ聞くと呪いのアイテムみたいなアレだが、『透過』と付くだけあって、かぶると見えなくなる仮面だ。仮面をかぶっているのに素顔に見えるプレイ。

そもそもプレイヤーには、装備を見せるか透過するかのチェック項目があるのだが、こちら【鑑定】からも【目】や【眼】からも透過――存在を感知されない優れもの。優れてるけど効果がね？　そもそも【傾国】がなければ要らないものだからね？

レンガードの時も普段も仮面をかぶりっぱなしは嫌だとか、いろいろ叫んだせいでルシャに気を使わせてしまった。冷静に考えれば【傾国】以外にも隠したいものは多い、しかもパーティーに効果を及ぼすものも多く、組んだら丸わかりだったものの効果が薄れるのだから、効果減少・阻害隠蔽はとてもありがたい。

称号【ルシャの憐憫】は、ルシャの司るものから優しくされるようです……。金の精霊とかからか？　ついでにパルティンの母性本能が刺激されてしまうかもしれない。ドラゴンに母性本能があるかどうか謎なので適当に言っているだけだが。

称号【ヴァルの探求】はやった事のないことにチャレンジしたり、行ったことのない場所に行った場合、幸運に恵まれる。初めて倒したボスからレアが出やすいとかそんなかんじな称号だろうか？

そして風と水属性の精霊が1体ずつ【庭】に招かれた。主と認められていないため、姿はチラっとしか見えなかったが、仲良くなれば【ルーファ】や【黒耀】のように精霊術で呼び出すことも可能になるそうだ。今はただ【庭】に心地いい微風がそよぎ、水が澱むことなく行き渡る、らしい。今現在体感できているのはこの心地いい風か。――戦闘に呼びだせなくても十分だ。

それにつけても【傾国】よ。普通は女性につくもんじゃないのかこれ。もっとも妲己、楊貴妃とか中国の美女しか浮かばんが。まあ、語源が漢の時代の詠《うた》なのだからしょうがない。日本であげるなら玉藻の前か。顔も姿も変わっておらんというのに【傾国】がついた途端そうなるのはなにか納得がいかない……。レオにこの称号がついても惑わされるのかおい？　みたいな。【傾国】が二人いたらどちらにも惑わされて間で右往左往するのだろうか。コントしか思い浮かばんわ。

◇◆◇

《ソロ初討伐称号【風の制圧者】を手に入れました》
《ソロ初討伐報酬『風のリュート』を手に入れました》

《お知らせします、迷宮地下二十五階フロアボス『レッサー・ズー』がソロ討伐されました》

《レッサー・ズーの爪×5を手に入れました》
《レッサー・ズーの羽根×5を手に入れました》
《レッサー・ズーの尾羽×5を手に入れました》
《レッサー・ズーの魔石を手に入れました》
《風衣×10を手に入れました》
《耐風の指輪+3を手に入れました》
《レッサー・ズーの『風のジルコン』を手に入れました》

憂さ晴らしに地下二十階から始め、二十五階のボスを倒した現在。サラマンダー、バジリスクときてトカゲ系の何かで揃えているのかと思ったが、鳥だった。間にバジリスクがいるしな。

デカイことはデカイのだが、レッサーと付くだけあって、レッサー・ズーはひょろりとして嘴ばかりが目立ち、翼もどういう原理で飛んでいるか不審を覚えるほどハゲ散らかしていた。ついでに尻尾付き、鳥だと尾羽と言うのだろうが、どう見ても尻尾。尻尾の先の方に申し訳程度に飾り羽がある。

……後からガラハドに聞いたら、通称『ハゲ・ズー』で通っているそうな。異邦人にも流行りそうな呼び方だ。

レッサー・ズーは魔法が通りにくく、飛んでいるので魔法職とも近接職とも相性がよろしくないのだが、まあ、私は飛べるし。弓職など遠距離物理職がいない時は、地上にいくつかある卵を叩いて、怒って降りてきたところに総攻撃を加えるのだろうと思う。

ただ卵を叩くにも何らかの法則があるのか、一つ目は爆発した。レッサー・ズーは降りてきたが、こっちが受けた攻撃も痛いので回復しつつ応戦というちょっと微妙なことに。

二つ目はワニが生まれ、地上に敵が増えた。面倒になって飛び、レッサー・ズーを空中戦で片付けると、ワニたちは何処かへ逃げ出してしまったため、どんな攻撃をしてくるかわからんが、本来は先に処理をしないとヤバい系な気はする。

ソロ初討伐称号は【颪の制圧者】、サラマンダーの時に出た【火の制圧者】風版。兎娘が手に入れたと思しき、バジリスクの称号は何だったのだろうか、【地の制圧者】とかだったのかな？

ソロ初討伐報酬は『颪のリュート』、マンドリンと琵琶の中間のような楽器だ。装飾が美しい……いらんが。あれか、ファンタジーの定番、吟遊詩人が職業にあるのか。

少々やさぐれつつ迷宮を進む私だった。

二十六層からの敵はマルチキとかいう、どう見ても肥えた鶏や、双頭の鷲、ハーピーの四分の一もないサイズなかわりに三から六の群れで現れる、妖精とハーピーの合いの子のような外見のミルハーピー。サラマンダーのルートはトカゲ・ヘビ系だったが、こちらの敵は鳥系のようだ。

そしてマルチキは食用推奨モンスターなのか何なのか、部位別にアイテムがドロップ。帰ったら鳥ハムを仕込んで、唐揚げ祭をしよう。食材を手に入れて機嫌の良くなる私、我ながら単純構造。

『白〜』

『む、珍しくダンジョンじゃの』

そして癒しの毛玉を呼び出し精神的安寧を不動のものとする。

『……、お主なんだかいい匂いがせんか？』

『そうか？』

白に言われて腕を寄せてくんくんと嗅いでみるが、自分の匂いはわからず。

『また何かおかしなスキルを手に入れたんじゃろ‼』

『おしい！　称号だ！』

効果のほどは一般的にスキルより称号のほうが強い、ただし、スキルほど自分の自由にならない。

『なお悪いわ！』

『あたたた』

がぶっとされました。

『ちょっとファルとヴァルの悪ふざけのおかげで【傾国】がついてしまったんだが、やっぱり匂いもその一環かね？』

『待つのじゃ！　なんでそんな封印の獣と揃いの称号なんぞついとるのじゃ！　おかしいじゃろ！』

『苦情はファルとヴァルに頼む。……【傾国《これ》】まずいと思うか？』

『顔を隠しても、精神が低いと惑わされるじゃろな』

疲れたように白が言う。【傾国】の効果が現れているのは顔――というより肌と瞳であるらしい。白曰く、見せなくても肌と髪からえも言われぬ匂いが漂ってるそうだが。

・仮面常装備
・半径五メートル内になるべく寄らない
・匂いのこもる個室などに誰かと行かない

白のアドバイスは大きくこの三つ。

『これ私、雑貨屋いけないいんじゃあ』
『もう雑貨屋の者共は手遅れな気もせんでもないがの』
『いや、【傾国】ついてからまっすぐ迷宮《ここ》に来てるから』

ナイス判断、私！　まっすぐ憂さ晴らしに来ただけだが。

【誘引】を使用しながら迷宮内を進む。この層は天井が低く、飛ぶ敵に不利な構造だが、三十層からは空間が広くなり、敵に有利な構造になると予測する。

妖精やらが出たルートは物理が効きにくいのかと思っていたが、敵の速さがそこそこあったことも考えると、遠距離物理・近接・魔法の順で有利だったのかもしれない。こちらは近接・魔法・遠距離物理。試しに【錬金魔法】『ナイフ』【投擲】をしてみると、結構なダメージがでた、ありがちだが遠距離物理攻撃に弱い気配。

こうなってくると兎娘の進んだルートは魔法・遠距離物理・近接かな？

『進んだ先は面倒そうじゃの』

白も同意見の様子。

『貫通属性スキルで何かよさそうなものがあるといいのだがな』

剣のドラゴンリングの効果と【物理・効】もあるのだが、遠距離物理が効くという事は、物理耐性というよりは斬撃耐性と打撃耐性がついていることが予測される。それらも物理ではあるので、多少効果はのるが、何故かそのものズバリな耐性持ちでないと効果が薄い。——何故かも何もゲームだからなのだが、この【異世界】がよくできているのでそれを忘れがち。

ドラゴンリングのおかげで、【物理耐性】【魔法耐性】という広範囲な耐性持ちのほうが、対処が楽という矛盾。もっとも楽に対処されると困るので、わざわざこんな耐性分けをしておるのかもしれんが。

白も私も敵が飛んでいようがいまいが関係がないのだが、魔法反射・斬撃耐性持ちで、貫通に弱い敵というのにはちょっと手こずる。闘技場もそうだが、スキルに偏りがあると詰む。今まで取得してこなかったスキルに目を向けるべきかもしれない。

ここは鳥が主だし、魔法反射はないので、【バードスレイヤー】のおかげでむしろサクサク進んだが。

などと真面目なことを考えていたが、ボスへの扉だ。マルチキのモモ、胸、セセリ、ささみ、手羽、肝臓、すなぎも……。十分な量がストレージ《ポッケ》にあることを確認。

『早くするのじゃ！　我の戻る時間が……』

白がぺしぺししながら急かしてくる。

『どうしてそう、好戦的なのか』

『誰のせいじゃ、誰の！』

扉の奥にいたのは『侵食する白の亜竜』。レッサー・ズーはノーマルだったのに、こちらはレア種。ブラックヒドラの時は、元はイエローヒドラだったとガラハドたちから聞いたが、ここのノーマルは何色だったのだろうか。ブラックはバハムートがズボッとやってしまったのでヒドラと戦うのは実質初めてだ、慎重に行こう。

『さて、ではいくか』

『さっさと倒すのじゃ』

『いや、あの白、ボスだからね？』


ぎゃあがあああああああんっ！

白の亜竜《ホワイトヒドラ》の五つの頭が一斉に首をもたげ吠える。つるんとした外見でヒドラにしては可愛い。

『ブレスじゃないのか！』

咆哮と共にブレスでもくるのかと構えれば、ヒドラの体から白い泡のような霧が噴き出し、地面に生えた緑色の苔を白く枯死させてゆく。ぷくぷくと泡立つ液体は、ホワイトヒドラが移動をしても地面を侵食したままだ。

『これはあれか、立てる地面が無くなる前に倒せ系か』

『飛べる我らには関わりない縛りじゃの』

足場の方は問題がないが、ホワイトヒドラを包むように出ている、細かい泡が霧のように浮かぶ範囲は危険だ。

「【風魔法】『ブロウ』」

低めのレベル10、与えるダメージは少ないが、対象の出した防御魔法を含む周囲のものを吹き飛ばしたり、対象をよろめかせたりする。泡の霧が吹き飛ばせないかの試しと、様子見の魔法だ。

その魔法が弾かれる。弾くというか、一度体内に取り込み、首の一つがブレスとして吐き出して来た。

『反射系か』

『そのようじゃの。様子見前にとりあえず近づいて我に一撃いれさせよ』

肩にいる白が興味なさげに言って、近づけと催促する。どうしてそう経験値稼ぎに貪欲なのか。

仕方がないので、ダメージ覚悟で踏み込み、首の一つに一撃を入れに行く。正面以外は霧に囲まれており、入るとやばそうだったので真っ向勝負。

牙を剥く五つの首を避け、剣を叩き込む。

『ほぼダメージなし、か』

後ろにステップを踏んで、距離を取り白の亜竜を見る。

『そのようじゃの。我は一撃入れた故、あとは好きに検証して構わぬが、我が帰還する前に倒すのじゃ』

そう言って私の首を包むようにくるりと肩に収まる。仕事は終わったと言わんばかりだ。そして私の方は、ないはずのタイムアタックが始まった気配。

剣はダメ。

流石に弓でないと倒せないという縛りはあるまい。

頭は五つであることだし、反射する魔法と、効く魔法があるとか？　基本の魔法は光と闇を抜いて、六つ。風はダメ、効くのはおそらく物理の貫通。

白の亜竜の攻撃をかわしながら、思考を回らす。

【金魔法】レベル30『ミスリルの槍』――。

ぎゃあああん！　白の亜竜が歩みを止め、暴れる首に払われた霧が少し晴れる。

『なるほど。ではこちらも？』

【錬金魔法】で出した『槍』と『矢』。ただし【錬金魔法】で出したものは、私に槍のスキルも弓のスキルもないため実際には大したダメージを与えていない。特に『矢』は弓を持っていないので握って突き刺すという、検証実験のためとはいえなかなかひどい絵面になった。

基本魔法以外は？　と思い放った【雷】系はやばかった。白い霧に反射して増幅、二倍返しな上、ホワイトヒドラは回復。パーティーで来て【雷魔法】をチャージして当てていたら立派な戦犯になったところ。

これ、後でミストドラゴンとかいって白の亜竜の上位種が出そうな気がする。その時のために雷禁止は覚えておこう。

『ミスリルの槍』で地道にダメージを与えていると、五つの首がくったりとした。くったりした首を切り落とし、胴体の傷を【火魔法】を使って焼く。イエローヒドラと戦ったガラハドたちが使った方法だ。元気な時にはまったく剣を受け付けないのに、くったりと首を下げた時は例外らしく、物理も魔法もよく通る。

全体的なダメージを稼ぎつつも、首を落とし、焼く事をしないと、復活してしまう。

首を四つ落とし終えると、『ミスリルの槍』にも耐性がついた。ダメージを稼ぐ事をせず、首を落とす事だけを優先していたら、最後の首を落とすまでにさらに時間がかかっていたろう。

《ソロ初討伐称号【白の領域を持つ者】を手に入れました》

《ソロ初討伐報酬『転職の石板』を手に入れました》

《お知らせします、迷宮地下三十階フロアレアボス『侵食する白の亜竜』がソロ討伐されました》

《侵食する白の亜竜の牙×5を手に入れました》

《侵食する白の亜竜の皮×5を手に入れました》

《侵食する白の亜竜のスカートを手に入れました》

《侵食する白の亜竜の魔石を手に入れました》

《ホワイトオパール×10を手に入れました》

《魔力の指輪+4を手に入れました》

《『侵食する白の亜竜の角』を手に入れました》

スカート。ズボンが欲しいです先生。

それはともかくとして、『転職の石板』！　上級職に転職できるようだ。私が選べるのは【聖魔剣士】【神聖剣士】【聖魔の賢者】【刀剣の勇者】……、生産系の職業、その他【ヴァルの騎士】【ヴェルナの騎士】など神々の名前の入った騎士と魔法使い系の職業など。どうやら称号や保持するスキルによって職業の一覧が出ているらしい。職名が出ているが灰色の文字は、ステータス不足か？【侍】にはＶＩＴ《耐性》が足らんようだ。

『白、なんか転職可能なアイテムが来た。どれがいいと思う？』

『お主は特化職より小器用にいろいろできた方がいいんじゃろ？　我は時間切れじゃ』

白が帰還してしまった。ちょっとこれは戻ってゆっくり選ぼう。

称号【白の領域を持つ者】は受けた魔法の一部を吸収しＭＰを回復。どれだけＭＰ回復するんだ私、今現在だって白を喚び出しっぱなしで、魔法を乱発しても活性剤を飲んでいれば特に困らんのに。

ああ、魔法のレベルを平均的に上げていないで、高レベルのＭＰを大量消費する魔法を使えということか。【重魔法】は40を超えたが、他はまだ30以下だ。一つの属性に特化して上げている人はもっと高レベルな魔法を使うのだろう。

それにしても神の個人名の入った職業なぞ、絶対選ばんぞっ！！！！

自分の【ハウス】に行く。

白の言った事を考えると『雑貨屋』に行くのも、いつもの宿に行くのも得策ではないので、自分の個人ハウスを選択した……のだが。

「主〜」

「主！」

中継地点の神殿で思い切りラピスとノエルに遭遇。目があった――私は仮面付きだが――途端、いつものようにパタパタと走ってきて左右から抱きつく。外では控えなさいと、そろそろ言わないといかん気がする。

闘技場で得た【転移】を使って直接【ハウス】に行けばよかったのだが、つい癖で【空魔法】を使用、神殿に出てしまった。まあ、まだ幼いし【傾国】云々の影響は弱いはず。

「……主、いい匂い」

「なんだか気持ちいいです」

アウトォーーーーーーッ！

獣人の嗅覚、獣人の嗅覚か！　二人して鼻を擦り付けるのはやめなさい。まだセーフだが、あと十センチ育ったら色々アウトですよ！

ルシャのくれたほうの仮面をすれば多少マシかと思い当たるが、ここで仮面の付け替えはできない。とりあえず、人目が痛いので【ハウス】に転移。決してロリショタではない！　ただでさえ、闘技場で不穏な称号がついたというのに。あ、【ハウス】も【箱庭】と同じく命名できたので【家】

にしておいた。苦情は受け付けない。ちなみにプレイヤー名＋ハウスがデフォで、クランハウスはクランの名前＋ハウスがデフォ。あちらはお茶漬がハウスを消してクランの名前だけの表示に変えている。

ひっついたまま、気持ちよさそうに尻尾を揺らす二人を抱えるように【庭】に駆け込む。いつも移動を始めると邪魔にならないように、すぐ離れる二人がくっつきっぱなしなのはおかしい。些細なことだが異常事態だ。そして身に覚えがありすぎる。

たぶん、居る。居る。居てほしい。

——念願叶ってというか、予想どおりというか、タシャとアシャ、ヴェルスが居た。

「開口一番ですまんが、【傾国】を本当になんとかしてくれ」

タシャに訴える私。

「このヴェルスもいるというのに何故タシャ一人に訴えるのだ！」

ヴェルスが寄ってきて不本意そうに言うが、信用度の問題です。相変わらず無駄にキラキラしい。

「ルシャからも聞いておる、金を司るものが渡した仮面をつけよ」

言われた通り、仮面を付け替える。ラピスとノエルは下ろした地面にそのままちょこんと座っている。突然見知らぬ三柱に会って驚いてそのまま固まっているようだ。

「おお、それがファルがつけた【傾国】の効果か。人の身には余ろうな」

アシャがどこか浮かれたように言う。貴様はファルだったらなんでもいいのかパンツ神め。

「貴方がしっかりファルを捕まえておいてくれたら、こんな目にはあわんのだが？」

「人の生など神々からしたらあっという間だ。そんな短い時間さえも縛ろうとは思わん、ファルはファルらしくあるのがいい」

良いこと言ってるようで残念女神の野放し宣言をするアシャ、おのれ……っ！

「……そなたも難儀よの」

タシャが仮面越しに額に触れる。

仮面が消えた気配がし、額に一瞬の熱。

「【称号】を封印する。通常は試練のためか、罪を犯した者につけるものなのだがな。【スキル】としてそなた自身が調整できれば問題なかろうて」

「さすが法を司る者よ、だが試練ならば私だ！」

バサッとローブを翻し、ヴェルスが口を出す。

「遠慮します」

やめろ、余計なことをするな。

「なんの、遠慮はいらぬ。我が美しきヴェルナもそなたのことは気に入っているようだしな」

「……どちらにしても祝いは贈る予定じゃ」

あ、もしかして監視の意味も込めてヴェルスと一緒に来たのかタシャ。何か疲れたような諦めたような声色だ。ヴェルスがものすごくウキウキしているのが不穏。

「この宴会場（？）は完成したのか？」

欲しいものをもらって、少し落ち着いたので周囲を見る余裕が出る。

「うむ、技巧の神がこだわったらしいの。我らが来《こ》ねば、ただの石の東屋だがな」

「ただの、ではないと思うが」

石で出来ているとは思えないほど優美で繊細な造りだ。前回ファルが出していた布の類は今はないが、建物の白だけでも美しい。

鳥籠のような見た目で、『生命の木』と『神泉』に面した半円は柱のみ、後の半円は蔦のような彫刻が絡み、下の方は壁になっている。

「自由に使ってかまわんぞ。なにせここはそなたの【庭】じゃからの。我らは間借りじゃ」

「私がいない時でも料理を食べられるように収納があるといいんだがな」

「この『生命の樹』のウロに頼もうかの」

ウロなんぞあったかと木を見れば、出し入れに丁度よさげな高さにウロが出来ていた。今作ったのか。ついでに育ったせいか『生命の木』から『生命の樹』に変わっている。そのうち大樹とかになるんだろうか。

『生命の樹』は目に見えて大きくなった。この勢いで育たれると、広いと思っていた【箱庭】もそのうち狭く感じるようになるかもしれない。相変わらず葉に露を宿し、のびのびと上だけでなく下へも枝を広げている。

「私からは『火』だ。武具を贈るしかないかと思っていたが、ルシャが竃をしつらえていた。『火』は私の領分だからな」

竃なんか作ってたのか、宴会に本気すぎる。

「ありがとう」

平和でいい贈り物だ、破格な気はするが。アシャはファルさえ絡まなければ普通なのに絡んだ途端、なんでああなるのか。恋は盲目というのは神にも適用されるらしい。

「さて、まだ主《ぬし》が定住しておらぬ場所に長居もなるまい」

「次に会う時は美味いものを頼む」

タシャが言えば、アシャが笑う。戦を司るだけあって、男らしい表情だ。本当になんで残念女神に惑わされてるんだ。

「目にも美しいものを所望する！」

……ヴェルスにはつい私のスルースキルが発揮されてしまう。一応フォローしておくと、こちらも威厳と煌びやかさを兼ね備えた神ですよ。

《称号【アシャの剣】を手に入れました》

《称号【木々の守り】を手に入れました》

《称号【ヴェルスの理】を手に入れました》

《スキル【技と法の称号封印】を取得しました》

《『ルシャの透過面』はスキル【技と法の称号封印】を得るため消失しました》

《スキル【倍返し】を取得しました》

《【スキル返し】と【倍返し】はスキル【スキル倍返し】に統合されます》

《『アシャの火』を取得しました》
《『白炎の玉石』を取得しました》
《『宿り木の杖』を取得しました》
《『ヴェルス白星《しらぼし》のズボン』を取得しました》

称号【アシャの剣】は刀剣含む剣術系スキルにクリティカルが出やすいボーナスと成長補正。

称号【木々の守り】は木のあるところで【結界】などの守護系のスキルを使うと補正がかかったり、良い枝が手に入りやすい。――杖用ということだろうか？　とりあえず木に愛されるらしいです。これから家に手を入れようとしている身には、材料にし辛くなるので微妙な気分だ。

称号【ヴェルスの理】封じられた力を解放した時、効果が数倍になる。効果の大きさ・時間は封印していた期間による。……ヴェルスが、試練がどうこう贈るモノがどうこう言ってたのはこれだろうか、らしいといえばヴェルスらしい効果だ。しかし、【傾国】を封印するつもりなのだが、解放したらどうなるんだこれ。

スキル【技と法の称号封印】は自己の称号の封印が任意で可能。技と法はルシャとタシャのことか？　基本神々の力は同格なので、属性《あいしょう》が偏るとその神の影響が強くなり、その系統の称号を抑えきれない場合もあるようだ。あと、使用者《わたし》が怒りに我を忘れたりしても解放される。少し効果が緩いところがあるようだが大変ありがたいスキルだ。

【スキル倍返し】はあれです、字面の通りです。発動自体はレベルによる確率と、私が同じスキルを持っているか否か、対象のスキルを受けた回数などで判定があるようだ。もちろん同じスキルを持っていて、対象のスキルを受けた経験があるほど発動しやすい。

『アシャの火』は炎が中で揺らめいて見える二つの黒い石、その石を軽く打ち鳴らすと火がつく火《ひ》打石《うちいし》だ。片方鉄でなくとも火花が出る――というか、打ち鳴らすと石の中の火が出る仕組みのようだ。

『白炎の玉石』は火属性大増強、杖や剣などに付ければ火属性の攻撃が威力増大、防具につければ火属性のダメージを無効とする。

『宿り木の杖』は魔法威力増大、特に木属性系統。【木魔法】だけでなく、【ドルイド魔法】や【時魔法】なども入る。そういえばユリウス少年のところに、新しい杖が出来たかどうか様子を見に行かねば。

『ヴェルス白星のズボン』は待望のズボン、こう言うと普段穿いていないみたいであれだが。効果はクリティカル率の上昇と稀に攻撃回避。攻撃回避は私が避けるのではなく、攻撃そのものを消し去るらしい。なかなかトリッキーで一筋縄ではゆかない効果な気がするのがヴェルスらしい。

「主、ラピスに【アシャの祝福】と【タシャの加護】【ヴェルスの加護】がついた」

「僕には【タシャの祝福】と【アシャの加護】【ヴェルスの加護】が。……称号【従う者】が出ていますがこれはカル殿に出た【身を捧げる者】と同じ部類のようです」

「ラピスもでてる」

ぶふっ！　いや、そうだな、展開的にこうなるよな。【傾国】の効果のせいで慌てていて考えが至らなかった。

何故だか大変嬉しそうにキラキラした目で見上げられるのだが、何故だ。その歳で人に縛られるのってどうなんだおい。……ああ、狼の獣人は群れのリーダー、思い定めた主人に従うのが幸せなんだったか。独立して自分が誰かの主人になるか、新たな主人を見つけて従うか、成人した時に再び選ぶ時が来るそうなので、それまで親代わりを務めてもいいとは思う。

だがしかし、私のステータスはお子様には見せられないよ！　な、気がしないでもない。かといって大人《カル》たちにも見せたくないが。どうしようかと途方に暮れ気味になりながら、ラピスとノエルの頭を撫でる。柔らかいいい手触り、雑貨屋の風呂場にお高いシャンプーを設置した甲斐があった！

……そんなことを考えている場合じゃないんだが。

「主、額に赤い模様がついてますよ」

ノエルが私を見上げて不思議そうに告げる。

「ああ、スキルの発現で出る模様らしい」

【技と法の称号封印】は封印中は額に蓮華模様がぷちっと浮かんでいるらしい。他はまだだが、先ほどいの一番に【傾国】を封印したからな。

「主、かっこいい」

「ありがとう？」

模様が気に入ったらしいラピスから褒められた。

「とりあえず『雑貨屋』にもどろうか」

「「はい」」

……またガラハドたちにジト目で見られるんだろうなこれ。カルとレーノの時は予測できなかったし、私のせいではないと訴えたいが、今回は言い訳がちょっと難しい。

◇　◆　◇

ストレスがたまったり、もやもやすると、現実世界では旨いものを食いに行くか、とっとと寝てしまうのが常だ。

異世界《こちら》では料理をする方に走る。好みな味の旨いものをつくり、見目も美味しそうに盛り付ける。現実世界では手の込んだ料理を作るのは片付けが面倒で嫌だが、こっちは片付けがほぼ無いので気楽だ。

何がストレスかって？　ラピスとノエルへのスキル開示を棚上げしているところにもってきて、カルが上機嫌で大変不穏な気配。スキル開示のカウントダウンをされている気分だ。

そして【技と法の称号封印】に不具合発生中。【傾国】を封じたらEPの減りがですね、休憩ログアウトぐらいなら平気だが、現実世界で寝て仕事に行って遅くなったら、神殿な気がそこはかとなく。起きている時《ログイン》なら食べて回復できるので、神々から贈られた称号を四つ封じることができる。戦闘中は二つが限界だろう。一つは【傾国】固定だし、選べるのは一つだ。

神々からの称号などの強力な称号でなければ封じる数が増やせるのだが、そっちはあまり封じても意味はないというか、封じなくても怪しまれない部類というか。

そういう訳で料理をしている。

山葡萄ジュース、結構濃厚なので小さな良く冷やした杯に。

数の子入り松前漬け、昆布巻き、煮鮑、豆腐、斑鴨のテリーヌを一つの皿に少量ずつ盛り付けて前菜っぽく。

昆布締めした『紅葉鯛《もみじだい》』、とれたてのプリプリしたものも美味しいが、鯛はしばらく熟成させてねっとりした甘さに。魚だってタンパク質なのだから、肉と同じく熟成したほうが旨いものだってあるのだ。『透明烏賊《とうめいいか》』を細く切ったもの、透明といっても少し白をはらんでいる、まあ、海中では姿が見えないレベルだ。白の中に赤い『一角鮪《いっかくまぐろ》』の刺身。白い大根のツマと赤と緑の海藻。

海藻よりも、本当は紅蓼《ベニタデ》、季節が違えば、穂紫蘇を添えたい。目にも鮮やかな黄色の食用菊も欲しいところ。そして西洋ワサビしか持っていないことを思い出す、早くフソウに行かねば！

『鋼甲羅蟹《はがねこうらがに》』をのせた海藻の酢の物。ふわふわの『攻殻海老《こうかくえび》』しんじょ、『青若鮎《あおわかあゆ》』の塩焼き、タマとミーの卵で作ったプルプルの茶碗蒸し——鶏肉《マルチキ》と海老は下味を先につけて水っぽくならないように——、牛肉《ブループ》の青朴葉《あおほおば》味噌焼き、ご飯。サッカーボール大から熱を通すと見慣れた大きさまで縮んでぷりぷりになる『巨大アサリ』の味噌汁。

生物が苦手なレーノの刺身は攻殻海老のニンニク醤油蒸しに差し替え。ノエルとリデルのものは全体的に量を控えめに、ラピスは恐ろしいことにガラハドと同量で大丈夫。どこにはいるんだろうか？

足りないだろう人用に春先に溜め込んでいた山菜の天麩羅。

米が減る！　などとは考えない！　旅館の夕食風だ。

「茶碗蒸し？　これうめぇなあ！」

「天麩羅ですか、これもおいしいですよ」

「主、アイスが美味しいです」

「タルトもいいわよ」

全員揃った夕食時、春さんとタマミーに完敗。脳内にポチが勝鬨をあげて長々と鳴いているのを思い浮かべながら茶碗蒸しを食べる。悔しいことに絶品です。天麩羅もサクッとした衣が主役な感じなところに山菜のほろ苦さ。甘いものに関しては触れるまでもないだろう。大半が水な味噌汁もすばらしい。……完全に素材が勝っている。

ご飯も水のおかげで美味しいが、これは卵を使うパスタとか、牛乳バターたっぷりのパンが良かったのではなかろうか。ホットケーキを五枚重ねとかにしてバターとハチミツをかけ、ミルクアイスを添えたらものすごくテンション上がりそうだ。いつもの二人組だけでなく、全員が。

……いや待て、ラピスとノエル、カミラはともかく自分も含めて他の男どもがホットケーキを前に恍惚とした表情の絵面は怖い。和食《これ》で良かったんだ、私の選択は間違っていない。今現在だって十分いかがわしい、人の顔見て我が顔引き締めろ！

ラピスは無表情気味ながらも、背景に花が飛んでいるのが見える気がするくらい、耳をピコピコさせて嬉しそうに食べている。リデルはラピスのその姿を見て、ラピスと同じものを口に運んではニコニコしている。

ノエルは……、ノエルはダメな大人の様子が気になるようだ。潤んだ目を通り越して涙浮かべて恍惚としている大人は見ないであげてほしい。その驚いてぼわっとした尻尾を触りたい私もダメな大人だ、固まっている今がチャンス？　いやいや、自重自重。

……米も、フソウに行くより今現在持っている種籾で【庭】で水田を作ったほうが、ファルの水の効果で高ランクの米が出来そうな気がする。酒も醤油も水を替えて作り直そう。

どちらにしてもフソウへは、山葵《わさび》や他の日本らしい食材を探しに行く気だ。山葵は種を手に入れるなり株分けで増やすなりどちらでもいいが、とりあえず沢山葵にすればこっちもファルの水の影響をモロに受けるはず。

ああ、台所に『アシャの火』が焚ける竈を作ってもらわねば。今現在の設備は、ほぼ現実世界の設備と変わらない。味気ないけれど便利だ。が、『アシャの火』を使える環境ではない。――【家】の方は竈に合わせてレトロな感じで揃えようか。

選択といえば、ガラハドたちが合流した後、しばらく食事を選び棚から出して並べていたのはカミラだった。

ある時彼女は、大人と子供に別の料理を出した。具体的には、ケチャップの赤との対比が目を引くオムレツ、やたらオレンジ色なスパゲッティナポリタン、ハンバーグに目玉焼きをのせて、エビフライにはタルタル、さあ旗はどこに立てる⁉　という、いわゆるお子様ランチをラピスとノエルの前に置いた。確か私たちの前に出されたメニューはローストビーフやら冷製カボチャポタージュやら、まあ品のいい料理だった覚えがある。

「ラピスは大丈夫っぽいけれど、ちょっと量が多いんじゃないかしら……」

量の心配をしつつ、ノエルを見るカミラ。

見られたノエルはといえば、お子様ランチを見て困ったような顔をしている。ノエルは、お子様向けのわかりやすい味が、濃かったり単調に感じるらしく、あまり好きでない。

そして一人、捨てられた子犬のような眼をしてお子様ランチを見ている。正確には二人なのだが、もう一人は見ていることしかわからん。ノエルはともかく、大人は自分で交渉してほしいのだが。

困惑するノエルの前からお子様ランチを持ち上げ、カルの分と交換する。量が多いのはもともと大人向けに作ったものだからだ。

「え、あら?」

私がノエルとカルの食事を交換するのを見て、レーノもラピスに目で訴えたらしく、戸惑うカミラの前でこの二人も交換。ラピスは肉が好きなようだが、好き嫌いなく美味しそうになんでも良く食べる。

「ではいただこうか」

「「「「いただきます!」」」」

四人の声がハモり、四人それぞれ美味しそうに食べ出す。カミラとガラハド、イーグルが固まっている。

「ジジィ、いつも優雅に晩餐食ってたじゃねーかよ」

「ランスロット、様?」

「待って、お子様《そ》ランチお二人用《れ》だったの？」

あれです、レーノはともかくカルの好みに衝撃を受けたようだった。視線の先のカルは優雅さはそのままに、大変幸せそうにオムレツを口に運んでいたが。

レーノも肉はイマイチらしいのだが、ハンバーグは好きらしくこちらも幸せそうだった。

あの時、三人の最強騎士像《ランスロット》が打ち砕かれた音を聞いてしまったかもしれない。などと思いつつ、カルの淹れてくれた紅茶を飲む。紅茶もいい茶葉が欲しいところ。

「主、報告があります」

以前のことを思い出して油断してたら来ましたよ。

「ナンデスカ？」

「何故片言なのかはこの際置いておいて、本日無事に神殿へのアイテム返却が終了しました」

さわやかな顔で告げてくるイケメン。話的にもすっきり爽やかな内容だ、私以外には。

「討手に関しては、主に迷惑をかけぬよう、容貌を変える方向で行こうかと思っています。その際、ガラハド達《これら》から辿られるおそれもありますので、合意を得られれば一緒に、と考えています。そのための手段はすでに準備済みです」

その手段というのが大変気になります。

ものすごく最近見た夢を思い出す。聞いてるだけで冷や汗が出てくるのだが、突然名前を出されたガラハドは何だ何だという顔をしている。

「まあ、私たちも帝国からの扱いは微妙だろうからね」

「そうね、迷惑はかけたくないし、同胞と戦うこともしたくないわ」

「見てくれなんかにこだわりゃしねーしな」

止めろ！　同意する方に傾くな!!　私の見た夢フラグは危険が危ない!!

「では三人とも同意、ということでいいな？」

爽やかな笑顔ではっきりした返事を三人に促すカル。言質、言質なの？

「ああ、それで……」

「ストップ！　そのままでいい！　私はその姿が好きだ。討手が騎士ならラピスとノエルに無体なことはせんだろうし、そのままでいろ。危ないと思うならラピスとノエルに争いから逃げられる術を教えてくれ」

合意しようとしたガラハドの言葉をさえぎって一気に言い切る。

「逃げる術は教えるけどよ。可能性は低くしといたほうがいいんじゃないか？」

面食らったようにガラハドが言う。

「同性にこの姿が好きだと言われると、喜んでいいのか微妙な気になるね」

「私は嬉しいわ」

いや、カミラは化粧を落とした清楚系でもいいぞ、私。すっぴんならむしろそっちが「そのまま」だろう。

「いい方法だと思ったのですが」

残念そうに言うカル。

「いやもう、夢見が悪くてな……」

「夢？　どんな夢だ？」

「具体的に言うと、ガラハドとイーグルが女性になってた」

カルもだが。討手から逃れるために、男三人が女性に、カミラがすっぴんで服も肌を隠した白いワンピース姿に、それが最近見た夢。あの夢でも性転換の首謀者はカルだった。

「ぶっ！」

「ホムラ君？　変な想像しないでくれないかな？」

夢の内容を端的に告げると、ガラハドが噴き出し、イーグルが暗雲を背負った笑顔で言う。

「すまん、私もなんであんな夢を見たのか……」

「いい方法だと思ったのですが」

カルが同じことをしみじみと残念そうに繰り返す。

三人が私と話していた表情のまま固まった。

ギギギギッと音がしそうな動作でカルの方を見る三人。

「ジジイ？」

「ランスロット様？」

「まさか……」

「お側にいるなら、主もその方が楽しめると思ったのですが」

「怖いこと言うなああああああっ！！！」

しみじみと言うカルに、ガラハドがたまらず叫ぶ。

「ランスロット様……」

自分の眉間をグリグリと揉むイーグル、無言でドン引きしているカミラ。

危ない、本当に危なかった。いや、最強騎士なりの冗談なのかもしれない。しれないが、心臓に悪い。


討手対策を断って、そのまま堂々と過ごせと伝えてしまった結果。

カルが正装するそうです。

……正装して剣を捧げられることになりました（吐血）。『雑貨屋』の部屋はそう広くなく、酒屋三階のリビングもソファーやらの家具でやはり狭いため、【庭】でやることに決定。

私は今まで通りでいいという。では、そんな畏まらなくていいじゃないかという私の主張や、そもそも主従関係ではなく友人関係希望というのは綺麗にスルーされた。

ガラハドたち三人はなんだかんだ言いつつも、最強の騎士《ランスロット》に強い憧れのようなものがあるらしく、カルが正装することに盛り上がっている。

レーノは元々仕える対象が居てこそ！　な種族。ついでに一連の流れが興味深いのか、静かに観察している様子。なんでこんな知識を取り入れることに前向きなのに、世捨て人のような生活していたんだろう？　ドラゴニュートにとって属性の強さというのは他を捨てても得るべきものなのだろうか。

私は先に【庭】でスタンバッてろと追い出されました。ひどい。

確か騎士の十戒が『強さ』『勇気』『高潔』『忠誠』『寛大』『信念』『礼儀』『親切』『統率』『崇高』だったか。戒律も政策スローガンも大体守られていないから出来るものなのだが、ゲーム世界《ファンタジー》では建前ではなく大真面目なのだろうか。……私、なんとかの十戒で一番強く心に染みたのは、犬の十戒なのだが。今は飼ってないけど。

特に信念もなく、目標も目先のものしかない、こんな私が、何故剣を捧げられることになってるか謎だ。誰か説明をしてくれ。今までのように『潜伏先』としてならともかく、ただの雑貨屋に最強の騎士がおっていいのか？

——【庭】も夜だ。

春さんやポチたちはもうすでに何処かで寝ているのだろう、姿がない。今のところ【庭】には雨も降らず、気候も一定なので何処で寝ても問題ないが、後で自由に出入り出来る小屋でも造ろう。もう少し木を植えるのもいいだろう。

【庭】を『生命の樹』の神々の宴会場に向かって歩く。

何もない草原の真ん中でもいいのだが、ガラハドたちの盛り上がりを見ていると、未だ困惑中だというのに、それ相応の場所を考えてしまう。自由に使っていいと言われてはいるものの、さすがにルシャの建てたあの場所を使うのは気後れする。せめて一度、本来の目的である宴会をやった後ならともかく、先に違う目的で使ってしまうのは悪い気がするのだ。——背景に使わせてもらおう。『生命の樹』と神々の宴会場のそばで、『ライト』を幾つか出し、浮かべる。『生命の樹』についた露が光を撥ね返しキラキラと輝き、ルシャの造った精緻な建物はシルエットを浮かび上がらせる。タシャがいたせいか、さらに枝を伸ばした『生命の樹』から、『神泉』に露が滴る。なかなか幻想的でいいんじゃあるまいか？　欲を言えば、『ライト』が明るすぎるので照度を調節したい。ルーメン数の表示はありますか？

カルたちが来るのを待つ間、何かしておらんとこのまま逃走しようかとか、余計なことを考えてしまうので『ライト』がいじれないか実験。結果、大きさと照度は結構自由にいじれることが判明。ただ形は球形固定のようだ、もしかしたら何か方法があるとか相性があるのかもしれんが、今のところ私には形を変えられない。

色は金色、赤、黄色、オレンジと白、銀、青銀、照度を落としまくって最終的に薄暗がり色まで。あれだ、この世界の月と同じ色だ。緑が出せないことは諦めて、色がうるさすぎるので白い月明かり色に統一する。目がくらむほど明るいのもこの夜の風景に無粋だろう。随分大きくなった『生命の樹』を照らすように高く、ルシャの造った精緻な建物を浮かび上がらせるように、ガラハドたちにカルの姿がよく見えるように幾つか。

大小様々な球体を浮かべるのはシャボンを飛ばすようで面白く、ついつい夢中に。攻撃魔法でなければ、ＭＰの続く限りいける。が、一定時間超えると消えてしまうので最高幾つまで浮かべていられるか、【チャージ】まで使って本気チャレンジ。

気がついた時には、思い切りガラハドたちから抜け出してカルがこちらに向けて歩いてくる場面だった。ぐふっ！　せっかくだから多少格好をつけてスタンバッてようと思ったのに、間抜けなことになった。

　というかガラハドたちも正装してないか？　気のせい？

　手のひらに出していた、小さな光の玉を放し何でもないふうを装って、ゆっくりカルの方に向き直る。ガラハドたちがいる方向は暗く、【暗視】があってもこっちにある光とのコントラストで影が濃く、イマイチ表情がわからんが、全員がこちらを見ている。

　若干視線が痛いです先生、私でなくカルを見てください。ちょっと暇だったんです。頭上がタイのランタン飛ばす祭りのようになっとるが気にするな！

　こちらに歩いてくるカルは白と青を基調に金で装飾された装備。白い鎧には派手さを抑えた金の模様が入り、飾り布には青い縁取りと裾に近い方にやはり金の模様。腰に差した大剣も拵えは同じ三色。近づいてくる間、薄暗闇に白が浮き上がって見え、風をはらんで後ろに緩く流れるマントの裏地は鮮やかな青。

　マントを捌いてカルが私の前に跪く。ガラハドほど若くはないが流石イケメン、似合っている。おのれ！

【畏敬】使って対抗しちゃダメだろうか。絶対これ跪いてる方が地位高いというかなんというか。あれだな、私が何かの着ぐるみとか装備していて、台無しな感じにならなかっただけでもいいと思って諦めてもらおう。いや、もういっそ【傾国】解放してうやむやにしてやろうかなどと物騒なことを考えつつ、微笑んでいる私。

「我が身　主の剣となり　憂いを払い、　我が身　主の盾となり　穢れを寄せず。　この身、終生主に捧ぐことをお許し願いたい」

カルが宣誓の文句っぽいものを首《こうべ》を垂れたまま口にする。私から表情は見えないが、いつもより少し低く、真面目な声音。

ここはあれか、受ける側《わたし》が「真理を守るべし」とかなんとか返すシーンか？　いや、剣に平和の口づけをして領主だかが渡すあれは騎士になる時の佩剣の儀式か！　やばい、聞いておけばよかった！

「許す」

思いつかなかったんだからしょうがない、諦めていただこう。

短く返事をすると、カルが顔を上げ、笑顔を見せる。

「主、額に口づけをいただけますか？」

あ――……はいはい、儀式はそれで締めか。

そういえば会ったことのある男の騎士って全員額丸出しな髪形だな、イーグルは半分隠してるが。

と、思いながら身をかがめてカルの額に触れて終了。

《『騎士ランスロット』を取得しました》

《称号【ランスロットの主】を取得しました》

何故アイテム風!?

称号はランスロット何処でも強制呼び出し権&ピンチに乱入……じゃない、助けに来るそうです。あと戦闘で私のＨＰが少ないほどランスロットが強化される。

「主、ラピスも誓う！」

「僕も」

上がる声に、ラピスとノエルが居た方を見れば、カミラと手をつないでいるリデルと目が合った、にっこり笑って首を傾げるリデル。問題の二人は、すでに私の足元まで来ていた。速い。

「どちらかというと二人とも保護対象なんだが」

カルの真似をして跪こうとするのを抱き上げる。

ちょ……っ、ダブルで耳の後ろの匂いをふんふん嗅ぐのはやめてください！　まだ【傾国】の効果が残っているのかスキンシップが過剰気味。というか【傾国】の効果って消えるよな？　消えなかったらどうしよう。

「確か正式に剣を捧げられるのは騎士か、冒険者ランクＳ以上になってからでしたか？」

「……剣ならな」

レーノの確認するような問いにガラハドが何故かげんなりしたように答えた。

「大人になって気が変わらなかったら捧げてもらおうか。いろいろ学んで、ゆっくり大人になりなさい。じゃないとレーノのように、大人になってから修行に出されるぞ」

「あ、ヒドイ。気にしてるんですよ！」

ちょっと不満そうなラピスとノエルに気づかないふりをして、レーノと会話。大人はずるいのだ！

「私は一緒にいて楽しいけどな」

「僕も楽しいです。うっかり居心地もいいですしね」

「それはよかった、ありがとう？」

おっと、からかった延長で軽口が返ってくるかと思えば、真摯な答え。レーノは変なところで素直というかストレートなので時々ちょっとびっくりする。

「まあ、剣は捧げなくても【従う者】だっけ？　ホムラにジジイと一緒にスキル選ばせてもらえばいいんじゃねぇの？」

「ホムラのスキルに何が増えたか楽しみだね」

「あら、スキルはそんなに増えていないって言ってなかった？」

三人の会話を聞いて、途端にキラキラした目を私に向けてくるラピスとノエル。おのれガラハド、余計なことを言いおって！！！！

「まあ、そっちは誰か本当に仕えたかったり、一緒にいたい人ができたら乗り換えてもらっていいからな」

途中破棄は、私のステータスは下がるが、確か選んだ側にはペナルティーはなかったはず。それにラピスとノエルが誰か見つけるにしても、きっと年単位で先の話だろう。いや、いきなり実は死んだはずの両親が生きてた！　とかで離れるかもしれんが。その時は甘んじて低下を受け入れよう。

……うう、それにしてもステータス開示は気が重い。私が頭を抱えたくなっている横で、レーノがカルに向かって祝いの言葉を述べている。

「それにしてもいつの間にこんな建物《もの》建てたの？」

「繊細だね。浮き彫りも透かし彫りも見事だ。誰の作だろう？　明るいところでじっくり見たいね」

「実用なのか？　傷つけんのこぇえんだけど」

カミラたちが言い合う。

「あまり見かけない様式ですね」

「貴方の『ライト』の演出と、この建物のシルエットが『生命の樹』と相まって幻想的です」

カルとレーノも会話に交じる。

「まさか、こんな環境を整えていただけるとは思っていませんでした」

感嘆というか嬉しそうというか、そんな表情のカル。すまん、騎士の誓いのために用意した建物ではないのだ。

「ほんと、綺麗よね」

風景を眺めてはため息をついたり、うっとりと見惚れる大人組。私はまだラピスとノエルに匂いを嗅がれてます。

「それ、ルシャが造ってった宴会場」

「ぶっ！」

柱に触ろうとしていたガラハドが飛び退く。

「ちょっと、なんで【箱庭】にそんなモノがあるのよ！」

「『神の建造物』ですか。どうりで素晴らしいと納得すればいいのか、何故ここにあるのか疑問に思えばいいのか……」

カミラが私に詰め寄り、レーノが感心したように改めて建物を眺める。

「何故、宴会場……、いや、答えなくていい」

イーグルがグリグリとこめかみを揉む。

「建てたんだから仕方ないだろう。私だって驚いたが、引越し祝いを貰ってしまったしな」

「……主、そういう問題でもないと思います」

「うちに戻ろうぜ、落ちつかねぇ！」

「ランスロット様の正装とこの風景に気分が高揚して、宣誓の口上に呆気にとられて」

「まあ、もうしょうがないかと落ち着いたところで、最後にこのオチ！」

ガラハドとイーグルが口々に言う。

いや、待て、口上に何か問題があったのか？　やはり「許す」一言じゃいかんかったのか？　私は騎士ではないのだから作法があるなら前もって教えておいてくれ！！！

「あ、僕はミスティフの様子を見てから帰りますので、その間にステータスの開示をどうぞ」

「ん？　ガラハドたちも見る気満々だし、選ばなくてもレーノも見ていいぞ。もう諦めた」

「ありがとうございます、でも僕のけじめです」

相変わらず真面目なレーノ。

ゲームで良く聞く「ステータスオープン」って普通はOpen status window《ステータス画面を開ける》のことだよな。少なくともステータスを開示することじゃない。

諦めた顔でステータスウィンドーを開き、自分以外にも見えるよう設定を変更する。

「いやいやいや？」

「確かにスキルは生産系以外そう増えていないけど……」

「ホムラ？」

「お前の称号どうなってる⁉」

「貴方の称号おかしいわよ！」

「増えすぎだ！」

酒屋の三階で上がる叫び声、声に驚いているラピスとノエル。

まだ寝る《ログアウト》ことはできないようです。

《【身を捧げる者】がスキルを選択しました。使用の許可を出すことによって【身を捧げる者】があなたのスキルを二つ使用できるようになり、あなたのステータス値がスキル使用者一人につき5%上がります。ただしスキル使用者がパーティーを組んだ状態で死別した場合、あなたのステータス値が一人につき10%落ちます》

《スキルの使用を許可しますか？》

「早い！」

「？　なんだ？」

私のステータスを眺めていたガラハドたちが、びっくりしてこちらを見る。

「いや、カルがもうスキルを選んだんで。……いいのか？」

前半はガラハドへ、後半はカルへの問いだ。あれ、何かガラハドたちの時と内容が違う気が。選ぶスキル一つだったよな？

「はい、以前から決めていましたので」

「いいならいいが。――以前から？」

スキル使用の許可を出したところで、引っかかるセリフに気づいた。

《称号【支配する者】を取得しました》

まて。

ガラハドたちの時とあからさまに違う。何故新しい称号が生えてるんだ！

「申し訳ありません、主。神殿でエカテリーナ女史に回復を受けた後、しばらくして【称号】も【スキル】も以前のように戻りまして……」

「…………。もしかしてステータスが見えていた？」

ずっと？

「はい。称号【暴キ視ル眼《みてしまった》】、強力な称号なのですが何時発動するのか自分で制御が利きません。【称号】が戻った時には、主がステータスを隠したがっているのを知っていたもので……」

知らないふりをしていました。と、カルが続ける。

【眼】を持つ私のステータスが見えるのなら、本当に強力なのだろう。【ヴェルスの眼】を手に入れた途端、【浄眼】という【眼】持ちのエカテリーナは、私のステータスが見えなくなったわけだし。

【目】はアイテム系、【眼】は人や魔物に対応するスキルだ。そのスキルの効果にかかわらず【目】持ちはアイテムの、【眼】持ちは人や魔物に対する【鑑定】の精度が上がる。同時に自分が見られることへの抵抗も上がるため、私が【眼】持ちになったことで、エカテリーナは私のステータスが見えなくなった、ようだ。

「ジジイ、んな【称号】持ってんのかよ」

「あの方に対抗しうるから、というだけでなく、最初に放逐されたのはその【眼】のせいかもしれませんね」

「見えたらまずい【称号】がついているか、【状態】なのかしら？」

「かもな」

ガラハドたちが言い合う。持っているのを知らなかった様子。

それにしても、もうとっくの昔にカルに【房中術】やら【快楽の王】がバレてたのか。うう、居た堪れない！

「ところで、問題が発生しておりまして」

「はい？」

「闇の女神から祝福を頂いたことで、その称号が強化されたようで」

「うん？」

「【封印】されたモノというのは普通、【封印】としか見えないのですが」

【傾国】のことか？

「うん？」

「ああ、なんかホムラのステータスにあるな」

【封印】としか見えないのは目出度いことだが、不穏な気配。

「それが視える代わりに、代償としてその効果をもろに受けます」

……。

「ヤバイだろうそれは！！！」

何を落ち着いているのだ！

「『ヤバイ』ですかね？」

「何でヤバイと思わないんだ⁉」

封印の獣、九尾と同じ【傾国】だぞ⁉

「特に変わった自覚がないのですが……」

慌てる私をよそに、困惑しつつも当人はいたって涼しい顔。

お子様三人はポカンとしてこちらを見ている。まあ、リデルは微笑みを浮かべた表情から変わっていないが。

「ホムラ？　封印中の称号って何かな？」

「何がヤバイのかしら？」

「【快楽の王】やら【房中術】よりヤバイのかな？」

ああ、カミラの胸を堪能するのは何度目だろう。いや、違う、カミラとイーグルに左右から拘束された。そしてガラハドが笑顔で聞いてくる。

ああ、【快楽の王】がもう見つかっている。だがしかし、発生中の問題の方が気になってそれどころではない罠よ。

「【傾国】だ。……『ディスペル』効くかな？」

「……」

「…………」

「……ホムラ？」

イーグルが不穏な声で私を呼ぶ。

「無実だぞ？」

とりあえず主張をしておく。

【傾国】の説明を確認したら、リスト表示が増えていて取得者にランスロット、攻略中にラピスとノエルが記載されていた。攻略始めた覚えはないんだが！　そしてあのアイテム取得風アナウンスはこれのことかもしかして！

「今、【傾国】に惑わされているリストにある説明を読んだら、『堕とされた者は同じ境遇の者を増やそうとする』などと注意書きがあるのだが」

本格的にヤバイのではなかろうか。

「ジジイ、ホムラの為にどうしたい？」

ひきつった顔でガラハドが聞く。

「ハーレムは主が却下されたので、とりあえず神殿の掌握か、暗殺者ギルドの掌握が先か検討中だな」

何でもないことのようにカルが答える。

「なんでそうなる⁉」

「はっ？」

聞いたガラハドが声を上げ、私はちょっと頭が追いつかなかった。

「シャレにならねぇぇぇぇぇぇぇえっ‼」

ちらりとカルを見てガラハドが頭を抱える。カルはいつもと同じ微笑みを浮かべている。

「ホムラ、何でよりによってランスロット様なの⁉」

有能な騎士は考えることが大胆です。どうしたらいいんだこれ。

「あ――……、カル、私は特にハーレムも下僕も不要だからな？」

「ええ、私は主の行動を妨げない環境をつくるだけです」

ガラハドたちに何とかしろと言われて、主張してみたが爽やかな笑顔で返された。

「おい、ホムラ。あれ絶対掌握諦めてないぞ？」

ガラハドが小声で言う。

「【傾国】の効果ってどうやって解くんだ？」

「『ディスペル』でいけないか？　強力な呪いならば『ディスペル』で解けなかった場合は、神殿で儀式を執り行ってもらうのがセオリーだが」

私の問いにイーグルが答える。

「ダメよ、解いてもまた【暴キ視ル眼】が発動したらかかるわけでしょう？」

が、すぐにカミラに却下される。

円陣を組んで小声で話す私たち。

「ホムラの【称号】の【封印】はどうやったんだ？　ジジイの【暴キ視ル眼《しょうごう》】も封じちまえばいいんじゃねぇか？」

「私の【傾国】を封じた【技と法の称号封印】はルシャとタシャに貰ったものだ」

「無茶を言う」

即座にイーグルが除外。

「んな条件クリアできる奴なんかいねーよ!!」

「ホムラの側に常にいればチャンスがあるんじゃない？」

「無茶言うな！」

【傾国】にかかってるかと思うと、側にいるのは身の危険がありそうで怖い。

「……、あれ、そういえば【傾国】って同性もかかるのか？」

ラピスとノエルもかかっているから無差別なのか？

「普通は異性、だと思うけれど」

カミラがにこにこしているカルを見て口籠る。

「一般に【傾国】って言われてんのは大抵【魅了】系のスキルを多数持ってるか、それを使ってハーレム築くような奴らだからな」

「称号としての【傾国】が確認されてるのは、確か封印の獣の一匹が持つ【傾国】しかないはずだ」

「だから本当のところ対象範囲がどうかなんてわからないのよ」

ガラハド、イーグル、カミラが言葉を継ぐ。

「まあ『男という者たちは、傾国九尾クズノハに、年寄りから赤子まで惑わされた』って文献にあっから異性だとは思うけどな」

ガラハド、割と勤勉だな？

「ホムラは複数の神から寵愛を受けていて、それが影響してる可能性も否定できないよ」

ああ、愉快犯とか残念女神とか凄く影響してそうだ。くれたのもあの二人だし。イーグルに言われて、思い当たる節ばかりで頭を抱えたい。

「わかった、ホムラ、諦めてハーレムつくれ」

「ぶっ！　なんでそんな話になる！」

「ああ、そうね。ハーレムが却下されたから、別な方面で補填しようとしてるんだものね」

「ハーレムと町の支配では、どう考えても前者の方が平和だね」

閃いた！　みたいな得意顔のガラハドと納得している二人。

「その場合、カルが誘うのはガラハドたちからだと思うが？」

笑っていない笑顔で告げてみる。

「ぶっ！　なんで俺たち⁉」

「カミラはともかく私とガラハドは……、ああ、性転換……」

イーグルが嫌なことに思い当たった、みたいな顔をしている。うわ～～～という顔だ。

「あんのクソジジイ、どこでそんなもの手に入れたんだか」

「闘技場じゃないかしら？　誰かからランスロット様が過去三連覇した記録があるとか聞いたことがあるわ」

「ハーレムは俺たちが平和じゃなくなるから止めよう」

自分の身に火の粉が降りかかりそうなことに気づいて、前言撤回するガラハド。

「あら、私はホムラのハーレムなら入ってもいいけど？」

「え」

いかん。また、からかわれているだけだろうに反応してしまった。

「『【戦闘不能】後、通常状態で蘇生可能期間が三日間に延長される』とか、冒険者にとって魅力的じゃない。……ホムラならいいわよ」

何がいいんですか？　カミラさん。そこのところを詳しく！　と思ってしまうのは無粋なんだろうか。

「相談事はまとまりましたか？」

「うを⁉」

ドギマギしていたらカルに声をかけられて驚いた。

「まだです！」

同じくびっくりしたらしいガラハドが勢いよく答える。

「それにしてもアレ、【傾国】にかかってあの状態なの？　普通に見えるんだけど」

【傾国】いつついたんだ？」

「私に称号が出たのはつい最近だ」

だからかかったのはついさっき、のはず。

「……再会した時から今まで、ランスロット様のどこが変わったって言えないんだけれども」

「王が代替わりして、ジジイの仕え方が形式的《うわっつらだけ》になってるって、あの方が言ってたことがあったが……」

「少なくともそのことに関しては本当だったようですね」

イーグルさんや、あんまり眉間とかこめかみグリグリやりすぎて赤くなってますよ？

「町の平和を取るか、見て見ぬ振りをして俺たちの心の平和を取るか」

「え、二択しかないのか⁉」

困るんですが。

「他に何かランスロット様を止める方法があれば教えてほしい」

真面目な顔でイーグルに聞き返される。

「ランスロット様のことだから町を掌握しても私利私欲には走らないと思うし、ひどいことにはならないと思うけれど……」

掌握成功することは確定なんですか？

おかしい、ステータスで色々突っ込まれるのを覚悟していたのに、大きいんだか小さいんだか謎な問題が発生中だ。どうするんだこれ、とりあえずそろそろログアウトしていいだろうか。

……問題の先送りとも言う。

「ところで、スキルは【技と法の称号封印】【錬金魔法】をお借りしました。【法の称号封印】に効果は落ちましたが、【暴キ視ル眼】を封じる分には問題ないようです。【傾国】の影響はラピスとノエルを連れて明日にでも神殿で解除してきます」

ん？

「もしかして効果無しか？」

恐る恐る確認をする私。あとあれだ、カルはファルだけでなく、タシャの祝福持ちか？

「いえ、無自覚に惑わされているのか、【ファルの寵愛】で精神が高いせいで正気か……。自分でも判断がつきません。ただ、主のリストに出ているなら前者でしょう。なかなか怖い状態ですね」

自分でも判別つかんのか、精神操作系は厄介だ。

「それに、私は主の称号を『視て』かかった自覚があったのですが、そうでない場合は、自覚できないでしょう。……帝国は本格的にまずいかもしれませんね」

「ん？　帝国は『鵺』で、【傾国】持ちの『クズノハ』ではないんじゃないか？」

「【傾国】にかかった時点で、レーノ殿に【傾国】について何か知っていることがないか、それとなく聞きました。クズノハ本体がフソウ国に封じられているのは有名ですが、封印当時『身外身』が一匹国外に逃れたそうです。帝国の状況と考え合わせると、『鵺』の封印を緩めたのはソレではないかと」

身外身って孫悟空のあれか、毛でつくる分身だったか。もふもふだろうか、もふもふ増量だろうか。

「厄介だなオイ」

「ホムラ、【傾国】の効果で他に知っておいた方がいいことは？」

「『堕とされた者は同じ境遇の者を増やそうとする』、『時間が経つにつれ、逆に独占しようとする』、『ただし、対象者の知能によって方法は様々』、『往々にして【傾国】を持つ者の制御も利かなくなる場合がある』だ、そうだ。ついでに傍目から見ておかしい、と感じる程度にならないと状態異常表示がつかんそうだ。総合評価、面倒くさそう」

「……はやまりました。帝国でのこと、始末をつけてからお仕えするべきでした。申し訳ない」

カルが笑みを消して謝ってくる。

「いや、そんなに状況は変わらんだろ」

面倒でもボスなら一度は倒しにゆくのがプレイヤーです。

むしろ住人だけで討伐《かいけつ》されてしまったら、そっちの方がどうしていいかわからん。季節イベントの報酬アイテムだって、能力的にどうしようもなくとも一通り揃えるよ！

「とりあえずカルは明日、神殿に行ってくれ。以前はむしろレーノを牽制してたのに、神殿と暗殺者ギルドを近づけようとするなんて怖すぎる」

「……好ましい性格にしても、正体の知れない彼に、主の情報を漏らさないよう気をまわしていた記憶があります。馬鹿な……、私が選別もせずに、主が望まない不特定を関わらせようとするだと!?」

額を軽く押さえるカル、後半は声がやや低くなって愕然としている様子。

もしかしなくとも本気で厄介か？　ラピスとノエルの異常にはすぐ気付いたのだが、直接的行動に移さない大人は判別が難しそうだな。ちなみにラピスとノエルは、現在左右から私にくっついて座っている。

「うへぇ、俺も明日神殿行ってくるわ」

ガラハドがげんなりして言う。

「ん？　ガラハドたちはリストに上がってきとらんぞ？　発動した覚えも無いし」

「いや、ホムラじゃなくて帝国で遭ってっかもしんねぇし。ジジイでこの状態じゃ、俺がかかってねぇ自信ねぇよ」

「他の騎士たちも見つけ次第、神殿に放り込んだ方が良さそうだわ〜」

「明日、その辺りも交渉してこよう。それに、儀式以外の対策があるか聞こう」

三人ともカル共々神殿に行く様子。

「ああ、では倉庫から適当に孤児院への差し入れ持ってってくれ。炊き出し用の材料と料理――以前作った、春さんたちの素材使ってないのが結構あるから」

余り物で悪いが、そこそこ豪華にはなると思う。

「おうよ」

そういうことになった。

「主、ラピスは【心眼】を主とお揃いにしたい」

「僕は【攻撃回復・魔力】をお願いいたします」

話が終わるのを待っていたのか、一段落ついたところでラピスとノエルがスキルを選ぶ。

「どうぞ。ノエルは魔術士になるのか？」

「はい。お店の手伝いもしたいので薬も作りますが、やっぱり主やラピスについて行きたいですから」

「好きなことやってもらって構わんが、遊ぶことも大切だぞ」

「おう！　遊びにこそ人生の哲学があるんだぜ！」

ガラハドがラピスとノエルに向かってウィンクする。のびのび育った見本みたいな男だ。

スキル使用の許可を出すと、称号【絆を持つ者】のリストに二人の名前が載った。カルと何が違うんだろうな？　剣を捧げられたことか、【傾国】にかかりまくってたことか、心当たりはあるがはっきりしたことは謎だ。

「く……っ、【快楽の王】にツッコミ入れたいのに、今のジジイが怖くてできない！」

無駄にオーバーアクションで膝をつき、絨毯に拳をぶつけるガラハド。

「それに触ると話題を蒸し返しそうだ」

「あら、私は立候補、取り下げないわよ」

称号効果目的《だ さん》でも嬉しい申し出。

【快楽の王】は【房中術】共々使用の予定は無いがな。とりあえずカルのおかげでそっち方面では絡まれないで済む様子。私もコワイ思いをしたので、これくらいの特典は許されるだろう。

「称号すごいね」

「増え方、はんぱねぇな」

「スキルも生産系抜いても普通の増え方じゃないわよ？　生産系が増えすぎてて一瞬スルーしちゃったけど」

「【惑わぬ者】【赤き幻想者】【スキルの才能】【不死鳥を継ぐ者】【迷宮の王】【幻想に住む者】【白の領域を持つ者】、聞いても効果が想像できねぇのも多いな。全部説明読むだけで一苦労だぜ」

「MP回復系が多いね？　EP回復系が揃ったらどこまでも延々戦い続けられそうだ」

「【九死に一生】とか【復活】とか、HPも耐久も少なめなのにガード堅いわね」

「少なめったって、盾と比べてか他のホムラのステータスと比べてだろ、それ。魔法剣士なんだぜ？」

「よくこれだけのスキルを短期間で育てたね。そちらの方が驚きだ」

「【幻想魔法】って調べたらあれだろ、昔の強かった帝国にいた【最強の軍をつくる者】とかいう……」

聞いたことがないと言っていたのだが、調べたのか。

「環境系のも多いわねぇ。ホムラが隣にいればダンジョンでも快適な気がするわ」

好き放題言われているが平和だ。

カルがお茶のおかわりを淹れてくれたところで、レーノが戻ってきた。ミスティフたちは、人の姿がないあの島を気に入り、安心して過ごしているそうだ。めったに見ることがないが、とりあえずもう少しどっしりした木でも植えようか。魔物替えはうまくいっていないが、景観から少し整えよう。身を隠すのにもいいだろうし。

全員が揃ったので、せっかくなのでブラックジュエルベリーのタルトを提供。早くタルト生地にもクリームにも負けない果物を手に入れたい。食べないとEPがやばい。

どっと疲れた。夕食と風呂を済ませて、お茶漬たちとの合流に備えよう。

EPがフルになるまで腹持ちの良い物を食べ、寝る事《ログアウト》に備える。これ、現実世界だったら確実に太る。寝る場所は【庭】だ、【庭】の設定を一時的に自分だけ入れる鍵付きに変更、これで危険はないはず。私の危険というより相手の危険だが。

あれだ、こちらにも後でもっと木を植えて、サバイバルごっこをしよう。タープテントとか、差し掛け小屋、焚き火でじっくり焼く肉。サバイバルというよりリゾートだが、手軽にハンモックもいいかもしれない。そんな事を思いながら、いつもの隠蔽陣の布団で眠りにつく。微睡《まどろみ》の時間は、電脳世界からログアウトする処理のための時間だろうか。

『――ひさ　く　ひと　や　いきも　のすが　など　みなかっ　が　いったい　な　をどう　まよっ　のか――』

何か意識が沈む前に声が聞こえてきた。男女の声の区別も、年齢の区別もつかないほど途切れ途切れな小さな声。下手をすると声ではなくただの音に聞こえそうだ。

『何だ？』

声に聞き返す。夢なのか、現実なのか。いやまあ、イベントなんだろうけど。

『そち　からも　と　るな　て――　きょう　いが　そこ　で　うすくなって　もう　――
――　あ　り　いい　では　な――』

胸囲が薄くなって？　違うとセルフツッコミ。

もともと遠かった声がさらに遠ざかり、切れ切れに届いていたそれもやがて聞こえなくなった。

現実世界で目が覚める。

何だったんだろう？　少しベッドに座って考える。ゲーム脳的には邪神か、邪神を封じるために一緒に封じられている誰かの声な気がする。

推測するには情報が揃っていない。考えるのをやめて、夕食にする。冷蔵庫からオレンジ果汁を混ぜてある塩麹に漬けた豚肉を取り出し、適当な野菜と一緒にオーブンに入れる。フライパンで焼いてもいいのだが、オーブンに任せている間に汁物の用意。使う習慣が付いてしまえば、オーブンは楽だ。手入れが面倒だが。柔らかな豚肉は香ばしく、ご飯が進む。

風呂に入って、雑事を少しこなして、再びゲームにログイン。現実世界も片付け要らずになってくれると嬉しいんだが。

二　騎獣

《称号【？？？の加護】を手に入れました》
《『天地のマント』を取得しました》
《お知らせします、初めて【？？？】に接触し、【？？？の加護】を取得しました。なおこの情報は秘匿されます》
《称号【天地の越境者】を手に入れました》
ログイン《おき》したらアナウンスが流れた。【？？？の加護】ってなんだ、【？？？の加護】って。
まあ、順当に言って邪神か、光と闇の神のように伏せられた九番目の神かな？　ここ太陽神がいないから太陽神とか。普通は光の神が太陽神兼ねてそうなのに、ヴェルスは『星』の記述は見るのだが、アイルの図書館でも古本屋でも、文献に太陽という表記は見たことがない。
だが、あの二柱については文献もほとんど無いし、見つからないだけで太陽も司ってるのかね？　ヴェルナと兄妹というので、ヴェルナは白い月、ヴェルスは金色の月かと思っていたけれど、今回の【？？？】さんが、どっちかの月かも知れん。ストーリーが進めばこの辺も明らかになってくるのだろうか。いや、そもそも何故あんな声を聞いたのか。イベントが起きたトリガーは何かな？

それにしても【庭】で寝てよかった！　神殿行きになったらスキルが解けて、などと思っていたが、その前にＥＰ０になった時点でスキルが止まる。……あれ、もしかして宿屋の個室とか鍵がかかる部屋なら、気にしなくともよかったんじゃあるまいか？

つらつらととりとめもなく考えながら食事をとる。ＭＰは少し減っている程度だが、ＥＰ０はとても怠い。アボカドとサーモンのタルタルを薄切りのバゲットにのせて、クリームチーズとタラコを混ぜたディップも美味しい。スティック野菜にマヨネーズが今は正義、何せ材料が卵と酢と油だからな。

一人なのでテーブルを出すこともなく、横着してトレイを膝に置いて手づかみで食事を済ます。人心地ついたところで貰ったものの確認。

【？？？の加護】については、【鑑定】【ヴェルスの眼】共に読み取ることができなかった。まあ、本人《ヴェルス》の印象のせいかもしれんが節穴な気がそこはかとなく。カルの【暴キ視ル眼】なら見えるかもしれんが、頼む気はない。頼むのはチャレンジャーな気がする……。

【ヴェルスの眼】は不正とか欺く系の意図のあるものには突出して強いが、他はイマイチな気はする。

【天地の越境者】は、結界やら境界やらスルーして入り込めるようです。【解結界】の立場が……っ。いや、解くことによって解放されるモノがあったりするのか、白とか。

『天地のマント』はマントです。単色茶色に織りで模様があるのだが、その模様が角度によってうっすら光る。これも効果が謎だ、というか【鑑定】すると【今のところやる気はないようだ】とでるのだが、なんだろうこれ。

あ、触ったら白くなった。触った者のステータスで色が変わるのか、コーディネートで色が変わるのかどっちだ？――コーディネートで色が変わるようだ。パーティープレイ用の通常装備に着替えると、手に持つマントは夜空のような濃い紺色に変わった。早速装備。

「ぬあっ！」

いきなりかかるG。いや、重力ではなくこれは……。ステータスがキレイに半減してるんだが！　称号までもが半減マーク、無事なのはスキルだけだ。

呪い!?　呪いのアイテムか！　慌ててもう一度【鑑定】すると、鑑定結果が【とりあえず存在感をアピール中】となった。嫌なアピールの仕方だなオイ！　しかも脱げません。しかも透過できません。着たきり雀!?【パジャマと全裸は考慮するようだ】ってオイ！　夜着に装備替えをしたら脱げた、が、装備を戻したらついてきた。自動装着。

これはあれか？　今の私はパジャマ装備の方が強いのか？　一瞬、パジャマらしいパジャマの上下にボンボンのついたナイトキャップ姿で、颯爽と魔法を放っている自分の姿を想像。焦って神器装備に着替えると、今度はやたら身が軽い。

マント鑑定結果【俺はヤルぜ！……の気分のようだ】

ああ、うん、ステータス跳ね上がってるのね……。称号は普通のようですが、素のステータスが三倍以上ですかそうですか。脱いで着てを繰り返した挙句分かったこと。神器、それも神の名前を戴く装備を三つ装備した時点で正常値に戻り、四つ目からはステータスが跳ね上がってゆく。『タシャ白葉《しらは》の帽子』『ヴェルス白夜《びゃくや》の衣』『ファル白流《はくりゅう》の下着』『ヴェルナの闇の指輪』『ヴェルス白星のズボン』『ヴァルの風の靴』、お世話になっています『アシャ白炎の仮面』。そして『ヴェルス断罪の大剣』装備が今のところ最強装備。

まあ、私が大剣をうまく扱えんので数値だけでの話だが。

普段は『疾風のブーツ』を履いている。『ヴァルの風の靴』はどう見ても女物で、装備はできるけれど履けない罠。名前がわからんので調べたら、ベアフットサンダルとかいう種類のビーチウェディングで花嫁さんがつけるものに似ている。

足首の細い女性がつけたら似合うだろう。調べるまでこんなもんがあるのも知らんかったが。あれだ、この世界では神殿に舞を奉納する剣舞の女性がつけたり、踊り子さんがつけたりするらしい。どっちにしても女性もの、ストレージの肥やしと化している。

因みに着替えを繰り返したら、特に効果に影響はなかったが、鑑定結果が【飽きてきたようだ】になった。ついでに裸になったらマントはそのままだった。パンツにマント……っ！……考慮してくれる全裸は全裸のようです。全裸ってはっきり書いてあったが、ちょっとは大丈夫なんじゃないかと思った私が悪かった。

そろそろクランメンツがログインして《あがって》来る頃なので、移動しよう。すでに菊姫とお茶漬は居る様子、クランハウスに居れば、そのうち揃うはずだ。普通装備に着替えて転移する。マントのおかげでステータスが落ちているのだが、『ファル白流の下着』を着ると、多分パーティーを組むのに丁度いいような気がするので、結果オーライだ。他の神々の装備を差し置いて、ファルの下着をつけることになるとは思わんかったが。こう、強さの調整ができるようになった、と前向きに思っていいだろうか。振れ幅激しすぎるような気がする。

【ぱら☆だいす】島――レオ命名――のクランハウスに転移すると、菊姫がふかふかの布団を抱えていた。

「こんばんは。どうしたんだそれ」

「こんばんはでしー。いい羽根がむしれたから作ったでし！　一つあげるでしよ」

どうやら作った布団を、クランの共有倉庫の個人枠に突っ込んでいるところだったようだ。

共有倉庫は少し特殊で、共有枠は自由に出し入れ可能、個人枠は入れることは自由にできるが、出すことは対応する個人しかできない。共有は現在５００枠、個人はデフォルトが50枠、お茶漬は早速増やしている。

「ありがとう」

すでに私の分は個人枠に突っ込んだ後ということで、私も共有倉庫の端末という名の箪笥に向かい、羽根布団を取り出す。ふかふかである。

「ホムラは新しいマントでしか？」

「ああ。外せなくなった」

貰いっ放しも悪いので、迷宮でドロップした『双頭の鷲の羽毛』『ミルハーピーの胸羽根』をお返しに菊姫の倉庫に突っ込みながら答える。

「……呪いの装備でしか！」

「そうじゃないらしいのだが、透過もできなくてな」

「パンツと同じ扱いでしか」


マント鑑定結果【裸パンツ＋マントはもう経験済み……という気配がする】

やめろマント、何を言い出す！　確かに試したけど……っ！

「屋内とか邪魔な気がする」

「マント装備多いし大丈夫でしよ」

「装備替えてもマントで半分見えないのもな」


マント鑑定結果【マントは形を変えられるようだ】

「わっ」

「形が変わったでし！」

マントが一般的な大きな一枚布のマントの形から、真ん中で割れて2枚の布になった。布の先には私の他の装備と揃えた飾り房。

「どうなってるでし？」

「わからん」

「でもいいでしね。似合ってるでしよ」

「ありがとう」

色だけでなく形も変えられるのか。マント器用だな……。

共有倉庫の私の枠には、他にもレオから魚介が詰められていたので、お返しに調理したマルチキの唐揚げやらを放り込んでおく。ついでに共有部分に各種薬と、『転移石』『帰還石』。

クランハウスで何をするかというと大抵が生産なので器用さが上がる卵料理を詰めておく。レベル上げ生産は、ほんのちょっと高ランク素材を使って、ほんのちょっと高レベルな生産をすると、経験値が多く入る。ただ、失敗するともらえる経験値が下げられるので、なるべく失敗しないギリギリのラインで大量生産をするのだ。失敗すると売値が下がるのでお財布にも痛い。

大量生産をするときは、味わう間もないような食い方をするので、大量に詰めた卵料理は普通の卵が材料です、あしからず。タマ・ミーの卵を使った料理も少量入れたが、これは何か失敗したくない自分の装備を作るときなどに食べてもらおう。

共有枠には他にも誰かが入れたらしい属性石やら、材木やら木の実やら、皮やら雑多なものが入っている。自分で使わない素材、全員が使うだろう素材を放り込んで行ったのだろう、なかなかカオス。

「共有倉庫って並べ替えできたっけ？」

「できてほしいでしけど、説明読んでないでし」

「個人の方はできるけど、共有はできないんだな、これが」

階下――玄関がある階を一階とカウントして下にある部屋、巨木の上にあるので、地上よりはるかに高い場所にある――から出てきたお茶漬が会話に加わる。

「不便でし！」

「もうバグに近いよね。そのうち改善されると思うけど」

「これ、レオとシンはゴミも詰めてるでし」

菊姫がぷりぷりしながら言う。

「モッタイナイ病で捨てられなくて、却って貧乏になる典型」

「あ、初期の敵の魔石くれ」

改めて覗いたら、トビウサギやらモグラやらのランクの低い魔石が詰められていた。

「何かに使えるの？」

「そのうち貴様らも大量に使うと思うぞ？　ＨＡＨＡＨＡＨＡ！」

お茶漬が聞いてくるが、伏せられる情報は謎バレに直結なのでストレートに答えられない。

ログイン時に『現実世界でのゲーム知識封印』にチェックを入れているので、現実世界でなら話し放題なのだが。チェックを入れないと現実世界でのことも謎バレ扱いになる。電脳世界に意識が再構築されている時点で、記憶やら考えが丸見えなんだろうなあと思いつつ。実際、気持ち悪がってチェックを入れない人もいるそうだ。まあ、処理上のことで、一人一人の見分けはつかないそうなので良しとする。

ログアウト時点で『精神ダメージクリア』というのもあるので、現実世界でゲーム内事件の精神ダメージを引きずることはない。事象そのものからではなく、記憶によるダメージはあるが、ワンクッション置くので、生活に影響を及ぼすことはほぼない。どこか映画を見ているふうだと言えばわかりやすいだろうか。

「こんばんは〜」

「こんばんは」

「こんばんはでし〜」

「お帰り、こんばんは」

ペテロが来て、再び倉庫談義。そうこうしているうちに、レオとシンもやってきて全員揃った。

レオとシンにゴミは容赦なく捨てると、お茶漬が宣言したところで本日の行動を決める。

「新しいとこ行きたいぜ！」

「迷宮？」

レオにお茶漬が聞き返す。

「海賊島行ってみたい！」

「ああ、ご近所さん」

シンの言葉に私が答える。

「ああ、ここ買う時に不動産屋が言ってたね」

「どこもかしこもプレイヤー向けな場所は危ない場所が近くにあるでし！」

「待って、君達。船ないのにどうやって行くの？」

お茶漬の言葉に現実に戻る。そういえば船着場もまだだった。


結局、アイルに騎獣を探しに行くことになった。何人かのプレイヤーがすでに乗っているらしい、らしいというか炎王たちとロイたちが乗っているそうだ。まだ全員分手に入れておらず、チャレンジ中だそうなので現地で会うかもしれない。

私も騎獣を手に入れに行くことに否やはない。レーノに多少後ろめたさは感じるが、人前で普通に乗れる騎獣が欲しいのだ！


私はあまり使わないというか、使ったことのない【救援】機能。【乱入可】にチェックを入れておくと、フィールドでの戦闘で、パーティーに空きがあれば途中参戦者が入れるのだが、【乱入した側】は経験値のみで、アイテムは手に入らない。

【乱入】と違い、【救援】は、別パーティーで参戦でき、アイテムの権利は【救助者】へと移る。フィールドで自分達より遥かに強い敵と遭ってしまった場合など、【救援】を出す場面は結構あるらしい。

うん、私はいつも人の少ないところに行っているせいで、【救援】出しても救助者来ないな！

かわりに【乱入可】にしとるだけで、パーティー人数オーバーだろうと何だろうとピンチになると約一名来るようになったが。

何故今まで使わなかった機能の確認をしているかというと、【騎獣】は、対話やアイテムを渡すことで仲間になるモノ、戦闘で屈服させ仲間にするモノ、と様々なのだ。

一対一、処女のみ可とかユニコーンさんは好き嫌い激しすぎだと思うが、騎獣としてはベタな種なのでいるのではないかという予想の下、他にもソロを条件にレアな個体が寄ってくるかも……、という期待により行動はソロだ。クラン会話でお互い好きそうな騎獣がいたら教えて、戦闘パターンの場合は【乱入】もしくは【救援】を使って捕まえようという魂胆だ。【乱入】【救援】のために少なくとも二人はつかず離れずで行動している。

騎獣を捕まえられるという場所に【烈火】と【クロノス】の面々がいた。【烈火】のメンバーはうちと同じくパーティー人数の六人しかいないのだが、【クロノス】のクランメンバーは気がついたら更に増えていて、知らん人がいっぱいだ。

そこまでぽこぽこ鉢合わせするほど狭くはないのだが、【騎獣】探しは早い者勝ちの様相を呈している。まあ、途中で会ったロイたちは「【乱入可】にしといてくれれば手伝うぜ～」と言ってくれているのだが。

「なんかこう、視線が痛かったね」

「弱小クランが邪魔すんじゃねぇ！　という電波を受信しました」

「クランマスターの知り合いだからってずうずうしい！　ってのも追加で」

ペテロが言えば、お茶漬とシンも続く。

「あれでし、闘技大会上位クランだぞおらぁ！　みたいなのを感じたでし」

「こっちはその大会優勝者が交じってるクランなんですが……、面倒なんで言わないけど」

「面倒なことになる未来しか見えないから、ぜひ内緒にお願いします」

お茶漬が面倒ならば、私はもっと面倒なのでぜひ。

「わははははは！」

「個人戦の上位者も入ったみたいだし、大きくなったね、クロノス」

そう言うペテロも、私を含む他のメンツも、知ってる人の人数を知らん人の人数が上回った時点で、【クロノス】のクラン会話に交じれるビジターは返上している。

「面倒見が良さそうだもんな、ロイ。物理的に助けた後の面倒は、他のメンツなイメージあるけど」

あくまでも私のイメージです、実はきめ細やかな気配りの男かもしれん。いや、メールの文面とか見る限りそれはないか。

そういう訳で、【クロノス】や【烈火】に負けないよう、張り切って騎獣を探索中。夜で真っ暗だが、まあ、夜行性の騎獣もいるだろう。その場合、昼に呼び出せるのかが若干不安だ。

ペテロ：ホムラ、リデル育った？
ホムラ：ああ、生産系中心に育ってるけど、A.L.I.C.Eと一体化用に【闇】も覚えさせた近くにいるペテロと個人対話をしながら、騎獣を探して夜の森を歩く。
ペテロは虎タイプを希望。今は、クランハウスで留守番中のA．L．I．C．Eを、一緒に乗せることを想定しておるのだろう。小さいから長距離でなければ一人用でもいけそうではあるが。

ペテロ：とりあえず私も【闇】と【投擲】【錬金】は覚えさせた。魔銃を期待

予想通りの【闇】特化。

ホムラ：順調にリデルとスキルが被ってるな。幼女が二丁銃のロマン？　やっぱり魔銃が作れるとしたら錬金なのか
ペテロ：普通は反動で手首折ったりしそうだけどね。少なくとも弾丸は錬金と魔法っぽくない？
ホムラ：薬莢で火傷もひどそうだ。規制で実弾の銃作れないっぽいし、だったら錬金か

ペテロとそこはかとなく黒い個人対話をしながら、人を避けて山道を進む。

シン：おおおお！　狼！　狼！
お茶漬：狼目指してるひとが、狼の騎獣。狼ON狼
菊姫：捕まえるでしか？

シン：ん、まだ初めだし、もうちょっと見る
お茶漬：そういえばホムラのマントは……
シン：うをおおお！！！　黒狼！　黒狼!!
お茶漬：うるせーｗｗ
菊姫：見つけるの早いでし！
ペテロ：群れてるの？　ｗｗ
シン：てへッ
お茶漬：男がやっても可愛くないな
ホムラ：かといって女がやっても可愛く思えん、許されるのはゴールデンレトリバーくらい
お茶漬：ラブラドール・レトリバーも入れたげて
シン：俺、ラブラドじゃないけど犬の獣人だから♡
菊姫：ラブラドールに謝るでし！
レオ：タヌキ、ゲットオォォオッ!!
ホムラ：⁉
菊姫：ちょ、早いでしよ!!
シン：はえぇッ！
ペテロ：静かだと思ったらｗ
お茶漬：いや、待って。タヌキ⁉

レ　オ：珍しい犬かと思ったらタヌキだった！
ホムラ：レオがいいならいいが……
菊　姫：タヌキにも乗れるんでしね……
ペテロ：思ったよりも騎獣、いろいろいそうですなw
シン：タ・ヌ・キ　乗り心地は良さそうだな！
ホムラ：タヌキは日本固有種で、外国人さんは喜ぶらしいな
レ　オ：けっこう可愛いぜ？
ホムラ：何よりです？
レ　オ：よし、名前は『アルファ・ロメオ』！
シン：ぶフォッ！
ホムラ：速そうだなおい
ペテロ：フェラーリじゃないの？　www
お茶漬：ネーミングセンスが
菊　姫：さすがでし

レオが一抜けした。後でエンブレムさげた首輪でも贈ってやろうか、エンブレムの作り方は調べんとわからんが。話していたら、道無き道を登っている。ついキノコからキノコを目指して移動をですね……。落ち葉で滑る斜面を木の幹に掴まって登る。収穫時期が長くていいなこの世界。『浮

遊』は目撃されると【空魔法】やらバレるし、人目があるときは封印中である。

お茶漬：で、ホムラのマント……
シ　ン：うをう！！！　絡まれたあぁぁぁっ！
菊　姫：落ち着きないでし！
ペテロ：どこ？　w
ホムラ：やばい、マップのどの点がシンだこれ

一応パーティーメンバーの点は色が違うのだが、狭い場所に人が多いためマップを拡大しないと点が重なっていてわからん。少し拡大しておこう。

シ　ン：ありがとう！
お茶漬：突然の感謝、どういたしまして？
シ　ン：誤爆ぅうッ！！！

突然シンが静かになって、クラン会話に上がらなくなる。

菊　姫：ちんだでしか？

ホムラ：ちゃんとマップに、まだ人数分点があるから無事？
ペテロ：二人の動きが予測つかないｗｗｗ
お茶漬：これだから二垢は
レ　オ：わははは！　ロメオのステータス見てた！　シン無事か？
ペテロ：さあ？
菊　姫：あ、猫。シャム猫っぽい、可愛い～
ホムラ：手伝うか？
菊　姫：ん、一人で行ってみるでし

そういえば、ここにいる騎獣は人との縁を結びたがっている、とパルティンとレーノが言っていたのを菊姫の言葉で思い出す。一対一での対峙が本来の姿なのかもしれない。いかん、私もキノコじゃなく騎獣を見つけねば。

ホムラ：そういえばマントは不明な存在からもらいました\/\/お茶漬
お茶漬：不明な……、それでまた【鑑定】できないの。謎に触っちゃいそうだし、これ以上はいいわｗ
ペテロ：相変わらず謎の攻略パターンｗ

え、【鑑定】できないのか？

菊　姫：いいのマントでしよね

マント鑑定結果【色の調整難しいんで服は三色までに制限をかけたい気分のようだ】

わがまま言うな⁉　いやまあ、元々色とりどりな服より、同色系か二、三色な服のほうが好みだが。【鑑定】でアイテムの情報を見ることはできないが、『天地のマント』の状態（？）を見ることはできる、ますます謎だが、他の人はそれも見えないらしい。レベルのせいなのか【眼】のせいなのか、所有者かそうでないかの違いなのかも謎。

レ　オ：ロメオ、二人乗りだった！　好きな餌はみかんだって！
ホムラ：みかん
お茶漬：みかん……、オレンジしか見ない
ペテロ：レア個体なのかも？　w　おめ？
菊　姫：さすがでし

【気配察知】をかけつつ、気配を感じたほうに慎重に進む。エミューのような地上を走る鳥型の騎獣を見つけるがパス。ふくふくだが、もふもふではない。クラン会話でレオのロメオの話をしつつ、探索を続ける。静かに落ち葉を踏み分け、小枝を払い進むと正面に黒い何か。

すごく目が合いました。

相手も私の出現に驚いたのか、一度動きを止めたが、直ぐに毛を逆立てて威嚇してくる。埃だらけ、傷だらけのその獣を、とてもとても見たことがある気がするのだが……？　何だ？

「死ね！」

うをう！　先手必勝ですかそうですか。

慌てて避けながら装備変更。人目はないよな？　他に気配はなかったはず。というか、こいつも【気配察知】に引っ掛からなかったのだが。

傷だらけ、満身創痍っぽいのに、黒い獣の動きは速い。ガラハドのタイルより一回り大きい、いや毛の分か？　バリバリとした硬そうな毛を逆立て爪を振るってくる。その後ろには、小さいが複数の獣の姿。

「ミスティフ？」

「渡さん！！！」

黒い獣がスピードを上げ、さらに踏み込む。

踏み込むたび、所々から血が流れて痛そうなのだが。もふもふじゃなくとも、手負いの獣をどうこうする気はないんだがな。というか、これはあれだ。

『白、説得頼む。どう考えても毛狩り一族に間違われてる』

『一族ってなんじゃ、一族って。縁起が悪い上に、変な部族をつくるでない！』

叱られました。

「何⁉　ミスティフだと！　貴様、同族のくせに人に味方するか！」

ますますヒートアップした獣の攻撃をバックステップで躱す。怒り狂って見えて、私をミスティフたちから離すように誘導している。

「ん？　同族？」

まて、このバリバリしたのもミスティフか！　硬そうなんですけど！

『白、何でバリバリ！　もふもふのアイデンティティーは⁉』

『妙な混乱をするでない！』

あ、思い出した！

「パルティンの影響が強すぎて物質界から戻れなくなった個体ってお前か！」

パルティンの名前を出した途端、攻撃が止んだ。

「貴様、何故パルティン様を知っている？」

黒いミスティフ（もふもふ度に問題アリ）は、攻撃の手を止めたものの、じりじりと自分が有利な間合いへの移動を続け、警戒を解かない。

「これはレーノを呼ぶほうが話が早いのか？」

「金竜を呼び出したほうが早いんじゃないのかの？　ミスティフが居ると聞けばホイホイ出てくるじゃろ」

「それは凄く騒ぎになる予感しかしないのだが」

「何をコソコソ話してる！」

「待て。急がば回れだ」

異邦人がうろうろしているこの状態で、パルティン登場など地雷でしかない気がするので、レーノにメールをば。——指輪を使ってください、とのことなのでパルティンから渡された指輪を初使用。

指輪を意識しつつレーノの名前を告げれば、指輪から雨もやのような光があふれると、人型をとる。弾丸のように何処からともなくすっ飛んでくるのかと思っていたが、どうやら違ったようだ。

「久しいな」

「む、レーノか」

ようやく警戒を緩める黒ミスティフ。

「すまんが仲間を頼む。追っ手がいる」

そう言って、その場に倒れ伏す黒ミスティフ。倒れる際にみるみる体が縮み、普通のミスティフサイズに。

「えーと、回復していいのかこれ？」

限界だった模様。後を託す、みたいなセリフを吐いて倒れたが、起こしていいものか。

「お願いします、もっとも彼には魔法が効きづらいので気休めかもしれません」

『回復』をかけるが、確かに効果が薄い気がする。

「それも属性の弊害か？」

とりあえず【生活魔法】『浄化』で、『彼』の汚れを落とす。こちらは問題なく結果が表れた。だがバリバリ。毛が硬いのと絡んでいるのは如何ともし難い。

「そうです。ミスティフとしての能力は大部分失っていますが、大きさを自由に変える能力は残ったようですね。僕が運びやすいように縮んだんでしょう」

「黒いのもなかなか難儀そうじゃの」

他のミスティフたちを呼び寄せているレーノ、普通のミスティフは毛が短いのでもふもふ具合はいまいちだろうが、きっと柔らかな手触りなはず。

そういえばこの黒ミスティフも、腹側は絡まって毛玉になっとるし、背中の毛は針金並みの剛毛だが毛足は長め。きっともふもふだったろうにもったいない、罪作りなパルティンである。

一応、人間（仮《わたし》）に触られて臭いが付くのが嫌だ、とかを考慮して、触れないように新しいタオルに黒ミスティフをくるむ。

「彼をお願いできますか？　追っ手がいるそうなので手が塞がるのはまずいですし、僕もパルティン様も彼を回復できない」

二匹ずつ左右の肩に乗せているレーノ。

狭くてずり落ちそうになりつつしがみついている柔らかそうなミスティフ。実際は【浮遊】付なので不安定な場所でも落ちるということはないのだろうが、寄り添ってるのがカワイイ。

「白さんや、もっとくっついてもいいんだぞ？」

「アホなこと言っておらんで周囲を警戒せんか！」

後ろ足で背中をかしかしされました。

「追っ手がとか言っていたな、一応【気配察知】は常時展開中だが、ミスティフは引っかからんのだ」

「我らは狙われ続けて、隠れることには慣れておるからの」

「僕は彼の代わりにパルティン様に報告して、島にこのミスティフたちを連れてゆきます」

そういえば、黒ミスティフは帰れなくなった身で各地に残ったミスティフを捜し歩いて、パルティンのもとに連れて来る活動を続けているんだったか。

「追っ手はともかく、友人が一人近づいてくる。話せば毛刈りするような者ではないが……」

白がまた背中をかしかしてくる、毛刈りが気に入らなかったのか？

「巻き込むのもなんなので行きます。彼がここまで傷を負うということは、追っ手はたぶん狩人《かりびと》エランの一族でしょう。すでにパルティン様がミスティフを保護しているのは知られていますし、追跡されたというよりは待ち伏せかもしれませんね」

「手伝おうか？」

「ありがとうございます。ですが人間が両手の数来たとしても遅れはとりませんので。少々鬱陶しいですし……」

何気に失礼なレーノ君、だが能力が高いのは事実なのだろう。

迷宮もカルと二人でフェル・ファーシ討伐してるし、アリスの島でレベル50超えを楽々と倒していたし。そして私についてきてほしくないのは、遭えばエランの一族とやらを殺すつもりなのだろう。私もそのつもりで声をかけたのだが、気を遣われたようだ。

「彼をよろしくお願いします」

「了解」

装備を通常に戻して、懐に黒ミスティフをタオルごと仕舞い込む。腹のあたりがもったりしたが、気にしない。ＭＰを回復してもう何度か『回復』。

「ホムラ、何かいた？　妙な気配があったけど」

来たのはペテロだった。

私はミスティフの気配に気づかなかったのに、どうやらわかった様子。【気配察知】の上位スキル持ってそうだなオイ。

「ああ、騎獣じゃないが、知り合いと遭遇した」

「なるほど。騎獣にしてはヘンな気配だったし、他の戦闘だったら乱入しようかと思ってた」

認識阻害装備で顔を隠した忍者ルックで乱入準備万端な男。

「ところで、その白いのは？」

「……白さんや？」

「むっ」

慌てる白。ペテロの話っぷりからすると、気配を感じたのはレーノの連れて行ったミスティフか、私の懐の黒いのだろう。――白は見えっぱなしなんですね？

「これは、私の召喚獣の『白』だ。もふり防止に本人の希望で内緒にしてた、すまん」

「人間嫌いと言うのじゃ、人間嫌いと！」

たしたしと叩いて抗議してくる。

「確かに、レオは加減知らなそうだし、菊姫も参戦しそうだし、隙あらばもふもふされるね」

「レオには、アルファ・ロメオで満足してもらおう」

「スルーじゃと!?」

私のもふもふは私のもの、人のもふもふも私のもの。後でアルファ・ロメオをもふらせてもらおう。

「ところで五つばかり気配が近づいてくるね。速いけど人間かな？」

「察知範囲広いな。ああ、今私の範囲に入った、弓持った人型だ」

「装備までわかるんだ？」

「容《かたち》しかわからんので、未知の魔物とかはさっぱりなんだが、人型向けの装備は判別つきやすい」

【糸】で触れられる範囲であれば分かる。

ただ、森の中など障害物が多い場所は意識せねばまだ上手く糸を飛ばせない。今は立ち止まっているので、探索範囲が広がっている。

「了解。ペテロ、来る集団に心当たりあるのだが、場合によっては私が危なくなるから離れてくれるか？」

通常装備に着替えたが、何があるかわからないのでまた白装備に。五人から奇襲をかけられたら困る。

「強いの？　参戦する？」

「いや、私が危険物？　ああ、もう来るな。合図したら、目をつぶって鼻をふさいどいてくれるか？　戦闘にはならんと思う」

「鼻。息もダメなのか」

「臭いがダメ？」

自分で言ってて、スカンクとかカメムシに変身するんじゃないだろうな、とツッコミを入れたくなってしまった。

「耳は？」

「声もダメじゃろ」

白ジャッジ黒。

「ふさいでくれ」

「了解、影の中に入ってるよ。——来た」

チョコレート色した肌の五人組が立木から姿を現わす、男三人、女が二人。

装備は弓とショートソード。それに先が丸まった鉈のような、短いが厚い刃を持つもの。枝を払いながら駆けたのか、手に抜き身で持っている状態だ。ペテロは地面に落ちる私の影の中に、足の先から溶け込むように消えていった。着実に忍者スキルを集めている。

「止まれ」

毛皮のマントを纏ったリーダー格の男が軽く手を上げて他を止める。

「そこの男、お前の背にいるのはミスティフだな」

「——ああ、そうだ」

『白、姿を隠さなかったのわざとか』

『確実に足止めできるじゃろ』

なかなか抜け目ないもふもふである。

「ミスティフなら寄越せ。いくばくか金を払ってもいいぞ」

こちらを見据えて、歯を見せてニヤリと凶暴に笑う男。

「断る」

「ならお前の命もろとも頂くまでだ」

男がまた手を上げて合図をすると、無言の四人が一斉に弓を構える。狩人らしく、音を立てず合図し、また構える動きも静かだ。

まあ、私も後ろ手で合図を出したのだが。

「それも断る」

仮面に手を伸ばし、外す。悪いが実験台になってもらおう。


封印解除。


「な……んっ」

へなへなと崩れ落ちる五人。

トロンとした目でこちらを見てくるのが、なかなか気色悪い。パワーアップ状態の【傾国】をくらうとこうなるのか。クズノハと対峙する時は気をつけよう。

「名前は？」

「エランのオウフ」

「アウラ」

「エルム」

「タルグ」

「ハバル」

リーダー男、女、女、男、男である。

多分名乗った順の力関係なのだろう。女性もしなやかな筋肉を持っていて戦士然としている。筋肉はついているが、細く引き締まっている。

動きが止まってぼんやりしている五人に駄目元で聞くと、思いのほか素直に答えが返ってきた。

「お前たちがミスティフを集めているのは金のためか？」

「そう、土地を追われたあたしたちが生きるには、金が必要」

答えたのはアウラ。

「アルドヴァーン様の守護を得るために、ミスティフを捧げる」

『アルドヴァーンじゃと!?』

アルドヴァーンの名に反応する白。

『知っとるのか？』

『我の古い馴染みじゃ』

「命は守護に、毛皮は金に」

「それは本日をもって終わりにしろ。私の望みだ、お前たちはミスティフを見つけたら生きたままパルティンの元へ連れてこい」

「……望みのままに」

「希望のままに……」

オウフの後を追うように全員が同じ言葉を発する。目の焦点が合っていないまま、私をひたと眺める瞳、薄く開いた口、座り込まぬのが不思議なほどの力の抜けた四肢。

「行け」

手で払うようにすると、意識があるのかないのか、来た道をノロノロと戻って行く。

「……あれ、正気にもどるのかね」

『お主、使い方適当すぎるじゃろ……』

しばらく待って、【傾国】を封印し直し影に向かって呼びかける。

ちなみに、影の中では影の持ち主《わたし》が見ている情景を、映像を見るように見られるが、声は聞こえない隔離された空間だそうだ。木の影など、視界を持たないモノの影はその映像さえもない。中の者を呼ぶ時は、足の先や杖の先で影をつついて呼びかける。

「すまんな」

「いや、いいんだけどアレは何だったんだ？」

影から出てきたペテロが聞く。まあ、気になるだろうな。

「ミスティフという毛皮がもふもふな白の仲間を追いかける狩人だそうだ。追われていたミスティフはパルティンの方へ、雑貨屋に居候しているレーノが連れて行った」

「ああ、会ったのはあのドラゴニュートか。それにしても口を塞いだ方が楽だったんじゃない？」

物騒なことを言う暗殺忍者。

「今回はこれが最良だと思うぞ。来たのがペテロで助かった」

「どうやったの？」

「【傾国】で『魅了』にかけた」

「ぶっ。またおかしなスキルとってるし」

「制御不能な称号なんだな、これがまた」

「誰彼構わず発動するのか」

「封印常備です」

「【魅了】されてるんじゃストーカーになるんじゃ……、ああ、だから私で良かった、のか」

「そそ、私もペテロも素顔と名前はあまり売れてないし、隠れるの得意だろ？」

「今回、影に入ったから姿も見られてないしね」

お茶漬は店を持っているし、菊姫も何気に交友関係が広い。レオはヌシ釣りや行動で目立っているし、シンも闘技大会で顔が出ている。私を捜す際の足場にされて迷惑をかけること請け合いだ。パルティンには迷惑をかけるかもしれんが、彼女ならどうとでもするだろう。それこそミスティフをもっと連れてこいとか。

ペテロの言うように、【傾国】にかからなければ、後腐れなく皆殺しにするつもりだったのだが、ミスティフの保護活動に傾倒してくれた方が都合がいい。レーノは元同族殺しを見せないために、気を使ってくれたようだが、私は身内以外は割とどうでもいいタイプだ。ゲーム脳に切り替わるといってもいい。全部守れるとも思わないし、全部殺したいとも思わないが。

「【傾国】で『魅了』は、その額の模様？」

「これは封印が効いてる印」

額にぶちっと出ていれば安全です。

「ところでホムラ、一応言っておくけどここの金竜、どちらかというと邪竜の類だからね」

「はい？」

装備を通常装備に戻しながら聞き返すと、ペテロも真っ黒な忍び装束から、襟元に色の入ったいつもの装備に変わる。

「良き竜と呼ばれているのはこの大陸では青竜ナルンくらい？　パルティンは人喰いではないけど、気に入らない人間が逃げ込んだ幾つかの都市を何度か半壊させてる。ねぐらにしているこの山で珍しい鉱石が採れるのと、ちょっかい出さなければ縄張りから滅多に出ないのとで、過度に恐れられてはいないけど。採掘者の間ではごくたまに『いい竜』だって言われてるかな？」

「えー……」

『良い悪いは人間から見た判断じゃが、まあお主も人の類ではあるだろうよ。人に交じって生きるなら言動に気をつけることじゃな』

『ちょっと白、私を人外みたいに言うな！』

『お主、もしかしてまだ普通のつもりか？』

ジト目で見てくる白。

「それにしても【傾国】か。ホムラ、ラスボスくさいね」

「何故⁉」

白だけでなくペテロまでも⁉

「いやもう、能力的に今のうちに討伐しておかないとヤバい気がする」

「私は無害！　無実！」

「往々にして危険は芽のうちに摘むものですよ？」

クラン会話が再開するまで、うっかり騎獣探しを忘れた私とペテロだった。

お茶漬：見に行ったら、シンはなんか馬に囲まれててワロタ。捕獲というか、選んだやつ以外を
　　　引き離すのを、ロイんとこの双子に手伝ってもらってた
菊　姫：謎の好かれ具合でし。レオのアルファ・ロメオはなんかいろいろタルタルしてたでし

クラン会話が静かだったのは、それぞれ確認しに移動したり、個別に話していたりしたかららしい。

「いかん。真面目にもふもふを探さねば」

「騎獣ね、騎獣」

ペテロに否定されるが、もふもふしていないのは間に合っているのだ。人前で乗れないだけで。

「ケット・シーみたいな黒い大型の猫っぽいのもいるって、さっき会ったギルが言ってた」

「けっこうみんな色々遭遇してるのだな」

完全に出遅れている。

【烈火】と【クロノス】は暫く通ってるっぽいしね。狼型は遭遇したけど、色違いいるみたいだから普通のはスルーで」

「色違いか、また属性とかあるのか」

「お茶漬に聞いてみよう」

ペテロ：ゴメン、騎獣って属性あるの？
お茶漬：あるみたい？　僕もさっきちょっと双子に聞いたくらいで、忙しそうだったから詳しくは聞けなかった
ペテロ：シンの馬の手伝いですね、わかります
菊　姫：迷惑かけてるでし
レ　オ：わはははは！　アルファ・ロメオは火属性だったぜ！
お茶漬：まさかのレオから有力情報
レ　オ：毛皮は確かに少し赤っぽい？

ホムラ：赤いタヌキ……
菊　姫：いっそ二匹目は緑のキツネにするでしよ
レ　オ：ただ全速力で走るときのエフェクトオーラの色くらいしか関係ねぇっぽい？
お茶漬：そのうち強化イベントとかきて一緒に戦えるようになるのかもに
ホムラ：召喚士の立場が……
ペテロ：それを言うならテイマーｗ
菊　姫：乗るだけなら見た目と、足が速ければいいでし
レ　オ：あ、アルファ・ロメオにお座りさせたら、【調教】でたぜ
お茶漬：属性のえり好みだけじゃなくて、見た目からどんなタイプか予想して選んだ方がよさそう
ホムラ：攻撃タイプか、防御タイプか、支援タイプか
ペテロ：タヌキの予想がつかないｗｗｗｗ
ホムラ：馬の予想も難しくないか？

今後イベント等を経て、騎獣もペットとして一緒に戦えるようになるんじゃないかな〜ということで。希望もだいぶ入った予想ではあるが、走るだけなら属性の別はいらない気がするし、種類にもよるが——さすがに角ウサギサイズには乗れない——現在もペットから騎獣の設定もできるので。ところで私に【調教】が出ていないのは、バハムートが放し飼いだからだろうか。確かに傷口開くからやめろとか、戻って安静にしろとかしか言っとらんが。あれ、私ダメ飼い主？

会話を続けながらも騎獣の捜索を、なんとなくペテロと一緒に続ける。狼の騎獣は多いらしく、何度か見かける。尻尾がもっふもっふなので狼でもいいのだが、たくさん見かけると他も少し見たくなるのは人情というものだろう。胸毛やたてがみがもっともっふもふだったら即決していたかもしれんが。

言ったのはパルティンだったか、レーノだったか。ここの騎獣は人と縁を結びたがっている、昔誰かと縁を結んだ獣の生まれ変わりなのだと。狼が多いのは、どこかに狼と共に暮らす部族がいるのかもしれない。

「向こうに反応あるね」

「おう」

方向を変えて、ペテロの先導に従う。【気配察知】のレベルが上がれば範囲も徐々に広くはなるし、魔物と人の区別もつくようになる。聞けば【気配探知】に変化しているそうな。どうやって変えたかは劣化するので聞かなかったが、ちょっと真面目にいろいろ工夫してみよう。ペテロはペテロで【糸】を取りたくなったようだが。

木陰からそっと覗くと、黒い虎。濃い灰色の体毛に漆黒の模様。

「目の上の模様と、耳の後ろの丸模様だけ白だな」

「可愛い」

可愛いと私も思うが、客観的には黒の体毛に金目の精悍な顔をした獣である。

「ペテロ捕まえる？　私はもう少し毛が欲しい」

ガラハドのタイルがオレンジの体毛でたぶん、無属性《ふっう》の虎の騎獣だと思うのだが、この黒い虎はタイルより若干細めでしなやかに見えるかわり、胸毛が少々さびしい。

「じゃあお言葉に甘えて」

「助けが欲しくなったら呼んでくれ」

「はいはい、ありがとう。一応周囲に影響あるようなスキルは切っといて」

というわけで、ペテロが騎獣を捕まえるのを見学。

見た目通り武闘派だったらしく、ぶっとい前足の一振りから戦闘が始まった。しばらくは攻撃を加えず様子を見るつもりなのか、ペテロは避けているだけだ。時々あるからな、戦闘開始後一定時間攻撃を加えないと仲間になる系のイベントが。あと逆に回復してやったり。ペテロが私にスキルを切るように頼んできたのも、その一環だろう。

黒虎が飛びかかるために地面を蹴ると、爪が地面をえぐるのだが、着地の時は音も立てずに場を荒らすこともなくふわりと。さすがネコ科。ペテロの素早さで避けるのは余裕のようなので、私は完全に傍観体勢になった。白が帰還して留守なのが淋しい、腹に抱き込んだ黒ミスティフはタオルにくるまったままピクリともいわんし。

さて淋しがっていてもしょうがないので、観戦するために隠蔽陣を敷き、ついでにEPを回復するために軽食を出す。封印スキルのおかげで、物理職以上に減るようになったのでマメな食事は必須だ。決してくつろぐのが目的ではないぞ。

バターたっぷりミニクロワッサン、生ハムとベビーリーフのサラダ、赤ワインたっぷりなビーフシチューは肉が大きめ。はやくご飯で豚の角煮と漬物などを食いたいのだが、これはこれで美味しい。

さっくりしっとりクロワッサンはポロポロとパンくずが落ちるのが難点だが、ここでは掃除は簡単なので気にしない。生ハムでドレッシングが絡んだ野菜を包んで食べる、生ハムの塩気があるのでドレッシングは塩を控えめで。ビーフシチューの肉はスプーンの先でつつくとすぐに崩れる柔らかさ。

食べている間もペテロは華麗に避ける。一人と一匹の黒い獣、付かず離れず位置をかえ、相手の腕をすり抜ける様は見ていて飽きない。だがやがてそれも決着がついた。

黒い虎が急に動きを止めて、一声吼えた後、前足を折って伏せる。その伏せた黒虎の鼻先にペテロが触れて騎獣の契約が成ったらしい。ホッとため息をついてこちらを振り返った浅葱色と目が合う。

「ちょっと待って、なんで虎に埋もれてるんだ」

【騎獣】入手おめでとう。いや、私は座っていただけなんだが、気が付いたら寄ってきてた」

真剣に黒虎と語り合って（？）るところ悪いと思って声を上げずにいたのだが、どこからかデカイ白虎が寄ってきてですね……。結果そのでかい虎をソファーにして、ペテロが黒虎と戯れている間、腹毛の感触を楽しんでいた。

「私の苦労は一体……」

結構な時間、黒虎の相手をしていたからな。途中で攻撃に転じるかと思っていたのだが、避け続けていた。ペテロは猫を飼っているので手を出しづらかったのかもしれん。

そして私のこの状況は何でだろうと考えて、思い至ったのは【ルシャの憐憫】だった。ルシャ、

【虎】を司ってますよね……、剣と拳のスキルの種類かと思ってたんだが、生き物もなのか、もしや？　と。

ピンクの鼻、白に黒い縞、青い目、そして立派な胸毛《もふ》と腹毛《もふ》、申し分ない。何だ？　動くのか？　とでも言うようにこちらを見て首をもたげた白虎。ペテロに倣って、鼻面に触れて命名。命名……、タマはつけてしまったし。トラ？　シマ？

「私に従うなら、汝が名は『白虎《びゃっこ》』だ」

「グルル」

喉を鳴らして手に顔をすりつけてくる。

《【騎獣・虎】を取得しました》

《【騎獣・虎】は宝石や鉱物を差し出すことにより、一定時間乗ることができます》

《【騎獣・虎】はペット扱いですが戦闘に喚び出すことはできません》

《【騎獣・虎】は餌を与えることによって好感度、速さ、体力などが変化することがあります》

《好感度が高い場合、稀に戦闘中ヘルプに現れます。逆に好感度が下がりすぎると逃げられる場合もありますので注意しましょう》

《【調教】が取得可能になりました》

《『騎獣の餌入れ』を取得しました》

白虎が淡く光って契約完了。【騎獣】ゲット！！！！

「って、乗るのに宝石が要ったんだった」

「なんか納得いかないけど、おめでとう」

とても微妙なトーンのおめでとうをもらった。

ペテロは黒虎の名前を『黒天《こくてん》』とつけた。

『騎獣の餌入れ』は餌が二十日分セットできる。餌によって足が速くなったり、敵に見つかりづらくなったり、長距離を走れたりと能力が変わる。種族によって最初から得意不得意も多少あるそうだが、黒天と白虎は色違いなだけなので、現在ほぼ同じ能力値。どう差が出てくるか楽しみだ。

その後、菊姫は白猫、お茶漬は青いドレイク《トカゲ》を手に入れた。それぞれ名前は『白雪』、『黒焼き』だそうだ、お茶漬は相変わらず名付けが容赦ない。

黒焼きを見せてもらったら、少し平たく潰れ気味なコモドオオトカゲが青くなったような姿で、お茶漬を乗せてシャカシャカ歩いてなかなか動きが可愛い。未来の進化狙いで末はドラゴンを狙ったそうだ。

騎獣のあと一枠、トカゲ系でもいいかな？　いや、進化狙わなくとも途中段階と最終段階が居たんだっけ。やはり残り一枠も、もふもふ……。

シンの【騎獣】は馬型で、名前は『武田』。武田くんは見ている間じゅう、シンの頭髪をモグモグしていた。馬の親愛行動だっけ？

……ハゲないよう祈る。

私の白虎《しろとら》『白虎』
ペテロの黒虎《くろとら》『黒天』
菊姫の白猫『白雪』
お茶漬のドレイク『黒焼き』
レオの赤狸『アルファ・ロメオ』
シンの黒馬『武田』

先ほど別れたロイ達に、あまりの凸凹さに笑われた。ついでに、迷宮攻略シャッフルして行ったことを、ロイがクランメンバーに話したこと、レオの名前で【クロノス】の中の態度が悪かったメンツが手のひら返し――まで極端なのは、ごく一部だが、【クロノス《ロイ》】の主要《たち》メンバーと親しくしていても、特に視線がトゲトゲしなくなった。

レオの名前はワールドアナウンスで何度か流れてる。何気に有名人である。私たちのクランに対する態度は変わったが、他のクランにはあのままかと思うと少々微妙だが……まあロイたちがうまく締めるだろう。

「ところで、みんなの騎獣、好物何？」

ペテロがにこやかに聞いてくる。

「白虎はアイスだな……」

何で虎なのにアイスなのか。

「アルファ・ロメオはみかん！」

「僕んとこはサラダですね」

「オレんとこは馬らしく人参！」

「わたちの白雪はビスケットでし」

白虎の好物は、イチゴアイス、チョコアイスなど同じ系統なら問題はないが、ランク40以上のものと但し書きがある。春さんの乳でアイスのランクは余裕な気がするが、なかなか高いおやつのようだ。

「あー……、結構ばらけるんだね」

「そういうペテロの黒天は何が好物なんだ？」

一拍おいてペテロが答える。

「トカゲです」

全員の視線がお茶漬の黒焼きに集まった。ついでに、黒天の目が細まる。

「え、ちょっとやめたげて？　名前は黒焼きだけど食用じゃないから！」

「グルル」

慌てるお茶漬に、何のことかと言わんばかりにぶっとい手で顔を洗う黒天。

「黒焼きなんて名前をつけたお茶漬が悪りぃのか、ペテロのだから悪食なのかどっちだコレ」

「両方でし！」

「わはははは！」

シンの疑問に菊姫が明快な回答を出し、レオの笑い声が響いた。

三　迷宮

「10層までより過ごしやすいね」

ペテロが周囲を見回して言う。

騎獣を捕まえた後、迷宮に来ている現在。

金のないレオとシンが、騎獣を養うことはともかく、思うように成長させたり、乗ったりすることが難しくなる未来しか見えないので、金策ができるよう迷宮探索を進めることにしたのだ。

まだ到達した人の少ない層でのドロップ素材は高く売れるし、採掘採取ポイントがあるので、来るのに転移の金はかかるが、ソロで来ても敵を避けまくって、採取採掘で暫く籠もれば黒字になるはずなのだ。

「苔がもこもこしてるでし」

「苔といえばクランの島、桟橋つけて小舟も買わないと」

「船釣りしたいぜ！」

苔で島のブロッコリーのような巨大な苔を思い出したのか、お茶漬が言うとレオのテンションが上がった。

【釣り】スキルは持っていないが、普通の魚は釣れるはず、小舟でのんびり釣りというのもいいかもしれない。

それにしても、相変わらずレオは沢山の魚をくれるのだが、私が払った代金はどこへ消えていっているのだろう？　種類別に価格帯を調べるのが面倒というか、委託販売に出ていないような魚が大半なので、ランクに応じた一律の料金を払っているのだが。

――カジノだろうか。そういえばまだ犬なままだな、とレオの尻尾を見る私。

「レオは狐になるのはまだ先そうなのか？」

カジノの景品、狐への『進化石』を目当てに通っていたはずである。

「わはははは……は～」

「いくらスったのか怖くて聞きたくないでし！」

力なく笑うだけのレオに、菊姫が言う。

「二人とも騎獣にかかる分と迷宮への転移分は、金は別にしときなさいね？」

「シルはカジノ銀行にちょっと預けてるの！　そのうち大金当てるんだぜ！」

「うわー、ダメな人だ」

お茶漬が窘めたのに、シンが返したセリフがもうダメな感じ満載で、ペテロが笑いながらも若干引いている。

戦闘は、菊姫を盾に、ダガーで状態異常をばら撒くハイゴブリンをシンとペテロが倒しつつ、飛び道具を使ってくるスナガをレオと私が倒す。スナガの方が多ければペテロもスナガに回る、といった具合だ。お茶漬は今回、今まで合間に行っていた【投擲】などの攻撃行動はせず、状態異常がメンバーに入ったらすぐさま治せるよう構えている。

ガラハドたちとは違う戦い方だが、気心の知れたヤツラと役割分担をして、それがかみ合う戦闘もテンションが上がって楽しい。まあ、何かの理由で手順が崩壊して阿鼻叫喚になるのもまた楽しいのだが。強さはマントのお陰で調整が楽になったので、みんなの強さに合わせやすい。協力して進んで一緒に阿鼻叫喚するのがいいのだ。

マント鑑定結果【ちょっと機嫌がいいようだ】

マントに目を向けると、鑑定結果が表示された。いや、うん、褒めたからか。

ちなみにレオとペテロの役割を逆にする場合、お茶漬が「スナガ三！」とか敵との遭遇時に叫び、三以上の時にレオが駆け出すというリモコン式になる。

私は『ヘイスト』をかけつつ、敵には行動阻害系を範囲でかけ、矢がお茶漬に飛ばないようにする。その間にレオがスナガまで至り、一撃。攻撃ターゲットがレオに移るのだが、【黒耀】の防御効果と、スナガの弓の攻撃は距離が近すぎるせいでそんなにダメージはでない。矢を直接持って刺したほうがいいんじゃあるまいか、などと思いつつ攻撃魔法を放つ。

「蜘蛛もっと出てほしいでし」

「えーっ！」

裁縫持ちの菊姫がドロップ品目当てで蜘蛛を望めば、蜘蛛が大嫌いなレオが声を上げる。私はまあ、蝶や蛾のように鱗粉を飛ばしてこなければ特に。肉の焼き串をもぐもぐしながら会話はスルー。

盾持ちスナガが交じる十三層以降は、敵が面倒なパーティー編成だと見ると、お茶漬が『ルルー』を出し始めたので、阻害系魔法はお休みして最初から攻撃に回る。盾持ちスナガは菊姫が敵視《タゲ》をとって自分にガッチリ固定、そこに『ルルー』に【魅了】された弓持ちスナガの矢が、後ろからドスドスと刺さるというなかなか酷い光景。敵に慈悲はない。

「ここまで順調に来ましたよ、と」

お茶漬が足を止めたのは毎度お馴染みボス層への扉前だ。

「休憩してボスだね」

扉前の階段に腰掛けながら言うと、他も適当に座り込む。

「あ、そういえばアイアンテーブル買ったでしょ」

「おお、何処で手に入れたんだ？」

「ナヴァイの雑貨屋と家具屋合わせたようなとこでし。ただ六人用のでっかいのは無かったでしょ」

「うーん、残念」

「でっかいのは動かさない前提の、ガラスの天板のやつになっちゃうでし」

アイアンテーブルなら野外で出しても、飴色の寄木細工の猫足テーブルよりは違和感が無いと思ったのだが。なかなかままならない。

本日の休憩食は、紙包み燻製ハンバーグのキノコソース、グリーンサラダ、小ぶりの焼きたてパン。オレンジピールにチョコをコーティングしたのとオレンジシャーベット。

「アイアンテーブルはともかく、階段対応のテーブルが何処かにないか、そっちが気になってきた」

「お盆は食べづらいでし！」

「うめぇ、パンうめぇ」

春さん印のバターたっぷり塗りたくってるからな！

「これはゆっくり食べたい」

「ふがふふ……っ」

「レオは頼むから、呑み込んでから話せ」

ガラハドたちに食べさせた時よりは反応がおとなしくてホッとしている。

「十五層フロアボスって【烈火】が初討伐したんだっけか？　【クロノス】のほう？」

「【烈火】のほうだね」

シンの問いにペテロが答える。

「一番進んでるのは、二十五層『バジリスク』か？　その先で『進化石』が落ちるみたいだが」

兎娘が住人とさらに進んでいるので頑張らないと追いつけない。

「そういえばアナウンスあったな。あとボス三回か！　進化なにでんだろうな。狐もでんのかなぁ」

レオが『進化石』に反応する。カジノは諦めさせて迷宮に誘導したいところ。

「いや、一番進んでるのは四十層だから」

ペテロが訂正する。

……あれ？　私か！　自分をノーカンにしてた！

菊姫がタゲ固定をしているのだが、菊姫に攻撃を入れつつ、シンやレオたち近接職にも手を出す。

「をっ！」

【血闘のオーガ】の攻撃をかわすシン。

【血闘のオーガ】は二回目、あの時は早々にガラハドがダウンをとってしまったので分からんかったのだが、オーガはやはりコンボを繋ぐほど強くなるようだ。与えるダメージを上げるよりなにより、コンボを止めることが最優先。【血闘のオーガ】の格闘コンボが15回つながった時、【土魔法】『グレイブ』を内部から粉砕するという芸当を見せてくれた。

「コンボは10回以下で止めて。たぶん15回繋がったの僕に来たらほぼ即死！」

拳を喰らったシンに『回復』をかけながらお茶漬が指示を出す。

「いいねぇ、燃えるねぇ」

先程出血した箇所の血を拭いながら、武器を使わない人型との肉弾戦に機嫌を良くしているシン。

短く距離を調整するステップを踏んだあと、大きく踏み込んで強烈な蹴りを入れる。

「ここはシンのために【毒】の使用は控えておいたほうがいいのかな？」

ペテロが小さく首を傾げる。

「一対一じゃないんだからいいでしょ。シンはソロできるようになったら、タイマン張りに来ればいいじゃない」

　熱血に付き合う気がないお茶漬。

「そうでしょ！　ソロなら後で正面から挑んで死ぬ自由があるでしょ」

「そこは死ぬほうなのか？」

　思わずツッコミをいれる私。

「わははははは！」

「おう、毒っちゃって！　俺、採掘に通って、寝る前にコイツに挑んで死に戻るの勝てるまで日課にするわ」

　おっと、レオより先にもっとダメな感じだったシンが正道に戻った様子。

《血闘のオーガの爪×4を手に入れました》
《血闘のオーガの血涙×5を手に入れました》
《血闘のオーガの籠手を手に入れました》
《血闘のオーガの魔石を手に入れました》
《黒鋼×10を手に入れました》
《力の指輪＋3を手に入れました》
《『血闘のオーガの牙』を手に入れました》

とりあえず、ローブの中の黒ミスティフの存在を忘れていました。魔法使いプレイであんまり動き回らなかったから大丈夫だと思いたい。

「ぃやっほぅ!! レベル上がった!!」

「いぇーい！ 同じく！」

「上がったでし」

「上がった上がった」

レベルアップに喜ぶ四人。懐というか、ローブの腹の辺りに収めた黒ミスティフに『回復』をかけながら、喜ぶ姿を眺める。

「私、レベルキャップが」

「!? レベルキャップなんてあるのか？」

ペテロの言葉に驚く、初耳なんですが。

「レベルキャップっていうか、スキルにレベル付きのあるでしょ？」

「ああ」

あるな、無いのもあるが。

「強化・耐性系を除いて、レベル付きのスキルが50個超えると、レベルが上がらなくなる」

「ええ!?」

「初耳だ！」

「あぶねぇ、いっぱい取ってた！」

私、レオ、シンである。

慌ててステータスを出して数え……る、にしては多いから後にしよう。だがしかし、そういえば暫くレベルが上がらない。

「そうらしいね、その後はスキルレベルの一番下のレベルまでしか上がらないんだっけ？」

お茶漬のダメ押し。上がらないままは勘弁してください。

「スキル取りまくるならそれなりのリスクを覚悟の上で、ってことだね」

「サブ・メイン職に沿ったもの取ってくんなら、50で特に問題無いでし」

ごーん。スキルポイントを使わないものは何も考えず取りまくってた罠よ。いや、実際ダイレクトにそのまま覚えてしまうスキルが多かった気がするが……。

「私、取るつもりがなかった生産職スキル取っちゃったしね。まあ、上がって無いの生産だし、生産系は金かければ上がるから」

ペテロも『A.L.I.C.E』用に生産スキルを取得したのだろう。これが発覚したのは、メインが戦闘の複合職プレイヤーが、生産職のスキルを取りまくったからだという。えー……【解結界】とかレベル5なんだが。いやその前に燦然と輝く【魔物替えLv.1】。

「なんかもう何をやってもレベル上がらない気がしてきた」

「ご愁傷様」

笑いを含んで軽く言う、ペテロ。

「いざとなったらスキルポイント勿体無いけど、覚えたの破棄かな？」

捨てたくないスキルが上がらないんですよ！　罠か？　罠なのか⁉　いや、50個以下にすればいいのなら、スキルレベルは関係ないのか。

「闘技場行こうか？」

お茶漬が会話に交ざってくる。

「闘技場？」

「対人戦選んで、殺さないようお互い調整してスキル上げするのが流行ってる」

「お願いします……」

「俺も、俺も！　格闘スキル上げたい！　さっきのオーガが使ってたコンボ目指したい！」

「参加するでし」

「行く行く」

「人数多いほうが効率いいかな？　上げたいものの種類によっては組み分けで」

お茶漬の提案にみんなが乗り、ペテロが段取りを告げる。

【魔物替え】をどうにかしないと、結局いくつかは捨てねばならんのだが、上げられるものは上げておきたい。せめて平均40に……遠い。生産は使わないものを作るのは楽しくないのだが、割り切ってシルをつぎ込んで上げてしまおう。

「全員参加ですね、やるのは次回でいっかな？」

「今回は、戻るとお金かかるし、迷宮進めたほうがいいよね」

計画性のある二人が確認しながら話を進める。

ペテロも50個超えたとはいえ、計画的な気配。そしてやっぱり細かく色々スキルを取っているようだ。そして最後にお茶漬が言った。

「普通は50揃えるころには上級職来て、多分スキル上限数も増えるだろうしね」

……早く転職しろってことですね！


十六層はシードルという、クラゲのような形状のキノコっぽいものがあり、側を通ると時々毒の胞子を撒き散らしてくる。さらに踏んだりして潰すとぼわんと広範囲に胞子を撒き散らす。しかも強毒。

「ぎゃあっ！」

レオが突っ込んで踏み潰すのがお約束。

「いやんでし！」

ついでに先頭にいた盾役の菊姫を巻き込むのもお約束。

「ここは毒ステージか」

いつもはもう少し前の方にいるペテロが、毒を食らって騒ぐレオを見ながら言う。環境の変わる層なので様子見をしていたのだろう、相変わらずソツがない。

「頑張って毒忍者」

お茶漬が菊姫、レオの順で治しながらペテロに言う。

「うぇえ、足元気にしなくちゃなんねぇのか」

シンが辺りを見回し、洞窟の岩陰や、苔に交じって顔を出しているシードルを確認する。【耐毒】は持っているはずだが、近接が踏んだら菊姫を巻き添えにするので踏めないのは同じだ。

「近接職は大変そうだな」

「魔法剣士が何か言ってるでし！」

ＨＡＨＡＨＡ！　今は魔法使いプレイですよ！

「とりあえず『耐強毒薬』いるか？」

暗黙の約束で、誰かが初めての場所のネタバレはしない。

今までのゲームでは、攻略に便利なアイテムを多少多めに用意するものの、わざわざ金をかけてまで全員分の用意などせず、高みの見物をするプレイだったのだが、【調薬】＆【ストレージ】のお陰で、薬は何時でも潤沢なのだった。

ただ、必要以上に配ることはしない。初見の阿鼻叫喚は、本人も周りもそれはそれで楽しいのだ。

「僕は持ってきてる」

お茶漬は未知の場所には備えるタイプ。

「ようやく【耐毒】スキルの出番だぜ！」

「私は【耐劇毒】あるから」

「欲しいでし」

「売ってくれ！」

「劇毒……」

お茶漬に続く回答の中で、引っかかった言葉を繰り返す。

「不穏な名前の耐性ですね。劇毒扱っててついたとかやばい想像しか浮かばにゃい」

同じことをお茶漬も思い浮かべた様子。

「ご想像にお任せします」

ペテロはにっこり笑顔で明言を回避。持ってるんですね？　劇毒。

足場が限られているので先行はペテロとレオだ。二人はなるべく敵の側面か、後ろ側に回り込み、正面はシン。敵の編成が遠距離よりなので、菊姫は攻撃をスキルで引き付けつつお茶漬の前に立つ。

最初、踏まないように『浮遊』をかけたのだが却って事故が続発。レオやシンは面白がっていたが、毒のない洞窟で改めて遊べと、お茶漬に諭されていた。『耐強毒薬』が切れまくるほど、踏みまくって、あるいは勢い余って壁にぶつかって、ぼふんぼふんと。楽しそうだったが。

「なんじゃこりゃあああああああああああああ」

「キモいでし！」

「どうするのこれ？」

「わはははは！　さすがにキモい!!」

「ホムラ先生、どうやって抜けたのここ？」

順調に進んで十九層のマルチエリア。シードル・シーとシードルが床どころか天井までびっしり張り付いていた。シードルはぼふんと毒の胞子を飛ばしているし、シードル・シーはぬらぬらと菌糸で覆われた触手をうねらせている。

「これ誰か、シードル・シー孵して処理しないで増殖させた後だ」

床も壁も洞窟の岩が見えないほど爆殖《ばくしょく》しまくっとる。

「普通はこんなにいないでし？」

「うむ。普通は足場がある。人の気配で孵って、孵ったのをそのままにすると、どんどん連鎖して孵る。孵ったのは、増えないように倒しておくのがマナーだそうだ」

一度しか来ていないのであれだが、この状態が普通というのはない。これが『普通の状態』になったら、異邦人のマナーが最悪ということに。

「ここまで進んでるの【烈火】と兎娘か？」

【烈火】の面子だとは思いたくないな、と思いつつ確認。

「兎はしらねぇけど、アルファ・ロメオ捕まえた時、ギルが『迷宮でソロ男にあって、炎王の機嫌がまた悪いのよ』とか言ってたゾ」

「ああ、アキラくん」

レオの言葉にお茶漬が反応する。

「迷宮のソロ討伐で名前流れたことあるのは、『アキラ』だったね」

ペテロが補足する。

何だ？　あまり遭遇しないのに、どんどん印象が悪くなってくぞアキラくん！　この惨状がアキラくんのせいと決定したわけではないが。

「地道に排除してるとレオのおねむの時間になるし、かといってこのままというのも後続が困るだろうし、殲滅してしまうからちょっと待て」

神々からの頂き物に装備替え、タシャにもらった『宿り木の杖』を装備して準備完了。これから放つ魔法は【木魔法】ではないが【魔法威力増大】の効果に期待。深緑色だったマントも他の装備に合わせて白くなっている。

マント鑑定結果【やるならやらねば、という気配がする】

……なんかこのマント、両極端な気がするのだがどうなんだ。

「白ずくめ格好いいでしねぇ」

「レンガード様登場」

「なんかバサバサが増えてる！」

菊姫はしみじみと、ペテロは笑いを含んで、レオは——まあ、見たままを擬音で。

「殲滅、殲滅ぅ」

シンは笑って。

「魔法？　付与したる」

お茶漬が【知力付与】を掛け直してくれる。

なんだか、何をするのかとみんなが固唾を呑んでこっちを見ている気配を感じて、ヴェルスよろしく、マントの裾を払って気合いを入れるフリをしてみたり。

『宿り木の杖』を構えて魔法を放つ。

「ぶおおおおおおッ！！！」

「うわあぁ！！！　すげぇ！！！！」

レオとシンが叫ぶ。


《300体以上の敵を1ターンで撃破したことにより、称号【一掃する者】を手に入れました》

【氷魔法】Lv.25『フロストフラワー』の【チャージ】【重ねがけ】。もともと範囲魔法な上に【範囲魔法】を追加。

無言で放ったそれは、以前シードル・シー・ドルンを凍りつかせた時より威力が高い。しかもボス部屋と違って狭い洞窟内の前方、見える範囲を全て凍らせた。シードル・シーを内包した氷がパリンパリンと音を立てて砕け散ってゆく。残ったのは冷気と氷の花。

「綺麗でし」

「氷なのに爽快な魔法だね」

ペテロには爽快と誤解を与えたようだが、それは倒した対象が多かったからだ。

どんどん砕け散って破壊されてゆく様は確かに爽快だったが、HPが多くて一撃で倒せないと一定時間凍るだけなので、どちらかというと普段は優雅な魔法だ。

「範囲すごいね、アホなの」

「私もこんな広範囲が凍るとは思わなかった」

お茶漬の言う通り、アホほど広い。これ、見えてない範囲もいってる気がする。

「オークの肉とか、ハイゴブリンの魔石とか大量にドロップしたぞ？」

「俺も俺も！」

シンの言葉にレオが同調する。

「『シードル・シーの毒』が。しばらく材料に困らない」

ペテロが嬉しそうだ。

「……私もシードル・シー以外も一掃できるとは思わなかった」

足場の悪いここに出た敵は遠距離攻撃や回復魔法メインなはずなので、普通のオークやハイゴブリンよりはＨＰが低いはずではあるのだが、まさか範囲魔法で一撃死するとは思ってなかった。

あれか、【ヴェルスの理】が効いているのか。今まで抑制していたのを解放したから、それで威力が跳ね上がっているのか。『宿り木の杖』の効果もヤバイ？


マント鑑定結果【張り切りました、という気配がする】

マント、お前か！

「ホムラは今何と戦ってるの？　ラスボス間近なの？」

「いや、普通にここの三十五層前後をですね……」

「それも普通じゃない」

「わははは！」

お茶漬の問いに答えたところで、ペテロに間髪を容れず否定される。

「すまんな」

敵のいない氷の花が咲く通路を歩く。

「んー、結構時間余りそう？　採掘ポイント探して少し金稼ごうか」

楽かもしれないが戦闘がないというのもゲームとしてはつまらないので、詫びをいれる。

「いやー、シードル・シー処理してたら今度は朝までかかるし。てかホムラのせいじゃない」

シードル・シーだけ駆除できるのが理想なのだが、生憎そんな器用な調整は出来ず。私のせいではないとお茶漬は言うが心苦しい。

このフロアは私がシードル・シーと一緒に他の敵も殲滅して歩くだけの状態なので、道中の戦闘分だけ時間に余裕が出来た。余った時間で金を稼ぐことをお茶漬が提案し、【採掘】と【採取】をすることになった。

「ホムラがいなかったら進めなかったでし」

「あれ、地道に倒していかないとダメなのかね」

菊姫が憤るのを聞いて、カーンカーンと採掘しながらシンが言う。『鉱物好物の腕輪』があるため、結局全員【採掘】を取っている。

【採取】のほうもアイテムが欲しいところだが、フィールドボスを探す時間が惜しくて結局行っていない。だって新しいところが見たかったんだ……。今は白虎がいるし、探しに行ってみようかな？　ただソロ討伐もパーティー討伐もレアボスしか残っていない。

「『浮遊』かけてもらって踏まずに通るのも、シードルと違ってシードル・シーはアクティブな敵だから無理だし。有志の皆さんでキレイにしてもらうしか」

有志の皆さんに自分は入っていないのか、ペテロよ。

「あれです、最終奥義『マップ変え！　俺はここに拠点をつくる』を発動ですよ」

迷宮変動の全てのタイミングは分かっていないが、ボス部屋以外に恒久的な休憩所を設けようとすると、必ず起こる、と教えてくれたのはイーグルだ。その迷宮変動もプレイヤーから見ると、マンネリ防止のマップ変え扱いになるのがなんとも言えない気分。

「拠点の造り方なんて聞いたことねぇぜ」

「安心してください、言っといてなんですが僕もです」

「わはははは！」

「【騎獣】も手に入るレベルになったし、長旅に備えて拠点の造り方もそろそろ出るかもね」

お茶漬がそう締めくくる。

その会話をよそに、せっせと【採掘】する私。

ここで多く掘れるのは『青銀の騎獣石』『緑の騎獣石』『赤の騎獣石』『黒の騎獣石』『黄の騎獣石』『金の騎獣石』。【騎獣】の餌だ。白虎の餌の確保とあっては真面目にせねば。

「まあ、拠点を造らなくても、一定期間攻略が滞ったら問題ありでマップが変わるとか。ところでホムラ先生、『浮遊』かけて。ここ、天井にポイントがありやがります」

ペテロの言葉に上を見上げれば、確かに天井付近にポイント。

「それにしても騎獣の餌、硬そうだ」

「黒が乗り心地、青銀がスピードが上がるんだね。他のがあんまり出ないなあ」

「ん？　私、平均的に出てるけどな」

ペテロはぼやいているが、私は偏りなく掘れている。

「俺は赤がいっぱいだ」

「ああ、属性との相性かもに」

シンの自己申告にお茶漬が推察を口にする、推察ではあるが間違っている気はしない。

緑が次の騎乗可能までの時間、黄色が行動範囲で、赤の積載量増加、金が距離だ。行動範囲というのは、騎獣の種類で行きたがらないところというか、不得意な地形にも行けるようになる。

「あ、天井《ここ》『水の騎獣石』出る。乗り心地が大きく上がるから『黒の騎獣石』の上位だね」

「水は青のイメージの方が強いんだがな」

「風も青銀だし、ゲームで純粋な青が無いのは珍しいね」

「まあ、人魚姫の故郷コペンハーゲンも海は黒いしな」

「冬の日本海！　雷は冬に落ちるもの！　ところ変われば品変わる、ですよ」

お茶漬たちも交ざって雑談しながら【採掘】、時々懐の黒ミスティフにそっと『回復』。

「ああ。……そういえば菊姫の白雪は積載量上げないとダメなんだっけ？」

採掘しながら近くの菊姫に聞く。

ペテロは器用に掘っているのだが、私は鶴嘴を振り下ろす度、衝撃で飛びそうになる。それでも【空中行動】が効いているらしく、レオのように一振りごとに飛んでいったりしない。あれ、これ【空中移動】発動して、『浮遊』ないほうが安定する？　いや、頑張ればペテロのように安定するハズ。

「そうでし、あてちの装備が重いんでしょ。白雪は速いし、いいこなんでしけど」

「ああ、じゃあ赤やるから、いらん色くれ」

白虎は最初から積載量は多めなのだ。ガラハドのタイルも二人乗りだったし、職業的に私の装備がこれから重くなることも――転職で何になるかによるのか。

「あ、俺も赤いらねーや」

「見た目通り、武田君も積載量多いのか？」

「多いぜ！　いつかつくりたい騎馬軍団！」

「その武田だったのか」

シンの武田君の名の由来を知った。

「餌であげられる合計数値に上限あるし、本当は職で選ぶのが正解なのかも。うちの黒焼きは休憩時間は短めだけど、スピードが低めかな」

「そういえばレオのアルファ・ロメオはどうなんだ？」

気になるタヌキ。

「オレのアルファ・ロメオは乗り心地抜群！」

レオの騎獣、タヌキ系は速さでも積載量でもなく、乗り心地に優れるようだ。

「なるほど」

あれだ、レーノの食事に『黒の騎獣石』を交ぜたら乗り心地が良くなるのだろうか。

レーノは本来騎獣じゃない（ハズ）だから無理か。騎獣じゃないといえば、バハムートもきっと本来なら騎獣じゃないいんだろうな……。私がヴェルスの前で不用意なことを言ったせいで、悪いことをした。

【騎獣】が手に入るころにこうして騎獣の餌がでるエリアに入れる。うん、スキル石拾える層と転職の石板出る層近いですね。変なことしなければちょうどよく出るようになってるのだな。

そんなこんなで、移動先にある採掘ポイントで【採掘】しながらボス前だ。シードル・シーの爆殖を辿ってきたわけだが、この大繁殖を促した馬鹿はボスへと続く扉から遠い行き止まりに二、三回行っている。手間をかけさせおって！


「ぎゃあああああああああっ！　増えたあああああああっ」

お約束でシンがシードル・シー・ドルンに【鳳凰拳】のコンボ、【火属性】をぶち込んで、菌糸が広がり菌糸玉がボコボコと増えた。

「はっはっはっ！　【火属性】は増えるぞ！」

黙っていたことを言える開放感。バラさないように当たり障りのない【金属性】の魔法を使用していた私だ。

「えぇ～！　俺、属性は火しか上げてねぇ!!」

「わははははは！　オレは【風属性】だぜ！」

「レオって【ファルの祝福】もらってなかったか？」

パンツの泉でもらったはずだよな？

「ヴァルは寵愛なんだぜ！　速いぜぇ！　水は何に効いてんのかわかんねぇ！」

「え、まって。君、【回復】持ちだよね？　【治癒士】経由したよね？」

それどころかファルから強いスキルをもらっていたハズです。戸惑うお茶漬、レオが自由すぎる。

そして確かにヴァルが面白がりそうだよな、レオ。妙に納得した。

「盾に【侵食】がついたでし！」

「あぶない、私も【火属性】使うとこだった」

ペテロの属性の種類も謎というか、多彩だ。

「属性で強化される敵の登場か～、これ以降の迷宮に『属性石』の期待あげ！」

お茶漬、正解。

妖精やら出てきて『属性石』に困らなくなるぞ！　ついでにあれです、もっと強力な【侵食】を使うナイスバディも出てくるぞ！

話しながらもとりあえず、無属性での攻撃で菌糸玉を潰してゆく。通常装備に着替えてはいるが、私は『ヘイスト』をかけ直したり、お茶漬から離れすぎているレオに「突っ込むなアホ！」と怒鳴って薬を投げつけたり。

……【神聖魔法】『回復』でもいいのだが、蹴りの代わりにレオの後頭部目がけて、ぶん投げている。ダメージ0というか、回復するからいいだろう。

「これからボスは【鑑定】効かなかったら、六属性の【投擲】で弱ダメージ与えて様子見からかな？」

話しながら【投擲】を実践するペテロ。

対峙するボスの方が、レベルが上なので【鑑定】は失敗か、名前表示くらいしか結果が出ない。

増えた菌糸玉に向かって、それぞれ属性の色をまとった苦無が飛ぶ。木、普通。火、菌糸が伸びた。

土、普通。金、普通。水、増えた。風、ダメージ増加。

危ない、水も増えるのか！　氷がアレだったから、同系統の水には弱いのかと思っていた。

「苦無なんてまた忍者っぽいものを」

「自家生産です」

お茶漬の言葉にペテロが答える。

やっぱり生産の【暗器】とスキルの【暗器】、両方持ってそうだな。暗殺者のスキルで取得した気がするので、本人には聞けないが。

「魔法は結局全属性とったのか」

「ええ。光以外は結局風まで。神に会って増えたし。おかげでスキルがパンク。スキルポイントも年中0よ」

他にもマイナーなスキルをたくさん開拓していそうなペテロ。

「あー！　クソッ、ＥＰ回復系とったらコンボ中も【火属性】上げるの取ろうと思ってたのに！

【虎】『蹴』！」

「先に【火属性】の敵からダメージ稼ぐ方法模索してください」

お茶漬が『付与』をかけ直しながら言う。

「【風魔法】『エンチャント』」

「サンキュー、サンキュー」

ダメージを稼げず腐っているシンの拳に【風属性】をエンチャント。

《シードル・シー・ドルンの粘糸×4を手に入れました》
《シードル・シー・ドルン繭玉×5を手に入れました》
《シードル・シー・ドルンの短剣を手に入れました》
《シードル・シー・ドルンの魔石を手に入れました》
《鋼糸×10を手に入れました》
《耐毒の指輪+3を手に入れました》
《シードル・シー・ドルンの『強毒』を手に入れました》

一番のダメージディーラーはレオだったという不可解。三匹のオークの時も活躍してたし、破天荒だが順調に強くなっているのだろうか、もしかして？

迷宮を出るとアイルの食料卸屋、オルグじーさんからメールが届いていた。フソウへ行く商人が街に滞在しているので興味があるなら会ってみないかとのこと。

◇

◆

◇

「おう、来たか」

「連絡ありがとう」

もう寝る時間だったりするのだが、アイルの食料卸屋に来ている。荷下ろしや、荷物を倉庫に運ぶ者、反対に荷物を積み込む者で活気のある倉庫。

オルグじーさんが笑顔で出迎えてくれた。相変わらず大店の店主だというのに現場で一緒に作業をしているようだ。

「土産だ」

「卵か、どれ」

そう言いつつ受け取ってくれる。渡したのは『庭の卵』を少量、少量なのには理由がある。

「……こりゃあ」

うん、ランクが神食材だしな。

『天の鶏』は順調に増えて、ポチは十羽のボスだ。実質仕切ってるのはタマとミーな気がするが。呼ぶとタマとミーが他の鶏を集めて来てくれる。

雑貨屋の方で料理をしている時、待ちきれない約二名がウロウロと覗きに来たので手伝いを頼んだことがある。その時は登録レシピの味の調整のために普通に料理をしていた。卵焼きだけでも甘いもの、だし巻き、塩気のあるもの、硬めのもの、ふんわりしたもの、など数種類登録しているのである。頼んだのは卵をボウルに割っておくことだったのだが……。

気がついたら剣と槍が居間《うしろ》で踊っていました。

「くっ！　黄身まで割れた。不覚……っ」

「なかなか難しいですね、コレ」

神食材ランクを、素手で割るのは不可能だったらしく……。

チャレンジしたガラハドたちはヒビさえ入れられず、スキルを部屋の中で使用しようとして、カルにアイアンクローを食らっていた。カルは両断することは出来たが、位置によっては黄身も一緒に真っ二つ。レーノは時々潰してひどいことになるが、存外器用に槍で殻を斬った。（注：全部おいしくいただきました）

……カルの剣技を初めて見るのが卵割りだったわけだが。ガラハドたちと比べる限り、強い、のだろうなあ？

私？　私は普通にボウルの端にコンコンと当ててパカッと割る。下手すると刀剣では割れないオチがあるかもしれんが。そういう訳で、他の人が料理できるかが謎だったので少量なのである。

「そこらの料理人に使える気がしねぇが、ルドルフあたりは見せるだけでも発奮しそうだな」

ルドルフというのは紹介状を書いてくれたレストランの料理長の名だ。現実世界では人の名前を覚えるのは苦手なことの類なのだが、『異世界』ではみんな個性的なので覚えやすい。

「ではこれも」

樽を幾つか出す。

中身は『庭の水』なのだが、購入してあった樽に入れた途端、ランクが落ちた。ルシャからもらった『再生の欅』から採った材料で樽を作るべきかどうか悩んだが、誰かに譲るにはこっちのほうが使い勝手が良さそうだと気づいた。

「これもまた……、食材にもなるから、わしでも【鑑定】できるが、説明を読む限りどちらかというと神殿に納めたほうがいいような気がするぜ。というか、どこの『庭』だ、どこの」

うちの庭だと言い出せない何か。オルグじーさんは、食材に関する【目】のスキルを持っている気配。うちで汲んだ水なので、アイテム名とランクは見えるのだが、詳しい説明は私では読み解けない。聖水とか神水とかな説明なのだろうか、もしかして。

砂糖黍も順調に増えてはいるが、こちらは草のせいで、作付を私がするしかないため、少々時間がかかっている。

倉庫に隣接した小売店側の休憩所で茶を飲みながら待っていると、程なくしてフソウへ行き来している商人が来た。年に二度、海路が数日繋がる時を選んでフソウへ渡るそうで、またその時期が来たためアイルで日の調節がてら滞在し、過ごしているのだそうだ。

「フソウは他の国とは趣が大分違います。……そうですね、例えばあの国では【スキル】の外部発動は直接出来ません。なんでも大昔に封じられた【傾国九尾の狐クズノハ】の封印の影響でだとか」

「【スキル】が？」

なんだろう、魔法使い詰んでないか？

「【スキル】は魔法も含めて『符』というものにあらかじめ込めてあるものを使います。『符』は買うことも、交換も可能です。『符』の作り方を習うことも可能と聞きますが、『神社』という特殊な建物内か、【結界】内でしか作成できないようです」

「習うこともできるが、【結界】が要るのか」

後回しにしていたツケが。

「あと、この大陸の法律は成文法ですが、あちらははっきりしません。基本となる法律は掲示板のような場所に掲げられていますが、細かいところはこちらでいう裁判所の判例が適用されるようです」

あれか、高札か。

江戸時代の法律は六法全書などのように文章化されて誰でも読めるわけでなく、伏せられていた。高札という広場にある掲示板のような物に書かれた物は別として、法律の内容を知りたがって調べる事が罪になったと聞く。——けっこう緩かったらしいが。

ああいう事をすると罪になる、と考えさせることでモラルを向上させていたのだろうか。法の抜け道をいったり、揚げ足をとるような犯罪をニュースで見ると、全部書く、というのはどうなんだ？　と思ってしまう。

が、自分がそこに行く立場になって気づく。国際社会、書いてないと文化や習慣の違いから罪を犯しそうで怖い。いや、まあ、書かれていても全部は読まないか。実際ジアースの法律は古本屋で購入して、パラ見で安堵して放置してある。

どちらかというと、冒険者ギルドでの注意や、サーで見た、木を切るな、の張り紙などを参考にしているので、フソウのシステムと実質変わらない。

「様子を見に行った者からの連絡ですと、今回は少々海の様子が違うそうで。海竜が行動を変えたようです」

すみません！　それは多分私の島が海竜のお散歩ルートに入ったからです。

フソウに行くのは数日後になるらしく、予定を聞かれた。闘技場でのスキルレベル上げや、現実世界の諸々を考えて随分先になってしまうので、無理だなと半ば諦めながら告げれば、多分その辺りがちょうどいいと言う返事。どうやらゲーム的便宜が図られた様子。

Aランクの冒険者パーティーが護衛に付くそうだが、私は一緒に行って船に乗せてもらう代わり、依頼料無しで護衛としてついて行くことになった。護衛として期待されているわけではもちろんなく、このホップと名乗る商人は、オルグじーさんに恩があるそうで、邪魔にならないなら、ということらしい。

「二人までなら、自費であなたの護衛を雇うのも構いませんよ」とか言われる始末。人数制限は船の関係かな？　誰か誘ってもいいが、平日の休みの日を指定してしまったので、予定が合うだろうか。

レーノに乗せてもらってフソウへ行ってもよいのだが、ホップのような詳しい人と一緒に行くのもいいだろう。冒険者ギルドが出てくる話の、お約束な護衛任務がどんなふうなのか見学してみたいのもある。

「おう、じゃあホムラ、土産話待ってるぜ」

オルグじーさんに礼を言って別れ、【庭】にベッドを設置、寝転んでログアウト体勢。

その前に転職できる職業を確認しないと……、スクロールするほど出ていて、全部の説明を読む気力が続かなくて放置していたのだが、さらに増えていた。

各神々の名前を冠した使徒から始まり、タシャの魔導師　アシャの戦士　ドゥルの騎士　ルシャの職人　ファルの騎士　ヴァルの騎士　ヴェルスの代行者　ヴェルナの騎士　神樹の魔法騎士　火天の魔法戦士　大地の守護騎士　天地の騎士　烏鷺《うろ》の騎士　黒白の魔術師　神竜騎士　深淵の騎士　深淵の魔法使い　アシャの勇者　ヴェルスの勇者　タシャの審判　神々の料理人やらタシャの錬金術師やら……、眺めているだけでお腹いっぱい。烏鷺って囲碁のことじゃないのか？　いや、黒白のことか。

なんというか、節操なく色々出ている。ちょっとギルドの資料室に駆け込んで、この転職後にさらに、転職方法があるかどうか確認してからにしよう。他の大陸もまだ行っていないし、この後も長そうなので多分再転職方法はあるのではないかと思うのだが。

寝る前に起き上がり、鯛茶漬け――茶ではなく出汁だが――をサラサラと。ＥＰを目一杯回復して就寝《ログアウト》。

『また　まよいこむ　と　』

ああ、また声が聞こえる。大人とも子供ともつかず、男女の別も定かでない。それどころか音として捉えているのかも自信が持てない。

『そなた　は　せかじ　　のふしかし　くのか　ぎか』

『何だ？　聞き取れんぞ』

意識を澄ますが、とぎれとぎれで意味をなさず、聞き返す。

『ねむ　て　たい　そ　が　せ　　と　　いのため』

『　い　を　おもう　な　ふ　はしら　を　め　し　のこり　　ろ　はし　　を　ふう　い　を　とじ　』

後半に行くにつれ、声はおぼろげになり、さっぱり意味をなさない。かろうじて「眠っていたたい、それがなんとかと、なんとかのため」か？　と、そこまで考えたところで現実世界に戻った。

四　扶桑

《『有無《うむ》の手甲』を取得しました》

さすがに声を聞くだけでは【祝福】には上がらない様子。だがしかし、装備アイテムは贈られてきた。……これも装備したら取れなくなる系なのだろうか。

マント鑑定結果【性質ですよ、性質、という気配がする】

装備が解けないのは、貴様の性質《せい》か！！！

パジャマから着替えてマントを【鑑定】した結果がこれだ。

今度は慎重に、装備前にアイテムの【鑑定】を行う。……、大丈夫特に何も言ってこない。『有無の手甲』という名前が分かるだけだ。――アナウンスで流れたせいで既知の情報だからだろうな。私の【鑑定】レベルで鑑定できるものとは思えない。

外見は、腕を全て覆うようなプレートにはなっておらず、黒に近い燻し銀・金の金属で透かし彫りというか、金属の棒で模様を描くようにして筒状になっており、手の甲に当たる部分にはレンズ状の透明な宝石。触れると、『天地のマント』の色が変わったように、宝石がバハムートの住処である『蒼月の露』と同じ色に変わった。金属部分も着る装備によって、銀・金・黒の色が強くなる。

手甲鑑定結果【……うむ】

装備した結果がこれだよ‼　おのれ……っ！　『うむ』ってなんだ、『うむ』って！！！！！　名前に掛けたギャグなのか⁉　もちろん装備は外せないよ！！！！！

マント鑑定結果【有無なだけに】

漫才を始めるのはやめろ！！！

『有無の手甲』は「有れ」と思えば私の手に装備として出現し、「無に」と思えば消える。消えるが、アイテムポーチに入る様子もない。他の装備ができることにホッと一安心。マントよりは融通が利くというか、有るか無いかどちらかなので融通が利かないというか。効果は不明。

それにしても、眠る前のあの『声』は何だろう。封印されたままでいたい存在、神々を封印したい存在？　封印しまくっちゃうよとかそんな神か？　まあ、声の元へ行く方法も謎だし、そのうち分かるだろう。マントと手甲が神々を封じるための装備ではないことを祈る。

昨日は、現実世界でベッドに入ってから、【傾国】が発動してしまうことに気づいて、慌てて入り直した。

隣に寝かせていた、黒ミスティフをレーノに託すプレイ。黒ミスティフは怪我と長年の無理が祟ったらしく、見える範囲の怪我は治ったと思うのだが、ぐったりしたままだったのでちょっと心配だ。……タオルでずっと簀巻きにしてたからじゃないよな？　動く様子無かったし。白以外のミスティフの様子から、構わないようにしていたのだが、もう少しマメに様子を見てもよかったかもしれん。

すでにログインしていたお茶漬とペテロ、菊姫に挨拶メールを送って、全員揃うまでの間何をするか考える。とりあえずフソウ行きの間分の生産、ギルドへ行ってアルの話を聞く、が決定事項だ。

【庭】は現在、『生命の樹』『再生の欅』『幻想の木』『オーク』の4本の神樹が生えている。どうやらある程度木を離さねば【神樹】は使えないことがわかった。『幻想の木』は『幻想の種』から育ったのだが、銀枝に、桜に似た淡いピンクの花が付いて葉は無し。綺麗なのだが、普通の桜が欲しくなる。フソウにあるか？　探してみよう。

『オーク』はリデルのために。原作《アリス》がオークの下で昼寝をしていたせいか、オークがあると落ち着くらしい。こちらはアリスの島で適当に拾ってきた普通のオークを【神樹】にしてみた。

真ん中に『生命の樹』、庭を四つに割ったそれぞれの真ん中に一本ずつ植えてあるので、もう一本なにか木を植えたいところ。庭は中心から広がるので、木が大きくなっても多分問題ないはず。例の桃はどうしようか……。『神の糖枝』という名の砂糖黍も植えているし、一面は畑ということでいいかな。他にもベリー類やら枇杷やら取っておいたものが無節操に生えている。季節にかかわらず収穫できる模様。【庭】の方向性が決まったら後で植え替えよう。

『月詠草』、『夜露の綿』と『月光の紡ぎ草』は植えられなかったが、『風の実』は『幻想の木』の枝の下に植えることができた。これらはゲームを始めたころ、森を抜ける冒険中に手に入れたものだ。『風の実』は実とあるが、実際は一つの実をつけた草だ。色違いで『火の実』などもあったが、残念ながら根ごと【採取】は叶わなかった。【採取】したら、つるんとした実の部分だけポーチに入って、素材になってしまった。――芽の出る種扱いではないらしい。

『風の実』が根ごと【採取】できたのは、すでにその時点でヴァルの祝福を受けていたからだろうか？　『火の実』があったら今度は根ごと【採取】ができるか試してみたいところ。

【庭】に入れるのは現在、事故防止に召喚獣・ペットのみ。これらは【傾国】の効果を受けない。ただし、他人の召喚獣やペットなどは稀にかかる、の注意書き。どうしよう、白がクズノハの【傾国】にかかって牙をむいてきたら。攻撃するのは忍びないから、泣いてもモフるのをやめない方向だろうか。

おっと、この世界は夕方だ、アルのところを先に訪ねよう。冒険者ギルドはログインしてきた異邦人たちで混雑しているかもしれない。

ギルドに入ると、思ったとおり人が多い。混雑の原因は受付嬢のファンクラブなのだが、この人たちは一体いつ冒険しているんだろうか。

こちらに気づいたエメルに会釈して階段を上がる。お菓子の効果か、笑顔を貰えるのだ！　妬むがいい幼女ども！……何か違う。お付き合いしたいなら、ファンクラブの皆様はとっとと闘技場へ行って、性別変えてきた方がいいのではないだろうか。というか、当初は男キャラもそれなりにいたはずなのに減ったというか、幼女が増えた？

「こんにちは」

「やあ、こんにちは」

「シーサーペントの結果だけど、毒に弱いことは立証されたよ。ありがとう」

資料室のアルの小部屋に入り込み、挨拶をすれば、眺めていた資料を脇によけてアルがこちらを向く。向かいに腰掛けながら、差し入れを資料が避けられた机に置く。受付嬢たちの分もあるのだが、黙っていても後で配ってくれるだろう。

「転職についての本とかあるか？」

「一次転職なら神殿の方が詳しいかな？　迷宮がらみの二次転職なら、冒険者ギルド《こっち》でも資料は揃えてるけど」

「スキルの数が50を超えて、レベルが上がらなくなったんだが」

持ってきた差し入れを自分で出して並べ、紅茶を出す。

ガレット・デ・ロワ、なんのことはないアーモンドパイだ。真ん中に焼いているときの蒸気を抜くために口金を突っ込んで、そこを中心にナイフで模様を入れてある。何故かアーモンドパイは作り手が模様を頑張ることになっているらしい、口金は焼きあがった後に抜いてある。そしてナポレオンパイ、ミルク寄りの味のする生クリームと白にもらった種から育てた苺。今までで一番やばい一品です。

「……君、冒険者ランクCじゃなかったっけ？」

「そうだぞ？」

「大抵、50超えるのはAランク近くになってからなんだけどね……、だからBランクの合格発表の時に説明がある」

「Bランクになると強制依頼が面倒そうでな。そう思う冒険者も多いんじゃないのか？」

「強制依頼といっても、冒険者の実力を見るか、稼ぎ場所への誘導を兼ねてることが多い。楽な場所にずっと居られると、低《した》ランクが困るからね。特に異邦人はツテ――信用といってもいいかな？――がないから、ギルドの紹介という保証がないと新しい場所は断られることもある」

あれか、もしや強制依頼でメインストーリーに誘導されるのか。

「Bランクからは生産系か探索系で分かれて、生産系の人たちは大抵、各生産ギルドに籍を置くことになるし、国や神殿に仕官したらそっちが優先される。その人たちの冒険者ランクはAまでで、強制依頼がない代わりに、個人へじゃなく、所属してる機関に直接ギルドからお願いが行くことがある。ランクアップの方法も一般とはちょっと違うね」

紅茶を一口飲んで固まるアル。『庭の水』がいい仕事をしてくれている。

「はー、パイを食べるの怖いね」

しばし固まったのち、ため息をついて紅茶から切り分けられたアーモンドパイに目を移す。

「自分で言うのも何だが、ナポレオン――苺と生クリームの方はやばいぞ」

果たしてこの世界でナポレオンが通じるのか謎だった。いや、純粋なパイの名前としてあるかもしれん。

「……後で頂くよ」

正しい選択だと思います。

「続きだけど、異邦人はツテがないから冒険者から始まる。でも、住人は最初から騎士になる家系の出とか普通にあるからね。そっちは逆に国を跨ぐような仕事に便利だから、と職と所属が決まってから冒険者ギルドに登録する人もいる。その場合も、所属が違うから強くてもAランクまでだね。所属より冒険者ギルドの依頼を優先してくれるなら別だけど」

ガラハドたちの強さは冒険者ランクじゃ測れない、ということか。まあ、私もランク上げサボっているが。

「で、スキル50個超えたCランクの君は、転職しないとレベルが上がらないことは理解しているみたいだけど、何が知りたい？」

「石板で転職後、さらに転職できるかと、職のメリットデメリットだな」

「ん、探してこよう。お茶をもう一杯もらえるかな？」

「ああ」

「転職の方は言ってしまうけど、二度目以降は石板の欠片を集め直せば可能。ただし、枚数を重ねるごとに欠片が出にくくなると聞くね」

お茶を淹れていると、すぐに三冊ほど本を抱えたアルが戻って来る。

「ありがとう」

新しいお茶を出し、本を受け取る。

パラパラとめくってみるが、目次の時点で神々関係の職が少ない&烏鷺とか黒白とか載ってなくてですね……。

「アイルの図書館の方が揃ってるんだけど。あそこも紹介がないと入れない」

「図書館なら入れる」

「……。紹介状もらえたのか。君の交友関係も謎だね」

どうやらアイルの図書館に行く必要が出てきたようだ。本があるとあるだけ読みたくなってしまってやばいんだが。フソウへ出発までこもるのもありかな？

「アイルの冒険者ギルドは行った？」

「いいや？」

バロンもナヴァイも行ったが、そういえばアイルのギルドは行っていない。

「あそこはスキルをアイテムに変えることで消去できるから、要らないスキルがあるなら消したらいい」

神殿巡りと図書館で終了していたが、スルーしていた冒険者ギルドに特色があったらしい。面倒がらずに少なくとも主要施設は回れということか。

「そういえば、ここのギルマスに【魔物替え】というスキルをもらったんだが、これ、どうやって上げるんだ？」

「……、それSランク依頼の報酬」

アルが呆れたように私を見て、紅茶を飲む。Sランク依頼……、アリスの島を見つけたのが該当したんだろうか？　謎だ。

「【箱庭】と『テイム』を持ってるなら、低レベルを捕獲して【箱庭】に放して、かな。『テイム』がないなら、テイマーギルドで買うとか。今までなかったけど、異邦人でテイマーが増えたとかで、王都にはギルドができたらしいよ」

『テイム』単体で持ってる人はよっぽどの物好きだね、と言いながらまた紅茶に口をつける。

「【箱庭】がないなら、【結界】でフィールドを一時的に一部隔離して【魔物替え】もありだけど。両方同時に使うのは大変かな」

そういえば【箱庭】にはペットが放せるんだった。でも、一度飼った魔物を実験よろしく使い切る自信がないので、目指すは後者だな。まあテイマーギルドさんがゾンビとか売ってるなら話は別だが。

「こんにち、きゃあ！」

アルと話していると、休憩時間らしいエメルが顔を出し、【アシャのチラリ指南役】先生発動。ボタンがアルの額を直撃。このボタン、必ず誰かの額狙ってないか？

お詫びにナポレオンパイをですね。

いえ、すみません、なんでもありません。


もう夕飯の時間は過ぎたであろう頃合い、冒険者ギルドから『雑貨屋』へ戻る。フソウ行きの間の販売物を、夜中にゴソゴソ生産せねば。

『雑貨屋』に戻ると毎度の事ながら、ラピスとノエルが挨拶をしながら抱きついてくる。挨拶を返しながら頭を撫でる。いつまで撫でさせてくれるかな？　髪の手触りは以前のようにパサパサはしておらず、ポフポフ柔らかと、しっとりサラサラだ。風呂場のシャンプー、石鹸の類をそっと菊姫オススメのものにしておいた甲斐があった。レーノはともかく、雑貨屋側の風呂場を使うカルもそっと髪質が良くなったらしく、酒屋側にいるカミラが手入れ方法を気にしていたが。

「レーノ、黒いのはどうしてる？」

リデルの頭も撫でて、カルやガラハドたちに挨拶をしてレーノに声をかける。

「目は覚ましましたが、まだ思うように動けないようです。ただ怪我がというよりは、疲れが原因という感じですかね。会いますか？」

「ああ、気になるしな」

レーノの部屋、ほぼ初訪問！

レーノについて部屋に入ると、そこは植物と無機質の混在したちょっと不思議な空間だった。大小の様々なガラス瓶に入った、植物のテラリウムや、水の張られたビオトープ。棚や床だけでなく、壁や天井からも下がっている。花はビオトープに小さな睡蓮のような花が咲くだけで、ほとんどが葉だけのもの。ガラス瓶から透ける黒い土と、黄緑や明るい緑の葉のコントラストが不思議な空間をつくっている。

木箱の中に設《しつら》えられた、寝床で丸まっている黒い物体を覗く。毛玉が毛玉じゃないのが惜しいところ。

「シャアアアアッ！！！」

威嚇されました。

「ひどい、懐で温めたのに」

この黒ミスティフは魔法が効きづらいせいか、回復をかけても流した血が戻らず体温が低下していたこともあって懐に入れていたのだ。人間やめて暫く経つが、ミスティフさんは異邦人全般もお嫌いな模様。島のミスティフたちにもまだ触らせてもらっていない。

「頼んだ覚えはない！」

ああ、そういえばミスティフは人語を話せるんだった、威嚇する姿が完全に動物だったので一瞬忘れた。白は怒る姿もどこか優雅なのだが、このミスティフは鼻にしわを寄せてワイルド。

「ホムラはパルティン様に頼まれて、ミスティフたちの居場所を提供している方です。嫌うなとは言いませんが、うまくやってください」

レーノが諭す。

「そういえば名前は？」

「ふん！　異邦人風情に名乗るか！」

「ああ、じゃあ黒でいいな」

「なっ！　何でそうなる！」

「即決ですか。普通はもう少し聞き出そうとするものではないですかね」

いや、白のときにそういえば名を名乗るのは、主がどうこう支配がどうこう言われたのを思い出したからだが。でも、呼び名がないのは不便だし、仮で。

「黒が嫌なら、黒丸号とか黒男とか……、ブラッ〇・ジャックとか？」

ブラック・ジャッ〇の本名は間黒男である。

「……黒でいい」

黒が疲れたように視線を逸らした。何故だ。

「相変わらずのネーミングセンスですね」

奇をてらってトンチンカンな名前をつけるよりいいじゃないか！


そして何故か、黒がまた懐にいる現在。茹でたマルチキのササミを食べてご満悦。肉ＯＫなんですか？　剛毛が痛いのでまたタオルに簀巻きなのだが、簀巻きにしてなお私の懐は居心地がいいらしい。顔を出すとシャーシャー言うくせに。

まあ、火剋金《かこくごん》で、金に偏った属性を中和するため、『アシャの火』を抱えこんで寝ているためだが。『アシャの火』は譲渡不可なのでこうなった、早くもふもふに戻ってほしいところ。

『神の糖枝』でラムを少量作ったので、ラムプリン再び。『生命の樹』のウロにヴェルナ用を突っ込み、お知らせメール送信済み。ようやくリクエストに応えられた。

そのプリンを『雑貨屋』のメンツにもおすそ分け。今回は糖枝から絞った汁を、そのまま粗糖にしたブラウンシュガーをラムプリンに振りかけて炙り、クリームブリュレにしてみた。

お茶にしようと声をかけると、甘く香ばしい匂いが漂っていたせいか、みんないそいそと集まってくる。

……。

……うん。大人《カル》、大人《レーノ》、大人《ガラハド》、大人《イーグル》、大人《カミラ》、子供《リデル》、犬耳子供《ラピス》、犬耳子供《ノエル》、猫耳子供《ヴェルナ》。

またラピスとノエルの尻尾が大変なことになっていますよ、ヴェルナさん。貴方用は【庭】に用意したただろうに。もう食い切ったんですか？　いや、プリンの文字だけ見て【庭】に行かずにこっちに来た？　もしかして猫耳幼女《それ》は擬態しているつもりですか？　何か色々言いたいことはあったが、黙ってヴェルナの前にもクリームブリュレを置く。紅茶はアールグレイ。

「さあ、食べようか」

「いや、いや、いや？」

「ホムラ君？　何を流そうとしているのかな？」

「おかしいわよね？」

ガラハドたちがツッコミを入れてくる。汗を浮かべながら固まっている様子なのに結構余裕だな。イーグルは問いただす時、君付けに変わるのがデフォになってきた。

「ぷりん」

満足そうにクリームブリュレという名のプリンを口に運ぶ猫耳幼女。長い尻尾の先だけぴこぴこ動いている。

「主、この方はもしや……」

「ヴェルナだな」

カルの問いに端的に答える。

「……一体なぜ？」

「そこにプリンがあるから？」

レーノの問いにも答える。

優雅なお茶タイムのはずが、――いや、カルとレーノは毎回あまり優雅じゃない気もするが――みんな固まり気味。

「ん、パリパリ楽しい」

「『神の糖枝』が増えてないからあれだが、増えたら定期的にウロに突っ込んでおくぞ」

「ありがとう。楽しみ」

嬉しそうにスプーンを口に運ぶ。

「ん、何か欲しいもの」

ヴェルナが首を傾げてこちらを見上げてくる。

小さくなっても射干玉《ぬばたま》の髪と、しっとりした雪のような肌は健在だ。良く見ると、紫をほんの少し孕んだ黒い瞳も。

「いや、すでに色々もらってるので毎度毎度土産はいいぞ？」

「困る。神々とはそういうモノ」

表情は変わらないが片方の耳をぴるぴるさせながらヴェルナが言う。

「ではどんな毛でも手触りが良くなるブラシを」

「ん。わかった」

ダメ元で言ってみたら了承された⁉

「……職業は【黒白の魔剣士】がいいと思う」

声を残してヴェルナが消えた。

《称号【闇を揮う者】を手に入れました》
《『神のブラシ』を手に入れました》

「おお⁉」

『神のブラシ』がこの手に！　大と小の二つセット！！！　白虎と白用か？

「いや、いや、いや？」

「ホムラ君？　色々おかしいからね？」

「ホムラと出会ってから、すごい勢いで称号とスキルが増えてるのだけれど……」

「私もこの齢で増えるとは思っていませんでした」

「僕もです。もう新しいスキルは出ないものとばかり……」

大人組がなにか沈痛な顔をしているのだが何故だ。

「マスター、リデルは増えないけど、マスターの属性値分、リデルに耐性がつく。リデルは【闇】でのダメージはほとんど無効」

「おお、それはなかなか凄いな」

単体で戦闘に出す予定はなかったのだが、【闇属性】の敵が多い場所になら連れて行ってもいいかもしれない。まあ、ラピスとノエルと町の周辺で討伐くらいはしているようだが。

「主、ラピスに【ヴェルナの加護】がついた」

「僕にも【ヴェルナの加護】がつきました」

ラピスは【アシャの祝福】と【タシャの加護】【ヴェルスの加護】【ヴェルナの加護】、ノエルは【タシャの祝福】と【アシャの加護】【ヴェルスの加護】【ヴェルナの加護】か。物理職と魔法職なんだなあと思いながら、嬉しそうに報告してくる二人の頭を撫でる。

「ラピスとノエルは、このまま行くと異邦人でもないのに転職前にスキルの方がいっぱいになりそうですね」

ああ、そういえば住人は普通、ぽこぽこスキルは覚えないのだったか。住人の理解は、種族が変えられるのも、スキルが出やすいのも、死んで神殿に魂が飛ぶのも、『異邦人』がこの『世界』にとって不安定な存在だから、だったはず。

「レベル付きのスキルが50個超えると、本体レベル上がらなくなるぞ？　大丈夫か？」

「普通、いや、普通じゃなくてもそこまで増えねぇよ！！」

「そういえば、以前の異邦人の記録で50超えで上位職になるまでレベルが止まった、というのがあるはずです。その辺は冒険者ギルドの管轄ですね、私たちも異邦人向けのレクチャーを受けるべきかもしれません」

「ああ、ここに来た異邦人は冒険者ギルドに登録するからな」

何かすでにあの混雑が懐かしい。

「少年の頃、騎士になるため必死に研鑽を積んで手に入れたスキルが……。複雑な気分だ」

イーグルが眉間をもみながら嘆息する。

「スキルはどう使いこなすかだ。経験を積んで取得したスキルは、必ずいざという時助けになる」

カルがイーグルを諭す。

そして始まるグルーミング大会。ちがった、髪梳き大会。

主に私がブラッシングされてます。予定外。

あれから気を取り直したカミラがブラシに熱い視線を送ってきて、ブラシの小が人用だと思い当たる。そして神器は毎度のことながら譲渡不可。私がブラッシングするか、私がブラッシングされるかの二択だった。カミラの髪をブラッシングした後、ラピス・ノエルをブラッシング。ブラシ大を用いて、合法的に尻尾に触り放題を堪能していると、ブラシ小で私の髪がブラッシングされるプレイ。後で白と白虎もブラッシングしよう。

黒はブラッシングしようとしたら威嚇してきた。懐からシャーシャー言われましても……。後で寝込みを襲ってブラッシングしよう、きっと針のような毛も手触りがよくなるはず。——針として手触りが良くなったら怖いが。

寝静まった中、自室でそっと転職。

ヴェルナのお薦めに従って【黒白の魔剣士】だ。なんとか騎士とかなんとか戦士とかのほうが上位に見えるのだが、何か理由があるのだろう。きっとヴェルナが【黒白】を冠した職を薦めてきたことにも。実は【聖魔剣士】というのも出てるのだが、治癒士系のスキル数が規定に満たなくて為れないというオチが。なんとなくこれを目指せってことだろうかなどと思いながら石板を使う。

《『転職の石板』を使用しました》
《職業が【黒白の魔剣士】に変わりました》
《称号【天職】を手に入れました》

《お知らせします、『転職の石板』を初めて使用したプレイヤーが現れました。これにより情報を開示いたします》
《『転職の石板』を使用することによって、メイン職を上位職に転職可能となります》
《『転職の石板』は『欠片』を集めることにより生成できます。なお『欠片』は迷宮転職ルート三十層以降、もしくは全ルート共通四十層以降などで取得できます》
《出現する職業は所持するスキル、および称号などから選ばれます。また、転職後はスキル上限数が解除となるかわり、使用しないスキルの忘却率が高くなりますのでご注意ください》
《なお、スキルポイントを消費して覚えたスキルに関しては除外されます》

だいたいギルドでアルに聞いたことが流れた。

サブ職も神殿などで転職する上位職にできるようになったようだ、戦闘職でいうと魔法剣士に当たるものだ。転職リストに出ていた【神々の料理人】、燦然と輝く生産職なわけだが、普通の上位職を経ないで転職していいのだろうか……。まあ、しないが。調べてみたらメイン職のほうでしか登録不可みたいだし。

もしかしたらメイン職をさらに上位にしたタイミングで、サブ職も石板での転職ができるようになる――といいな。

称号【天職】は、就いた職業系のスキル成長率増加。剣と魔法系スキルが上がりやすくなるのはわかるのだが、黒白にかかる部分がイマイチ謎だ。

称号【闇を揮う者】は鑑定結果が【現在は使えない】なのだが、どういうことだろうか。

ついでにシードル・シーを殲滅した時にもらった【一掃する者】は、ダメージ増加・敵の数×1.1％。大規模戦、知らん人に役割を振られて自由に動けないイメージがあって好かんのだが。

そしてどうなるのかと思ったステータスだが、そんなに変化はなかった。

ホムラ　Lv.38
Rank　C
クラン　Zodiac
種族　天人
職業　黒白の魔剣士　薬士（暗殺者）
HP：1494　MP：2009
STR：105　VIT：58　INT：211　MND：71
DEX：70　AGI：115　LUK：125

そう思っていた時期が私にも三十分ほどありました。外に出て試しに魔物を殴ったら、経験値の貯蓄は上がる寸前で止められていたのか、最初の敵でレベルが上がった。いいのかこれ？　職も替わったし上げ幅大きくていいんだよな？？　アホのようにステータスが跳ね上がってるのだが。

雑貨屋の三階、フソウ行きで留守にする間の販売分を生産する。どれくらいかかるかわからんので、たくさん生産しよう。フソウに転移門があれば行き来も楽なのだが、商人が海竜を毎回気にしているということは期待ができない。あるとしても一般人使用禁止なのかもしれんし。

二階のカルたちを起こしてしまうのも悪いし、気を使うのも面倒だ、早く生産設備を【家】に一式揃えよう。

寝る前に聞こえる『声』の件もあるので、暫くは【庭】で寝る方向ではあるが【家】の手入れは着々と進んでいる。台所はすでに設備を入れていたのだが、暖炉に石釜オーブンがついたような設備に変更。『アシャの火』を使うためには魔法レンジと言う名のＩＨは邪魔なのだ。合わせて多少アレンジしてあるものの、ミキサーやらファンタジーにあるまじき設備を排除して、古式ゆかしい感じに変更した。

好みのレシピに調整する際に少々手間がかかるが、まあ登録する時だけだし見た目重視！　現実世界では絶対使わない小さな石臼や、すり潰すための石の器、ハーブ包丁とまな板などが並ぶ台所となった。

台所の隣に食事のための部屋、島の外円側へと続く玄関、それに続く居間、隣に書庫、寝室。ミスティフたちの住む内円の中に面した、こちらは窓のある明るい居間、ゲストルーム、風呂など。

二階が増やせるように階段をつけるためのスペースも確保。分厚い石の壁に床、壁と壁の間には空間があり、各部屋につけた暖炉の排気熱が巡るようになっている。これはトリンのオススメ、暑い時季には調理用の暖炉の排気は真っ直ぐ外へゆくよう閉じ、使わない暖炉に氷の魔道具を突っ込むのだそうだ。石の材質は蓄熱性の高いもので暖かくすれば暖かいままに、冷やせば冷たいままを暫く保つ。

【石工】なんか持っておらんのでこの辺は購入したものだ。腰板をつけたり、窓の種類を替えたり少しずつ手を加える予定。二階の前に地下室を造って生産部屋にしよう。予算に頭を痛めず【家】を好きなようにできるのは楽しい。ああしようこうしようと考えている今も楽しいが。

【家】のことを考えつつ、ニヤニヤしながら真面目に生産しているとクラン会話。

菊　姫：こんばんはでし～。レオ、インフルエンザで今日からしばらくお休み～

お茶漬：ぶっ！

ペテロ：ｗｗｗ

ホムラ：お大事に

インフルエンザは新しい薬ができて、新しい型のウイルスが登場して、と追いかけっこを繰り返している。薬で熱はすぐ下がるが、今年のインフルエンザは咳が残るので二、三日は無理だろう。

シン：ただいま～！　レオ、インフルだって？
ホムラ：おかえり～、そうだってな
ペテロ：おかおか
菊　姫：おかえりでし

ログアウトしたらメールを見よう。レオから近況が来ているはずだ。

お茶漬：ここでお知らせ、闘技場のバグ修正されちゃった
ペテロ：ｗｗｗ
シ　ン：なんだ？
お茶漬：闘技場でプレイヤー同士でスキル上げできなくなり申した
ペテロ：プレイヤー対プレイヤー《PVP》じゃ経験値も入らないみたいだしｗ
ホムラ：闘技場のスキル上げってバグだったのか
お茶漬：レベルの方はわざと負けが横行すると困るんでしょ
ペテロ：おとなしく風の【寵愛】持ち《レオとホムラ》持ちが揃った時に迷宮のゆるい敵行こうｗ
お茶漬：どこか行きたいところある～？
菊　姫：あ、拾うダンジョン行きたいでし！

ホムラ：拾うダンジョン？
ペテロ：ナヴァイの北にあるダンジョン？
菊　姫：そうでし
お茶漬：このメンツでいけるっけ？
菊　姫：運が良ければでし？
シ　ン：なんだなんだ？
ペテロ：『捧げし者のダンジョン』だね、敵と戦わないことも可能で、一階層ごとに祭壇にお題のアイテム置くとクリア
シ　ン：へー
お茶漬：敵がお題のアイテムじゃなくて、その生産素材しか落とさない場合もあるんで、戦闘職オンリーだと進めないこともある鬼畜ダンジョン
菊　姫：アイテムポーチ使えないから注意でし
ペテロ：釣りもあるから、シンがんばってｗ
シ　ン：おうよ！

そういうわけで菊姫のリクエストにしたがい、ナヴァイの『捧げし者のダンジョン』に。

「入った途端にあるのか」

敵と遭遇する前に鎮座する祭壇。

「『短剣を三本捧げよ』だね」

ペテロが祭壇の下に置かれた箱を開け、お題を口にする。

箱の中に入っていたのは、お題と、五度までと使用制限がついた鍛冶用の生産装備。箱を開けて、お題を知る前に祭壇を起動させると帰還できるそうだ。

「私でいいかな？　お茶漬やる？」

「おまかせ」

鍛冶持ちなのはペテロ、お茶漬、シン、留守のレオだ。シンは生産にはほとんど手をつけていないそうだが。

一部屋目の敵は弱いので三々五々別れて敵を殲滅しつつ、採掘ポイントをトンカン。元々持っていたアイテムポーチの中の物は使えないが、ダンジョン内で得た物であれば使用可能。

「敵から短剣一個でたぞ～」

シンが掲げた短剣をひらひらさせながら戻ってきた。

「こっちもでたでし」

「結構出るんだな」

私は短剣そのものは出なかったので、ペテロに拾ってきた鉱石を渡す。

「まあ、最初だからね」

《銅鉱×4をトレードしました》

《鉄鋼×4をトレードしました》

受け取ったペテロが短剣を一本製作し、ドロップしたものと合わせて三本を祭壇に置けば、アイテム取得のアナウンスとともに、祭壇の背後にある扉が開いた。捧げた短剣はもらえないらしい。余った素材は持ち帰り可能で、進むにつれ高ランク素材が手に入るため、生産職に人気のダンジョンなのだそうな。敵に気づかれないように採掘したり採取をしたりとなかなかスリリングに過ごしているらしい。ただし、祭壇に捧げる物を失敗すると何もなしで外に放り出される。

「進めば進むほど、箱を開けるのが博打になるのか」

なんかちょっと嬉しそうに言うシン。博打本当に好きだな、貴様。

「掲示板に、メガネで詰んだ！　とか書き込みあったよ」

「ここも迷宮と一緒で、五層ずつマーキングできるから、お題はランダムだし、自分に作れるお題が来るまで気長に開ける方向で」

ペテロとお茶漬は安定の知識披露。

「そういえば、明後日の昼から『フソウ』という、多分日本的な島に行くんだが、先着二名様誰か行くか？」

「どんな強さよ？」

シンが興味を示す。

「さあ？　でもアイルの北東か北北東辺りを抜けてくかな」

「あそこの猿の先とか、無茶言わないでください」

ペテロは猿《エイル》と戦ったことがある模様。

「帝国も危ないみたいだしね」

「無茶言わないでほしいでし」

「護衛もつく――、いや、ついてくる二人が私の護衛？」

「ますます無茶でしょ！」

「その前に平日の昼間いねぇ！」

「ん～、何時から？　行きたいけど夜勤明け徹夜参戦になるなあ」

お茶漬と菊姫、シンに断られてしまったが、ペテロは参加できる模様。平日の昼間はまあ、諦めてもらいたい、私の勤務が明日は朝から晩までぶっ通し、明後日が休みなのだ。

「フソウに着いたら別行動でいいんじゃないか？　町中なら戦闘無いだろうし。あっちでログアウトして寝る方向で。あ、騎獣必須」

「それならいけるかな？　了解」

「私の護衛もよろしく」

「その設定が一番不可解！」

そういうことになった。

『捧げし者のダンジョン』は菊姫の裁縫素材が掘れたところでギブアップを選んだ。祭壇を開ける前にフロアを一通り回ってから、というのがセオリーのようだ。戦闘に飽きたときにのんびり回るのもいいかもしれない。まあ、ボスを倒した方がスッキリするので、ダンジョンは当分迷宮でいい。

そんなこんなでフソウへの出発当日。魔法国家アイルのオルグじーさんの卸屋で、同行させてもらうホップの準備が整うのを、ルバとペテロと待っている。

フソウに出かける前にと、杖をユリウス少年の元に取りに行き、ついでにルバの様子も見に行ったところ、フソウの刀鍛冶を見に行きたいと言い出した。

「オレが刀剣が『得意』なのは、ガキの頃からの古い友人が直刃の剣でなく反りのある剣を好んだからだ。もうその友も亡くなって久しいが、その母親がフソウの出とかで、日本刀のことも聞きかじって、気にはなってたんだ」

とのこと。

フソウなのに日本刀とはこれいかに。件の刀剣は現在、研《しあげ》ぐ前に神殿に預け言祝ぎをお願いしている最中で、手を離れており、ちょうどぽっかり予定があいているという。

ちなみにユリウス少年は、会うと相変わらず嬉しそうに杖のことを話し、時々覗くプレイヤーの店よりも良い物を作ってくれていた。何より私の好みの持ち手、長さ、見てくれだ。でかい宝石を使っている割には華美にならず、それでいて美しい杖。大事に使わせていただきます。

『再生の欅』の枝を置いて来たのだが、さすがにレベルが足りない様子で、「これが扱えるよう、頑張ります！」と。すまぬ、『再生の欅』からは【伐採】がなくとも【採取】で、枝や板がとれるのだが、その辺に生えている木は、時々枝や薪がとれるくらいで、杖の材料に良さそうなランクの高い物は【伐採】がないと無理っぽいのだ。お詫びにそっとブラックオパールやらの宝石を追加した。

ホップの荷馬車にはフソウで売る商品が積み込まれている、主に砂糖や氷砂糖だ。他にも卸屋《ここ》にくる前に、すでに荷物は半分積み込んであったので、食品以外も扱うのだろう。ホップの言っていた護衛の冒険者らしき人物も見える。

これから荷馬車と護衛とフソウへの旅だ。

「なんだか冒険者らしい展開だな。途中山賊や海賊が出るパターンか？」

「不穏なことは言わない」

ペテロに却下された。――予想外の魔物が出るパターンかな？

行く手に何があるのか、ちょっと楽しみな旅の始まりだ。

「おう、ちっと今いいか？」

「ああ」

オルグじーさんに声をかけられ、事務所に入る。呼ばれたのは私だけなので、ルバとペテロは別行動。おそらくルバは酒を、ペテロは食材は食材でも毒にもなる食材を見に行った。

何かと思えば、オルグじーさんの仲介で、クリスティーナに連れられていったあのレストランの料理長ルドルフと商談することになった。すでに商談室にいるというので、会って話をする。

料理長が白衣というか料理人の服を着ていないと、何か調子が狂う。普通のビジネスだな、これ。

『庭の水』をまた採って来られるかどうか？　可能ならば危険手当プラス、一樽につきいくら出す――的な打診がオルグじーさんを通して来ていた。提示がアホみたいな高額でした、危険手当ってなんだ、危険手当って。私の【庭】は魔境か？

「危険手当はいらんから、ちょっと頼まれてくれんか？」

「なんでしょう？」

身構えるルドルフ料理長。

「これをクリスティーナに渡してくれんか？——ああ、オルグじーさんと、ついでに貴方にも一つずつやろう」

例の【憑依防止】のアレだ。

女性に指輪を贈るのは不味い気がするのでクリスティーナの分はネックレスである。【憑依防止】以外の効果は【スキル緩和】。【スキル緩和】は対象を広く取ったせいで、本当に気休め程度の緩和だ。だが、病死に見せかける系のちょっとずつ効いてくる類が防止できるし、強力な何かを食らった場合は【スキル緩和】でできた、その少しの間で、護衛のコンラッドくんが活躍することに期待。私的に貴族のピンチを想像した結果の付加効果である。

オルグじーさんとルドルフ料理長には無難に【幸運】がついたネックレス。

「これはファストで噂のレンガードの作ですか」

「噂……」

何の噂だ、何の！

「ファガットの王族が、時々料理を手に入れるために配下を並ばせていると聞きます」

何やってるんですか、王族。仕事しろ！

「闘技大会でのことは語り草ですし。アクセサリーや料理の類は趣味なのか、寡作で手に入り辛いそうですね。私も一度は食べてみたいのですがなかなか……。なるほどあの店に卸す食材でしたか」

いや、あの。反応に困るんだが。

アクセサリーはＤＥＸに任せて評価10がついてはいるが、そうランクの高いものを作れるわけではない。ズルしてガルガノスデザインのものに差し替えれば、付加価値がすごいんだろうが。ルドルフは、クリスティーナが断らなければ渡すと約束してくれた。【憑依防止】については何も説明していないが、ファストの神殿で対策を取ってくれているし、なるようになるだろう。

「レンガードか。雑貨屋はともかく、酒屋の方はウチもファストの商業ギルドと交渉中だな。量の確保は難しそうだが、うまくいきゃあ、珍しい酒が定期的にアルスナの流通に乗る」

オルグじーさんが顎に手をやり、思案顔。

珍しい酒ってどれだ。こっちはワインとビールが主流らしいが、ほかも普通の酒な気が。あれか時々ガルガノス用の火酒を造りすぎたの出してるやつか？

「では、オルグじーさんが酒を仕入れに来る時に、酒屋で水も一緒に持って行くんでいいか？」

「酒の話は、まだ決まってねぇぞ」

「ファソウから戻ったら、ファストのギルドには私からも言っておく。かわりに水の出処が私なのは内緒に頼む」

内緒ごとが増えていくが、冷静に考えて、完全スキル依存で作る料理でも『水』の使用率は結構多い。代わりにあちこちで色々な水が手に入るのだが、鍛冶などの他の生産でも『水』は使うし、

すぐオルグじーさんを通じて連絡を取ってきた、ルドルフ料理長の反応と考え合わせても、面倒ごとになる予感がそこはかとなく。

「だなあ、レンガードにツテがあるって知られたら、色々うるさいことになるだろうよ」

え、待って。水じゃなくって何故そっち⁉　何かヤバい噂か、盛られた噂が独り歩きしている予感が……。内緒の確約と、ルドルフのレストランにいつでもどうぞの招待をもらった。

商談を終えて外へ出ると、ホップの荷積もちょうど終わって書類にサインをしているところだった。あちこち見て回っていたペテロとルバも戻り、顔合わせ。

「ホムラさん、お待たせしました。おお、これは『ルールズ』の……」

隣のルドルフを見た途端、一オクターブ声があがるホップ。

『ルールズ』と言うのはルドルフの店の名だ。二人が話している間に、こちらはこちらで自己紹介。

「今回、フソウへ同行を頼んだホムラだ」

「護衛枠のペテロ」

枠ってなんだ枠って。

「ルバだ、よろしく頼む」

まあ、確かに私+護衛二名のはずが、生産職《ルバ》+戦闘職二人になっている。もっともついていきたいと言われた時に、Aランクの護衛が必要な道中であることを伝えたため、ルバもバスタードソード装備で生産職にはとても見えないのだが。むしろ私とペテロよりも歴戦の戦士に見える気が。

「ホップ殿の護衛、アマネです。こちらはウコンとサコン」

アマネは袴とスカートの中間のような形の服、黒髪を肩甲骨の下あたりでゆるく結んでいる可愛いらしい女性だ。

「フソウの方なのか？」

「ええ。よくわかりますね」

アマネが目を丸くし、ウコンとサコンが身構える。

三人とも黒髪だし、左近の肩から腕を覆うのはプレートメールの一部のようだし、足元も革のブーツ。装備はだいぶこちらに寄せてはいるが、どう見ても和弓だし、こちららしく日本刀だし。名前は右近、左近、アマネ……天音か？――だし。

「右近さんは、闘技大会の技部門で優勝の人だね」

ペテロが言う。おっと、ということはリング持ちか。

それは心強い……いや、知っているリング持ちを思い浮かべると、私を含めてあまり頼りになる気がしないのだが、何故だ。ギルヴァイツアは強いが、まだ迷宮攻略三十層あたりだし、バベルとホルスはあれだし。

「ふん、天音様の邪魔はするなよ。こっちはホップ殿の護衛だ、そっちが困っていても助けんぞ」

尊大な態度の左近。眉間に立派な縦じわを持った気難しそうな男だが、天音に絡まなければこっちは放置してきそうでもあるのでまあいいか。

「左近、態度を改めろ。すまない、つつがなく道中を終えるよう協力を頼む」

右近がとりなす。右近も男性かと思っていたが声を聞く限り、男装の麗人というやつらしい。背

はペテロと同じくらいなので女性としては高い方だ。

「まずはアルバルを目指すことになります。大通りで騎獣に乗る許可は取っていますので、木火門からでましょうか」

ホップが言う木火門は、タシャの神殿とアシャの神殿の中間方向にある門のことだ。門を出た道はアルバルへと続いている。ほとんどの王都で城周辺は流石に除くが、馬車の邪魔にならない範囲でなら、許可を取れば大通りのみ騎獣で走れる。馬車の護衛が徒歩では具合が悪いからで、それ以外の許可はなかなか下りないらしい。

そういうわけで白虎を呼び出す。ブラッシングでふくふくですよ、ふくふく。長旅に備えた餌やりもバッチリだ！　乗り心地？　レーノに比べたら雲泥の差なので上げていません。ルバとタンデムになると思っていたが、彼も騎獣持ちだった。硬い外殻持ちのドレイクタイプで、ルバが採掘持ちはやや角度のある岩山の地形も平気なこのタイプを選ぶ者が多い、と教えてくれた。

「何か、捕まえた時よりも毛並みがよくなってない？」

「もふもふですよもふもふ。後で黒天も、ブラッシングでもふもふにしてやろう」

「何だか卑猥な印象を受けるので遠慮します」

「ひわ……っ！　人聞きの悪い！」

などとペテロとやり取りをしつつ。

長旅になりそうな割に、昼近くに出たので拍子抜けしたのだが、アルバルに一泊なのだそうだ。

アルバルまでの道中は何事もなく、まあ、アイルの結界内の街道を来たので当たり前といえば当たり前か。天候に恵まれて、荷馬車の速度に合わせた白虎に揺られていると気が抜けて困る。そういえば素直に街道を通った経験も少ないような……。

アルの助言に従って、待ち合わせ前にアルスナの冒険者ギルドに行ってみた。ありましたよ、使わないスキルをアイテム化する窓口が。スキル石に戻してくれるのかと思ったら、宝石やら鉱石だった。元のスキルの属性や効果と、同系統の素材に変換されるようだ。

育てたのは勿体無いし、大して育っていないけれど、リデルに覚えさせたスキルはリデルのも消えたら目も当てられないので結局変換は冷やかしのみ。とりあえず、消しても取得リストには掲載されたままなのかどうか確認してからでないと。転職して上限消えとるしな。

そしてお隣に、経験値変換窓口が。石板に手を置き、自身のレベル上げのための経験値を支払って、任意のスキルを育てる石板に変える……。石板で育てられるのは無限ではないのと、ブランクの石板が馬鹿高い。

……受付の笑顔の美人の口車に乗って、【魔物替え】の石板を作ってしまった。もう一枚何か作れそうなのだが、【魔物替え】の二枚目には届かず。そう、同じスキルに対する二枚目の方が支払う経験値も金も高いのである。そしてスキルレベルによっても上がるという鬼仕様。二枚目からはスキルによっては普通にレベルを上げた方が早いのではないだろうか。とりあえず二枚目を作るのは保留した。

ブランクの石板を買うために、そっと隣に設置されていた商業ギルドの委託端末から、預けていたシルを引き出したわけだが、この配置はあれですね、シルを使わせる気満々の配置ですね。そういえば、ネットゲームはどうやってゲーム内通貨を回収するかが課題になる、とか聞いた気も。ストップ経済インフレ！

白虎に揺られつつ、少なくとも冒険者ギルドには真面目に顔だしして、情報を収集しないといかん、と思っているうちに、アルバルに到着。

荷馬車の前の護衛を天音――この漢字で合っていた――たちが請け負い、私たちが後ろにいたため、彼女達とは少ししか交流がないままだ。

道中は、ルバの騎獣『エルド』が思いの外速く、シャカシャカと走るのが物珍しくて面白かったくらいか。世は事も無し！

アルバルでの宿はホップがすでに手配しており、一階が飯屋になっているそこそこ大きなところだった。飯屋として人気で、酒も出すが、宿泊客への配慮で早めに閉めるため、日が落ちる前に滑り込まないと混むとホップが自慢げに言う。

「アルバルの名物は肉の網焼きですよ」

さっそく夕食を、と飯屋に。

「網焼き？」

ホップが視線をやる先を見れば、カウンターのすぐ後ろに壁に沿って長く網が設けてあり、肉がのせられ脂が落ちるたび、じゅうじゅうと音を立てている。

肉を焼くのは堅いエラという木の薪だそうだ。この木は焼くと細かく砕け、香ばしい煙を出す。

料理人が壁と網の間の隙間に薪を投げ入れれば、その衝撃で下に溜まった細かい炭が網の下へと崩れ、流れ込んでゆく。乱暴なほどの豪快さは、炭を満遍なく行き渡らせるために必要な衝撃のようだ。失敗すると時々火掻き棒で炭を均しているのはご愛嬌。

料理が出来上がるのを待つ間、眺めているだけで楽しい。

網の上の肉の味付けは塩のみだが、口に含むとエラの木で燻されてついた香りが、それを追って肉汁が広がる。

「旨いな」

なんの肉か知らんが、旨い。

これは後でエラの木を手に入れねば。もっとも料理人が豪快に肉を焼く姿も楽しいので、ここに食いに来るのが正解かもしれん。

「酒が進む」

「まったくだ」

嬉しそうなペテロとルバ。

肉の燻され具合がビールとよく合ってたまらないらしい。ペテロは【細工】――たぶん【暗器】も――に進んだため、ナイフなどの小型武器に特化しているのだが、ルバから【鍛冶】や刃を立てる時のコツなど色々聞き出している。【鍛冶】持ちでない私は蚊帳の外だが、まあ聞いている分には面白い。

ホップからアルバル他、アイルの都市の見どころを聞いたり、商売で行ったマイナーな土地の話も聞いた。そのうち私もこの世界をくまなく回ってみたい。

天音達は口数が少なく、天音と右近がニコニコとこちらの話を聞いているだけだった。この三人も何か訳ありっぽく見えて仕方がないのだが、平和な道中、事件に期待しすぎだろうか。

一夜明けて、本日も晴天。

荷馬車でどこまでも行くと思っていたのだが、アルバルからは騎獣だ。ホップはアルバルの中継ぎ店に荷物を荷馬車ごと納入。フソウに持って行くモノは別途アイテムポーチの中で、護衛の三人にも金を払って荷物を振り分けているらしい。ここから先、集落は無く、途中で街道からも離れるとのこと。

アイテムポーチは、荷馬車ほど荷物は入らない。基本、入る数は見た目の大きさに比例する。ランクが高いほど量が入り、耐久度も高いものができるのだが、生産職は手軽なのもあってポーチやカバンなど、個人が身につけるもので発展している。荷馬車の積載量の増加を手がける職人が少ないため、商人でも拡張されたそれを持つものは少ない。

ホップの騎獣は脚の太い飛べない鳥型だ。湿地や沼地は若干苦手であるものの、暑さ寒さ、森や岩だらけの土地など環境適応範囲が広い騎獣だそうだ。フソウの三人は狼、天音が銀色、右近が金色、左近が青銀と、なかなかカラフル。狼は尻尾のもふもふ具合が素晴らしい、白虎と黒天の尻尾も先だけピコピコと動いていたりと見ていて飽きない。走ったほうが速かったりもするのだが、そこはソレ、風景を楽しんだりもふもふを楽しんだりと付加価値が大きいのだ。

——ところで昨夜、寝込みを襲ってブラッシングした黒が、拗ねて口をきいてくれません。

マント鑑定結果【懐にいるなら問題ないだろ？　という気配がする】

手甲鑑定結果【……うむ】

視界に入るだけで時々鑑定結果がでるのは何故だ⁉　ちょっと楽しいので特に必要がない時は、『有無の手甲』を装備している私も私なのだが。

本日は仮面無し、『ファル白流の下着』『ヴェルス白星のズボン』『ヴェルナの闇の指輪』ローブを着てしまえば目立たない装備で『天地のマント』の効果を相殺。闇の指輪で下がっているのか、他の二つの神装備で上がっているのか微妙なところ。

「そろそろ道をそれます。魔物が出ますのでよろしくお願いしますよ。でもその前に食事にしましょうか」

ホップが休憩を提案する。街道を外れて森に分け入れば、魔物との遭遇率は跳ね上がる、入る前に休憩をとるのは妥当だろう。

それと同時にもふもふ天国終了のお知らせ。ここの魔物エイルは、速すぎて騎獣でも追いつかれるため、生息域を抜けるまでは徒歩だ。騎獣の上でも剣を振るえるようになりたい気もするが、白虎は戦闘には向いていない。騎獣を降りて、ペット用の装身具に返す前に、白虎にミルクアイスを与える。乗せてもらう対価はオパールで、呼び出すと同時に与えるのだが、帰還させる前に好物を与えて労をねぎらうことにした。

バハムートは装身具が住処なために、白虎もそうだと思っていたのだが、白虎も黒天も普段はクランハウスにいる。ハウスを所有しない場合、装身具か元いた場所が住処になるらしいが。

クランハウスで二匹がくっついて団子になっているところに、菊姫の白雪《ねこ》が交ざると至福の光景である。レオのアルファ・ロメオは警戒心が強いのか、狭いところが好きなのか、ソファーの後ろや棚の隙間に詰まろうとしているのが常だ。車庫入れですか？

広かったリビングが一気に狭くなったように感じる。虎二匹は外にいることも多い、シンの武田は元々外だ。お茶漬の黒焼《ドレイク》きは時々、黒天にグルーミングされてびくびくしている。

油断しているとペテロの『A.L.I.C.E』が菊姫によって着せ替え人形にされていたり、レオが持ち込んだおかしなオブジェが増えていたり、私が騎獣をもふり放題していたりするのがクランハウスの日常である。

「ペテロの黒天って好物《トカゲ》はどうしてるんだ？」

「保留してるよ。鶏肉で代用、唐揚げ好きみたい」

「では、ニンニク効いていても平気なようなら、マルチキの唐揚げをやろう。ルバの騎獣《エルド》は？」

「エルドは酒だ。ワインだな」

ニンニクも大丈夫とのことだったのでペテロにマルチキの唐揚げを、ルバにワインを渡す。

街道と森との間に避けて、それぞれ休憩。

フソウ三人とホップは焚き火の準備を始めた、住人はアイテムポーチの中でも時間が進むらしく、簡易に済ます場合はともかく、食事時に火は欠かせない。先に食べ始めるのも何なので、私もなんとなく焚き火の準備をする。

四、三に分かれるのはフソウの三人組に他人を拒む壁を感じるからだ。ホップは直接の雇い主なので受け入れているのだろうが、私たち三人とは物理的にも距離を取っているように感じる。

まあ、そもそも私がホップの客扱いで、私の護衛がペテロとルバなのだが。

それはともかく、焚き付けには杉の枯れ葉や松ぼっくりなどが油分も豊富でいい感じだ、杉や松のおが屑があったらストレージに放り込みたい。木屑に松ヤニを塗りたくっておくのもいいだろう。ばらけて扱いが面倒だしベタベタしたりするので、私は一回分ずつ貝殻に詰めてある、時々熱で砕けた貝殻の破片が飛ぶが気にしない。

空気が通るように石を幾つか並べ、その上に焚き付けを詰めた貝殻を置く。中をつついて空気を含むように少し崩した上に、井桁に粗朶《そだ》を積み、その上に中くらいの枝をと、積む枝をだんだん大きくしてゆく。下になった焚き付けに着火して完了。

ガラハドたちが使っていたブロックのような燃料も買ってあるのだが、こっちの方が楽しい。収納が有限なアイテムポーチではなく【ストレージ】のスキルがあるお陰で好き放題できる。

本日は暗いうちからの早立ちだったため、焚き火を囲んで宿屋で包んでくれたものを開き、少々遅い朝食だ。

モノは二十センチくらいある柔らかい目のバゲットに、あの名物の肉と野菜を挟んだサンドイッチが二つ。飲み物は持参のものを各々で、ペテロとルバには私が温かいコーヒーを出した。

「異邦人の方は、アイテムポーチ内の時が止まっているというのは本当のようですな」

コーヒーから上がる湯気を見てか、ホップが声をかけてくる。

「ああ、こちらの方のアイテムポーチは、熱いものも冷めるのだったか？」

「はい。そのアイテムポーチの現象は、私など行商する者にとってはうらやましい限りです」

にこにこと言うホップ。

彼は王都に店を持ってもおかしくはないが、好きで大陸中を巡っているのだとオルグじーさんが言っていた。

「ほう、他の冒険者から話は聞いていたが……。便利なものだな」

右近もこちらに移動してきた、天音と左近の視線が痛い気がするのだがスルーのようだ。

「紅茶でも飲むか？」

フソウ組の用意した湯はまだ沸いていない。

「緑茶が欲しいな」

スラリと伸びた手足、白い肌、朱を刷いた目元。男装も相まって不思議な雰囲気の美人さん。

「それはフソウに行った後だな。そのために行くようなものだ」

なんちゃって緑茶ではなく旨い煎茶が欲しい、茶の木を手に入れねば。あれ、紅茶の木でもいいのか、まあいい。ホップからはコーヒーの希望が出たので、湯気の上がるカップを渡しながら右近に言う。

「遠路、緑茶のためにゆくのか？」

面白そうな顔を隠しもせずに聞いてくる。

「他にも、米、もち米、山葵、蕎麦……」

「日本酒もお願いします」

「日本酒はどちらかというと米と麹？」

ペテロのリクエスト、旨い酒を造る酒麹を分けてもらいたい。紅花油、海苔も欲しい。

「食べることが好きなのかな？」

「うむ」

「ホムラの料理は何でも旨いぞ」

ルバがコーヒーを飲みながら言う。

「ふうん？　じゃあ、僕にもコーヒーをくれるかな？」

あわよくば紅茶仲間にしようとしたのにコーヒーの選択である。おのれ僕《ボク》っ娘《こ》め！『こ』と言うには凛々しすぎるがな！

「右近、先に一口くれるかしら？」

天音が寄ってきた。にこにこと右近にコーヒーをねだる。

「新しく出そうか？」

「いいえ、もう飲み物を飲んでしまった後なの。たくさんは要らないわ」

そして左近の視線が痛いがスルーである。

オルグじーさんとルドルフ料理長の話を聞いて、レンガードだとばれたらヤバそうなので料理は銘を外して数種類作ってある。間違えてレンガードの名前入りを出さないようにせねば。

「本当、美味しい」

天音がカップを両手で包むようにして、ひと口、ふた口。

「おい、僕のだよ」

「本当においしいですな、さすがオルグ様とルドルフ様の口利きを得るだけあります」

ニコニコとホップが言う。

「天音様！　どこの誰ともわからない者の料理など……っ！」

青筋立てて左近が怒る。

「うるさいよ、左近。道中の料理屋だって、話したことさえない知らない者だよ。心配しすぎだ」

右近が軽くいなす。

やんごとない感じですか？　いいのかこんなバレバレで。どう考えても天音より右近の方が——

いや、まあ一応対策はしているのか？

「こう、分からないフリをしてほしいのか、配慮してほしいのかどっちだ？」

「ごく一般的に普通に接してほしいかな」

右近に問えば『普通』が望みだと言う。バレている自覚はある模様。

コーヒーのおかげで二つに割れていた旅仲間が一つに……、いや左近の眉間のシワは深くなったが。

森の中。走ってはダメかと聞いて却下を食らった私です。

前回走りながら出合い頭にエイルを斬って捨てていたので、警戒しながら慎重に歩く、というのがむしろ難しい罠。どんどん寄ってくる気配がですね！　まあ確かにこの人数で足並みそろえてというのは難しいというか、世の中の護衛任務は護衛対象に行動のペースを合わせるのが当然であって……、よかった初めての護衛クエストがただの同行人ポジションで。


先頭に左近、少し後ろに天音、右近。ホップを挟んで私、ルバ。ペテロは遊撃的な何か。

右近は、さすがに森の中で二メートルを超える大弓の取り回しは難しいのか、半弓より小さいものを使っている。天音は小柄で可憐な外見で格闘士だったようで、右近に近寄るエイルを殴り飛ばし、蹴り飛ばしている。「はっ！」という短い気合声を時々あげながら、くるくるとよく動く。

「和弓は連射には向かんと思っていたが、そうでもないんだな」

和弓は放つ瞬間に『つのみ』を行うことで、真っ直ぐ矢を飛ばす。洋弓は弦の中心に障害物が無いが、和弓は弦の先に弓本体があるため、ズレが生じる。何も考えずに射つとあらぬ方向に飛んで行くため、射手が射った瞬間、弓をどけるのだ。親指の付け根で弓を押すことで自然と弓が回転する。その動作分、洋弓よりも連射には向かないのかと思っていたのだが。他にも放った時の反動を軽減するために、中央ではなく、下から三分の一の場所を握るように作られていたりと、洋弓と違う点は多い、らしい。

和弓の一番の利点は竹製で軽いことか。対してロングボウは直接ではなく三百から四百メートルのアーチで射る、落下時には時速二百キロメートルにもなるそうで、重い矢と細長い鏃によって、馬上のナイトの鎧を貫通する——後期は数をそろえるために、粗悪になって貫通できなくなったとかいう。ロングボウは重いが距離の利点がある。

もっともこの世界の中では、和弓はＤＥＸとＡＧＩ、洋弓はＤＥＸとＳＴＲが攻撃力にかかわるとか、そんな違いしか無いっぽいオチが。何事もスキルでカバーですよ！！！

そしてゲームで、強さ以外で武器に感心するのは武器の造形がいいか、もしくは使う姿が格好いいかである。右近の矢を射る姿は凛として美しい。

「ふふ。【矢継ぎ早】は得意だよ。君も料理人の割に魔法も使えるなんて、それこそ発動も速いし凄いじゃないか」

「いや、私は料理人じゃ……」

違うと言いかけたらペテロに倒されたエイルが降ってきた。

当たる前に消えたのだが、なかなかの乱戦。エイルの気配を感じて抜き打ちしようとしたら、ホップが間にいたとか、剣は事故を起こしそうだったので、魔法を使用中。フソウの女性二人は回復を使えるようだが、気づいたら魔法職が居なかったのもある。獣道のような森の中で、大勢で剣を振り回すスペースの確保は難しい。

エイルは猿のような外見をした、素早い魔物だ。地を蹴って飛びかかってくるのはもちろん、木の枝からの攻撃もある。

「ルバ、平気か？……平気そうだな」

「おう！　これだけ人数がいれば一方向だけ気にしてればいいからな」

飛びかかってくるエイルを軽々と斬り伏せている。生産職とは一体……。

そうか、背中は他のメンツに任せて正面を気にしていればいいのか。いや、だが、背中に気配があるとつい意識がそちらにゆく。クランメンツで行くダンジョンは、四方八方から敵が来るというのはそう多くなかった。フィールドで前後左右から、ということはあったがこんなに、一度に、素早く、というのは未経験だ。それでもクランメンツとなら、どう動くか予想がつきやすいのだが……。私のパーティーでの定位置的に、ほぼ前にしか人がいないし。

ペテロは影から影へ移動しながら、主に頭上のエイルを倒しているらしく、視界の端に映った、姿があった場所とは離れたところに出現したりする。こちらは普通にエイルの速さに追いついて対応している。数を頼みにどっと来られるのは苦手なようだが、こういう敵が他を狙っているような乱戦は得意そうだ。

そしてそのペテロを避けながら、矢でエイルを瞬時に倒せる右近。さすが技の皇帝。

私も今のうちに他に人がいる、という状況に慣れておかねば!

あ、左近は普通に先頭で戦っていて強かったです。ちょっと「天音様、天音様」と五月蠅くて、私が意識から遠ざけただけでちゃんと活躍してました。

ようやくエイルの出る鬱蒼とした森を抜け、森の緑も明るいものに変わり、魔物の出現も極端に減った。

ホップの案内で魔物の寄ってこない場所で休憩。

「いやあ、エイルは厄介ですねぇ。あの速さで来られると、護衛をお願いしていてもヒヤリとすることがあるんですよ。今回は安心でした、ホムラさんが魔法を使われるのに驚きましたが、護衛の方もお強いですね」

そう、ペテロはともかくルバが強くて驚いた。

いや、ちょっと待て、私の職業なんだと思われているんだ？

「私は……」

「おい、貴様」

「ん？」

訂正しようとしたら左近に話しかけられた。

「その剣は飾りか？」

「左近さん、ホムラさんは料理人なんですから……」

「いや、そうではないんだが。……護衛は初めてでな。人の方を斬ってしまいそうで、怖くて抜けなかった」

私の左近への返事とホップの仲裁が被った。やっぱり魔法使いならともかく、料理人認識だったのだな。

「ふん！　天音様を傷つけてみろ、ただでは済まさん。ちょっとこっちへ来い！」

あれか、初心者が冒険者ギルドで絡まれる的あれなイベントか。体育館の裏へ呼び出し的な。

慌てるホップを背に左近について行く。断って道中また絡まれるのも面倒だし、今付き合うことにした。

などと思っていたのだが。

「丹田を意識しろ！　最初はゆっくりでいいから太刀筋は正確に！」

指導を受けました。

《必要ステータスを満たし、『八刀』の指導を受けたことによりスキル【紅葉錦】を取得しました》

……。

いい人だな左近。うっとうしいから、返り討ちにしようとか思ってすまなかった。

【紅葉錦】は刀・刀剣スキルで、敵にダメージを与えるとともに、自分を含む味方の一定時間MP継続回復。回復は、ごく少量ずつだが、アライアンス規模で効くようだ。何人かで使ったら結構な量の回復になるのかな？【幻想魔法】の物理スキル版のようだ。

そして『八刀』というのの一人か。名前からして強そうだ、返り討ちどころか歯も立たなかったかもしれん、反省しよう。

刀剣使いより、ダメージの大きな大剣使いのプレイヤーが多いのだが、日本刀が出回れば使い手は増えるのではないだろうか。大剣が多いのは、見た目がインパクトがあって格好いいのと、やはりパーティーで役割分担の固定が多いからだろう。スピード重視の双剣使いも増えてきたと聞くが。

「……刀剣と刀の違いはあるものの、筋は悪くない。実戦が足らんのか？　それとも……」

スキル取得のアナウンスとともに剣を納める左近。こちらを見ながら何かを考えている。

「人を斬るのが怖いと言っていたな？　魔法で殺すのも剣で殺すのも、相手にとっては一緒だ。割り切れ」

「いや」

味方を斬りそうなのが怖いだけで、敵は斬れる、と続けようとしたところでクラン会話。

ペテロ：もう遅いかもだけど、三人組の正体がわかるまでは、魔法使いのフリをお願いします
ホムラ：ん？
ペテロ：せめて全開にしないでね。ルバも同意見。代わりに真面目に護衛するからw
ホムラ：はーい
ペテロ：ルバにも何か事情あるっぽいね
ホムラ：ところで、左近がうっかりいい人だったんだが
ペテロ：www

どうやら三人組の正体が判明するまで、警戒してゆくようだ。というか、私でなくルバと話してるのはなぜだ！……はい、私がホップと右近と話してたからだな。鍛治の話をするフリしてフソウの三人組を怪しみ、警戒する方向で話がまとまったのだろうか。あれ、もしかしてエイルがやたら上から落ちてきたのもワザとか？

「む、天音様がお呼びだ」

話しかけたこちらに構わず、スタタタタと走って行く左近。

これさえなければ……。いや、私が気付いていないと思って、撒いた餌にかかるか見ているのか？　肝心の右近本人は私が気づいていることを分かっているようだが。左近は知らない、とか？

ホムラ：腹の探り合いが面倒に思えてきたんだが
ペテロ：天音の正体つかむまで待ってw　すごく同類な気がするからw
ホムラ：ペテロの同類……

暗殺者ですか？

ペテロ：忍者系だと嬉しいんだけどww
ホムラ：ああ、日本《フソウ》だしありそうだな

面倒だがここはペテロの職業選択《しょうらい》のために協力しよう。正体をつかむこと自体が取得のフラグなのかもしれんし、そうでないかもしれん。何にせよペテロ主体で動こうと思いながら、左近の後を追って歩き、みんなの元へ戻る。

休憩しているここは一種の安全地帯だ。石交じりの平な場所で、明らかに人の手が入ったことがある様子、その中心には崩れた石壁に囲まれた水源があった。

もっともそこから溢れる水はしばらく細い流れを作った後は、地面の下へと浸み消えて、エイルの住む森には届いていない。どこかでまた地表に顔を現す伏流水になっているのだろう。

「うーん、この石壁に刻まれてるのが魔物除けで、水を通して町に行き渡らせてたのかな？」

ペテロが水源の石壁の苔を払うと、複雑な紋様が姿を現す。

「石も特殊だったのかもな。この水、結構冷たい」

今現在は鑑定すると【朽ちかけた石】の表示だ。

マント鑑定結果【大地のものは大地に還る　という気配がする】
手甲鑑定結果【……うむ】

『天地のマント』が言うといささか不穏な気もするが、今までで一番まともな鑑定結果だった気がする。

「古い拠点の名残のようです。国か神殿か……。この周辺に失われた神の神殿があるという古い伝説もあります。昔は栄えた場所だったのかもしれませんね。もうだいぶくたびれて狭い範囲しか残っていませんが、一夜を明かすには十分でしょう」

ヴェルスの神殿ですね！　もうすでに行った後なのでヒントはペテロに進呈します。

水源の側はいささか冷えるので、野営は少し離れた木のたもと。今回は一晩過ごすのでガラハドたちが使っていた固形燃料と薪を併用。固形燃料同士の上に網を載せてバーベキューにする。

甲殻海老を背から殻ごと半分に割ってワタを取り、塩胡椒。殻ごと網にのせて、パセリとニンニク、オレガノ、一味唐辛子、オリーブオイルを混ぜたものを塗りながら焼く。串に刺したハーブを擦り込んだマルチキ、ネギとマルチキのねぎま。パン、野菜スープ。

「ビールお願いします」

「はい、はい」

ペテロにビール、ルバにウィスキー。

「うまそうだな、金は払うし、使えるかわからんが食材も渡すから交ぜろ」

「ぜひ私も」

右近とホップが寄ってきた。

「私も……」

「天音様！」

当然残りの二人も来る。

「構わんが、食えるのか？」

時代劇のイメージで、肉は食わないイメージが。まあ、なんとなく来るような気がして、鳥にしたのだが。――そういえば鶏肉も肉なのに、肉だと言われて想像するのは牛・豚だよな。

「四つ足でなければ平気だよ」

「臭気の強いものは避けていただきたいです」

「天音様！」

ニンニク却下かな？

説教じみたことを言いながらも、フソウ組の作った焚き火を移し、薪をこちらに運ぶ左近。人数が増えたので固形燃料を出し、網も増やす。海老に塗るオイルからニンニクを抜いたものと、ナヴァイ貝の蝶番を切って追加で網に並べる。玉ねぎをホイルで包んで焚き火に投下――ホイルはお茶漬に頼んで作ってもらった。

「天音たちの付き合いは長いのか？」

「貴様、天音様を呼び捨てに……っ！」

「ええ、幼い時から一緒ですわ」

ニコニコと天音が答える。

「そうか……」

「態度を改めよ！」

「もういいよ、左近。どうやらあの一派とは関係ないようだ」

右近が両手を上げて言い募ろうとする左近を止める。お手上げの意味もあるのだろう。

「だが、右近！」

「私の方が上席なのもばれてるよ」

「な……っ」

右近の視線が私に移るのを追って、天音と左近の視線が突き刺さる。

「いや、まあ、行動の主導権がどう見ても右近にあるしな。天音が毒味してるし……、左近は知らないのかと思ったのだが、な」

最初はうるさいだけの狂言回しなのかと思っていたくらいなのだが、どうやら違うらしいので。先ほどの質問で、右近の方が地位が高いと知った上での行動だったと確認がとれた。左近よりも天音のほうが迂闊すぎる。

「私、私のせいで⁉」

大ショックみたいな顔で固まっている天音。

「最初は名前も取り換えているのかと思っていたが、どうやらそうでもないらしい？」

「ふふ、僕は右近だよ。左近は乳兄弟だ」

「右近様……」

「家に着くまではただの右近で」

態度を改めた左近に、右近が目を伏せて告げる。

自由人かと思えばどうやら『朿の間の』と、頭につくようだ。男名前なのもなにか事情有りなのだろうか。

「申し訳ないけどもう少し、『天音様』に付き合ってもらえるかな？ ちょっとフソウに戻る前に目処をつけておきたいことがあってね」

「巻き込んですまないが、私も天音も敵に遅れをとることはない。もし敵が現れたらホップ殿を連れてさっさと逃げてくれて構わない。その時は、できれば右近も……」

「左近、言い出したのは僕だよ」

フソウ組にはシリアスな事情がありそうだ。政争系はノーサンキューなんだが。

「ホップ殿にも何も聞かないで付き合ってもらっている。君たちも、聞かなければたまたま一緒になっただけの旅人だよ」

私からペテロ、ルバへと視線を移しながら、同意の確認を取るように右近が言う。

「付き合う代わりに聞きたいことがある」

予想外にルバが口を開く。

「なんだい？」

「フソウでは七、八十年前の政争は続いているのか？」

「北家《ほっけ》と西家《せいけ》のか。あれは西家の冤罪が証明されて、北家の嫡男が粛清されている。今は他も含めておとなしいものだ」

右近の言葉にホッとしたような表情になるルバ。西家を聞くまでの一瞬で、ホッケの開きを想像した罠、和食の朝食が食いたい。

「何か事情があるようだね？　君はフソウの出とは思えないけれど」

「巻き込みそうな詫びに私にできることならとりはかろう。西家絡みなら役に立てると思う」

左近が申し出る。

ルバがこの三人に慎重な対応をしていたのは、過去の政争を引きずっているか危惧していたせいか。

「これを家族に返したい」

そういってルバが懐剣を出す。

「……琴柱三つは西家の分家紋だ。雲雀《ひばり》様と会ったのか？」

「いや、その息子だ。オレの友だった」

「紋だけでよく分かるね」

ペテロが言う。

「先の政争で行方が分からない西家の者は、雲雀様だけだ。――私の祖母、燕《つばめ》の妹だ」

左近が自分の刀から小柄を抜いて差し出す。

日本刀の鞘には小柄と笄がくっついているのだが、フソウでもそうらしい。あ、いかん、柄袋――旅に出る時や天候の悪い時、刀の柄に覆いをする袋――はナニに使うコトもあるからいいモノ買えよ、とかいう時代小説の余計なセリフ思い出してしまった。

「本家、か」

差し出された小柄の柄には、琴柱が五つ花びらのように丸く並んでいた。

「受け取れ」

ルバが懐剣を差し出す。

「いや、貴方から祖母に渡してくれ。息子さんはもう？」

「ああ、五年前に故郷から緑竜を追い払って。初めて会った時は、人の工房にいきなりやってきて、刀の修繕を押し付けた挙句、『鍛冶屋には見えん。早朝に剣の素振りでもやってそうな顔だ』だと。気づけば結構長い付き合いだった」

昔を思い出したのか、懐かしそうな顔で話すルバ。

鍛冶に打ち込むいつもの様子を知っているからあれだが、今も鍛冶屋よりは剣士に見える。

左近がルバに黙って酒を注ぐと、ルバが受けて飲み干し、空になった器を見ながら友の話を語る。

どうやら、友と一緒に戦えなかったことが、長らくルバの悔いとなっていたらしい。

ペテロ：ルバのイベントだったたの？
ホムラ：ルバはフソウで鍛冶修行だと思っていたが、イベントだったたようだな
ペテロ：私、置いてきぼりなんですがｗ
ホムラ：すまないねぇ
ペテロ：ところでその懐のは何？　ｗ
ホムラ：パルティン山で保護したミスティフ
ペテロ：白いのの仲間か
ホムラ：そそ

ナヴァイ貝に醤油を垂らした匂いに釣られたのか、懐から黒が顔を出している。白と違って物質の世界に引っ張られた後は、栄養も普通の食事からとなっているらしく、黒はなんでも食べる。代わりに精霊界に帰れなくなっているわけだが。

それにしてもパルティンに言い寄っている竜は、二匹とも遭ったら倒すリストでいいかな。

亡くなった経緯を話す時はさすがに沈んだ様子だったが、その後のルバが話す友の話は、一緒に馬鹿をやった時代の明るい日常の思い出が主だった。友の死を乗り越えることはできているらしい。

ルバの話を聞きながら夜が更けてゆき、それぞれ眠ったところで、ペテロと交代で休憩ログアウト。

あ、天音はずっと「私のせいで……」とやっていたのを、私がスルーしていただけで、右近の傍にいました。最終的に右近になだめられた模様。

◇◆◇

「きゃあっ！　右近様!!」

「おや、のぞきか？」

……朝、顔を洗いに来たら二人が水源で沐浴中。いや待て、これ私が悪いの!?

「すまん、顔を洗いに来ただけだ。他意はない」

くるりと回れ右して無実の主張。

「というか、こんな近いところで水浴びするなら声をかけておいてくれ！」

ついでに苦情も申し述べる。勘弁してください、本当に！　眼福だったけど！

「ふむ、左近がこないということは、僕の調子が悪いわけじゃないね？」

「ここに入って来ておいて、他意が無いわけないでしょう！　なんの目的？」

「顔を洗うことだ」

生活魔法でちょちょっと済ませるより、水源があるならなんとなく普通に洗いたい。私の答えに、背後で殺気が膨れ上がる。

「待て本当に……」

キンッ！　と音がした。

刺されてはたまらんと振り返れば、視界に入ったのはペテロと天音の、ナンチャッテ忍者刀VS小太刀の鍔迫り合い。天音は全裸で。

「ちょ！　どこからわいた⁉」

「影から」

「くっ……！」

私を狙った体勢からでは、ペテロに力負けするのか天音が後方に飛び距離を取る。全裸で。

「真面目に護衛するって約束したしね、想定と違う相手だけど。……解放か、『ヘイスト』お願い」

「いやいやいや？　単なる覗きの断罪だぞ？　それも事故だし、誤解だし」

そう言いつつも、ペテロに怪我をされるのも嫌なので『ヘイスト』はかける。いっそ『青竜の指輪・暗殺者の矜持』の解放を使って一気にいってもらったほうが、お互い怪我は少ないか？

「おのれ！　未熟なくせに、仕えることを許されてるなんて！」

天音の意識が完全にペテロに向いている。全裸は気にしないの？　いいの？

影から出てきたのは、受け取った時にあまり聞いていなかった『暗殺者の矜持』の能力か。ずっと影の中にいたのか⁉　とか一瞬考えたが、天音の仕える云々の反応は、天音もこの効果を知っていてのことだろう。

いや、もう全裸の方が気になって考察どころじゃないのだがな！　ペテロがスルーなのはロリコンセンサー範囲に入らないからですか？

着痩せしてたんだな、小柄なのに胸が。揺れるというより、ペテロと剣を合わせては離れる動作が速く、それに合わせて胸が動く。

ペテロも天音も力くらべは苦手なようで、お互い打ち合っては離れてを繰り返している。人対人の戦う姿をまじまじと見ることが、闘技大会の画面でしかなかったので新鮮だ。……ってそうじゃない。戦いを見学している場合じゃない。

「おい、右近止めろ」

「楽しそうだけどね」

右近は水から上がって、服を着ている。上着を羽織りながら天音に声をかける。

「天音、服をきなさい。風邪をひくよ？」

間違ってないが、斬り合いはいいのか、斬り合いは。

右近の言葉に剣を引く天音を見て、ペテロも剣を納める。

「……っ！　覚えてなさい！」

「勝ったら秘伝よろしく」

ペテロは戦ってる間にちゃっかり取引を持ち出していた模様。

「わかってるわよ！　ちょっと、ホムラ、これを身につけて。私が貴方の命を取る代わりにこれを取るわ！　守り切ったらこの未熟者の勝ちよ！」

「わかったから服を着ろ！」

途中戦いに意識が向いていたが、途端に全裸が気になる私です。

「ふん、こんなことを気にしていたら守るものも守れないわ」

気にしてください、頼むから。受け取ってからでないと、服を着そうにないので目を逸らしつつ手を伸ばして、緋色の綺麗な組紐を受け取った。

「えーと、私も応戦したり逃げたりしていいのか？」

何もしない方がいいのか？

「もちろんいいわ。期限は、フソウに着いてから七日よ！」

「はい、はい」

服を着ながら言う天音にペテロがおざなりに返事をする。

「本当に私も参加していいのか？」

いざとなったら空に逃げますが、本当に大丈夫ですか？

「いいって言ってるでしょう？　ハンデよハンデ！」

「保険ですよ、保険」

組紐を腕に結びつつ確認すると二人から返事が来た。

「で、君はどうやって入ってきたんだい？」

右近が面白そうに目を細めながら聞いてくる。

尋問タイムですが、正座はしていません。どうやら、無実の訴えは聞き届けられた模様。

「何が？」

「無自覚で結界内に入ってきたの？」

「結界……」

「ここには僕が、女人しか場所の認識ができない【結界】を張っていたんだけどね。影をくぐって境界を越したペテロと違って、君はどうやって入ったのかな？」

結界をスルー……。…………。あったねそんな称号も！　つい最近もらったね！！！

マント鑑定結果【これが【天地の越境者】の能力……っ　という気配がする】

手甲鑑定結果【……うむ】

いや、まって、それじゃ覗きに便利な能力みたいだから！！！

「すまん。私、結界素通りする称号があってだな……」

真面目に結界の存在に気付かず越境しました。

「また変な称号手に入れたんだ？」

ペテロ、変な称号って言わないでください！

「右近様の施した【結界】を越えるなんて……、信じられないわ」

「実際こうして越えてきているしね。【結界】も壊されたわけでなく機能しているし、入られた違和感は今もペテロの分しか感じないよ」

「そんな……」

右近がいい音を立てて拍手《かしわで》を一つ。

「妙な感じがなくなったね」

ペテロが辺りを見回す。

「右近さ……、右近が【結界】を解いたの」

【結界】を解いた途端に、天音がおしとやかモード。

「ホムラがこのままフソウへ行くのはまずいかな。社殿もそうだけれど、貴人の屋敷は結界で奥と、客が出入りする表を分けているところもある。軽いものだけれど、破る能力があっても、立ち入らないのが礼儀なんだけどね」

はい、【結界】そのものが有るか無いかも分からなかったので悪意なく入り込みそうです。

「普通は【結界】の存在に気付かないようでは、【結界】を破る能力もないから、問題ないはずなんだけど」

困ったように私を見る右近。私の称号が迷惑をおかけします……。ぐふッ！

「どうすれば……、移動する時は誰かについてもらうしかないのか？」

ルバは鍛冶修行に行ってしまうだろうし、ペテロも忍術探求コースだろうし、私も自由に食べ歩きたい。

「僕でよければ基礎くらい教えるけど？」

「右近!?」

「【結界】を使えるようになれば認識も出来るようになるだろ。【結界】が習得できるかできないかはホムラ次第だけど」

「よろしく頼む」

あわあわしている天音に止められる前に、お願いしてしまう。待望の【結界】ですよ！！！

「天音様、ここにいらしたのですか。右近、ふらふらするな、朝食を食べて出立だ」

何も知らない左近が迎えに来た。

「わかった」

そういうことになった。


そういうことになったのだが。

「右近は何故ホムラの騎獣に？」

咎めるような左近。

「【結界】の手ほどきをすることになってな。移動中に教えるのに便利だろう」

右近が、白虎の上、私の前にいる。

「初歩なら私が教える。破廉恥だろう」

やっぱりそう思いますか、左近さん！

結界を張るのに手の動きがいるようなのだが、前方の右近が私の手を取って実際に動かしてくれるものだから、後ろから抱きつくような体勢でですね！　困るのだが。何が困るかって、密着もさることながら、腹側に隙間がなくなった黒が背中に回っていてくすぐったい！　腹は平気だったが背中はダメだ。密着した状態でモゾモゾできないだろう？　くすぐったいのを我慢する苦行がですね……。

「男同士で密着するのもどうかと思うよ？」

「右近！」

右近が微笑みながらからかう。アルカイック・スマイル発動みたいな何かだが、内容がひどい。

「左近、いいんじゃないかしら」

「天音様……っ」

「その方が私と左近の二人に見えるわ」

言い募ろうとしたのをやめて、こちらを見る左近。

「僕が言い出しっぺなんだけどね……」

右近は今までの装いの上からローブを着ており、はたから見ると、フソウの関係者は天音と左近だけに見える。しかも時々私の手を取る右近の様子は遠目にはイチャイチャしているように見えなくもないだろう。

カルドモス山脈の渓谷を騎獣で走る今は、他に声を聞かれる心配はなさそうであるが、遠目に見られている可能性を考慮して、水浴びの時に天音と右近で決めたのかもしれない。

ちなみに左近がずっと『天音様』呼びなのは、とっさに呼び換えられる自信がないため、フソウに入る前までは普段から様付けと決めているそうな。本人曰く、臨機応変は苦手だそうだ。

時々襲ってくる魔物を振り切り、時々戦闘をしながらカルドモス山脈の渓谷を走り、巨大な岩の割れ目のような洞窟を抜けることで山脈をつっきり、しばし走る。

ところで、ペテロの【投擲】と私の【投擲】のダメージ量に雲泥の差があるのだが。スキルレベルの差だろうか、ステータスの差だろうか。【投擲】の上位スキルという可能性も。

《スキルリストに【結界】が追加されました》

「あ、出た」

「何処だ⁉」

左近の逼迫した声。

「前方だ」

右近の普段と変わらない声。

【結界】が、と言おうとしたら敵も出た。

左右の崖から馬に乗った鎧姿の六人が、滑り降りるようにして現れ、道をふさいだ。馬、器用だな、と思ったが、馬は馬でもこの世界の騎獣なことを思い出す。

「やあ、初めまして。私はアグラヴェイン、君がフソウの天音様だね？　一緒に来てもらえるかな？」

「何処へですか？　私はこのとおりフソウへ帰還の途次です。お望みに沿えそうにございません」

鎧の男は、否やは言わせる気がないらしいが、思いの外礼儀正しく騎士然として振舞う。

騎士然？……アイルと争っているカルドモス山脈、帝国、九尾の身外身。御家騒動かと思ったら九尾関係か！！！

ペテロ：円卓の騎士がでてきたんだけどw　関係が謎すぎるww

ホムラ：すごく心当たりがあります。関係者に倒していいか聞いていいか？

ペテロ：どうぞ〜。魔法使いのフリも、もういいかな？　ルバは解決したみたいだし、私は天音から言質とったからwww

ホムラ：はいはい

天音とアグラヴェインと名乗る騎士が、駆け引き会話をしている間にガラハドたちにメール。ペテロの反応だと、アグラヴェインが円卓の騎士に出てくるのか。アーサー王物語を読み直すべきかこれ。

「アグラヴェイン様といえば、帝国の騎士の中でもそれなりのお方と聞きます。何故こんなことを？」

「ここで詳しく語る必要はありません」

ペテロと話してガラハドたちにメールをしている間に、天音とアグラヴェインの交渉は決裂、騎士たちが一斉に剣を抜く。騎獣を降りた左近が抜刀。左近とホップが、逃げるようこちらに目配せしてくるが、すまん、メールが途中だ。

ホ　ム　ラ『アグラヴェインと名乗るのが、道中出てきて戦闘前なんだが、倒していい？』

短い文面をガラハド、イーグル、カミラ、カルへ一斉送信。彼らとはパーティー会話もクラン会話もできないので、個人会話よりは簡単かとメールにした。メールは、蝶や鳥などの形をとって住人たちの元に現れる。受け取れない状況ならば、状況が変わった時に届くし、受け取っても読めないようなら手紙としてとっておける。ちなみに音声入力したものは、手紙の形に変わる前——蝶や鳥の姿の時に『読む』と、そのまま差出人の声で読み上げられる。

それぞれの返事がすぐに来た。

カ　　　ル『騎士が主に、ですか』
ガラハド『ちょっ、ちょっ、待て！　待て！』
カ　ミ　ラ『間近でフル装備見るの二回目だわ〜』
イーグル『……、ホムラはガラハド呼べたよね？　今すぐガラハドはそっちに！』

何だか慌てている様子。ガラハドの返事は本当に私宛か？　これ、返事というか、しゃべったのがそのまま送信されているな？　四人一緒にいたところに私のメールが届いた気配。プレイヤー側は、普通にメール画面に入ってくるので、ウィンドウに文字が流れるのを見るだけだが。

とりあえず呼べというので、今まで使ったことのなかった強制呼び出しを使用する。相変わらずイーグルの方が私の称号やらなにやらあれこれ把握している気がする。あれ、これでいいのかな？これか。パトカの何処から選ぶのか、もたもたしつつも呼び出すことに成功。


「ストーーップ！！！　早く剣を納めろお前ら！」

「なっ⁉」

私の正面に転移の時の空間が裂けるような光が現れ、消えた場所にガラハド。

だいぶ急いだようで、部屋着なんだが。タンクトップに紐で結ぶ柔らかい布のズボン姿、おまけに裸足。そんな姿で叫ぶ。突然の闖入者にポカンとするフソウの方々。すまんな、まさか私もパジャマ兼用装備で現れるとは思っていなかった。

「ガラハド⁉　何故ここに⁉」

帝国騎士の皆様もざわついているが、幸いなことに格好にツッコミはない。

「いいから早く剣を納めろ‼」

「貴様、帝国を出て何をしていた⁉」

「言い合いしている暇はねーんだよ‼」

「抜けた貴様の指図は受けん！」

しばし押し問答をする、ガラハドと騎士たち。

「ぎゃあああああ！！　もう来た！！！！！　早ぇよ！！！　アルバル転移の特権使いやがったな⁉」

空を見てガラハドが悲鳴をあげる。

ガラハドの視線の先を見れば一個の点がどんどん近づいて、すぐに天馬に乗った人だとわかる。

白馬の騎士ですかそうですか。うわぁ派手、うわぁ……。


「跪け、愚か者！」


白に青い裏打ちのマントをなびかせて空中で停止したカルが、剣を振り下ろしながら言う。空《くう》を切った剣が止まると同時に、騎士たちがぎこちない動作で一斉に膝をつく。

「ジジイッ‼　俺まで巻き込むんじゃねーよ！！！」

空に向かって叫ぶガラハド。ガラハドまで膝をついている、帝国の騎士に跪かせるスキルでもあるのだろうか？

跪きながらもカルを睨む騎士の面々。展開に愕然としているフソウのメンツとペテロとホップ。

ペテロの視線がゆっくりこちらに向く。その視線から逃れながら、全力で私は関知していませんよ、の態度をとる。ウィンドウを開いて【結界】取得の作業をしてみたり。

今から他人のフリしちゃダメだろうか。

ホムラ　Lv.39　Rank C　クラン　Zodiac　種族　天人
職業　黒白の魔剣士　薬士（暗殺者）
HP：1576　MP：2152
STR：124　VIT：68　INT：252　MND：83
DEX：84　AGI：135　LUK：163
NPCP　【ガラハド】【－】
PET　【バハムート】【アリス＝リデル】（アリス1／2）【騎獣・虎】『白虎』
称号
■一般
【交流者】【廻る力】【謎を解き明かす者】【経済の立役者】【孤高の冒険者】【九死に一生】
【賢者】【優雅なる者】【世界を翔ける者】【痛覚解放者】【超克の迷宮討伐者】
【防御の備え】【餌付けする者】【環境を変える者】【火の制圧者】【風の制圧者】
【絆を持つ者】【漆黒の探索者】【惑わぬ者】【赤き幻想者】【スキルの才能】

【快楽の王】【不死鳥を継ぐ者】【迷宮の王】【幻想に住む者】【白の領域を持つ者】
【ランスロットの主】【支配する者】【一掃する者】【天職】

■神々の祝福
【アシャの寵愛】【ヴァルの寵愛】【ドゥルの寵愛】【ルシャの寵愛】【ファルの寵愛】

【タシャの寵愛】【ヴェルナの寵愛】【ヴェルスの寵愛】【？？？の加護】

■神々の憂い
【闇を揮う者】

■神々からの称号
【アシャのチラリ指南役】【アシャの剣】【ドゥルの果実】【ドゥルの大地】【ドゥルの指先】
【ルシャの宝石】【ルシャの目】【ルシャの下準備】【ルシャの憐憫】【ファルの睡蓮】
【傾国】
【タシャの宿り木】【タシャの弟子】【タシャの魔導】【木々の守り】【ヴァルの羽根】
【ヴァルの探求】
【月光の癒し】【ヴェルスの眼】【ヴェルスの理】【神庭の管理者】【神々の印】【神々の時】
【天地の越境者】

■スレイヤー系
【リザードスレイヤー】【バグスレイヤー】【ビーストスレイヤー】【ゲルスレイヤー】
【バードスレイヤー】【鬼殺し】【ドラゴンスレイヤー】

■マスターリング
【剣帝】【賢帝】
■闘技場の称号
【NPC最強】（非表示）【雑貨屋さん最強】（非表示）
【ロリコンからの天然】（絶賛非表示中）

スキル（9SP）
■種族固有
【常時浮遊】【精霊の囁き】
■魔術・魔法
【木魔法Lv.34】【火魔法Lv.34】【土魔法Lv.34】【金魔法Lv.36】【水魔法Lv.33】
【☆風魔法Lv.34】
【☆光魔法Lv.34】【☆闇魔法Lv.34】【☆雷魔法Lv.34】【灼熱魔法Lv.31】
【☆氷魔法Lv.39】
【☆重魔法Lv.45】【☆空魔法Lv.35】【☆時魔法Lv.38】【ドルイド魔法Lv.33】
【☆錬金魔法Lv.32】
■治癒術・聖法
【神聖魔法Lv.40】【幻術Lv.38】【☆結界Lv.3】

■特殊
【☆幻想魔法Ｌｖ．５】【☆技と法の称号封印】
■魔法系その他
【マジックシールド】【重ねがけ】【☆範囲魔法Ｌｖ．40】【☆魔法・効Ｌｖ．38】

【☆行動詠唱】

【☆無詠唱】【☆魔法チャージＬｖ．34】
■剣術
【剣術Ｌｖ．41】【スラッシュ】【☆断罪の大剣】【☆グランドクロス・大剣】
■刀剣
【刀Ｌｖ．41】【☆一閃Ｌｖ．37】【☆幻影ノ刀Ｌｖ．30】【☆グランドクロス・刀剣】

【☆紅葉錦】
■暗器
【糸Ｌｖ．47】
■物理系その他
【投擲Ｌｖ．27】【☆見切りＬｖ．38】【物理・効Ｌｖ．29】
■防御系
【☆堅固なる地の盾】
■戦闘系その他

【☆魔法相殺】【☆武器保持Lv．39】【☆スキル倍返し】
■回復系
【☆攻撃奪取・生命Lv．32】【☆攻撃回復・魔力Lv．34】【HP自然回復】
【MP自然回復】【☆復活】
■召喚
【白Lv．31】
【☆降臨】『タシャ』『アシャ』『ドゥル』『ルシャ』『ファル』『ヴァル』『ヴェルナ』
『ヴェルス』
■精霊術
水の精霊【ルーファLv．29】
闇の精霊【黒耀Lv．40】
■才能系
【体術】【回避】【剣の道】【暗号解読】【☆心眼】
■移動行動等
【☆運び】【跳躍】【縮地】【☆滞空】【☆空翔け】【☆空中移動】【☆空中行動】
【☆水上移動】【☆水中行動】【転移】
■創造
【☆魔物替えLv．2】【☆風水】【☆神樹】

■生産
【調合Lv.48】【錬金調合Lv.47】【料理Lv.52】【宝飾Lv.40】【細工Lv.11】
【魔法陣製作Lv.33】
【大工Lv.22】【建築Lv.12】【ガラス工Lv.21】【☆陶芸Lv.10】【農業Lv.14】
【毒草園Lv.9】
【牧畜Lv.5】【☆搾乳Lv.1】【☆樹木医Lv.5】【木こりLv.11】
【☆寄木細工Lv.5】
■生産系その他
【☆ルシャの指先】【☆意匠具現化】【☆植物成長】【☆緑の大地】【大量生産】
■収集
【採取】【採掘】
■鑑定・隠蔽
【鑑定Lv.47】【看破】【気配察知Lv.47】【気配希釈Lv.47】【隠蔽Lv.47】
■解除・防止
【☆解結界Lv.8】【罠解除】【開錠】【アンロック】【盗み防止Lv.24】
■強化
【腕力強化Lv.15】【知力強化Lv.16】【精神強化Lv.16】【器用強化Lv.16】
【俊敏強化Lv.16】

【剣術強化Lv.15】【魔術強化Lv.16】
■耐性
【酔い耐性】【痛み耐性】【☆ヴェルスの守り】【☆ヴェルナの守り】
■その他
【暗視】【地図】【念話】【☆房中術】【装備チェンジ】【☆大剣装備】【生活魔法】
【☆ストレージ】
【☆誘引】【☆畏敬】
☆は初取得、イベント特典などで強化されているもの

とあるゲームの裏事情

▶ WE'VE STARTED A NEW GAME.

Presented by Jaga Butter
Illustration by Enishi Shiobe

運営B「うう」
運営C「どうしたッスか？」
運営B「あのプレイヤー、また神々と遭遇してる」
運営A「いや待て。これ、なんで同じ場所で……。個人ハウス？　何故!?」
運営C「しょうがないッスよ。あのプレイヤーはもうＮＰＣってことで、ノーカンに」
運営A「するな！　するのは調整だ！」
運営C「無茶言わないでほしいッス。これ以上いじったら、普通のプレイヤーが神々に会えなくなるッス」
運営B「しかもこの島……」
運営C「アリスの島を占拠させるよりいいじゃないッスか。ごねずに場所替えてくれてよかったッスよね」
運営A「よくない！　なんだこの島、なんで金竜と風やら嵐の精霊が——まて、海竜もいるじゃないか！」
運営C「難攻不落の要塞かなんかッスかね」
運営A「いつの間に海竜まで籠絡……」
運営C「海竜は金竜の繋がりッスかね？　いや、青竜の気配につられてるのもあるッスか？　本人も水属性強い上に、周りにあれだけ水属性に偏ったのが揃ってるッスからね」
運営A「海竜、水好きだからな……」

運営Ｂ「しかもこの島、ミスティフだらけです」
運営Ａ「ミスティフはもう諦めて、入手しづらいペットをゲットできるイベントに交ぜることになったんでいい。強さは多少劣化させて、その理由に召喚獣からペットにする方向だ。イベント以外で遭遇したミスティフとの差別化だな。とりあえず今は海竜だ、扶桑行きのタイミングが変わるだろうこれ」
運営Ｂ「扶桑に船で渡れるのは年二回、海竜が通り過ぎた翌日でしたね。海竜の移動が規則的なんで、ＮＰＣは時期で覚えてそうですが。少し調整しますか？」
運営Ａ「うむ。まあ、帝国の後、飛行型の騎獣を手に入れてから本格的に行けるようになる場所だし、少しで構わん」
運営Ｃ「帝国のイベント、どうなるッスかね？」
運営Ａ「不穏なことは考えるな！」
運営Ｂ「【箱庭】も思い切って広そうですね」
運営Ｃ「炊き出しやら寄付やら、助けてる対象が広いッスからね。何気に薬の納品もしてるッスよ、この人」
運営Ａ「『生命の樹』『再生の欅』『幻想の木』。うう、いやな木植えてるなあ。４本とも神樹だし、どうするんだこれ」
運営Ｃ「接触条件を庭に持つ男、かっこいいッス」
運営Ｂ「一応、ランダムですよね？」

運営C「ランクが高いほど繋がるッスけどね」
運営A「ああ。まあ、その前にフィールドで野宿ならともかく、【箱庭】で寝るやつはいないだろ」
運営B「ですね。だからアリスがヒントなわけですし」

◆◇◆

運営A「なんって庭で寝る⁉　寝る必要ないだろ⁉」
運営C「この人、【傾国】ついてるッス！　何でッスか⁉」
運営B「ああああ……神器クラスの水、水が。聖水ががが」
運営A「ちょっと目を離してる間に、惨事になってるのはなんでだ！」
運営B「『天地のマント』、『有無の手甲』すでに二つ……」
運営A「まだ他の大陸解放されてないだろう⁉　頼むから神器の上を揃えるのやめてくれ！」
運営C「流石ッスね！」
運営B「お前はなんで嬉しそうなんだ！」
運営C「ここまで来ると応援したくなるッス」
運営B「周りのNPCも神々に会って、強化、強化が……っ」
運営A「周りの……。ランスロットがいなかったか？　気のせいかな？」
運営C「いますよ、ランスロットもガラハドも。ついでに白い狼の獣人も。いやあみんな成長著しいッスね！　すごいッス」
運営B「どう考えてもダメだろ⁉　もうほとんど育たないはずのがバンバン育ってるだろうが！」
運営C「いいじゃないッスか、なかなかいないッスよ！」
運営A「アホなことを言ってないで調整しろ！　他のプレイヤーに影響がないように！　後、絶対他の五人と関わらせるな！」
運営B「他のサーバーは平和なのに……」
運営C「運営の平和の名の下に、殺伐ギスギスッスよね」

◆◇◆

運営B「なんでそこでルバを誘うんだ……」
運営A「その前に、なんで生産職でも商人でもないのに、行商人拾ってるのは何故だ」
運営B「この人、本当に特殊個体との交友関係が謎で」
運営C「武器防具屋とか薬屋と仲良くなる戦闘職は多いッスけど、この人は卸屋とか、レストランの料理長とかもいるッスね。特殊個体になったのは宿屋の夫婦とか……屋台の親父は他のプレイヤーと仲良くなってるッスけど」
運営B「宿も店も、未亡人とか元気ものの娘がいるパターンで、仲良くなってるのは戦闘生産かかわらず多いんですが。病弱な弟とか」
運営A「プレイヤー同士仲良くすればいいのに――いや、ダメだ。アリスの惨事が」

運営B「勘弁してください！」
運営C「割と大クランとも交流あるッスよ、この人」
運営A「やめろ、全体の攻略速度まであげられたら死ぬ！」
運営C「いつかこの人のご飯、食べたいッスねぇ」

◆　◇　◆

運営B「またこの人、ブラシとか頼んでるし」
運営C「雑貨を頼まれると神々の相性の調整激ムズッス。この神はブラシが嫌いなんで、好感度下がります！　とかやるッスか？」
運営A「その前になんで黒ミスティフが？」
運営C「人間大っ嫌いなはずッスけど、大人しく一緒にいるッスね。怪我ッスか？」
運営B「属性の偏りが結構な速さで緩和……火剋金？」
運営A「いや待て、ランスロットが身を捧げるなんてあるのか……」
運営B「全力で目を逸らしていたのに」
運営C「捧げてるッスねぇ」
運営A「水属性、人当たりはいいけど孤高か、人当たりも悪くて孤高だろ？」
運営C「どっちにしても人とは交わらないッスか」
運営B「まさかの盾スキル持ちに」

運営Ａ「帝国戦どうなるんだろう」
運営Ｃ「あ、有給の申請しとくッス」

【箱庭】の用途 ～お茶漬の場合～

▶ WE'VE STARTED A NEW GAME.

Presented by Jaga Butter

Illustration by Enishi Shiobe

卵の旬は春だという。

原種に近い鶏は春にしか卵を産まなかったことから、それに鶏のコンデションが最も良いのが春だから、『春の卵は美味しい』ということになっている、らしい。

タマの卵は基本、白。レアということになるのか時々金色の殻。ミーは茶色の卵に、時々銀色。

タマとミー、ポチの子供たちは桜色の殻に、時々ごく薄い緑色。

薄い緑の卵や金色銀色は綺麗だが、やはり食欲が増すのは白と茶色。この二つを交ぜて籠に盛っておくと、それだけで美味しそうに見える。割ってしまえば白身の部分がうっすら殻の色のような気はするが、濃いオレンジ色の黄身なので、あまり違いはないんだが。

卵は基本無精卵らしく、ヒヨコができる時は『○○と○○を掛け合わせますか?』と、アナウンスが出る。

どうも【箱庭】の動物には、交配要素があるらしい。


「きゃーでし!」

ばふんと鱗粉が飛んで、菊姫から悲鳴が上がる。

「うわっ!」

菊姫の少し斜め後ろにいたお茶漬からも悲鳴。

「【水魔法】『ウォーターウォール』、『穿つ雨』」

とりあえず盾役の菊姫の前に水の壁を出現させ防御、敵には攻撃。『穿つ雨』はその名の通り、雨のように降る貫通属性を持った攻撃。蝶や蜻蛉などの翅を持つ敵には『水属性』と上からの攻撃はよく効く。

「ちょっとホムラ、離れすぎじゃないですかね？」

お茶漬が半眼で聞いてくる。

「魔法は届きます」

『穿つ雨』は範囲攻撃用、それにさらに魔法の効果範囲を広げる【範囲魔法】、しかも初取得特典付きをのせている。

「キノコの胞子は平気なのに、なんで鱗粉だけそんな」

「胞子も頭からかぶるのは遠慮したいが……。とりあえず、鱗粉も嫌だが、蝶の柔らかそうな腹も好かん」

不思議そうなペテロに答える。

実はコオロギなんかの腹も嫌いだが、あいつらはひっくり返らない限り、ほぼ見えないので問題がない。

「俺も嫌い、こいつら殴った手応えねぇんだもん！」

そう言ってシンが、襲ってきた蛾の魔物を殴って倒す。

「それはまたなんか違わない……？」

お茶漬が少し困惑顔。

「ダメなもんはダメだろ！　俺も蜘蛛はダメだしな！」

さすがレオ、感覚で生きている男は話が分かる。ダメなものはダメなのだ。

「まあ、手伝ってもらってる身としては、倒してもらえれば文句はないけど」

本日はお茶漬の希望で、『山繭蛾《やままゆが》』のレア種『天蚕《てんさん》』を探しにきている。現実世界では山繭蛾の別名が天蚕なのだが、こっちでは別扱いなようだ。

当然、手のひら大なサイズではなく、一ひろ近くある。一ひろは両手を真横に広げた長さだ。

「うをおおおお！　居た！　緑色！」

シンの言葉に辺りをきょろきょろと見回すお茶漬。

「え、どこどこ⁉」

「あっち！」

シンが指さしながら走る。

『山繭蛾』は別にボスというわけではなく、フィールドに出る普通の魔物だ。『山繭蛾』は黄土色をしているが、『天蚕』は薄いエメラルドグリーンをしている。単体で見れば目立つ色なのだが、森の中ではどっちも保護色だ。

それでもすでに何匹か倒しているのだが、目当てのものは出ていない。

「わっ、ちょっと！　リンクしてるでし、リンク！」

菊姫が叫ぶ。

ノンアクティブな敵は、こっちが攻撃をしかけない限り襲ってこない。アクティブな敵は、敵視範囲に入ると襲ってくる。そして自分の敵視範囲の中にプレイヤーがいなくても、戦闘状態に入った仲間がその範囲の中にいると、戦闘状態の仲間とリンクするように襲ってくる。

今、シンを追って、結構な数の『山繭蛾』がシンに向かって集まっていっている。もちろんパーティーを組んでいるこっちにも来るのだが、原因たるシンの方に大部分が。

「ぶあああああああっ」

「うわぁ……」

たかられてる、たかられてる。

「ぎゃあああああっ」

何も考えず反射的に後を追ったレオも時間差で巻き添え。

「あーあ」

立ち止まってそれを眺めるペテロ。

「ちょ、ちょっ！」

ぐんぐん減るシンとレオのＨＰバーを見て、慌ててお茶漬が【回復】をかける。

「ひゃっ！」

かけすぎて、シンとレオが攻撃を入れていない『山繭蛾』の敵視がお茶漬に移った。【回復】魔法は敵視が上がりやすいのだ。

「きゃーでし！！！」

「嫌すぎる！！！」

この大群では『ウォーターウォール』の効果もすぐ消えるし、菊姫が盾になったとしても流石に持たない。盾役と回復役が死ぬと、パーティーが崩壊する。ペテロやレオは頑張れば逃げ切れるかもしれないが。

「『穿つ雨』――と、『穿つ雨』」

魔法の重ねがけをして、とりあえずお茶漬から敵視を私に移す。嫌だけどな！　装備を替えて一掃したい気持ちを抑えて大量の『山繭蛾』と対峙。

「頑張って」

お茶漬が知力増加の付与をかけてくれる。

「【火炎つむじ！】」

シンの放った技で、後方から『山繭蛾』が次々と燃えてゆく。落ちる様子はないので、そんなにダメージの出る技ではないらしい。だが、こっちに向いていた敵視が再びシンに戻る。

そこに再び私の範囲魔法。それでも落とし損ねた敵はペテロとレオが始末してくれた。

「わりぃ！」

ぱんっと手を合わせてくるシン。

「あああああ、アイテム溢れる！　もったいない！」

再び上がるお茶漬の悲鳴。

『山繭蛾』が落とすのは、『山繭蛾の糸』という絹に似た糸、『毒の鱗粉』、『クヌギの葉』、確率は低いが『山繭蛾の繭』。魔物が共通で落とす魔石も。

一匹から大抵2から5の数が落ちる。同じ素材系のアイテムは99まではアイテムポーチ内の一つの荷物として扱われるが、それを超えると別枠を使う。ここに来るまでに他の敵とも戦っているし、回復薬や解毒薬、装備とアイテムポーチはすぐに圧迫される。

私は【ストレージ】があるので余裕！　おかげで猫足テーブルや椅子、迷宮でのお泊まりセットなど持って行き放題だ。代わりに整理整頓必須な状況に追い込まれないため【ストレージ】の中はカオスだ。

「はいはい、毒は承ります」

ペテロ。

「糸はもらうでしよ」

菊姫。

「クヌギと繭ください」

お茶漬。

アイテムを交換して、荷物整理。アイテムの希望のないレオとシンは、シルと交換。私は【ストレージ】があるので、クランハウスで交換する予定、私の分まで渡したらみんなの荷物が溢れる。

「お、『天蚕糸《てんさんし》』出てる」

「やったでし！」

【裁縫】持ちの菊姫が喜ぶ。

「わははは！『天蚕の繭』ゲットだぜ！」

「よくやった、レオ！」

高笑いするレオを褒めるお茶漬。

お茶漬が求めていたのはこの『天蚕の繭』。レアな魔物のレアなアイテム。

「私の方にもある」

「私も」

今回拾ったのはレオとペテロと私。

『天蚕糸』は50以上出ているので、出る確率は10倍以上の差があるようだ。


クランハウスに戻って、改めてアイテム交換と荷物の整理。

「うへぇ、倉庫もいっぱいだ」

「俺も～」

「ゴミ捨てて、ゴミ！」

獣人二匹にお茶漬。

「あ、魔石は買い取るぞ。低レベルの魔石大歓迎」

【魔物替え】のレベル上げに絶賛大募集中。

みんながばたばたと自室の倉庫と一階リビングを往復し、交換を終える。というかシン、ファストブリムに夜出る蛇の魔石とか、よくとって置いたな……。

「『天蚕の繭』が三つ。オス、メス出るといいでしね」

「出なかったらトレード覗いてみる方向で」

ニコニコとお茶漬が言う。

『天蚕の繭』を【箱庭】で栽培したクヌギの木に置くと、繭が孵って『天蚕』になるそうで、それを飼育して糸を採るのだそうだ。普通の薄い緑の『天蚕糸』から、個体によっては赤や青などの色だけでなく属性付きの『天蚕糸』が。

【裁縫】持ちの菊姫ならともかく、何故お茶漬？　と思ったら、属性付きは本職に防具の素材として高く売れるのだそうだ。菊姫は防御力や付与を考慮しない町着専門なので、大量に使うことはないとのこと。

「ありがとう。『クヌギの葉』も大量にあるし、しばらくは困らにゃい」

『クヌギの葉』は『天蚕』に食べさせると、育って【交配】ができる状態になるのだそうだ。普通のクヌギでも育つが、『クヌギの葉』のほうがランクが高く、よく育つ。

うちのヒヨコは『神の庭の草』を食べているので、あっという間に育つ。もう少しヒヨコの姿をしていてくれても良いのだが。


「おかげで目的達成、ありがとう！」

「乾杯！」

お茶漬がジンジャーエールの入った杯を上げると、みんなが続く。

料理を作ったのは私だが、今日はお茶漬が金を出している。

「生き返るでし！」

「はーっ！　うめぇ！」

「一仕事終えた後のビール最高」

ビールを一気飲みに近い感じで飲み干す三人。

「わははははは！」

レオは一口。酒は飲むがすぐに酔っ払って眠くなる男。

私とお茶漬の二人はノンアルコール。

「チーキン、チキン！」

マルチキの骨つきもも肉を豪快に噛みちぎるシン。

スモークチップと砂糖で燻し、酒飲み用に胡椒と塩を強めに振ってある。骨つきは骨つきというだけでテンションが上がる。

「ごはんでし！」

「今回はお茶漬からの出資があったんでな」

あとフソウに行く予定があるので。

白いご飯に、豚バラを細切れにして、生姜、蜂蜜、醤油、みりん、五香粉——アイル食材の卸屋で買った花椒、クローブ、シナモンと、スターアニス、フェンネルを混ぜた香辛料で味付けしたものを掛けて、緩めの半熟卵、彩に空芯菜を蒸したものを添えてある。陳皮も欲しいのだが、フソウに期待だ。

燻製にした野菜のマリネ、カマンベールチーズとナッツのオリーブオイル漬け、アジのチーズフライ、ハマグリの酒蒸し、オイスタープレート——魚介はレオの提供。

私とお茶漬は飲めないのだが、酒のツマミは好きなので。

「ところでお茶漬は虫は大丈夫なの？」

「見ないようにします！」

ペテロの問いに、お茶漬から後ろ向きな答えが返ってきた。

「……。まあ、植物と同じなら、メニュー画面からでも餌やりと収穫できるだろうしね」

「成虫よりいいと思うが……」

毛虫、芋虫のほうが蛾や蝶よりマシだ。

「普通は逆でし。食べてる時に食べられない虫の話は止めるでし」

菊姫に言われて黙る私たち。

「ん。ウニがのった牡蠣なんて贅沢でし」

オイスタープレートから牡蠣を取って、つるんと食べる菊姫。

「うをっ！　卵うめぇ!!」

シンが【庭の卵】に驚愕している。

「あ、本当」

お茶漬がシンにつられて卵に手をつける。

箸で半熟卵を崩し、濃いめに味のついた豚肉に絡める。白いご飯と一緒に口の中へ。

うむ、美味しい。

「おかわり！」

かきこんだシンが空の小丼を差し出す。

「残念ながら米が少なくって炊いてません」

「ええええっ!!」

シンではなくレオから声が上がった。同じく空の小丼を抱えている。

「味わって食べなさい」

そう言って、ゆっくり食べているペテロ。

「はあああ、牡蠣より美味しいなんて罪でし」

ため息を吐きながら、目を閉じて頬を押さえる菊姫。

まあ、【庭の卵】はあるんだがな。

蛾は勘弁してもらいたいが、とりあえず無事に一仕事終えた充実感。料理を美味しいと言ってくれる仲間。

やっぱりこの世界は楽しい。

情報を集める者たち

WE'VE STARTED A NEW GAME.

Presented by Jaga Butter

Illustration by Enishi Shiobe

【捕獲】騎獣part1【育成】

1 名無しさん
ここは騎獣に関するスレです
騎獣の種類・特徴・呼び出し石・好物など、騎獣に関すること
を書き込んでください。
※ある程度情報が揃ったら、テンプレ作りましょう

——略——

506 名無しさん
狼が多いね
色は薄茶＞黒＞白＞金＝銀＞緑＝赤＝青銀で多いのかな？
後半三つ、四日通ってるけど一回しか見てないや。
やっぱ色は属性かな？

507 名無しさん
オレンジ色もいたぞ？

508 名無しさん
オレンジ

509 名無しさん
虎だけど

510 名無しさん
ノーマル？　色が属性説に当てはめると
属性は何になる？？？
無属性？

511 名無しさん

ドゥルあたり？ >>510

512 名無しさん

真紫のイタチゲット！！！

呼び出しはオパール！　好物はどんぐり！

三人乗れるけど、距離短い！　乗り心地はぐねぐね！

513 名無しさん

真紫

514 名無しさん

真紫

515 名無しさん

ぐねぐね

516 名無しさん

色と属性の検証はもう少し報告が増えてからでいいんじゃね？

517 名無しさん

だな

猫と犬もいた。あとクマ

クマはうっかり魔物かと思って戦闘に入っちまったぜ

みんな気をつけろ！　片目に傷があるクマは騎獣対象だぞ！

518 名無しさん

片目に傷。またなんか騎獣に属性ついてね？

火とか水とかの話じゃなく、メガネとか三つ編みとかの

519 名無しさん

やめろ>>518

メガネでおさげなクマを想像したじゃないか

520 名無しさん

>>518 が好きな属性なんですね、わかります

521 名無しさん

セーラー服かメイド服をセットでお願いします

>>518

522 名無しさん

517 と違うけど、魔物の中にしれっと騎獣対象交じって

襲ってくることあるからなｗ

523 名無しさん

マジかよ

生産職に厳しい！

524 名無しさん

【クロノス】が騎獣取得頑張ってて、

今行けばクランメンバーじゃなくてもロイたちが手伝ってくれるよ

525 名無しさん

相変わらず面倒見いいなあ

526 名無しさん

メンバー多くなりすぎて、残念なことに変なのも交じり始めたけどなｗ

527 名無しさん
そういうやつは見つけ次第締めてるんだけど
メンバー増えて目が届かなくなっちゃってる
迷惑かけてたらごめん
スクショとって匿名でクランにメールしてくれたら
対処してくれると思う
Byクロノス末端員

528 名無しさん
でかくなると大変だなあ

529 名無しさん
ロイさんが言ったこととか、自分に都合いいように
微妙に解釈変えて吹聴してたり利用してたりなヤツも正直いる

530 名無しさん
【クロノス】すごく好きなんで評判落とさないでほしいわ

531 名無しさん
暁さんもクラウさんもいるから大丈夫～

532 名無しさん
【烈火】はライオンで揃えるつもりっぽいね
【クロノス】のメインメンバーも騎獣は揃えるのかな？

533 名無しさん
乗り損ねた！　まだ国の移動できない!!

——以下続く

雑貨屋へ通う者たち

▶ WE'VE STARTED A NEW GAME.

Presented by Jaga Butter
Illustration by Enishi Shiobe

【ほんわか白】レンガード様 part8【ドS黒】

1 名無しさん

ここはレンガード様について語るスレです

■　特　攻　厳　禁　！　！

■　対象に気付かれないようマターリ見守りましょう

■　雑貨屋のメンバー及び周辺に迷惑をかけないこと

■　謎関係かもしれないので、閲覧は自己責任で！

レンガード様データ

・ファストで【雑貨屋】という名前の雑貨屋経営
　従業員は４人。獣人の子供２人と成人男性とドラゴニュート
　販売物の効果がやばい
・ホムンクルス（？）の幼女がいる
・店には出てこないが男２女１幼女１が増えたNEW
・ファストで住人相手に料理屋向けの酒問屋を経営
　従業員は商業ギルドのギルド職員
・戦闘と生産の両方をこなす
・とりあえずフルパーティーを瞬殺できる
・闘技場ランクは最高のSSS
・白の錬金術師……かもしれない
・天然疑惑あり
・わけがわからない

――――略――――

801 名無しさん

二十五階と三十階の討伐ってレンガード様？

『侵食する白の亜竜』ってすごく気になるんだけど

802 名無しさん
NPC単独クリアはアナウンス流れないんじゃない？
確かノーカンだったはず

803 名無しさん
違うんだ？
レンガード様が迷宮の入り口にいるの見た
タイミングだったんだけど

804 名無しさん
雑貨屋の金髪さんとドラゴニュートも割と迷宮通ってるよね

805 名無しさん
一番進んでるのは兎の獣人になった人じゃない？
ガウェインってもろ円卓の騎士の有名どころ連れてるww

806 名無しさん
兎はメイね
一緒にやったことあるけど、ガウェインすごい性能だった
メイは強いけど、猪突猛進というか防御は完全ガウェイン任せ
多分、あれ以上深い階層行くのは詰んでると思う
あ、でもメイが進化ゲットしてたのと同じ階層かアナウンス

807 名無しさん
性能（意味深）

808 名無しさん
>>806
ここで名前だすなよ。名前晒すなら他のスレでやれ

809 名無しさん
『雑貨屋』さんのちびっこも時々迷宮にいるよね
保護者つきだけど

810 名無しさん
薬師ギルドでもみかける

811 名無しさん
店主が強いと店員も強くなるのかな？
スパルタ？

812 名無しさん
俺たちが思う存分貢いでるから、多分アイテムもシルも潤沢
NPCの育成自動クエスト扱いなんじゃない？

813 名無しさん
ああ、手動で指定しないと倉庫のアイテムとシルが
ガンガン減る上に、育成効率はあんま良くないやつな
でもそうか、潤沢なら育つんだ……

よーし、パパがんばっちゃうぞ！
雑貨屋に貢ぎまくってノエルは俺が育てる！

814 名無しさん
もしかしてレンガード様が強いのも……？

815 名無しさん
貢ぐっていっても、プレイヤーより販売価格安い上にものがいい……
そしてすぐ売り切れる

816 名無しさん

属性石を貢ぐくらいしか……

817 名無しさん

貢ぎたいのに貢がせてくれない！

一回でいいからレンガード様の料理食べたい～

818 名無しさん

パトカ欲しいなあ

819 名無しさん

いつかレンガード様のパートナーカードもらえるイベントあるといいなw

820 名無しさん

レンガード様、絶対迷宮の深層行ってると思うんだ

深層のマルチエリアでバッタリ会えることを夢見て

821 名無しさん

あああ

いいな～鍛えないと

822 名無しさん

強いNPC探して一緒に育つといいよ>>821

823 名無しさん

アキラの連れてた騎士も有名どころだし

クリアアナウンスで判断するに

円卓の騎士の有名どころを狙うのが早道？

824 名無しさん

途中までは早いかもしれないけど
そのあと自分のステータスとかスキルの偏りで止まりそう

825 名無しさん

初取得は魅力的だけどなｗ
とりあえず闘技場でレンガード様と戦って殺されたいｗｗｗ

826 名無しさん

殺される前提

827 名無しさん

勝てるわけがない

828 名無しさん

勝ったらパトカくれないかな～？

829 名無しさん

せめて迷宮入り口で麗しい姿を目撃したい
雑貨屋でチラ見したい

——以下続く

あとがき

こんにちは、じゃがバターです。『新しいゲーム始めました。』の8巻をお届けします。

お待ちいただいていた方も、初めましてな方もお買い上げありがとうございます。

ありがたいことに塩部様のイラストで彩っていただいております。文章足らずなところを補って、きっと皆様の想像の解像度を上げてくれているはず……っ。

扶桑編（？）に突入、またキャラが増えました。ここまでボイスドラマが到達したら、また読んでくださっている松原様の裏声の種類が増えます。楽しみですね！（オイ）

8巻はカルの見せ場が多い巻になっているかな？　ファンの方がおられましたら、身悶えてください。

次巻、物語的には帝国騎士たちの姿がチラチラして来た！……と見せかけて、ホムラの迷走により、プレイヤーのほぼいないエリアに突入してゆきます。


そしておそらく帯に三度目のお知らせが……っ！　ドラマCDも本編刊行に合わせて扶桑でのイベントとなっております。ただ、扶桑編のキャラは出ておりません。先に登場していたキャラを優先していただくよう、わがまま申し上げました。今回もお忙しい中シナリオを山本様がしてくださっております。こちらもお楽しみに！

お茶漬：あいかわらず『雑貨屋』は行列じゃん。『転移石』売って？
ホムラ：いいが、材料揃えてこい
ペテロ：便乗w
シン：俺も俺も
ホムラ：それにしても、『雑貨屋』って、のんびりしてるものだと思ってたのだが
菊姫：ホムラのとこは、売ってる物も店員さんも、雑貨屋さんとは程遠いでし
お茶漬：雑貨屋、諸種雑多な日用品を販売している店
菊姫：可愛らしいカップとか、お花とか、置物とかでしょ
シン：回復薬に転移石、弁当、お菓子——ゲームとしちゃ間違ってねぇんじゃね？
レオ：威力的にラストダンジョン（ラスダン）手前にある雑貨屋だな！
ペテロ：ラスボスに攻められても平気な店なんですね、わかりますw
シン：むしろラスボス直営店
ホムラ：最初の町ですよ！
レオ：わはははは！

令和5年7月吉日　じゃがバター

次巻予告
訳アリな旅のお供とともに
男装の麗人
警戒心たっぷりな格闘士
気難しそうな護衛
ドラマCD3同時発売！
4月20日発売！

さあ、新エリア・扶桑へ――
どんな食材があるかな？
山葵も欲しいいし、
山椒も大豆も……
新しいゲーム始めました。
WE'VE STARTED A NEW GAME.
じゃがバター
ILL. 塩部縁
9
Presented by Jaga Butter

新しいゲーム始めました。～使命もないのに最強です？～8

2024年2月1日　第1刷発行

著　者　じゃがバター

発行者　本田武市

発行所　TOブックス
〒150-0002
東京都渋谷区渋谷三丁目1番1号　PMO渋谷Ⅱ　11階
TEL 0120-933-772（営業フリーダイヤル）
FAX 050-3156-0508

印刷・製本　中央精版印刷株式会社

ISBN978-4-86794-067-9

笠置シヅ子ブギウギ伝説

Kasagi Shizuko BOOGIE WOOGIE Legend

ウキウキワクワク生きる

佐藤利明

興陽館

はじめに

この本を手に取られた方へ。

あなたは笠置シヅ子をご存知ですか？

七六年前、日本中の人々が、「東京ブギウギ」ブギのリズムにココロもウキウキ、身を任せたことを、ご存知ですか？

それまで多くの人々にとって音楽は、歌詞とメロディであり、情緒的な体験でした。ところが「ブギの女王」の登場で、誰もが、リズムに身を委ねる楽しさを知ったのです。

連続テレビ小説「ブギウギ」で、初めて笠置シヅ子を知り、興味を持たれた方へ、「ブギの女王」として一世を風靡した彼女の半生を、昭和のエンタテインメント史とともにたどったのが本書です。

香川に生まれ、大阪育ちの笠置シヅ子は、天性のエンターテイナーでした。そのパワフルな歌声、圧倒的なパフォーマンスの秘密とは？　敗戦後の人々に、明るい笑顔と明日へのエネルギーをもたらした「ブギの女王」の原動力はどこにあったのでしょうか？

彼女がレコードに残した五十曲以上の楽曲は、配信、CDで気軽に聴くことができます。どれも楽しいリズムに溢れていて、ぼくたちをウキウキ、ワクワクさせてくれます。パワフルな歌声とリズムには、問答無用のインパクトがあります。その歌声、パワーには、時代を超越した「説得力」があるのです。

その全盛期のパフォーマンスは、幸いなことに「ブギの女王」として活躍した一九四〇年代から五〇年代にかけて、彼女が出演した約二五本の映画に活写されています。どの作品でも、笠置シヅ子は、満面の笑顔でパワフルにシャウトし、ステージせましと踊り、唄います。

すでに三〇代半ばでしたが、十三歳でＯＳＫ（現在の日本歌劇団）の前身、松竹楽劇部に入団、華やかなレビューの舞台に立ってから、二十年を超えるキャリアの持ち主でした。

　彼女のほとんどの楽曲を手がけた服部良一も、本書のキーパーソンです。そのモダンなセンス、新しいサウンドへの探究あればこそ、笠置シヅ子は「時代」を創り、リードしていったのです。

　ぼくは娯楽映画研究家として、オトナの歌謡曲プロデューサーとして、これまでエノケン、ロッパ、岸井明、ハナ肇とクレイジーキャッツのCDを手掛けてきました。日本のエンタテインメントの源流を、実際のサウンドを通して、現代に伝えていくことをライフワークにしています。笠置シヅ子もまたしかりです。二〇一四（平成二六）年にCD「ブギウギ伝説　笠置シヅ子の世界」（日本コロムビア）を企画した頃から「笠置シヅ子とその時代」について執筆できたらと考えてきました。

　この「笠置シヅ子　ブギウギ伝説」は、一九二七（昭和二）年の舞台デビューから一九五七（昭和三二）に歌手引退を決意するまでの、笠置シヅ子のパフォーマーとしてのキャリアを、ぼくなりの視点で編年体でまとめた「昭和のエンタテインメント」の記録です。

笠置シヅ子と服部良一が生み出した数々のステージの記録、レコードから、戦前、戦中、戦後という時代、人々が夢中になったエンタテインメントの楽しさ、素晴らしさにふれて、「ブギウギ」の時代を知っていただければ幸いです。

笠置シヅ子ブギウギ伝説　目次

第一章　歌が大好き風呂屋の娘

――笠置シヅ子と少女歌劇の時代

第二章 人生が変わる

——松竹楽劇団（SGD）発足！

第三章 出会い、そして別れ

——戦争の中で育った愛!

第四章 ブギの女王が時代を変える

——ブギウギ時代の到来！

第五章 歌った！踊った！生きた！

——最高の音楽と最高のパフォーマンス！

写真提供　笠置シヅ子資料室

第一章

歌が大好き風呂屋の娘

――笠置シヅ子と少女歌劇の時代

1 道頓堀ジャズと少女歌劇

笠置シヅ子はこうして生まれた

笠置シヅ子（本名・亀井静子）は、一九一四（大正三）年八月二五日、香川県大川郡相生町に生まれた。父は郵便局に勤めていた三谷陳平。母・谷口鳴尾は、三谷家で和裁を習いながら家事手伝いをしていたが、二人の結婚は認められずに、未婚のまま静子が生まれた。

ちょうどその頃、大阪から出産のために相生町へ帰郷していた亀井うめが、自分の子の授乳の合間に、静子にも添え乳をしてくれた。次第にうめは、静子に情がうつり、シングルマザーの鳴尾が女手一つで赤ちゃんを育てるのは大変だろうと、静子を養女にした。

養父・音吉は大阪で米や薪炭商をしており、のちに銭湯を営むこととなる。決して裕福ではなかったが、妻・うめが故郷から、二人の赤ちゃんを連れて帰ってきた時も「うわあ、どないしてん、双子かいな。こらぁ、えらいこっちゃ」と驚くも、静子を自分の娘として育てることにした。

音吉、うめ夫婦は芸事が好きで、静子は三歳の頃から、うめの勧めで日本舞踊、三味線などの習い事を始めた。一九二一（大正十）年、静子は下福島小学校への入学を機に、入籍時の亀井ミツエから、志津子へと改名した。この頃、音吉は風呂屋へと転業している。

一九一八（大正七）年、米の価格急騰に伴う暴動事件・米騒動が全国規模で発生、音吉も大打撃を受けて、近所に銭湯の売り物があったのを機に風呂屋を開業した。

静子は、銭湯の脱衣場を舞台に、幼い頃から習っていた踊りや歌を披露して、近所で評判になっていた。小学校では唱歌が得意で、成績はいつも甲だった。根っからのショウマンシップと度胸は、この頃に培ったものである。

この頃、一家は十三で銭湯を営んでいたが、小屋掛けの浪花節芝居に懇願されて、静子は子役として初舞台を踏んでいる。この時代、大阪市街には町内ごとに芝居小屋や小さな寄席があり、庶民の一夕の娯楽となっていた。

静子の少女時代、大阪にはモダン文化が花ざかり。大正時代、道頓堀、ミナミを中心に、アメリカの最新音楽であるジャズが流れていた。

のちに、笠置シヅ子の音楽のパートナーとなる作曲家・服部良一（〇七～九三）も、大阪・天王寺に生まれ、幼い頃から、音楽が好きで作曲家を目指していた。やはり芸事好きの家庭に育ったが、上の学校に進めるほどの経済的余裕がなく、姉の勧めで好きな音楽を演奏して給金がもらえる、千日前の「出雲屋少年音楽隊」に入隊したのが、一九二三（大正十二）年のこと。出雲屋は、大阪でたくさんの店舗を持っていたうなぎ屋のチェーン店。そこの若旦那が、新しもの好きで、音楽隊を結成して、話題作りをしていた。

巷にはジャズソングが流れ、バンドが最新の舶来音楽を演奏する。その活況を、のちに服部良一は「道頓堀ジャズ」と名付けた。

服部少年が「出雲屋音楽隊」に入った日、一九二三年九月一日。関東一円を未曾有の大震災が襲った。この時、亀井静子は九歳、志津子から静子に改名したのもこの頃である。またこの年、一九二三年には大阪道頓堀に、日本初の鉄骨・鉄筋コンクリート建築による映画館、大阪初の洋式劇場・大阪松竹座がオープンした。

テラコッタが特徴的なネオルネサンス様式の正面玄関のデザインは、モダン大阪の象徴となり、映画上映だけでなく、幕間には松竹楽劇部によるステージが繰り広げられた。これはすでに成功を収めていた宝塚歌劇団から振付師や作曲家を招聘して、宝塚少女歌劇に対抗しようというものであった。

関東大震災直後、被災して焼け野原となった東京や横浜に見切りをつけた財界人、文化人、芸術家たちが関西へやってきた。大阪に人と富と文化が集まってきたのである。さらに仕事の場を失った東京のバンドマンたちを救済する意味もあって、道頓堀界隈の食堂、カフェーがバンド演奏を取り入れ、ダンスホールも急激に増えた。

話を少しもどす。静子が生まれた一九一四（大正三）年、宝塚少女歌劇第一回公演が、宝塚のプールを改造したパラダイス劇場で行われ、大変な評判となった。一九一九（大正八）年には宝塚音楽学校が設立され少女歌劇の時代が華やかに幕を開けたのである。

大正時代から昭和の初めにかけての関西は「道頓堀ジャズ」「少女歌劇」のブームが到来していたのである。一九二七（昭和二）年、宝塚少女歌劇では、日本初のレビュー「モン・パリ～吾が巴里よ！～」が上演された。ヨーロッパのレビューを取り入れ、幕なし十六場というスピーディなスタイルは観客にとっても新鮮で、ここから本格的なレビュー時代が幕を開いたのである。

この年、静子は尋常小学校を卒業、十三歳となっていた。担任の先生から「無理に上の学校は勧めない。器用だから芸をみっちり修業するのもいいし、記憶が良いから看護婦になるのもよかろう」と言われ、近所の人に宝塚歌劇の話を聞いてその気になり、うめの勧めで宝塚歌劇音楽学校を受験することを決めた。

2 松竹楽劇部

意地でも一流になってみせる

一九二七（昭和二）年、小学校を卒業した静子は、近所の人や母の勧めもあって、宝塚歌劇音楽学校を受験した。一人、梅田から阪急電車に乗って宝塚新温泉にある宝塚音楽歌劇学校へ向かった。黒地に臙脂《えんじ》色の花模様の大人びた着物姿の小柄な女の子は、他の受験生の少女らしい華やかさから、浮き上がった感じだった。学校の成績も良く、利発な静子は、一般常識の問題や口頭試問も難なく突破。家族からも「あんたはきっと大丈夫や」と太鼓判を押され、自信があった静子だが、最後の体格審査で不合格となってしまった。

腹立たしさと悲しさがないまぜとなり、負けん気の強い静子は、家族には「落第した」とは言わずに「うち、あんなとこ、好かんさかいやめてきてしもた」と気丈なところを見せた。

かねてから、大阪の花街である南地の芸妓屋・中村屋からの奉公の話が来ており、芸妓になるのは気が進まなかった静子は「道頓堀の松竹楽劇部に入ろうと思ってるのや」と、帰りに願書を出してきたと、手回しの早いところを見せた。

ところが「願書を出してきた」は咄嗟についた嘘だった。しかもその時は生徒を募集していなかった。度胸千両の静子は、伝もないまま松竹座の楽屋口へ向かった。楽劇部の事務員に、楽劇部に入りたい旨を話すと、当然のことながらケンもホロロ。追い返されてしまった。

しかし、このままでは芸妓屋に奉公しなければならない。なんとかせねばと、静子は毎日、毎日、松竹座の楽屋口へ通い詰めた。

数日後、静子の熱意、パワーに気圧された楽劇部の事務員は、奥の事務室に静子を案内した。そこには、痩身の中年紳士がいて、静子の話を聞いてくれた。その紳士は松竹楽劇部の音楽部長・松本四郎（四良）だった。

「わては宝塚でハネられたのが残念だんね。こうなったら意地でも道頓堀で一人前になってなんぼ身体がちっちょうても、芸に変わりはないところを見せてやろう思いまんね」と静子は思いの丈をぶちまけた。

松本部長は呆れ気味に、静子を見つめて「よう喋るおなごやな、そんなに喋れるのやったら、身体もそう悪いことないやろ。よっしゃ、明日から来てみなはれ」とその場で松竹楽劇部生徒養成所への入所が決まった。

前述のように、松竹が白亜のムービー・パレス、道頓堀松竹座開業を前に、松竹楽劇部を創設したのは、一九二二（大正十一）年四月だった。もちろん宝塚歌劇団に対抗してのことである。十二月の中之島公会堂でのダンス披露、翌年二月の京都南座でのテスト上演を経て、一九二三（大正十二）年五月、松竹座専属として「アルルの女」を上演した。

静子が入部した一九二七年九月に宝塚歌劇団が上演した、日本初のレビュー「モン・パリ～吾が巴里よ！～」は、宝塚のオーナーである小林一三の命を受けて欧州を視察した劇作家・岸田辰彌が体感したパリや欧州の風景を再現。のちに「レビューの父」と謳われる白井鐵造が振付を手がけた。この「モン・パリ」は日本で初めて「レビュー」という言葉が冠された作品だった。この大ヒットを受けて、松竹楽劇部でも洋舞を取り入れ、一九二八（昭和三）年の「春のおどり」でレビュー・スタイルが確立された。

松竹楽劇部の黎明期、押しの一手で入団した静子は、研究生として、安浪貞子、瀧澄子、若山千代、河原涼子、杉村千枝子たち幹部の部屋付きを命ぜられ、楽屋での雑用一切を切り盛りした。メンバーよりも二時間前に出勤して、幹部が楽屋入りするまでに、部屋を掃除して化粧前を整える。先輩たちが楽屋に入ると、洗濯、縫い物、買い物をこなす。その間に、歌と踊りのレッスンをして、自分の化粧や着付けもしてステージに飛び出る毎日だった。

小柄で、要領良くチョコマカと動く静子を、先輩たちは「豆ちゃん」の愛称で可愛がった。よく気が付いて、なんでも器用にこなすので、新人が入ってきても「豆ちゃんでないとあかん、あかん」と重宝がられて、五年間も部屋子を務めることとなった。

亀井静子の初舞台は、一九二七年夏、大阪毎日新聞社主催「日本新八景」レビュー「日本八景おどり」だった。ラストの華厳の滝の景で、岩に砕け散る水玉の役で踊ったという。メイクの時に下地用の砥の粉（砥石を切り出すときに出来る土の粉）を使うのを知らずに、顔も身体も白粉で真っ白に塗って、ジョーゼットの衣装を着て舞台に出ると「なんや、その格好、白壁が歩いているようなもんや」と、看板スターの飛鳥明子に笑われたと、自伝「歌う自画像　私のブギウギ傳記」（四八年・北斗出版社）で語っている。

ステージ・ネームは三笠静子。近所の知り合いが、本名の静子にちなんで「三笠静子」と命名した。

さて一九二八年八月、東京・浅草松竹座開場に伴い、大阪で誕生した松竹楽劇部が上京して「虹のおどり」を上演。これが好評を博して十月には、東京松竹楽劇部が発足。その東京松竹楽劇部生徒養成所第一期生には、ターキーのニックネームで一世を風靡することになる水の江滝子がいた。

3 恋のステップ

努力でチャンスをつかんでいく

一九二八（昭和三）年十二月、東京松竹楽劇部旗揚げ公演として、昭和天皇即位記念「奉祝行列」が上演された。応援のため大阪松竹楽劇部も東京へ、この時、西の応援組として三笠静子も初上京した。これが初舞台となる水の江滝子と、のちの笠置シヅ子が、ここで初共演を果たした。

第一期生の水の江滝子は、その長身とボーイッシュな容姿を生かして、一九三〇（昭和五）年に初めて断髪して「男装の麗人」として人気が急上昇。少女の憧れの的となり、観客層も幅広くなり、東京のレビュー人気の火付け役となった。

一方、三笠静子は「豆ちゃん」として楽屋で先輩たちに可愛がられながら、役を得るための努力を続けていた。そのチャンスは、舞台を休演した先輩の代役である。そのために、どんな役でもこなそうと、舞台の幕が上がると袖で、あらゆる役の踊りや歌を、眼を皿のようにして見つめ、歌詞やリズムを自分のものにしていた。

その努力は先輩たちの知るところとなり、静子が仕えている幹部たちは「そんなら、うちの豆ちゃんにやらしなはれ」と文芸部に口を利いてくれるようになった。

こうして松竹楽劇部の「豆ちゃん」は、若手の三笠静子として頭角を現していたが、ステージを重ねるにつれて「踊りでは世に出られない」と見切りをつけ、声楽へ転向した。当時、声楽は井上起久子が指導をしていたが、静子は基本的な手ほどきを受けただけで、ほとんど独学で歌っていた。発声法も無手勝流で、それゆえ年中声を潰して喉に包帯を巻いていたという。

後年、聴くものを圧倒することになるパワフルな歌唱はこの時に鍛えたものだろう。本人の回想によれば「歌うことが一つの健康法になって、身体は非常に丈夫に」なったという。それまでは風邪ばかり引いていて、二週間の公演が持たないこともあったが、声楽に転向して健康体になった。

そんな静子が注目され始めたのが入部五年目、一九三二（昭和七）年「春のおどり」の「ラッキー・セブン」でコメディ・リリーフのポンポーザー役を演じてから。頬を真っ赤に染めた道化娘が、陽気な歌を歌いながら、兵隊の列をかき回していく役柄だった。これが決め手となって、三笠静子のコミカルなキャラクターが浸透して、ファンも増えていった。

この年十月、東京松竹楽劇部の人気が上昇するなか、宝塚歌劇団が新橋演舞場で「ブーケ・ダムール」公演を行った。東京松竹楽劇部では、これに対抗して築地川の対岸にあった東京劇場（東劇）で「らぶ・ぱれいど」を上演。松竹と宝塚の「レビュー合戦」がマスコミを賑わした。この築地川を挟んでの「レビュー合戦」は、一九三四（昭和九）年に、宝塚の東京の拠点となる日比谷・東京宝塚劇場が完成するまで続くことになる。

東西の少女歌劇人気がますます上昇するなか、一九三三（昭和八）年六月、活動弁士や映画伴奏楽士の首切り反対、待遇改善要求に端を発した労働争議が起こった。ターキーこと水の江滝子は、少女歌劇部の代表として待遇改善要求を表明。新聞はこぞって「桃色争議」と書き立てた。

松竹は水の江に懲戒解雇を通告、少女部員たちは湯河原温泉の旅館に立てこもり、水の江が警察に拘引されるなど、大騒動となる。大阪楽劇部も呼応するように、改善要求をするも拒否され、トップスターの飛鳥明子をリーダーに、七〇名の少女部員たちは舞台をボイコットして六月二七日夜、高野山に立てこもった。十八歳の三笠静子も仲間たちとサボタージュに加わった。

結局、会社側が水の江、飛鳥たちの要求をのむ形で桃色争議は終結。一ヶ月後の七月、水の江滝子は謹慎処分、飛鳥明子は退団することになり、これを機にイメージを一新すべく、東京松竹楽劇部は松竹少女歌劇部（ＳＳＫ）と改称した。

さて、この年の秋、静子は「秋のおどり」の「女鳴神」で小姓・采女助を演じて大好評を博し、トップスター十選にランクインした。そして翌年、松竹は大阪・千日前に大阪劇場（大劇）を竣工、松竹楽劇部のホームグラウンドが道頓堀・松竹座から大劇に移された。

その大劇の柿落とし公演、大阪松竹少女歌劇「カイヱ・ダムール（愛の手帳）」主題歌「恋のステップ」（作詞・高橋掬太郎　作曲・服部ヘンリー）を静子が歌った。一九三四（昭和九）八月七日にはコロムビアからレコード発売され、これが静子にとって初のレコードとなる。クレジットには大阪松竹少女歌劇声楽部、大阪松竹管絃楽団とある。少女歌劇時代の静子のパフォーマンスは、見るべくもないが、こうした貴重な音源が残されていてＣＤで聞くことができるのは何より。作曲の＊服部ヘンリーは、のちにジャズ畑からカントリー、流行歌と幅広い作曲活動をするレイモンド服部（服部逸郎）の若き日のペンネームだった。

なお、大阪松竹楽劇部が大阪松竹少女歌劇団（ＯＳＳＫ）に改称するのは、少女歌劇の本拠地が大劇に移行した一九三四年のことである。

＊服部ヘンリーは、これまで服部良一とする説もあり、筆者もそう記述してきたが、大衆音楽史研究の第一人者で大阪大学・大学院教授の輪島裕介氏による資料の精査により、服部逸郎だと判明した。

4 大先輩 飛鳥明子

プロフェッショナルの厳しさを知る

一九三三（昭和八）年、東西の松竹少女歌劇の女の子たちが、待遇改善のために立ち上がった「桃色争議」で、三笠静子も仲間たちと一緒に高野山に立てこもった。その争議団長となったのが、楽劇部のトップスターでバレリーナの飛鳥明子だった。飛鳥は「桃色争議」の引責で退団することとなった。

一九二七（昭和二）年に、大阪松竹座に、なんの伝もないまま飛び込んで、楽劇部の研究生となった静子にとって、飛鳥明子は特別な存在だった。

飛鳥明子は、一九〇七（明治四〇）年、開業医の娘として生まれ、高等女学校を卒業後、松竹楽劇部に入団。クラシックバレエの名手として、大輪の花を咲かせた。関西クラシックバレエの草分けであり、伝説のプリマドンナである。トゥシューズのつま先で踊る、トゥダンスの名手で、クラシック・バレエをあまり見たことがなかった庶民たちは、彼女の華麗なダンスに目を見張った。飛鳥は、常にステージのことを考えていて、その立ち振る舞い、踊りが「美しくあるべき」と美にこだわった。ストイックな彼女は、集中するために、練習も他の生徒には非公開、一人で黙々と行っていた。

静子は、ステージのために、すべてのエネルギーを注いでいる大先輩の飛鳥明子を、憧れの眼差しで仰ぎ見ていた。戦後、新劇女優の田村秋子との対談「もう少し楽しくしようという気持ち」で、笠置シヅ子はこう語っている。

私は飛鳥さんを神様みたいに思って、人にもよく話をするのですけど、私たちの先輩であれくらい立派な藝術家は、ほかの方には、悪いけれど、ちょっとないと思います。それはほかの先輩も認めておられた。ちょっと氣違いじみた感じでした。自分の踊りをやっておられるときは、ほかのものが全部消えてしまうのですね。

その方によく教わったのですけれど、出と入りが一番むずかしい、出てキャッチするまでの雰囲氣、それができればと、しょっちゅう言われてました。

（「サロン」一九四九年九月号）


飛鳥はよく「日本のレビューというものは…」と、アメリカのブロードウェイのレビュー・ガールと、自分たちの決定的な違いについて、静子たち後輩に語っていたという。楽劇部の研究生は、初任給二〇円をもらって、日本舞踊、ダンス、歌唱を教わるところから始まる。

しかし、海の向こうのレビュー・ガールは、タイピストやウエイトレスの仕事をして、週に何回か、一時間何ドルというお金をなけなしの給金から払ってレッスンを受けて、芸を身につける。しかも専属制ではないから、年に二回、オーディションのチャンスを狙って、競争の上、チャンスを掴むことができるのは実力者だけ。

タップダンスも、バレエも、ジャズダンスも、必要に応じて踊れないといけない。そのために、お金をかけて踊りを身につけて、オーディションに挑戦する。五千人の応募者から、選ばれるのはわずか五十人。

だからラジオシティ・ミュージック・ホールのロケッツも、ダンサーのスタイルと美貌を売り物にしたジーグフェルド・ガールたちも、雇う側には顔立ちから髪の色、容姿まで厳選することができる。

一度、ステージですべったり、間違えたりしたら、何年も舞台に出ることができない。そんな厳しい世界なのだと、飛鳥は後輩たちにいつも話していた。

初給二〇円は、当時としては破格のギャランティである。その給金をもらって、ダンスや歌唱を学ぶことができるのは幸運かもしれないが、一人一人の覚悟や、芸に対する厳しさは、自ずと違ってくる。

三笠静子が「神様みたいに」思っていた飛鳥明子のストイシズムは、ショウビジネスに対する厳しさであり、のほほんと青春を謳歌するようにステージに立っていた後輩たちに対して「こうあるべき」という信念でもあった。

ステージでバレエを踊る時の「美」に対して、徹底的にこだわっていた飛鳥明子は、むくむからと、レッスンの休憩時間やステージの幕間では、テーブルに脚を上げていた。少しでも脚が美しく見えるように、ビール瓶でふくらはぎをマッサージしていたという。

そんな先輩に、プロフェッショナルの厳しさを学んだ静子は、後年、ＯＳＫを退団して独り立ちした後も、芸に対してはストイックであり続けた。その姿勢と、天性の才能がさらに大きく開花するのは、もうしばらく後、一九三八（昭和十三）年、松竹楽劇団に参加して、生涯の音楽パートナーとなる服部良一と出会い、帝国劇場のステージに立ってからのことである。

飛鳥明子は、前述のように「桃色争議」の争議団長としての責任を負って退団。その後、結婚をして、振付師として後輩の育成にあたっていたが、一九三七（昭和十二）年、二九歳の若さで、病気で亡くなった。神様のような大先輩の早逝を誰もが惜しみ、涙した。

5 浅草・国際劇場

大舞台で次のステップをつかむ

一九三五（昭和十）年十二月、大正天皇の第四皇子・澄宮崇仁親王が成人となり三笠宮を賜り三笠宮家が創設された。宮家と同じ苗字では畏れ多いと、松竹が判断して、三笠静子は笠置シヅ子と改名した。

小学校を卒業して十三歳から八年間、静子はショウビジネスの世界で活躍してきた。最初は日舞や和楽が多かった楽曲も、レビュー・ブームの到来とともに、モダンなシャンソン、舶来のジャズ・ソング、本場ブロードウェイのミュージカル・ナンバーなど、次々と新しいサウンドになっていた。持ち前の明るさと、パワフルな歌唱で、笠置シヅ子はＯＳＳＫのトップスターの一人として押しも押されもせぬ人気者となった。

誰もがうらやむスターとなり、昇給しても、シヅ子はその大部分を大阪の養家へ送金、自分は倹約生活を続けていた。時代が大きく変わっていく間、養家は南恩加島町を最後に、大阪市内五ヶ所で転々と営んできた銭湯をやめていた。シヅ子は二二歳となり、三つ年下の弟・八郎のために開業資金を工面、八郎は天王寺東門近くに理髪店を開業した。

この頃のシヅ子の給金は、諸手当を加えて約八〇円。現在の紙幣価値で二四万円程度である。役人やホワイトカラーの月給が大体一〇〇円ぐらいだった時代である。

シヅ子はこの大部分を家に送金しており、他の生徒たちのように着飾ることもなく、喫茶店やお汁粉屋には入らなかった。亀井家は七人の子供に恵まれたが、いずれも幼くして早逝していて、養女のシヅ子と末弟の八郎だけとなっていた。

一九三七（昭和十二）年七月三日、東京台東区浅草に、三千八百席、補助

椅子千席の大劇場「国際劇場」が竣工された。松竹は、ニューヨークのラジオ・シティ・ミュージック・ホールをイメージして、この劇場をＳＳＫのホームグラウンドとした。そして十月、ＯＳＳＫが東上して「国際大阪をどり」を上演。アーサー美鈴、衣笠桃代、のちに新興キネマのスターとなる雲井八重子、芦原千津子、秋月恵美子、若山千代とともに、笠置シヅ子が幹部クラスとして出演。

この公演で、二場面に三〇名と三六名のチームからなるラインダンスチーム「ロケット・ガールズ」が結成されて名物となった。ちなみに「ロケット・ガールズ」の由来は、前述のニューヨークのラジオ・シティ・ミュージック・ホール専属のザ・ロケッツ（The Rockettes）を意識してネーミングされた。この翌月、大阪・大劇での「秋のおどり〜輝く艦隊〜」で結成された大阪「ロケット・ガールズ」には、前年に入団した京マチ子も参加している。

浅草国際劇場「国際大阪をどり」で笠置シヅ子は、「羽根扇の歌」を歌って、東京の松竹幹部たちの目に留まった。これがシヅ子にとっての次のステップに繋がっていく。

さて、のちに笠置シヅ子の音楽パートナーとなる作曲家・服部良一は、一九二三（大正十二）年、大阪・出雲屋音楽隊を経て、一九二六（昭和元）年にＪＯＢＫ（ＮＨＫ大阪放送局）のために結成された大阪フィルハーモニック・オーケストラに入団。指揮者を務めていた亡命ウクライナ人音楽家・エマヌエル・メッテルに師事して、本格的な音楽理論を学ぶ。しかしジャズへの思いが強く、オーケストラの傍らジャズ・バンドでピアノを弾き、大阪のタイヘイレコードの専属として流行歌の編曲を担当していた。

一九三三（昭和八）年二月、服部は、知友のディック・ミネの助言でジャズの中心となっていた東京へ拠点を移した。サキソフォン奏者としてステージに立ち、仲間のミュージシャンに音楽理論講座を開くなど音楽家として着実にキャリアを重ねていた。やがて、古賀政男がテイチクに移籍した後釜として、一九三六（昭和十一）年にコロムビアの専属作曲家となり、その入社第一回作品が、スウィンギーなジャズソング、淡谷のり子の「おしゃれ娘」（作詞・久保田宵二）だった。浅草に国際劇場が建設された一九三七（昭和十二）年三月には、黒人のブルースを流行歌に取り入れた淡谷の「別れのブルース」（作詞・藤浦洸）が、中国戦線の兵士たちから火がついて大ヒット。淡谷は「ブルースの女王」として戦前の歌謡界をリードしていくこととなる。

一九三七年は、レビューやジャズ、流行歌、そしてそれらを取り入れた映画など、ニッポンのエンタテインメントの黄金時代だった。一九三三年にトーキー専門としてスタートしたP．C．L．映画撮影所では、エノケンこと榎本健一、ロッパこと古川緑波の二大喜劇王、モダンなスタイルのしゃべくり漫才の祖・吉本興業の横山エンタツと花菱アチャコなどが主演のコメディを連作。いずれも最新のジャズソングやブロードウェイのミュージカル・ナンバーを取り入れた音楽場面がインテリ層に受けていた。

一方、この年七月七日、盧溝橋事件から始まった日本と中国の武力衝突は、実質上の戦争だったが、日本は宣戦布告をせずに「支那事変」と称していた。こうして軍国主義が台頭していく時代となっていく。

第二章

人生が変わる

――松竹楽劇団（SGD）発足！

6 スヰング・アルバム

ショウビジネスの新たな幕明け

一九三七（昭和十二）年十月、浅草・国際劇場「国際大阪をどり」で、松竹幹部に注目された笠置シヅ子は、この時、松竹の城戸四郎が陣頭指揮を執っていたビッグ・プロジェクトに招聘される。翌年松竹が新たに創設する「松竹楽劇団（ＳＧＤ）」である。その頃、松竹は東京と大阪の少女歌劇を一元化、楽劇部長で常務の大谷博がプロジェクトを一任されていた。

松竹は浅草に国際劇場をオープンして、少女歌劇の新たな拠点とする一方、丸の内の帝国劇場で、男女混成による新しいスタイルのミュージカル・ショウを打ち出そうと計画。少女観客相手の少女歌劇だけでは、観客が物足りなさを感じていたからである。

また下町・浅草をホームグラウンドにしているＳＳＫはどちらかというと庶民的で、洗練された宝塚歌劇団に一歩譲っていた。特に丸の内や銀座界隈でモダン・ライフを満喫しているホワイトカラーや文化人たちは、東宝カラーを礼賛していた。

さらに東宝は一九三五（昭和十）年十二月に、有楽町・日劇（日本劇場）に、専属の日劇ダンシングチーム（ＮＤＴ）を創設して、丸の内の人気をさらっていた。

これは東宝グループの総帥・小林一三の「日比谷ブロードウェイ」計画の一環で、前述のＰ．Ｃ．Ｌ．映画のモダニズム、ブロードウェイ・スタイルのＮＤＴ、磐石な宝塚少女歌劇で、東京のショウビジネスは大きく東宝がリードしていた。

そこで松竹は、東宝の牙城である丸の内の帝国劇場を本拠地として、映画とショウの二本立て興行を常設化。映画よりもショウがメインとなるような本格的なステージを作ろうと力を入れていたのである。

その音楽監督、指揮者にはコロナオーケストラを率いてP．C．L．映画の音楽監督をしていた紙恭輔が就任していた。日本のジャズのパイオニアの一人である紙は新交響楽団のコントラバス奏者出身で、クラシック畑の音楽家。スイート・ジャズを得意としていて、ムーディな映画音楽には相応しかった。

しかし、新しいステージにはインパクトある音楽が必要と考えた紙は、派手なホットジャズが書けて、ダンサンブルな演奏の指揮ができる服部を指名したのである。

一九三八（昭和十三）年春、服部は中支慰問に出かけていた。帰国して早々、東京駅のプラットホームで、紙のマネージメントをしていた新交響楽団の原善一郎が待ち構えていた。松竹が「大人のためのオペレッタ・レビュー」を帝劇で始めることになったので「ついては紙先生が、服部さんをぜひ片腕に」と、その場でオファー。しかも初日は三週間後の四月二八日と決まっていた。

服部はその足で、丸の内の帝国劇場へと向かった。服部は、大阪時代、メッテル先生に師事していた頃から、ジョージ・ガーシュインのシンフォニック・ジャズ「ラプソディ・イン・ブルー」に憧れていた。紙恭輔は、日比谷公会堂でその本邦初演をした指揮者でもある。服部は、いつかはこうしたシンフォニック・ジャズを書いて指揮をしたいと願っていた。紙もまた、新進作曲家として活躍していた服部にかねてから注目していた。こうして二人の天才が出会い、服部はＳＧＤの副指揮者となった。

ＳＧＤの準備は前年秋から始まっていた。浅草・国際劇場「国際大阪をどり」で、松竹幹部が笠置シヅ子を見染めたのも、ＳＧＤに出演させるためだった。ショウにはジャズ的要素を多く取り入れ、男性ダンシング・ボーイズを募集、オーディションで三〇名を選抜、三ヶ月以上かけて仕込んだ。その指導にあたったのが、タップの世界ではトップクラスのジョージ堀だった。

さらに一九三六（昭和十一）年、アメリカ留学から帰国して、浅草花月の吉本ショウで踊って大人気だったタップダンサー・中川三郎（吉本興業）と、ＳＳＫのダンス振付師・荒木陽も参加した。女性陣は、少女歌劇からの選抜メンバーとして東京ＳＳＫの天草みどり、小倉みね子、大阪ＯＳＳＫの笠置シヅ子、秋月美恵子が選ばれた。前述のように紙恭輔が正指揮者兼楽長、服部良一が副指揮者となり、楽団のメンバーも精鋭をセレクト。コンサートマスターには、ベテラン・トランペッターの斎藤広義が任命された。ＯＳＳＫの名物となっていたロケット・ガールズも応援出演、賑やかなメンバーが揃った。

構成と演出は、二六歳の若者、益田太郎男爵の五男・益田次郎冠者こと益田貞信。慶應大学時代から玄人はだしのジャズピアノでジャズ界ではつとに知られていた。その父・益田太郎男爵は、財界人でありながら、益田太郎冠者として帝劇女優劇を創出、一世を風靡した「コロッケの唄」の作詞者であり劇作家だった。

こうして記念すべきＳＧＤの旗揚げ公演、四月二八日初日、グランド・ショウ「スヰング・アルバム」十二景が、ケイリー・グラント主演のロマンチック・コメディ『新婚道中記』(三七年・コロムビア・レオ・マッケリー)と共に、鳴物入りで幕を開けた。シヅ子にとって新たな時代の扉が開いたのである。

松竹がＳＧＤを立ち上げた背景には、日中戦争の激化に伴う「洋画の輸入禁止」が大きい。外貨獲得と見合わない輸入に対する厳しい抑制措置だった。この頃、洋画専門劇場だった帝劇もプログラム不足に悩まされていた。そこで松竹では、帝劇での洋画上映のアトラクションとしてのＳＧＤを結成したのである。

7 笠置シヅ子東京へ！

運命のパートナー、服部良一との出会い

一九三八（昭和十三）年四月二一日午後九時二〇分、笠置シヅ子を乗せた「特急つばめ」は、東京駅に到着した。当時、超特急と呼ばれた「つばめ」は、東京〜大阪間のスピードアップのために、八年前の一九三〇（昭和五）年から運行。それまで「ふじ」が一〇時間四〇分かけて走っていたが、丹那トンネルの開通もあって「つばめ」は八時間に短縮された。とはいえ、大阪から東京へ上京するのは、今では考えられないほどの大移動だった。

帝劇でのSGD「スヰング・アルバム」について、笠置シヅ子は自伝で次のように記している。

旗揚げ公演の出し物は「スヰング・アルバム」で私はクヰーン・イザベラみたいな格好をして「踊れェ、歌えェ、リズムをつかめェ……」と、大阪以来の甲高い聲でヂャズ（ママ）を歌いました。當時、このレヴュー團は少女歌劇しかない日本にスタンダードのスヰング・ショウを打ち立てんとする清新な野望に満ち、スタッフの先生方も出演者も打って一丸となっていました。
（「歌う自画像　私のブギウギ傳記」四八年・北斗出版社）

一九二七（昭和二）年、小学校を卒業したばかりのシヅ子が、大阪松竹座楽劇部に押しかけて、レビューの世界に入って十一年、トップスターの仲間入りを果たし、いよいよ次のステージへと進んだのだ。この自伝は、戦前から戦後にかけて芸能評論、劇評などを手掛けていた旗一兵が、一九四八（昭和二三）年「東京ブギウギ」のヒットで「ブギの女王」と呼ばれ始めた頃に、笠置シヅ子に聞き書きしたもの。パフォーマンスやステージについての記述は、当時、旗がシヅ子を推していただけに、的確で貴重な記録となっている。

さてSGD公演だが、同じ松竹なのでシヅ子はOSSKからの出向扱いだった。やはり大阪から振付・構成として山口国敏が参加していたこともあり、シヅ子は中野の山口の家に下宿することとなった。この時のシヅ子のギャラは二〇〇円。自伝によると下宿代は食事付きで二〇円、自分の小遣い銭に三〇円、残りの一五〇円を大阪の養父母に仕送りしている。

トップスターでありながら、下積み時代と変わらぬ倹約生活を過ごしていた。三〇円では仲間たちと食事をしたり、おしゃれをする余裕もない。他のメンバーが食事に出かけても、シヅ子はひとり稽古場で、歌を唄ったり踊りのセルフ・レッスンをしていた。

東京はシヅ子にとってはアウェイであり、孤立状態で「幕内では評判がよくなかったかもしれませんが」と自伝でも語っている。

「育ての親に報いたいのと、知らぬ他國で自分を守って行くのに精一杯でした」。華やかなステージ、パワフルなパフォーマンスのシヅ子は、東京での孤独を感じていた。しかし、この時、シヅ子の運命を共に切り開いていく、音楽のパートナーであり名伯楽ともいえるプロデューサーとなる服部良一と出会ったのである。

服部が最初にシヅ子と会ったのが稽古場だった。OSSKのトップスター、笠置シヅ子はSGDのスタッフの間でも話題の中心で、服部は「どんなすばらしいプリマドンナかと期待に胸を膨らませた」と自伝で書いている。スタッフ、キャストでごった返す稽古場に現れたのは…

薬びんをぶらさげ、トラホーム病みのように目をショボショボさせた小柄の女性がやってくる。裏町の子守女か出前持ちの女の子のようだ。まさか、これが大スターとは思えないので、ぼくはあらぬ方向へ期待の視線を泳がせていた。ところが、「笠置シヅ子です。よろしゅう頼んまっせ」と、目の前にきた、鉢巻で髪を引き詰めた下りまゆのショボショボ目が挨拶する。ぼくは驚き、すっかりまごついてしまった。

（「ぼくの音楽人生」九三年・日本文芸社）

これが服部の第一印象である。オフステージのシヅ子は、飾らない自然体だった。また前述のように、倹約生活を心がけているので、稽古場で見栄を張って着飾ることもなかった。

しかし、その夜の稽古で服部はシヅ子のパフォーマンスを目の当たりにして、思いを新たにする。「クイーン・イザベラ」のリズムにのって、舞台の袖から飛び出してきた女の子は、昼間の目をショボつかせた冴えない子とは全くの別人だったのである。

舞台用のメイクで、三センチほどの長いつけまつげをつけた目は、大きく見開き、大きな口で、歌声をシャウトする。服部が指揮をするオーケストラの演奏、リズムにピッタリと乗って「オドッレ、踊ッれ」と掛け声と共に、激しく全身で踊る。譜面の真ん中に、シヅ子がいて、抜群のスウィング感で、全身でナンバーを表現していたのだ。

服部は「なるほど、これが世間で騒いでいた歌手か」と感心した。この時のファースト・インプレッションが、のちに服部と笠置コンビによる戦前ジャズ・ソングのビッグバンにつながっていく。

8 ミュージック・ゴーズ・ラウンド

ステージ・パフォーマンスの新時代へ

「『スヰング・アルバム』第一景『レッツ・ゴー』はオーケストラが序曲につづいて、カサロマ楽団のホット・ジャズ『カサロマ・ストンプ』を懸命に力演し、笠置が『クイーン・イザベラ』をうたい、ロケット・ガールズの登場で景気をつける。」

と、このステージを観た、のちのジャズ評論家・瀬川昌久が、名著「ジャズで踊って　舶来音楽芸能史」（八三年・サイマル出版会）の最終章「薄命の松竹楽劇団」で詳述している。遅れてきた世代にとっては、こうしたリアルタイムの記録は往時を知る縁となる。

フィナーレでのロケット・ガールズ三十数名のダンスは「さすがにOSSKが自慢するだけあって、身長や脚の長さが酷似して、ダンスもよくそろい、日劇ダンシングチームの好敵手として恥ずかしくない迫力を示し」たとある。

このSGDにモダンなセンスをもたらしたのは、最新のジャズに造詣が深い、構成・演出の益田次郎冠者だった。自らがコーラスの実技指導にあたり、新しいジャズ・ソングのナンバーを少女歌手出身のスターに教え、そのレベルの向上に貢献していた。

この時代の日本のショウビジネスの成熟を感じる。戦前といえば、どうしても暗いイメージがつきまとうが、日中戦争が激化して、経済が逼迫、戦時体制になってゆく一九四〇年頃までは、こうしたかたちで、ステージ界でも、映画界でも、レコード界でも、積極的に最新の西欧文化を取り入れて日本的にアレンジ、時にはそのままの形でカヴァーをしていた。

続いて帝劇では、五月十二日から「踊るリズム」十二景、六月二日から「ブルー・スカイ」十二景とSGD公演が続いた。回を重ねるごとに、益田次郎冠者の構成・演出が洗練されてきたと瀬川昌久は回想している。服部良一にしても、長年愛してきたジャズを最新のアレンジで思う存分に指揮することができるのは何よりだった。

笠置シヅ子のパフォーマンスも大評判となり、第三回公演「ブルー・スカイ」五景「ジャズ・ベビー」では、アメリカの黒人女性ジャズ・シンガーであるエセル・ウォーターズが一九二五年に歌った「Jazzin' Babies Blues」をカヴァー。ブルース・シンガーとしての実力を発揮した。その歌唱、表現の巧みさは、客席でステージを体感した瀬川がこう記している。

笠置のうたいっぷりの放胆さは、今までの日本のステージにはまったく見当たらなかったジャズのアドリブ感覚で、即興的に自分をさらけ出していけるところが身上で、それが意外に受けたのだった。

（「ジャズで踊って　舶来音楽芸能史」八三年・サイマル出版会）

ＳＧＤの快進撃は続くなか、七月二日からは、シヅ子も客演したＳＳＫ松竹少女歌劇団特別公演「ストロー・ハット」二十景。第一景「プロローグ」ではシヅ子がコンダクターとして登場。タクトを振ると、オーケストラが「ミュージック・ゴーズ・ラウンド」を演奏する。

この「ミュージック・ゴーズ・ラウンド・アンド・ラウンド」は、一九三六（昭和十一）年公開のハリウッド映画『粋な紐育っ子』の主題歌としてお目見え、トミー・ドーシー楽団の演奏で大ヒットした。日本でも榎本健一が「エノケンの浮かれ音楽」、岸井明が「唄の世の中」としてカヴァー。後者は、Ｐ．Ｃ．Ｌ．映画『唄の世の中』（三六年・伏水修）では、紙恭輔が結成したＰ．Ｃ．Ｌ．管弦楽団の演奏でクライマックスのスペクタクル・ナンバーとして、岸井明がモダンなセットの中で歌い踊った。

いわば、当時のジャズ好きにはお馴染みのナンバーだった。笠置シヅ子がタクトを振り、錚々たるプレイヤーたちがスウィンギーに演奏する。想像するだけでも楽しい。

シヅ子は、第十五景「ハーレムの場面」では、黒人女性に扮してブルースを唄った。瀬川は舞台でのシヅ子の佇まいを「その芸からして、ほかでは絶対に真似のできぬ芝居」と絶賛。この笠置の歌と南里枝のタップはショウのハイライトとなった。この公演では春野八重子と「ムーンライト・エンド・シャドウズ」を英語で唄って、シヅ子が本格的なジャズ・シンガーを目指していることが、客席の瀬川にもみてとれた。

シヅ子と春野がデュエットした「ムーンライト・エンド・シャドウズ」は、パラマウント映画『ジャングルの恋』(三六年)でヒロインのドロシー・ラムーアが唄ったレオ・ロビン作曲、フレドリック・ホーランダー作詞によるラブ・バラード。こうした映画主題歌の譜面やレコードが、ジャズマンたちの手に渡り、次々とレパートリーにされて、日本のジャズ界が充実。ハリウッドやニューヨークと、音楽で直結していたことがわかる。

続く七月十四日からは、SGD第四回公演「ら・ぼんば」十五景で、第一景「二人の豆売り娘」でシヅ子と春野八重子は、アフロ・キューバンのスタンダード「ピーナッツ・ベンダー」をデュエット、第九景「月に唄う」では、シヅ子が「三日月娘（シャイン・オン・ハーベスト・ムーン）」を歌った。

ＳＧＤにモダンな息吹をもたらし、ハイセンスなショウに仕立てた演出の益田次郎冠者は、残念ながら本作を最後に、ＳＧＤを去ったが、そのセンスを引き継いだのが服部良一だった。

また服部は、シヅ子と出会ってすぐ、「地声」で唄うように指導した。ＯＳＳＫ時代のような「甲高い声」ではなく、マイクの前で話すような「地声」で唄うことで、服部は、シヅ子のジャズ・シンガーとしての可能性を引き出せると考えていた。それが「レビューのスター」から「スウィングの女王」誕生へと、シヅ子のパフォーマーとしての成長に繋がったのだ。

9 弟の入営と二人の母

胸に秘めた十八の夏のこと

話は少し戻る。ＳＧＤに抜擢され、シヅ子が上京する三ヶ月前の一九三八（昭和十三）年一月、三歳下の最愛の弟・八郎に召集令状が届いた。前年に始まった日中戦争は、激化の一途をたどり、若者たちが次々と召集されていた。

一月八日、香川県丸亀市の陸軍第十一師団に向かう直前、八郎は「生きて帰れるかどうかわからないから、姉ちゃんに押し付けるようで気の毒だが、僕に代わって家のことは、あんじょう頼みまっせ」とシヅ子に今後のことを託した。

何よりも家族が大事。幼い頃からシヅ子は、いつも養父母や弟のことを優先してきた。シヅ子が資金協力をして、八郎は父・音吉と理髪店を切り盛りしていたが、唯一残った実子・八郎の入営は、音吉にとっても大きなショックだった。そこへ帝劇のSGDの話である。

松竹はOSSKの給金よりも高額の月給二〇〇円を提示してきた。残された養父母を支えなければならないシヅ子にとっては、まさに渡りに舟だった。しかも引き抜きではなく、同じ松竹内の劇団への移籍である。

こうしてシヅ子は単身、東京へ行く決意をしたのである。東京のステージに立てば、将来が約束されている。今まで以上に家にも仕送りができる。上京する前夜、養母・うめは、シヅ子を道頓堀の鰻屋に連れていった。すでに胃を患っていたうめだったが、まむし（鰻丼）を平らげて、シヅ子に「いったん、あんたを手離す決意をしたからには、まむしのようにな、わてはぬらりくらりと生き永らえて、いつまでも気ぃ長うして、あんたの出世を待ってるよって」自分や家のことを心配せずに、仕事に専念しなさいと、気丈に話した。

それから一年半、シヅ子はSGDのステージで懸命に歌って踊り、少女歌劇のトップスターから、将来を嘱望されるシンガー、エンタテイナーとして目覚ましい成長を遂げていった。

一九三九(昭和十四)年九月十一日。胃と心臓を患って長らく床に伏せていた養母・うめが亡くなった。その直前、危篤の電報が帝劇に届いた時に、OSSK時代からの恩師で、シヅ子を自宅に下宿させている山口國敏が、すぐに大阪へ帰るようにとスタッフと相談、段取りをつけた。しかし、やはりトップスターの春野八重子が病気入院中で、シヅ子は自分のレパートリーだけでなく、春野のパートまで引き受けて、さらに五つほどのナンバーを歌っていた。それゆえに代役を立てるわけにはいかなかった。

シヅ子は動揺を隠して「わてのお母はんも東京へ行ったら、死ぬ気で戦ってこいと言ってはりましたから。死に目に逢いに行くより、舞台を守ってた方が喜んでくれますやろ」と、帝劇のステージに立ち続けた。

まさにショウ・マスト・ゴー・オンの精神である。満面の笑みを浮かべて、パワフルな歌声でシャウトし、舞台せましと踊る笠置シヅ子への、観客、スタッフ、業界の人々の期待はますます高まっていく。

死の間際、養母・うめは「静子に一目逢いたい」と言っていたが、シヅ子は帝劇で大役を得ているのでどうしても帰れない、との電報を見て「あの子も東京でどうやらモノになったのやろ」と安堵の表情を見せた。うめは、自分の死に目に逢えない娘を、産みの親の死に目にも逢わせたくないと考えていた。自分が養母であること、産みの親・谷口鳴尾がいることを、シヅ子に言わないでほしい。それがうめの最後の望みだった。

実はシヅ子は十八歳のとき、気管を痛めて少女歌劇を休演して、うめと八郎とともに、郷里近くの白鳥海岸（現在の東かがわ市）に避暑に出かけた。その時がちょうど、実父・三谷陳平の十七回忌で「志津子には法事に出てほしい」と親戚から話があった。しかしうめは、シヅ子に出生の秘密を知られたくないので、それを拒んだ。そこへ大阪の音吉から銭湯が忙しいから「戻ってくるように」と電報があり、うめと八郎は一足先に、大阪へ戻った。

旅館に残ったシヅ子のところへ親戚の叔父がやってきて、シヅ子は事情を知らないまま実父の法要に列席、親戚に乞われるまま「春のおどり」の「醍醐の花見」を踊らされた。叔父が何かを隠していることに気づいたシヅ子は、叔母を問いただして、養母には絶対言わないという約束で、実父と実母の話をそこで知ってしまった。

十代のシヅ子が受けた衝撃は、いかばかりか。自伝「歌う自画像　私のブギウギ傳記」(四八年・北斗出版社)によれば、その時、実母・谷口鳴尾に会うことにしたが、実際に会ってみると互いに名乗らないまま、思いを胸に秘めたまま別れている。

そのことだけは知られたくないとのうめの想いをシヅ子は痛いほど理解していた。だからこそ、十八歳の夏のことは一切口外しなかった。シヅ子は「私の猫かぶりが利いて、実の親になりすまして母を死なせることが出来たのをせめてもの供養と思っています」と自伝で語っている。

10 ミュージック・パレード

新時代のミュージカル・スターの快進撃！

益田次郎冠者が去った後、一九三八（昭和十三）年七月二八日からのSGD第五回公演「スイート・ライフ」十二景では、作・演出・振付をOSSK時代からの笠置シヅ子の師でもある山口国敏が手がけた。音楽はもちろん服部良一。

SGDの呼び物の一つだったタップ・ダンサーの中川三郎は、第七景「新婚列車」で近衛ハルミと踊って、和製フレッド・アステア&ジンジャー・ロジャースばりのデュエットで大きな話題となった。中川三郎にとってSGDでは、初のデュエット・ダンスとなった。

シヅ子は、第五景「女中の敵」でジャズ・ソングのスタンダードを何曲か組み合わせて歌った。服部良一の選曲、アレンジはますます充実していたと思われる。

続く第六回公演「トーキー・アルバム」十四景は、映画雑誌「スタア」の編集者・南部圭之助を作家に招いて、一九二九年から三一年にかけてのトーキー初期のハリウッド映画を題材にしたバラエティ・ショウ。シヅ子が松竹楽劇部に入って二年目から四年目にかけてのヒット映画の数々から音楽シーンや名場面で構成したものである。

第三景「フォックス・ムービートーン・フォーリーズ二九年」では、シヅ子とSGDダンシング・ボーイズ&ガールズがコミカルに踊った。また「ぺとスウジィ」では、シヅ子と春野八重子の掛け合い漫才が客席を笑わせ、シヅ子はファッツ・ウォーラーのノヴェルティ・ソング「浮気はやめた（エイント・ミス・ビー・ヘブン）」や、この頃ヒットしていた「素晴らしい貴女（素敵な貴方　バイ・ミー・ビスト・ドゥー・シェーン）」などジャズのスタンダードを歌った。

ＳＧＤでのシヅ子は、ＯＳＳＫではあまり歌うことがなかったジャズ・ナンバーの数々を、服部のアレンジによるスピーディなホット・ジャズで、スウィンギーに歌い、ジャズ・シンガーとしての実力を身につけていた。

続いて九月十五日からのＳＧＤは、大阪・大劇で初の関西公演。前述の「トーキー・アルバム」をリニューアルした「シネベランダ」十景を上演。関西のショウビジネス界の話題をさらった。しかし、この大阪公演を最後に、タップの中川三郎が退団。メイン指揮者の紙恭輔も退団することになった。

すでに益田次郎冠者もいなくなり、ＳＧＤのハイセンスでモダンなスタイルを確立した初期メンバーが去った後は、作・編曲・指揮のすべてを服部が仕切ることとなった。

ＳＧＤは十月二六日から再び大阪・大劇で「ミュージック・パレード」十六景、十二月一日から東京浅草・国際劇場での「サーカス劇場」に応援出演した。日本初の大サーカス「シバタ・サーカス」をステージ・ショウで展開するという企画。象やライオンなどの動物、二〇〇名のサーカス団員、横尾泥海男、鈴木桂介などのコメディアン、SGDメンバー全員によるスペクタクルだった。

しかも、第一部「曲馬風景」、第二部「チャング」、第三部「サンクンパンク」全五十景、上演時間四時間という前代未聞のビッグ・ショウだった。

シヅ子は、サーカス団長の娘・レニアに扮して、ショウ全体を牽引、ステージ・サーカスの花形スターとして観客の喝采を浴びたことだろう。

服部は、こうしたステージにふさわしいサウンドを次々と創出して、音楽家としての可能性をどんどん開花させていた。

この年の年末、十二月二九日から、SGDは四か月ぶりに帝劇に戻り、大阪で上演した「ミュージック・パレード」十景を上演。この公演の劇評がエンタテインメント誌「ヴァラエティ」に掲載され、評者の榛名静男は、シヅ子が熱唱したナンバーを大絶賛した。

「特筆し称賛されるべきは、『セントルイス・ブルース』の場面における編曲の妙趣であろう。配光も良いが、この編曲一つをみても、僕は服部良一の手腕に感嘆を惜しまない。『ミュージック・パレード』こそ、服部良一の名を冠して発表され、宣伝されるべきショーであった。」

W.C.ハンディ作曲のジャズ・ブルース「セントルイス・ブルース」をシヅ子が熱唱した後、さまざまなアレンジによって黒人スタイルの男女の踊りとなる。ブルースがスウィングとなり、ついにはルンバとなる。まさに、ステージとサウンドを知り尽くした服部の編曲のチカラが、観客の興奮と感動を誘った。

一九三九（昭和十四）年四月十七日にスタートした帝劇「カレッジ・スヰング」八景は、一九二〇年代から三〇年代にかけてブロードウェイやハリウッド映画でしばしば作られたカレッジ・コメディのスタイル。第六景「メーク・リズム」では、笠置シヅ子による、キャブ・キャロウェイの十八番「ハイディ・ホー・ソング」のコール・アンド・レスポンスで始まり、メインの「メーク・リズム」のホットな演奏となる。スピーディーな演奏に乗って、シヅ子が巧みに歌いこなす。それが最高潮に達したところで、一転してブルースとなる。マキシン・サリバンが歌ってヒットしていた「接吻して話してよ（セイ・イット・ウィズ・ア・キッス）」をシヅ子が歌うのだが、ホットからセンチメンタルなバラードへ。まさに稀有なミュージカル・スターとして、笠置シヅ子のパフォーマンスは、見巧者たちを唸らせた。

11 スウィングの女王

大阪が生んだ最高のジャズ・シンガー

一九三九（昭和十四）年四月十七日から二週間、帝劇で上演されたSGDの「カレッジ・スヰング」における笠置シヅ子の圧倒的なパフォーマンスは、映画やショウビジネスの見巧者として、また優れた映画評論家として、戦前から二〇〇〇年代まで健筆を振るった双葉十三郎が、的確かつ素晴らしい批評を残している。

映画雑誌「スタア」誌に「笠置シヅ子論」として寄稿した長文原稿である。「カレッジ・スヰング」の第六景「セントルイス・ブルース」におけるシヅ子のパフォーマンスは、それまでパートワークで発揮してきた彼女を「漸くに全面的にその実力を発揮したのである」と絶賛。少女歌劇からSGDのスターとなった彼女が「あまねく我が国第一のスウィンギーなショー歌手としての地位を、揺るぎなきものとなし来ったことを、ひとははっきりと知るだろう」と、日本を代表するショウガールに成長してきたことを、興奮気味に礼賛している。

シヅ子のスウィンギーな歌唱、リズムのノリは、それまでの日本の歌手とは一線を画していると指摘。ジャズ・マニアの双葉は、これまでレコードを通して知ってきた、エラ・フィッツジェラルド、マキシン・サリバン、ミルドレッド・ベイリー、ルイ・アームストロングたちのスウィング感は、日本のアーティストでは求めても得られないと諦めていた。

しかし「笠置シヅ子は、この憂鬱を、希望と歓びに置き換えた」と前置きをして、「セントルイス・ブルース」におけるシヅ子のスタミナ、パワーが他の追随を許さないこと。同時に、スイング感は、本能的な鋭さにある。前述の「メーク・リズム」での、ホット・スタイルの圧倒的な盛り上がりと絶頂感。

続く、スロー・フォックストロットの「接吻して話してよ」が、単に甘く美しいだけの歌唱ではなく、シヅ子が歌うと、ジャズ歌手らしいスウィング感が生まれて「スイート・スウィングの本当の味が出てくるのである」。

それはシヅ子の「絶対的な素質」であり、ホットからスイートに転ずる瞬間の巧みさは、それまで舞台では見たことがないと、そのフィーリングも絶賛している。「メーク・リズム」のパワフルさは、ハリウッド映画でも活躍しているマーサ・レイも「瞠若たらしめる」ノリであり、転調しての「接吻して話してよ」ではフォックス映画のスター、アリス・フェイを凌ぐ哀愁と情緒で「ひとを夢の如き情感に誘うのである」と、パワフルさと情感、動と静の魅力を兼ね備えていると絶賛している。

また、下町的な親しみやすさと叙情味が、ナンバーによっては黒人アーティストのような哀愁にも変化して、その小柄な体躯、愛嬌のある要望も魅力になっていると、ステージにおけるシヅ子の特徴と魅力を徹底的に分析している。

そして「彼女にとって大阪的なものは、非常に有利な条件なのであって、彼女が舞台の端にひょいと示すとぼけた味は、東京の人間にはおそらく持ち得ないものであろう」と、関西出身のコメディエンヌ、パフォーマーの絶対的な強みを看破している。

一九八〇年代、映画原稿の執筆を始めた筆者は、二十代で、幸運なことに双葉十三郎先生と知遇を得た。都内の試写室で、時折、映画の感想を話したり、昔の映画について、質問する程度だったが、少年時代から映画雑誌「スクリーン」（近代映画社）誌上での「ぼくの採点表」を通して「映画の見方」を学んだ若輩として、双葉先生の文章に垣間見える戦前のショウビジネスへの熱い思いが、何よりも道標となっていた。

ある時、戦前のジャズの話になって、双葉先生が「ブギの女王になる前、戦前に、帝劇で観た笠置シヅ子は本当に素晴らしかった。戦後、映画で観たジュディ・ガーランドに比肩する」とにこやかに、いささか興奮気味に話してくれた。

「エノケン生誕一〇〇周年」プロジェクトなどで、個人的にもお世話になった瀬川昌久先生もまた「帝劇の笠置シヅ子の素晴らしさ」を折に触れて語ってくれた。瀬川先生の「ジャズで踊って 舶来音楽芸能史」（八三年・サイマル出版会）には、この双葉先生の「笠置シヅ子論」が全文掲載されている。

その最後はこう締め括られている。「僕はここに、彼女が将来、より一層の努力によって、現在のように他との比較においてではなく、絶対的な意味において、『スウィングの女王』となることを、我が国ショー芸術の発展のために、望んでやまない」。

一九三九（昭和十四）年のSGDは、笠置シヅ子という逸材を得て、服部良一による斬新かつ自在なアレンジで、まさに日本におけるブロードウェイのショウが成熟していった。SGDのオーケストラは、SGDスイングバンドとして編成され、コンサート・マスターにトランペットの斎藤広義、同じくトランペットの橘川正、テナー・サックスの松平信一、バイオリンの鈴木秋良たち当代一流のジャズ・ミュージシャンが揃っていた。その編成は、四サックス、五ブラス、四リズム、二バイオリン、一アコーディオン。これは服部良一にとって理想のジャズ・バンドだった。ジャズという音楽の魅力を最高の環境で大衆に伝えたい。その熱き想いの実践でもあった。

12　ラッパと娘

満を持してのレコード・デビュー

ＳＧＤ（松竹楽劇団）は、発足から一年、天才的コンポーザー、服部良一の斬新なサウンドで、音楽ショウとしても更なる充実をみせていた。当初の鳴物入りの大スケールのレビューから、服部良一バンドと笠置シヅ子を中心とした、ハイセンスな凝縮されたジャズ・ミュージカル・レビューとして多くのファンを獲得していた。

笠置シヅ子と服部のコンビネーションが最大限に生かされたのが、一九三九（昭和十四）年七月十三日から三一日まで、帝国劇場で上演された「グリーン・シャドウ」八景である。これは伝説のステージとなった。構成・演出は、浅草の「笑の王国」出身の大町龍夫、作・編曲・音楽指揮は服部良一、振付は荒木陽と執行正俊。

このステージから生まれたのが「ラッパと娘」である。笠置シヅ子がスウィンギーかつブルージーに、ダービーハットを被ったトランペット奏者と掛け合いで歌う。作詞も服部だが、作詞家と作曲家の分業が当然だった時代、自らのサウンドに乗る言葉、フレーズを自ら手がけていくことになる。

トランペット奏者は、SGDスイング・バンドのリーダー・斉藤広義。二人の掛け合いは実にサマになっていたという。

このナンバーの元々の発想は、ユナイト映画『画家とモデル』(三七年・ラオール・ウォルシュ)で、コメディエンヌでシンガーでもあるマーサ・レイとサッチモことルイ・アームストロングが掛け合いをする「パブリック・メロディ・ナンバー・ワン」である。

一九三〇年代のニューヨーク。犯罪が横行するハーレムで、サッチモのトランペットが響いている。そこへ現れたマーサ・レイ、パンチのある歌声でシャウトする。スウィンギーなマーサ・レイの歌に誰もが圧倒される。

筆者はこの映画をアメリカ版のビデオで三十年以上前に観たが、その時に「まるで笠置シヅ子みたい」だと思った。その時は笠置の「ラッパと娘」がこのシーンにインスパイアされたとは知らなかった。

服部は『画家とモデル』のこのナンバーにヒントを得て「ラッパと娘」を着想した。笠置が、服部好みのスキャットで「バドジズエジドダー　吹けトランペット　調子を上げて」と挑発すると、斉藤広義のトランペットが追いかけてくる。この二人の掛け合いが、スピーディなホット・ジャズで展開する。

この公演中に、シヅ子は服部が所属していたコロムビアレコードと専属契約を結び、七月二七日にコロムビアのスタジオで「ラッパと娘」をレコーディングした。これが笠置シヅ子にとっての正式なレコード・デビューとなる。

ジャージーなイントロ、歌い出しの「楽しいお方も　悲しいお方も」は、完全にリズムに乗っている。そして後半、彼女の爆発力、日本人でありながら、黒人シンガーのようなスピリットを感じる。これは決して模倣ではなく、笠置の中から湧き出てくるサムシングなのだ。クライマックスの「バーニング」のシャウトは圧倒的！　ともあれ、それまでの日本の流行歌手とは一線を画した、本物のジャズ・シンガーの誕生である。この日のセッションは、現在CDや配信で聴くことができる。一九三九年七月二七日の笠置シヅ子の歌声、斉藤広義のトランペットに触れることができるのだ。

前述の双葉十三郎の「絶対的な意味において、『スウィングの女王』となることを、我が国ショー芸術の発展のために、望んでやまない」の言葉が、このレコードですでに実現している。

さて「ラッパと娘」は、十二月十五日にレコード発売された。遅れてきた世代には、ステージのパフォーマンスは想像するしかないが、レコードに記録された笠置シヅ子の抜群のリズム感と、パワフルなシャウトは、時空を超えて聴くものを圧倒する。

戦後、「東京ブギウギ」でブレイクし「ブギの女王」となった笠置が出演した映画『舞台は廻る』（四八年・大映・田中重雄）では始まって早々、日比谷有楽座の舞台（という設定）で、笠置が「ラッパと娘」を再現する。映画の音楽を服部が担当しているので、オリジナルの舞台「グリーン・シャドウ」の雰囲気をイメージすることができる。益田義一によるトランペット、コーラスガールたちのダンス、そして舞台中央のセットのスクリーンを破って笠置が飛び出てくる、そのインパクト。

後半の笠置の「あの街でも！」「この街でも！」のコールにトランペットがレスポンスする。まさにジャムセッション。クライマックスのシャウトは、ただただただすごい。

また映画『ペ子ちゃんとデン助』（五〇年・松竹・瑞穂春海）のなかでも、面白くないことがあったヒロイン、大中ペ子（笠置）が、銀座五丁目のビルの屋上に上がり、いきなり「あの街でも！」とアカペラでシャウトする。その声の大きさ、迫力に、周囲のビルの人々や、銀座並木通りを行き交う人々が驚く、という演出である。この映画の音楽も服部が手掛けているので、笠置の歌声のインパクトを伝える格好のシークエンスとして用意したのだろう。

この『ペ子ちゃんとデン助』は、「ラッパと娘」をレコーディングしてからちょうど十一年後だが、戦前、彼女がステージで歌った時の鮮烈な印象の全てとは言えないが、その何パーセントかをイメージすることができる。

大衆音楽研究の第一人者で知友の輪島裕介の「昭和ブギウギ　笠置シヅ子と服部良一のリズム音曲」（NHK出版新書）によれば、一九四〇年四月十七日、シヅ子はエノケンこと榎本健一とラジオで歌謡漫談「音楽は嬉し」で共演している。「スウィングの女王」と「喜劇王」の出会いは、すでにSGD時代にあったことが、輪島氏の研究で明らかになった。これは喜劇史、歌謡史を考える上でも重要な発見である。

13 センチメンタル・ダイナ

スウィングの女王のブルース

一九四〇（昭和十五）年三月二〇日、笠置シヅ子二枚目のレコードとして、服部良一作・編曲、野川香文作詞によるジャズ・ソング「センチメンタル・ダイナ」がリリースされた。

「ダイナ」といえば、中野忠晴とコロムビア・リズム・ボーイズ、ディック・ミネ、岸井明、榎本健一などが歌って、ジャズ・ソングの代名詞的なスタンダードとなった。「エノケンのダイナ」のようにコミカルな歌詞のヴァージョンや、元あきれたぼういずの川田義雄が「浪曲ダイナ」（作詞・岡村郁次郎）のようにモチーフをパロディにするなど、さまざまなバリエーションが作られた。

「ダイナ、ダイナはなんだいな、ダイナは英語の都々逸で」と、川田義雄が歌った。ことほど左様に「ダイナ」は、日本でもジャズの定番だった。

原曲の作曲はハリー・アクスト、作詞はサム・M・ルイスとジョー・ヤング。一九二五年にアメリカ、ピッツバーグでトライアウト（試演）したミュージカル・コメディ「キッド・ブーツ」の主題歌で、一九二六年に『猿飛カンター』として映画化。エディ・カンターが創唱した。その後エセル・ウォルターズ、ビング・クロスビー、ザ・ミルス・ブラザースのレコードが日本でもリリースされ、ディック・ミネ盤は一〇〇万枚を超す大ヒットとなった。

その「誰もが知る」スタンダードを「スウィングの女王」と礼賛された笠置シヅ子のために、服部良一が大胆にブルース・アレンジの変奏曲にしたのが「センチメンタル・ダイナ」である。作詞の野川香文は、大井蛇津郎（大いにジャズろうのもじり）のペンネームでジャズ評論をしていたジャーナリスト。服部良一とは、淡谷のり子の「雨のブルース」（三八年）でコンビを組んで大ヒットしていた。

ブルース・コードによるイントロ、歌い出しの気だるさ。「スウィングの女王」のブルースである。まさに「雨のブルース」で日本の流行歌に黒人のブルース感覚を取り入れた、服部と野川の「狙い」が窺える。オリジナル同様、歌のヒロインは「ダイナ」だが、前半のやるせなさはジャズ・ブルースの魅力。

やがて後半、「センチメンタル・ダイナ」のフレーズの直前、絶妙のタイミングでスウィンギーに転調する。どんどんテンポアップして、笠置の声にパワーがみなぎってくる。「さ・び・し・い・顔して　センチメンタル・ダイナ」あたりの展開は、ＳＧＤのステージで、瀬川昌久や双葉十三郎などの見巧者、ジャズ・ファンを唸らせ、夢中にさせた「スウィングの女王」のパフォーマンスを彷彿とさせる。笠置シヅ子のジャズ・シンガーとしての力量がストレートに味わえる。最後のコーダー部分の「ダイナ」ジャン、で終わる心地良さと切なさ。三分間で舞台の一景を味わうような濃密な音楽体験である。

当時、これだけの歌唱力、表現力を持っているジャズ・シンガーはいなかっただろう。レコード音源を聴く限り、笠置シヅ子は戦前の日本で最高のジャズ・シンガーである。これほどの実力がありながら、それまでレコードに吹き込むチャンスがなぜなかったのか。確かに少女歌劇時代では、ここまでハイレベルのアレンジのジャズソングはステージでも歌うことはなかったはず。彼女のフィーリングに気づき、その魅力を最大限に引き出したのは、一九三八（昭和十三）年四月にスタートしたＳＧＤでの服部良一のジャズ・アレンジあればこそ。

「ラッパと娘」「センチメンタル・ダイナ」を吹き込むまでの一年数ヶ月の間に、服部によって笠置の才能が最大限に引き出されたのである。

服部は自伝「ぼくの音楽人生」（九三年・日本文芸社）で、笠置との出会いを回想して「（笠置）ファンの僕は、その後『ラッパと娘』（村雨まさを詞）、『センチメンタル・ダイナ』（野川香文詞）、『ホット・チャイナ』（服部龍太郎詞）など、彼女のためのオリジナルを次々に書いた。」と記している。

当時、服部はコロムビアの専属で、作曲家としても会社への発言権、それなりの影響力があった。ＳＧＤでの一年数ヶ月、自分が思い描く理想のジャズ・アレンジを、見事なパフォーマンスで表現、創作に刺激を与えてくれた笠置のレコード・デビューのために動いたとも考えられる。

いずれにせよ、前述の「スタア」誌に双葉十三郎が「笠置シヅ子論」で熱いラブコールを書いたように、笠置に限りない可能性を感じたコロムビアが、レコード化を決めたことには違いない。

帝劇「グリーン・シャドウ」公演中にレコーディングされた「ラッパと娘」やこの「センチメンタル・ダイナ」で、戦前の笠置シヅ子のジャズ・シンガーとしての成熟に触れることができる。

この「センチメンタル・ダイナ」は、戦後にもリメイク（四六年十一月発売）されているが、アレンジ、演奏、なんといっても笠置シヅ子の歌声、オリジナルの方が圧倒的に素晴らしい。ちなみに映画『春の饗宴』（四七年・東宝・山本嘉次郎）のなかで、この曲の歌唱シーンが観られる。

14 セントルイスブルース

ジャズの申し子の圧倒的なパフォーマンス

一九三八（昭和十三）年十月に大阪・大劇、十二月から翌年一月にかけて東京・帝劇で上演されたステージ「ミュージック・パレード」で、批評家や関係者のみならず観客を圧倒したのが、服部良一編曲による「セントルイスブルース」だった。笠置シヅ子のヴォーカルはもちろん、黒人スタイルの男女コーラス、ダンスが観客を蕩然とさせた。

「セントルイスブルース」は、「ブルースの父」と呼ばれたウイリアム・クリストファー・ハンディが一九一四年、笠置シヅ子が生まれた年に起譜した楽曲。ハンディは、自身のオーケストラを率いて旅公演をしながら、黒人に伝承されている曲を採譜して、自分自身の楽想を加えて、楽譜として出版した最初の作曲家でもある。

この「セントルイスブルース」は、その後に定着するブルース進行のルーツとなった。例えばジョージ・ガーシュイン作曲のフォーク・オペラ「ポーギーとベス」から生まれた名曲「サマータイム」のメロディは、この曲の影響が大きい。

さて「セントルイスブルース」は、「ブルースの女帝」と言われた黒人歌手・ベッシー・スミスとルイ・アームストロングが一九三三年にレコーディング。この盤は、一九九三年にアメリカ、グラミー賞の殿堂「ホール・オブ・フェーム」入りを果たしている。また一九二九年にルイ・アームストロングがレコーディングした盤が、やはり二〇〇八年にグラミー賞の殿堂入りをしている。

映画『エノケンの千萬長者』(三六年・P.C.L.山本嘉次郎)で、ハリウッド映画ではお馴染みだった黒塗りのミンストレル・スタイルの榎本健一が「セントルイスブルース」を歌うシーンがある。エノケンが独特のダミ声で心情を語るイントロ、語りを交えてのエノケン節によるジャズソングである。

ことほど左様に「セントルイスブルース」は「ダイナ」同様、ジャズの定番スタンダードとなっていた。さて、一九四〇（昭和十五）年四月二〇日にコロムビアからレコード・リリースされた笠置シヅ子の「セントルイスブルース」は、前述の「ミュージック・パレード」での服部良一の編曲はこうではなかったかと、イメージさせてくれる。作詞の大町龍夫は、SGDの作家として服部とコンビを組んでいたが、もともと古川緑波の「笑の王国」、エノケンの「ピエルブリヤント」の座付作家でもある。

この笠置シヅ子盤は、それまでのどの「セントルイスブルース」よりも自由である。イントロのトランペット、ドラムのリズムに乗って、コロムビア混成合唱団の男女によるコーラスが「セントルイス、セントルイス・ブルース」を連呼するなか、笠置が「赤い夕日に　照らされて～」と歌い出す。スウィンギーなヴォーカルと、朗々としたコーラス。リズムがナンバーをリードして小気味良いアップ・テンポである。

それが、一転、スローなブルース進行となる。男女コーラスが「冷たい〜」とリードヴォーカルを取り、いつしかシヅ子の歌声はスキャットとなる。この逆転の自在さ、これぞジャズの楽しさである。やがて伴奏が静かになり、「歌え、セントルイス・ブルース」と笠置のコール、コロムビア混成合唱団の「セントルイス・ブルース」のレスポンスとなり、笠置の音階が上がっていく。

ステージでのダンサーたちの動きが目に浮かぶようである。このコール・アンド・レスポンスが続いていく。「笠置シヅ子VS混成コーラス」の編曲が素晴らしい。教会でのゴスペルの合唱のような高揚感がある。

後半には、哀調すら感じる。見事である。流行歌の構成とは明らかに違うジャズ・アレンジなのだが、ステージが、ヴィジュアルで浮かぶようなイメージである。曲終わりの鮮やかさまで、ステージ・ミュージカルの音楽演出を感じさせてくれる。「センチメンタル・ダイナ」同様、原曲のイメージを大事にしながら、大胆な着想を得て展開していく、服部良一の編曲の素晴らしさに応える笠置シヅ子の歌声。これが一九四〇年に確立していたとは、驚嘆するほかない。

このレコード・テイクは、前述のガーシュウィンの「ポーギーとベス」の「サマータイム」や、のちに服部が笠置とともにリスペクトをしていく、ジェローム・カーンのミュージカル「ショウボート」の「オールマン・リヴァー」などを思わせる、三分間のミュージカル・ショウである。

帝劇をホームグラウンドとした松竹楽劇団（SGD）の公演は、当初のスケールからやや縮小していたが、その分、服部良一の音楽的実践の場となり、SGDスイング・オーケストラ、洗練されたダンサー、コーラス・グループが、ジャズ・シンガー笠置シヅ子を盛り立てて、日本のショウビジネスを飛躍的に進歩させていたことは間違いない。

しかし「セントルイスブルース」がリリースされた一九四〇年、日中戦争は泥沼化、九月二七日には、日本はベルリンの総理官邸で「日独伊三国同盟」に調印。欧米と敵対する枢軸国の一員となった。やがて時局が、ジャズを「欧米的」な敵性音楽として排除していくこととなる。

15 ペニイ・セレネード

ぜいたくは敵だ！

ＳＧＤ（松竹楽劇団）のステージが、良い意味で「ジャズ寄り」になって、服部良一と笠置シヅ子コンビにとって、充実の日々が続いていた。皇紀二六〇〇年の奉祝ムードに沸き立つ一九四〇（昭和十五）年、日中戦争は三年目を迎え、ますます泥沼化していた。

ＳＧＤが帝劇で公演を開始する同月、一九三八（昭和十三）年四月一日、第一次近衛文麿内閣で「国家総動員法」が公布された。翌一九三九（昭和十四）年二月に発足された平沼騏一郎内閣は「官民一体ノ挙国実践運動」を打ち出し、国民に「前線の労苦を思えば」と「耐乏生活」を強いた。政府による統制経済が始まったのもこの頃からである。

さらに一九三九年九月一日、ナチス・ドイツのポーランド侵攻で、ヨーロッパでは第二次世界大戦が勃発、国際情勢が緊迫するなか、ドイツの快進撃に倣って、日本でも強力な指導体制を形成する必要があるとする「新体制運動」が盛り上がった。

この「新体制運動」は、音楽や映画の世界にも波及して、時局に相応しくない派手な歌曲や、扇情的な流行歌は人心を乱すと、槍玉に挙げられ、検閲もますます厳しくなっていった。

そうしたなか、一九四〇（昭和十五）年七月七日には「奢侈品等製造販売制限規則」が施行された。「ぜいたく禁止令」と呼ばれた「七・七禁令」である。戦時下において、実用品以外の製造販売を制限した法律で、西陣織や友禅などの金銀を使う織物や、人形やレコードなどの娯楽関係品は「ぜいたく品」として槍玉に挙げられた。

「ぜいたくは敵だ」「パーマネントはやめませう」のスローガンが街角に溢れ、

ジャズは「退廃的な音楽」とされ始めていた。とはいえ、この頃の東京や大阪には、まだリベラルな空気があり、都会のホワイトカラーや学生たちの趣味人は、ジャズソングを楽しみ、シヅ子のステージに喝采を送っていた。ちょうど「七・七禁令」が施行される直前、六月二〇日に発売されたのが、笠置シヅ子とコロムビア・リズム・シスターズの「ペニイ・セレネード」だった。

原曲はオランダの作曲家で、バンドリーダーでもあるメル・ウエルズマが一九三八年に発表したタンゴのラブソングで、ジョー・ロスと彼のバンドのレコードでヒットした。

服部良一のサウンドはスローテンポのタンゴから一転して、スピーディなホット・ジャズとなる。ギターとリズムセクションが奏でるリズムは、デューク・エリントンの「A列車で行こう」や、ハリー・ウォレンの「バッファロー行きの新婚列車」などでお馴染みの列車の進行を思わせるスタイル。メロディは、服部がプロデュースしていたモダンなコーラスグループ、中野忠晴とコロムビア・リズム・ボーイズの「山の人気者」のような牧歌的な情景が浮かぶのんびりした味わいがある。

「セレナーデ」とは、クラシック音楽ジャンルの一つで、夜に恋人のために、窓の下で演奏する楽曲のことである。その「セレナーデ」のイメージによるオーソドックスな構成のラブソングである。「ペニイ」とはアメリカの一セント硬貨のことで、ジャズソングに限らず「些細な」「ささやかな」という意味で使われる。ささやかなラブソングというニュアンスである。藤浦洸の歌詞も「昨夜、淡き星影にさまよい…」と文語調のラブレター形式で、それまでのパワフルなシヅ子のジャズソングとはまた違った味わいである。

リズム・シスターズとシヅ子の掛け合いで「シ・シ・シ〜」とスペイン語の「Si」が使われているが、これがタンゴの原曲の名残りでもある。コーラスとの「Si Si Si」のやりとりが楽しい。ギターが刻むリズム、二番に入る直前、「月の蒼き想い出に誘われて」に続くピアノソロがいい。そして間奏のフルートが続く。どこまでも優しく、心地良いサウンドである。最後のコーダー部分のホットな演奏。まさに「小品」という呼び方が相応しい。この曲もまた「スウィングの女王」の貫禄を味合わせてくれる。

ちなみにコロムビア・リズム・シスターズは、一九三六（昭和十一）年、アメリカの三人組・ボズウェル・シスターズにならって編成された女性四重唱のコーラス・グループ、コロムビア・ナカノ・リズム・シスターズがそのルーツ。服部良一は、コロムビア・リズム・ボーイズやリズム・シスターズのコーラスを重用して、ジャズ・サウンドを作り上げていた。

「ぜいたくは敵だ」が叫ばれ始めた時代、服部と笠置のコンビネーションによるジャズ・ソングは、その吹込みも難しくなっていく。続いて二人がレコーディングした「ホット・チャイナ」は、戦前ジャズ・ソングの傑作の一つとなるが、思いがけないことで発売中止となってしまう。

16 ラ・クンパルシータ

スウィングの女王の煌めき

一九三九（昭和十四）年七月、笠置シヅ子が「ラッパと娘」をレコーディング、同年十二月にリリースされ、日本ジャズ界に新風を巻き起こしていたが、その間のＳＧＤの足跡を振り返ってみよう。

八月三十日から二週間、帝劇で「秋のプレリュード」十景（演出・大町龍夫、音楽・服部良一）に、シヅ子はじめＳＧＤのフルメンバーが出演。引き続き九月十四日から六日間、同ステージを渋谷松竹映画劇場で上演している。

十一月には新宿武蔵野館、渋谷松竹映画劇場で「ブルー・スカイ」（全一〇曲）を上演。前年に帝劇で上演した第三回公演をリニューアルしたもので、第六曲「星屑」では、笠置シヅ子がホギー・カーマイケル作曲のスタンダード「スターダスト」を歌い、第九曲「マイ・ブルー・ヘブン」では、シヅ子、春野八重子、荒川をとめの三大スターがトリオで、ウォルター・ドナルドソン作曲の「私の青空」を歌った。

この「私の青空」は、一九二七年にアメリカで出版され、翌年にジーン・オースティンが歌って大ヒット。日本では同年に、堀内敬三の訳で「あほ空（青空）」として二村定一、天野喜久代の歌唱でコロムビアからリリースされて二十万枚以上も売り上げ、ジャズ・ソングの定番となっていた。

一九四〇（昭和十五）年正月のSGDは、久々の帝劇で「新春コンサート」を上演。この頃になると、コスト面もありコンサート形式のショウ中心になってきていた。瀬川昌久の「ジャズで踊って　舶来音楽芸能史」（八三年・サイマル出版会）から引用する。

「笠置シヅ子の歌に『紺屋高尾ハリウッドにゆく』というのがあり、篠田実のフシをジャズ化した伴奏で、紺屋高尾なる女性がハリウッドに行く、撮影所を見物して、タイロンパワーなどにインタビューする物語を、笠置が語るというふざけた一景で、笠置が自慢のしゃれっ気を出した傑作であった。」

想像するだけで楽しそうなステージだが、このクオリティと規模は長く続かなかった。というのも、ＳＧＤのホームグラウンドである帝劇は、もともと松竹が東宝から期間限定で借り受けていたもので、その契約期限が一九四〇年二月に切れてしまったのである。

その二月、松竹歌劇団の本拠地である浅草・国際劇場が、松竹映画の封切館となり「映画と実演」を基本スタイルにしたことを記念して、グランド・ショウ「愛染かつら」十景を二週にわたって上演した。松竹では、川口松太郎原作、野村浩将監督、田中絹代、上原謙主演のメロドラマ『愛染かつら』全四部作（三八〜三九年）が大ヒット。万城目正作曲、西條八十作詞、霧島昇とミス・コロムビアによる主題歌「旅の夜風」がビッグヒットをしていた。その完結を記念してのステージ・ショウにしたものだった。

田中絹代が演じた高石かつ枝を笠置シヅ子、上原謙の津村浩三を上条徹、岡村文子の佐藤看護婦長を春野八重子、というキャスティングである。

芝居というかおそらく寸劇でドラマが進んでいくなか、シリーズから生まれたお馴染みのヒット曲の数々を、服部が得意とした浪曲ジャズの編曲でミュージカル・ショウ化した二景「愛染浪曲」、九景「ホット愛染」では、ホット・ジャズ・アレンジでお馴染みのメロディを笠置が唄う趣向だった。

国際劇場は大きなステージだったが、帝劇を失ったSGDは、数寄屋橋、日劇の隣にあった映画劇場・邦楽座に本拠を移した。アールデコの曲線が美しいモダンな邦楽座は、昭和初期から洋画ロードショー館として、フレッド・アステアとジンジャー・ロジャースの映画などを上映していた。とはいえ、ステージも小さく服部良一のバンドをステージに置くと、ダンシング・チームなど他のパフォーマーのスペースが小さくなり、スペクタクル・ショウには色々と制約が出てきた。

とはいえ、音楽面はますます充実していて、ショウのスケールは小さくなったものの、服部良一率いるSGDスイング・オーケストラをバックに、唄い踊る、シヅ子のパフォーマンスは輝いていた。

六月上旬、久々の浅草・国際劇場での「ラ・クンパルシータ」（七コマ）は、タンゴのスタンダードをモチーフに、さまざまなアレンジでミュージカル・ショウを展開する。主題が楽曲「ラ・クンパルシータ」というユニークな試みだった。笠置シヅ子がコンダクターとして登場、MCもつとめ、服部がアレンジした「クンパルシータ」の壮大なコーラスから舞台が幕開ける。タップや、ルンバ・アレンジなど様々スタイルで編曲。シヅ子は「スヰング・クンパルシータ」をスウィンギーにうたい、フィナーレは「ホット・クンパルシータ」で全員ラインナップ。

戦後、服部がシヅ子のために書き下ろした「タンゴ物語」というノヴェルティ・ソングのクライマックス、タンゴのリズムから大きく離れて「クンパルシータ、クンパルシータ」とホット・ジャズになっていくのは、この時のアレンジをリフレインしたものかもしれない。

17 引き抜き騒動

やめる時は、ぼくも一緒だ

一九四〇（昭和十五）年、ＳＧＤのホームグラウンドである丸の内の帝国劇場が、契約切れで東宝に戻った。六月上旬、服部良一と笠置シヅ子は、前述の浅草・国際劇場の「ラ・クンパルシータ」を上演。続いて六月下旬、国際劇場「南海の月」（七曲）公演で、ＳＧＤハワイアン・バンドが登場してシヅ子が「マリヒニ・メレ」を歌った。ハワイアン・ジャズがひとときの涼味となり、ＳＧＤにとっても新機軸となった。

このあと九月、浅草・国際劇場と渋谷松竹映画劇場での公演「東洋の旋律」（八曲）に笠置シヅ子は休演している。

この時、笠置シヅ子に東宝からの移籍オファーがあった。東宝の樋口正美の声がけで、シヅ子は日比谷・有楽座の事務所へ行った。「まずは日本劇場へ、日劇ダンシングチームと一緒に出演して欲しい」というもので、給料は三〇〇円という破格な条件だった。松竹より一〇〇円のギャラアップである。

ＯＳＳＫ時代は「月給を上げて欲しい」と言っただけでクビになるほどで、ギャラアップの交渉の困難さは「桃色争議」でも体験していたシヅ子は、その好条件に素直に喜んだ。その頃、養母・うめは、長い闘病の果てに亡くなり、弟・八郎は中国戦線へ、養父・音吉は働く気力もなくなっていて、養家への仕送りを増額したいと思っていた矢先だった。それだけに、シヅ子は一も二もなく、契約書にサインをしてしまった。

しかし、これが大騒動となる。翌日、シヅ子は麹町に住む松竹創業者・大谷竹次郎の養子で常務、ＳＧＤの責任者の大谷博の自宅に呼ばれ「なぜ、東宝と契約したのか?」と叱責された。シヅ子はそのまま、大谷夫人に付き添われて、神奈川県葉山町の別荘へ。東宝との接触を避けるためである。

この時、シヅ子は二六歳になっていたが、ＯＳＫやＳＧＤの劇団内のことしかわからず、戸惑っていた。そこでシヅ子は、芝区白金町に住んでいた服部良一に電話をかけて「どうしたらいいでしょうか？」と相談した。

服部はしばらく考えて「事を荒立てないように」と言った上で、翌月公演で上演予定の楽曲の譜面を葉山に届けてあげると、まずはシヅ子を落ち着かせた。

「君がいなくては、ぼくも作曲や編曲をする甲斐がなくなるし、松竹楽劇団にいる意味がなくなる。やめる時は一緒にやめるから、ぼくに任せておきなさい」。

「辞める時は一緒に」という覚悟は本音だろう。服部はその覚悟を持って、松竹トップに話をして、笠置の東宝との契約を撤回しようと奔走した。その甲斐あって、この騒動はひとまず決着をみた。結局、シヅ子は、二三日間、葉山の大谷の別荘で過ごし、翌月の十月から浅草・国際劇場のステージに立っている。

この頃、映画界やショウビジネスの世界では、人気スターの引き抜き合戦が繰り返されていた。松竹映画のトップスター・林長二郎が、一九三七（昭和十二）年に東宝に移籍、長谷川一夫と改名するが、この時は映画スターの生命である林長二郎の顔が、暴漢によって斬られる「顔斬り」事件が起きている。

また、吉本興業の人気ボーイズ・グループ・あきれたぼういずが、新興キネマ演芸部に引き抜かれ、リーダーの川田義雄だけが吉本に残留するという事態が、一九三九（昭和十四）年に起きていた。そうしたこともあり、松竹は笠置の引き抜きに対して、相当怒った筈だが、服部の配慮もあり、大事には至らなかった。

十月、浅草・国際劇場、渋谷松竹映画劇場での「轟け凱歌――世界の行進曲」（全八曲）から笠置シヅ子がSGDに復帰した。演出は大町龍夫、作曲・編曲は服部良一、出演メンバー、スタッフともにいつもの布陣だったが、この公演は時局を反映したものとなった。軍事歌謡「暁に祈る」（作詞・野村俊夫、作曲・古関裕而）が大ヒット中のコロムビアの歌手・伊藤久男の特別出演による「世界の行進曲」をテーマにした勇壮さが売りのショウとなった。

この年七月の「七・七禁令」を機に、レビューやミュージカル・ショウに対する時局の圧力がますます厳しくなっていた。アメリカのジャズやミュージカル・ナンバーが「軟弱」「公序良俗に反する」というムードで、取り上げにくくなってきていた。

それゆえ「軍艦行進曲」や、イタリア・ファシスト党の「黒シャツの歌」など、勇ましいマーチを取り上げる企画で、当局を納得させようという手でもあった。服部良一は、これらをジャズ・アレンジにして、スウィング・バージョンで演奏。笠置シヅ子は第三曲「二人の兵士」を春野八重子とデュエット、第七曲「双頭の鷲の下に」のジャズ・アレンジを、いつものようにスウィンギーに歌った。

18 ホット・チャイナ

陽の目を見なかった新たな挑戦

　コロムビアと専属契約を結んでいた服部良一は、SGD（松竹楽劇団）でステージの音楽、笠置シヅ子たちのヴォーカルの編曲を手がける傍ら、東宝映画の音楽を数多く手掛けていた。主題歌の作曲のみならず、劇伴奏まで一手に引き受けてきた。つまり映画の音楽監督である。レコードはコロムビア、ステージは松竹、映画は東宝と、服部はその才能を活かすべく、寸暇を惜しんで仕事を続けていた。

　本格的に映画音楽を手掛けたのは一九三八（昭和十三）年一月公開の『鉄腕都市』（東宝・渡辺邦男）だった。服部はこのとき、映画の劇伴にジャズの手法を取り入れて、モダンなカラーの東宝映画に更なる新風を巻き起こした。特に、原節子がクルマのセールス・レディを演じた『東京の女性』(三九年)でコンビを組んだ伏水修監督は、自らピアノを弾いて作曲をするほど音楽に目の届く監督で、服部はすぐに意気投合した。

伏水修監督は一九三六(昭和十一)年、二六歳の若さで監督昇進。その年に岸井明の『唄の世の中』、藤山一郎の『東京ラプソディ』など音楽映画を手がけ、そのモダンで都会的な感覚は、現在の視点で観ても素晴らしい。『東京の女性』の挿入歌として服部は、淡谷のり子のために「夜のプラットホーム」(作詞・奥野椰子夫)を作曲。そのメロディを、原節子のアップに流して効果を上げていた。ところが「夜のプラットホーム」は、出征する人物を悲しげに見送る場面を連想させる歌詞が、時局にそぐわないという理由で、発禁処分となる。

続いて服部と伏水が組んだのが、満洲映画の李香蘭と、東宝の長谷川一夫、中日のトップスターによる『支那の夜』(四〇年)。作詞・西條八十、作曲・

竹岡信幸、歌・渡辺はま子で一九三八年十二月にリリースされた同名曲を主題歌にした国際ラブロマンス映画だった。伏水監督は、服部に劇中音楽と挿入歌の作曲を依頼した。李香蘭と長谷川一夫の初共演作『白蘭の歌』（三九年）の挿入歌「いとしあの星」（渡辺はま子）が六〇万枚超の大ヒットをしていたからでもある。

そこで服部は、ＳＧＤに参加する直前、三八年初頭に中支慰問に出かけた際、杭州の西湖で着想したメロディを譜面に起こした。西條八十が作詞をして完成したのが「蘇州夜曲」（霧島昇、渡辺はま子）だった。伏水監督の意向で、主題歌「支那の夜」よりもこちらのメロディが、劇中、主人公たちの愛のテーマ曲として随所にインサートされた。李香蘭の歌唱シーンは映画のハイライトとなった。それもあって、戦後のリバイバル上映時には『蘇州夜曲（支那の夜より）』と改題されている。それほど服部メロディは浸透していた。

当時、実質的に日本の傀儡国家である満洲国との友好を大々的に打ち出していた五族共和のスローガンは、泥沼化していく日中戦争の大義名分でもあった。そのため映画や流行歌、漫画「のらくろ」に至るまで日満親善をテーマにした作品に積極的だった。

「蘇州夜曲」もその一つ。同じ頃、服部はSGDの看板でもある笠置シヅ子のレコードに力を入れていた。既に紹介した「ペニイ・セレナード」に続いて企画されたのが、やはりチャイナ風のメロディによるジャズ「ホット・チャイナ」だった。「蘇州夜曲」はスローバラードのラブ・ソングだったが、こちらはタイトルにあるようにホット・ジャズ。笠置シヅ子のエネルギーが凝縮されたパワフルな佳曲である。

服部は、前述の中支慰問のとき、曲想を思いついて中野忠晴のジャズ・ソング「チャイナ・タンゴ」（作詞・藤浦洸）も発表している。こちらもチャイナ風のメロディにモダニズムを取り入れたアレンジで、この頃の時代の気分にフィットしていた。

ともあれ笠置シヅ子のレコードは、デビュー曲の「ラッパと娘」に始まり「センチメンタル・ダイナ」「セントルイスブルース」「ペニイ・セレネード」と、一つとして同じパターンのものはなかった。服部にとっては、新たなる音楽の挑戦の場でもあった。

「ホット・チャイナ」は、エキゾチックなチャイナ風サウンドのイントロを四十秒ほどたっぷりと聞かせたところで、「チャイナ チャイナ ホット・チャイナ」のフレーズからヴォーカルがスタートする。「今宵はお祭　シナ祭」と、ウキウキした気分でエキゾチックな光景を描いていく。作詞は祭りの楽しさを表現した他愛のないものだが「チャイナ　チャイナ」に呼応するように、日本の神輿の「ワッショイ　ワッショイ」のフレーズが入ってくる。日満親善のイメージを具体的に表現しているのである。

笠置のスウィンギーな歌声はどこまでも楽しい。一九四〇（昭和十五）年九月二〇日新譜として準備していたが、カップリングのコロムビア・ナカノ・リズム・ボーイズの「タリナイ・ソング」（作曲・服部良一）が、時局にそぐわないと検閲で発禁処分となった。結局、「ホット・チャイナ」は当時、陽の目を見ることはなかった。

戦後、一九四八（昭和二三）年、映画『春爛漫狸祭』（大映京都・木村恵吾）で、狸のタララ姫に扮したシヅ子が「ホット・チャイナ」を「ぽんぽこぽんぽこ、グッド・モーニング、今日は朝から楽しいお祭りだ」と替え歌で唄うシーンがある。この時はブギウギとしてアレンジ、団扇を持ったシヅ子がコミカルな振り付けで踊る楽しいナンバーだった。

また一九五二（昭和二七）年、服部良一は再び、笠置シヅ子のヴォーカルで「ホット・チャイナ」をリテイクするが、スピード感、スウィング感ともに、オリジナルには及ばなかった。

19 笠置シヅ子とその楽団

ワテには歌がある

一九四〇（昭和十五）年、内務省が芸能人の外国名やふざけた芸名禁止を通達。ディック・ミネは三根耕一となり、俳優の藤原釜足は藤原鶏太に改名した。同時に敵性音楽への締め付けが厳しくなってきた。笠置も「ジャズはけしからん」という理由で、警視庁から呼び出された。戦意昂揚しなければならない時局にふさわしくないと、ステージではマイクの前で「三尺四方はみ出してはならない」と指導を受けたのである。

十二月、第二次近衛内閣は、総力戦体制を整えるため「挙国世論の形成」を図る目的で「内閣情報部」を「内閣情報局」に昇格させたのである。ここからさらにジャズや洋楽への検閲指導が厳しくなってきた。

全ての実演、公演の演奏曲目までを事前に提出、チェックを受けねばならなくなった。特にアメリカのジャズ・ソングには難色を示し、ドイツ・イタリアの枢軸国や日本の楽曲を七割以上使用することが指導された。

あるとき、服部良一が、ベートーベンの「運命」やシューベルトの「野ばら」をジャズ・スタイルで演奏すると、都新聞がこれを批判。情報局の検閲官から非難を受けた。これに辟易した服部は、松竹少女歌劇団からSGDに参加して服部のサポートをしていた古城潤一郎に、「ジャズ曲を使わぬショウにしてほしい」と作・演出、選曲の全てを任せることにした。

そこで古城はクラシックを多用したステージ「森」を創作、「ウィーンの森」「アルルの女」「ツィゴイネルワイゼン」などのクラシックをアレンジ、SGDスタイルの歌とダンスのショウなった。

こうして時局はSGDからジャズ・ソング、モダンなテイストを奪い、一九四一（昭和十六）年正月の邦楽座「桃太郎譚」を最後に松竹楽劇団（S

なかった。

GD）は解散することとなる。笠置シヅ子はこの最後の公演には参加してい

この頃、引く手あまたのシヅ子には、東宝古川ロッパ一座はじめ、あちこちから声がかかった。前年の秋、東宝からの引き抜き騒動で、頑として移籍を許さなかった松竹常務の大谷博は、手のひらを返すように「独立しないか」と持ちかけてきた。笠置の自伝「歌う自画像　私のブギウギ傳記」（四八年・北斗出版社）によると、引き抜き騒動の際に、東宝と交わした契約書は、その後松竹から再三の撤回要求をしていたが、東宝の東京宝塚劇場社長・秦豊吉はそれを渡すことなく「この解散でウヤムヤとなり、今なお東宝にある筈です」とシヅ子が語っている。

しかしこのとき、シヅ子は服部良一の提案もあり、歌手として独立する決意を固めて「笠置シヅ子とその楽団」を結成することにした。その準備もあって、最後の正月公演は休演していたのである。バンド・リーダーはトロンボーン奏者で、日本を代表するジャズ・プレイヤー・中澤壽士。中澤は一九三八（昭

和十三）年四月、ＳＧＤの旗揚げ公演「スキング・アルバム」に参加して、服部良一と出会い、共に笠置シヅ子をサウンド面で支えてきた。

中澤はテイチクのレコーディング・オーケストラで、ディック・ミネをはじめテイチク・ジャズの全盛時代を、アレンジや演奏で支えてきただけに「笠置シヅ子とその楽団」には一流メンバーを揃えた。この頃、大流行していたベニイ・グッドマン楽団の「シング・シング・シング」でのジーン・クルーパーのドラムが圧巻で、それを再現できるプレイヤーということで、日本郵船の竜田丸の船上バンドのドラマー、浜田実に声をかけた。

興行の手配、メンバーへのギャラなど一切を担当するマネージャーは、淡谷のり子の紹介で中島信が引き受けることに。

こうして「笠置シヅ子とその楽団」は一九四一年三月に旗揚げされ、映画館のアトラクション、この頃はまだ開催されていた都内のホールでの軽音楽大会などに出演。その口開けは四国の高浜で開催され、神戸から岸井明が特別出演した。岸井のヒット曲「たばこ屋の娘」を掛け合いで歌った。

楽団は、中澤による「ブルー・ダニューブ」「未完成交響楽」などのクラシックのスウィング・アレンジや、SGD時代の「ら・ぼんば」「メーク・リズム」や、笠置がレコード・リリースした「ラッパと娘」「センチメンタル・ダイナ」などのレパートリーを、スウィンギーに、ホットに演奏した。

一九三八年から一九四〇年にかけ、OSSKからSGDに、そしてコロムビア・レコードから「スウィングの女王」としてのジャズ・ソングの連続リリース、「笠置シヅ子とその楽団」の結成…。シヅ子のキャリアは、まさにミュージカル映画のヒロインが成功への階段を駆け上がっていくように華やかだった。

服部良一たちの努力によって日本のジャズの水準が高まってきたのが、ちょうどこの頃だった。同時に、戦時体制はますます強化され、日に日にジャズは敵性音楽であるという風潮が高まっていた。勇ましい戦意高揚のスローガンが掲げられ、流行歌や映画から「自由な空気」が失われ、ジャズやナンセンスが軽佻浮薄とされ、確実に消えつつあった。

第三章

出会い、そして別れ

——戦争の中で育った愛！

20 美はしのアルゼンチナ

第二次世界大戦がはじまる

「笠置シヅ子とその楽団」の実質的なプロデューサーは服部良一だった。「ぼくは新出発の笠置君のためにスイングの曲を書いたり、淡谷のり子と笠置シヅ子の『タンゴ・ジャズ合戦』を邦楽座で上演したりした」(「ぼくの音楽人生」九三年・日本文芸社)。

そうしたなか、一九四一(昭和十六)年七月二〇日、前年に発禁処分となった「ホット・チャイナ」から十ヶ月ぶりにリリースされた笠置シヅ子の新曲が「美はしのアルゼンチナ」だった。二〇世紀フォックスのミュージカル映画『Down Argentine Way』(四〇年・未公開・アーヴィング・カミングス)で、ベティ・グレイブルとドン・アメチーが唄うナンバーのカヴァー。

映画は日本未公開だったが、ハリー・ウォレン作曲による主題歌は、この年のアカデミー主題歌賞にノミネートされ、ボブ・クロスビー楽団によるデッカレコード盤が輸入されていた。二〇〇六年、『遥かなるアルゼンチン』の邦題でDVD化されている。

一九三九年、第二次世界大戦が勃発すると、アルゼンチンでは親連合国派による積極参戦派と、ナチスやイタリアを擁護する親枢軸国派の絶対中立派が対立。アメリカ政府の意向もあり、ハリウッドでは積極的に親連合国派を増やすべく、南米を舞台にした映画やポピュラー・ソングを多作していた。この『Down Argentine Way』もその一本で、アメリカとアルゼンチンの友好が目的だった。

しかし当時の日本は、日独伊三国同盟に調印して枢軸国の一員。敵性音楽であるジャズはもってのほかだった。この「美はしのアルゼンチナ」の企画が検閲をパスしたのは、おそらく一九四〇年にラモン・カスティージョが政権を掌握して、アルゼンチンで枢軸国に中立的な政策が行われたからだろう。もしもこれがハリウッド映画の主題歌で、しかも親連合国派を増やすためのプロパガンダの一つだと、検閲官が知っていたら、太平洋戦争開戦の四ヶ月前に発売されることはなかったかもしれない。

服部良一のアレンジは、オリジナルの映画版に近い。明るいラテンのリズムに乗ったシヅ子のヴォーカルは優しく、ウキウキした気分にさせてくれる。

作詞の原六朗は、日本橋馬喰町の商家に生まれた江戸っ子で大のジャズファン。明治大学在学中より、日本橋人形町ユニオン・ダンス・ホールでテナーサックスを吹いていた服部と親交があった。その頃、服部がバンド仲間や志の高いミュージシャンを相手に音楽理論を教える「響友会」という勉強会を開いていたが、原もその門下生だった。

原はサックスプレイヤーとして身を立てようと考えていたが、召集されて六年の兵役を務め、その後はジャズ・ミュージシャンとなり、戦後は作詞・作曲家として活躍。美空ひばりの「お祭りマンボ」（五二年）などを手掛ける。

その原六朗のキャリアの初期作品がこの「美はしのアルゼンチナ」だった。

これがシヅ子にとって戦前、最後のレコードとなった。このとき笠置シヅ子は二七歳。「スウィングの女王」は、ますます脂が乗っていた。しかしこの年十二月八日、日本は真珠湾を攻撃、アメリカに宣戦布告して太平洋戦争が勃発、状況は一変する。

この日、服部良一はNHKから委嘱されたラジオ・オペラ「桃太郎」（作・サトウハチロー）の放送日で、夜八時半からの生放送に備えて、弟子である原六朗たちに徹夜で写譜をさせていて、真珠湾攻撃の報道を知らなかった。

内幸町のNHKに着いた服部たちは「今日の娯楽放送は一切取りやめになった」と聞かされ、初めて日米開戦を知ったという。

その一年前、一九四〇年十月三一日、全国のダンスホールが閉鎖され、一九四一年十二月三〇日には、当局が「米英音楽追放」を発表。枢軸国以外の音楽は、例えクラシックといえども「敵性音楽」であり、ジャズはもってのほかとなる。

笠置シヅ子や服部良一にとって生命線でもあるジャズは、敵性音楽として完全に演奏ができなくなり、笠置はレパートリーが制限されてしまった。「笠置シヅ子とその楽団」は、中澤壽士がクラシック曲や流行歌のスウィング・アレンジをするなど苦肉の策を講じていた。しかし、そのジャズ・アレンジがいけないと批判の槍玉に上がったことも。そんな笠置が巡業で歌えるようにと、服部良一が用意したのが、南方をテーマにした流行歌「アイレ可愛や」（作詞・藤浦洸）だった。

一九四七（昭和十七）年になって「笠置シヅ子とその楽団」のリーダー中澤壽士が応召して、残ったメンバーが次々とバンド・リーダーになった。

戦時中、ジャズを封じられたシヅ子は、他の流行歌手に比べてレパートリーが圧倒的に少なく、地方都市の巡業中心となっていた。そうしたなか、一九四四（昭和十九）年、マネージャーの中島信が、シヅ子に無断で楽団を他の興業主に売却。楽団は解散の憂き目に遭い、シヅ子はバンドを持たずに歌手として、一人で巡業することとなった。

21 アイレ可愛や

戦争が持ち歌を奪い去った

戦時体制下、笠置シヅ子は当局の検閲官から睨まれていた。太平洋戦争開戦前、警視庁に呼び出されたシヅ子は、保安課興行係の寺澤高信から「あんたの歌う舞台上の雰囲気がいけない」「つけまつ毛が長すぎる」とステージ上の演出、メイクにまで言及された。なんとしてでも、敵性歌手の笠置シヅ子には歌わせまい、という雰囲気があった。

戦後になって寺澤は、新聞の座談会で「あの時は国粋団体がうるさくて困った。どうにもジャズ撲滅の火の手が防ぎようがなくて、灰田（勝彦）と笠置はやめさせようと思っていた」と発言している。

「ラッパと娘」「センチメンタル・ダイナ」などのジャズ・レパートリーが歌えなくなったシヅ子のため、服部良一は南方をテーマにした「アイレ可愛や」を企画した。

日中戦争が始まってすぐ、陸軍の「華北進出」に対抗して、海軍では「南進政策」で不足している軍需資源を南方進出で確保することを目指した。その後、海南島の占領、南仏印の占領などはその具体化だった。

第二次世界大戦により、英仏勢力がアジアから後退したのを機に、南進政策はより積極化。南方の石油、ゴム、ボーキサイトなどの戦略物資と作戦基地の確保の観点から「大東亜共栄圏」構想など南進論がさらに高まり、それが太平洋戦争突入へとつながった。

南方歌謡とは、こうした「南進論」のムードを高めるためのプロパガンダ・ツールでもあった。服部良一は古川ロッパの「ロッパ南へ行く」（四一年・作詞・サトウハチロー）を作曲して、古賀政男は高峰三枝子の「南の花嫁さん」（四三年・作詞・藤浦洸）などを手掛けている。また、白片力（バッキー白片）

のスチールギター演奏のレコード「南の花嫁さん」のアレンジは服部が手がけていた。

笠置シヅ子と共に、当局から「敵性歌手」のレッテルを貼られた灰田勝彦は、俳優として戦意高揚映画『加藤隼戦闘隊』（四四年・東宝・山本嘉次郎）、『雷撃隊出動』（同）に軍人役で出演、それゆえ当局の覚えも良くなっていた。灰田は、戦時中ハワイアンが禁止され、兄・晴彦と共に「灰田兄弟と南の楽団」を結成、「南国の夜」（四三年）などの南方歌謡をレパートリーにしていた。

さて「アイレ可愛や」は、ほかの「南方歌謡」同様、植民地支配の視線でエキゾチックな「村娘」がヒロインとして登場する。当時はレコード発売されることはなかったが、一九四六（昭和二一）年十一月に、笠置の戦後初のレコードとしてようやくリリースされた。

歌のヒロインは、南洋の娘「アイレ」。歌や踊りの好きな村娘というステレオタイプのイメージは、昭和初期、演歌師・石田一松が作詞・作曲して大流行した「酋長の娘」や、雑誌「少年倶楽部」に連載された島田啓三の漫画「冒険ダン吉」（三三〜三九年）の南洋描写から変わらない。

むしろ、この曲の味わいは、服部の編曲によるオリエンタル・ダンスのリズムにある。間奏の「アイレー　アイレー　アイヤ　ランランラン」の笠置の伸びやかな声がエキゾチック。服部はおそらくキューバのレクオーナ・キューバン・ボーイズや、ザビア・クガート楽団の「ババルー」などのキューバン・サウンドをイメージしたと思われる。南方政策に乗じながら、ワールド・ミュージックのエッセンスで、エキゾチシズムを高めていく。服部の姿勢は戦時下でも変わらなかった。

ともあれ服部は、この「アイレ可愛や」、「ラササヤ」「影絵芝居」「チンターマニ」などのインドネシア民謡を笠置のためにアレンジ。彼女が唄う南方歌謡、南方民謡が評判となり、銀座全線座では笠置シヅ子が南方歌謡を唄うステージを開催している。さて、こうした戦時下におけるエンタテインメントの記録は、当時の新聞に掲載された興行の広告や芸能記事に活写されている。

一九四三（昭和十八）年九月四日の東京新聞には「出直せ！軽音楽　黙過

し得ない悪影響」の記事が掲載されている。「アメリカニズムの残滓であるジャズが軽音楽に名を籠り、決戦下の大衆娯楽界に跳梁を儘にする事は果たして許せるだろうか（中略）、血気さかんな工員たちが、軽音楽団の浮薄な身振りを真似て得々としたり、素朴であるべき女工員たちが歯の浮くやうな甘ったるいジャズ歌唱に憧れたりするに及んでは、その悪影響は甚大」と、徹底的に軽音楽批判をしている。

とはいえ、新聞には浅草や丸の内の劇場の広告が多く出稿しており、この記事の六日後の東京新聞には、「初秋に流れる唄と軽音楽の花詩集　笠置シヅ子と中澤壽士楽団　十一日より浅草花月」の広告が出ている。

この頃、笠置は南方歌謡や民謡だけでなく、一九四一年十二月六日に仏印沖で戦死した弟・亀井八郎のために服部が村雨まさを名義で作詞・作曲した「大空の弟」もレパートリーにしていた。この「大空の弟」は長らく幻の曲とされていたが、二〇一九年に楽譜が発見され、笠置を題材にした舞台「SIZUKO! QUEEN OF BOOGIE ハイヒールとつけまつげ」で神野美伽が歌った。

22 荒城の月とブギウギ

戦時下、ブギウギへの挑戦

戦時中、服部良一もまた敵性音楽のジャズ系作曲家として当局にマークされていた。戦争が激化するなか、レコードの仕事は次第に少なくなっていた。その頃、ＮＨＫで唯一残っていた「軽音楽の時間」に指揮と編曲で参加、密かにジャズ・アレンジをしてストレスを発散させていた。楽団は、コロムビア・ジャズ・バンドのメンバーを中心に、六ブラス、四サックス、四リズムのフル編成のビッグバンドで、当局から派遣されている監督官を誤魔化してジャズ・アレンジによる演奏を放送した。

自伝「ぼくの音楽人生」（九三年・日本文芸社）によれば、禁止曲目であるディキシー・ジャズの「タイガー・ラグ」を「勇壮なマライの虎狩りの音楽」と偽って放送した。

ある時は、元海軍軍楽隊楽長・瀬戸口藤吉作曲の「愛国行進曲」をジャズ・アレンジで演奏、リハーサルをしていたら、海軍軍楽隊の楽長がスタジオの入口で観ている。「こいつは叱られるな、まずい人に見つかった」と音をフェードアウトさせて演奏を止めた。すると楽長、「君の十五人編成の『愛国行進曲』のほうが、ワシのやっちょる四十人の軍楽隊よりもええ音がしちょるぞ」と呵呵大笑したという。

当時、ＮＨＫでは対米謀略のためのジャズを放送していて、実力派のジャズメンたちは、こぞって参加、服部も編曲者として協力していた。

一九四二（昭和十七）年頃、服部はアメリカのコーラス・グループ、アンドリュース・シスターズの「ブギウギ・ビューグル・ボーイ（Boogie-Woogie Bugle Boy）」の楽譜を上海で手に入れた。ブルースのテンポをさらにスピーディにしたブギウギは、ピアノの左手で一小節に八つのビートを刻む。後に、このリズムが発展してロックンロールが生まれることになる。黒人の速弾きがそのルーツだが、三八年のトミー・ドーシー楽団「ブギウギ（Boogie Woogie）」あたりからジャズの新しいスタイルになってきた。

服部は、戦時下でもコロムビア・リズム・ボーイズ、リズム・シスターズのジャズ・コーラスを手掛けていたこともあり、四一年にアメリカで大ヒットしたアンドリュース・シスターズの譜面を参考用に入手したのだろう。

スピーディなリズムに好奇心を掻き立てられた服部はすぐに実践を試みた。一九四三（昭和十八）年、東宝が総力を結集して製作した、国策オールスター音楽映画『音楽大進軍』（渡辺邦男）のなかで、ビクターの人気歌手・大谷洌《きよ》子のために、滝廉太郎の「荒城の月」をブギウギアレンジした曲を歌わせた。バック演奏を務めるのが人気タンゴバイオリニスト・櫻井潔とその楽団。服部は前述の「ぼくの音楽人生」やインタビューでも、折々にそのことに触れているが、完成作品を観ても、櫻井潔とその楽団が正調「荒城の月」を演奏するシークエンスしかない。

しかし、これは服部の記憶違いではなく、このシークエンスで、大谷冽子が「荒城の月ブギ」とタンゴ「碧空」を唄うシーンが撮影されたが、後者は内務省の検閲でカット、前者はその前に東宝で自主的にオミットされたようである。「古川ロッパ昭和日記」の記述によれば、ロッパが十八番の「ネクタイ屋の娘」をプレスコ、川奈ホテルで歌唱シーンが撮影されている。内務省の検閲削除記録にもないので、検閲前にオミットされたと思われる。

服部は「荒城の月ブギ」に手応えを感じて、ＮＨＫの国際放送（対米謀略放送）でも流してみた。誰もが当局の検閲をおそれ、顔色を伺って時局に迎合している時代、服部は自身の音楽的な興味を満たすためには、大胆な行動をしていた。

さらに一九四五（昭和二〇）年八月、敗戦間際、報道班員として上海陸軍報道部に配属され、上海地区の文化工作を、音楽を通じて行うため、李香蘭と上海交響楽団によるコンサートを企画。文化工作とはいえ、ここでも服部は宿願だったシンフォニック・ジャズに外国人オーケストラで挑戦するという夢を実現した。

六十人編成のオーケストラと、李香蘭の美しい歌声による「夜来香幻想曲（ラプソディー）を編曲。このラストで、なんと服部はブギのリズムを使ったのである。李香蘭は服部に「先生、このリズム、なんだか歌いにくいわ、お尻がむずむずしてきて、じっと立ったままでは歌えません」（「ぼくの音楽人生」九三年・日本文芸社）。ブギウギの躍動するリズムを、李香蘭は初体験したわけだが、これが二年後、笠置シヅ子の「東京ブギウギ」へと発展していく。

一九四五年、日本では米軍による本土空襲が相次いでいた。三月十日の陸軍記念日には、B29の大編隊が、東京の下町地区を集中攻撃。東京大空襲である。無辜の人々が十万人も生命を落としたのである。

その頃、笠置シヅ子は「笠置シヅ子とその楽団」を不本意な形で解散して、単独の歌手として日本全国を巡業していた。そして、この時、シヅ子は生涯で、ただ一度の激しい恋に落ちていた。

23 戦時下のロマンス

ひとときの逢瀬の幸福

一九四三（昭和十八）年、服部良一が映画『音楽大進軍』（三月十八日・東宝）で「荒城の月」ブギを試していた頃、「笠置シヅ子とその楽団」は、日本各地で音楽ショウの巡業をしていた。すでにジャズという言葉は軽音楽に置き換えられ、そのレパートリーも服部の編曲したインドネシア民謡や「アイレ可愛や」などのわずかの持ち歌だった。

この年の六月二一日から十日間、シヅ子は名古屋・大須の太陽館に出演していた。ちょうど御園座では新国劇「宮本武蔵」を上演しており、二八日の昼、シヅ子は舞台の合間を見て辰巳柳太郎の楽屋に挨拶に行った。そこで一人の青年と出会う。「グレイの背広をシックに着こなした長身の青年で、ジェームズ・スチュアートのような端麗な近代感にあふれていました」（歌う自画像　私のブギウギ傳記・四八年・北斗出版社）。

その青年は、吉本興業の創業者・吉本せいの息子・吉本穎右（えいすけ）、笠置よりも九歳下の十九歳、早稲田大学の学生だった。シヅ子も穎右も大阪出身で東京暮らし。何かと心細いこともあり、仲の良い友達としてお互いの自宅を行き来するだけの交際がスタートした。

一九四四（昭和十九）年、「笠置シヅ子とその楽団」が不本意なかたちで解散し、シヅ子は服部良一はじめ、多くの人のサポートを受けてフリーの歌手となった。この頃になると各地の劇場は次々と閉鎖され、勤労動員の工場への慰問や、地方の小さな芝居小屋などにも出演していた。

この年一月十一日の東京新聞にこんな広告が出ている。銀座全線座で十一日から「天下無双　春の実演　川田義雄二年ぶりの中央出演　川田義雄と笠置シヅ子の初顔合わせ」公演である。川田義雄は、一九三七年から一九三九年にかけて「吉本ショウ」で大人気だった「あきれたぼういず」のリーダー。一九三九年、メンバーが新興キネマ演芸部に引き抜かれ、一人だけ吉本に残って、川田義雄とミルクブラザースを結成。映画に舞台に、戦前を代表するコメディアンの一人だったが、脊椎カリエスの療養でしばらく休業していた。

その復帰を、笠置シヅ子との共演で華々しく行うというものだった。銀座全線座は一九三八年開館の映画館だが、この頃は洋画の上映もできなくなり、実演にも力を入れていた。

しかし戦局は悪化の一途をたどり、七月にはサイパン陥落、米軍は日本本土への爆撃の拠点をサイパンに置いた。この頃、穎右は結核にかかって、学徒動員も免除された。当時、結核は不治の病とされ、今にも本土上空に米軍の大編隊が飛来するかもしれない。その恐怖と不安の中、この年の暮れに、二人は結ばれる。

二人の関係を、シヅ子はこう語っている。

「『或る夜の出来事』のクラーク・ゲーブルとクローデット・コルベール、或いは鶴八、鶴次郎のように、最初のうちはお互いに好き勝手なことを言って、いがみ合っているうちに、その本能の噛み合いから掛け値なしの魅力がお互いにわかって、抜き差しならぬ関係となる——そんなプロットによく似てました。」

（「歌う自画像　私のブギウギ傳記」四八年・北斗出版）

結婚を誓った二人には、空襲の恐怖よりも、ひとときの逢瀬の幸福が勝ったのである。この頃、シヅ子は養父・音吉と二人暮らしをしていた。養母・うめが病没してほどなく理髪店を閉めた音吉は、大阪で一人暮らししていたが、それでは不自由だろうと東京へ呼び寄せていたのである。

一九四五（昭和二十）年五月十五日、三月十日に続く東京大空襲で、シヅ子の三軒茶屋の自宅が全焼してしまう。その日、シヅ子は京都花月で公演中だったが、何もかも失ってしまい、音吉は郷里である香川県引田に帰郷することに。

この時の空襲で、市ヶ谷にあった穎右の家も焼けてしまった。住む家がなくなった二人のために穎右の叔父で、吉本興業常務・東京支社長の林弘高のはからいで、シヅ子と穎右は、林家の隣家のフランス人宅に、年末まで仮住まいをした。

笠置シヅ子と吉本穎右が、一つ屋根の下で暮らしたのは、日本が戦争に敗れた八月十五日を挟んだ数ヶ月間のみだった。

八月十五日、シヅ子は富山県高岡市で敗戦を知った。そして再び自由に歌える日々が訪れた。進駐軍が銀座を闊歩し、ラジオからはジャズが再び流れ、灯火管制から解放された夜の街には、少しずつだが赤い灯、青い灯がともり始めた。

有楽町の日本劇場は、戦火が激しくなった四四年に閉鎖されて、風船爆弾の工場となっていたが、十一月二二日、晴れて再開することとなった。こうして「スウィングの女王」笠置シヅ子は、日劇再開第一回公演「ハイライト」

二十景（作・演出・宇津秀男）に出演。

軍属、報道班員として上海で音楽活動をしていた服部良一も十二月、最後の引き揚げ船で帰国した。

こうして、それぞれの戦後が始まり、笠置シヅ子と服部良一は、再び音楽のパートナーとして共に舞台、そしてレコードを制作していくこととなる。

24 有楽町・日本劇場

敗戦から三ヶ月、ここから始まる

敗戦から三ヶ月、一九四五（昭和二〇）年十一月、一年六ヵ月ぶりに再開場した有楽町・日本劇場では「ハイライト」二十景（十一月二二日〜十二月二二日、作・演出・宇津秀男、音楽・山内匠二、灰田勝彦）を上演した。笠置シヅ子は、轟夕起子、灰田晴彦・勝彦兄弟、岸井明、並木路子たちと共に出演、敗戦後の再スタートはここから始まった。

それから三六年後、一九八一（昭和五十一）年二月十五日、有楽町・日本劇場「サヨナラ日劇フェスティバル・ああ栄光の半世紀」（構成・演出・山本紫朗）が千秋楽を迎えた。

一九三三（昭和八）年に竣工、「陸の龍宮」と謳われた有楽町のランドマークは、この日をもって閉館することに。まだ高校生だった筆者は、銀座の泰明小学校出身で、子供の頃から親しんできた日劇には格別の想いがあり、当日は客席にいた。玉置宏の司会で、トニー谷、灰田勝彦はじめ、日劇ゆかりの人々が次々と登場。満面の笑みでシヅ子がステージに現れると、日劇は観客たちの拍手と歓声に包まれた。

笠置シヅ子を生で観たのもこの時が最初で最後である。歌手を引退して久しかったが、ぼくが物心ついた時から「大阪のおばちゃん」として、映画やドラマ、CMに出演。特にTBS「家族そろって歌合戦」の審査員のイメージが大きかった。

その日、日劇のステージでシヅ子は「生涯のいちばんいい時期をここで過ごした」と当時に思いを馳せた。舞台で思い切り歌って、袖に引っ込む瞬間、猛ダッシュで袖へ駆け込むのだが、袖にいる男性に抱き止めてもらわないと、隣の朝日新聞社まで飛んで行ってしまう。それほどの勢いだったと、思い出を語った。

場内は大爆笑だったが、筆者は後年、日劇を舞台にした音楽映画『銀座の踊子』(五〇年・宝映・田尻繁)を観て納得した。特別出演の笠置が毛皮のコートを着たまま袖から現れ、パワフルに「タイガー・ブギ」を熱唱する。実際に日劇で撮影しているので、この頃の彼女のパフォーマンスの片鱗に触れることができる。

舞台を縦横無尽に動きまわり、歌い終わったシヅ子、袖に駆け込んで、そこに立っているスタッフに抱き止められてストップ。「お疲れ様でした」「ああ、しんど」にっこり笑ってシヅ子は去っていく。

『銀座の踊子』は、日劇のプロデューサー・山本紫朗の製作なので、こうしたディティールの再現が随所に楽しめる。「ハイライト」出演の岸井明、灰田勝彦もゲスト出演してのパフォーマンスも素晴らしく、往時の雰囲気に触れることができる。

さて「サヨナラ日劇」では、シヅ子に続いて服部良一、山口淑子が登場。

山口はこの日、服部の指揮で李香蘭に戻って「蘇州夜曲」を歌った。それからトニー谷、灰田、シヅ子、服部、山口淑子、長谷川一夫によるトークコーナーとなった。

長谷川の話で、敗戦の年、シヅ子との巡業中、一行が青函連絡船に乗ろうとしたとき、シヅ子が遅刻をしたため、一行は連絡船に乗ることができなかった。ところが、その連絡船は爆撃を受けて沈没。シヅ子の遅刻で命拾いをしたと語った。

その後、シヅ子と長谷川の一行は、青森で立ち往生。その頃、エノケンやロッパ一座と巡業に回っていた山本紫朗に「なんとかして欲しい」と電話があった。シヅ子のバックを務めていた「楽団南十字星」のメンバーには、ピアノがのちの作曲家・松井八郎、ベースが東京キューバンボーイズのリーダー・見砂直照だった。それが七月の末、山本の差配で一行は青森、秋田、鶴岡、新潟、長岡を回って、富山に行くも空襲で焼けていて、高岡で敗戦を迎えた。

シヅ子は長谷川一夫と一緒に敗戦を迎えたのである。これが、戦後、日劇のプロデューサーとなる山本紫朗の仕切りだったことが幸いした。一九四〇（昭和十五）年、ＳＧＤ時代に、東宝の秦豊吉から「日劇に出て欲しい」と引き抜きの話があり、笠置は契約書にサインをしてしまった。その「引き抜き騒動」から五年後、シヅ子は日劇に出演することとなる。

戦時中に話を戻す。一九四四（昭和十九）年二月、当局により高級娯楽施設は閉鎖を命じられ、大劇場は陸軍に接収されて、有楽座、東京宝塚劇場、日劇、国際劇場、国技館は「ふ」号兵器の秘密工場に。「ふ」号兵器とは風船爆弾のこと。宝塚歌劇、東宝舞踊隊（日劇ダンシングチーム）、松竹少女歌劇の生徒、ダンサーたちは勤労動員で「ふ」号兵器製造に駆り出された。

一九四五年になると、空襲が激しくなり、都市でのショウビジネスはほとんど出来なくなっていた。軍令により、山本紫朗は東北営業管区・演劇部の責任者となり新潟に赴任していたために、御難となったシヅ子一行のＳＯＳに応えることができたのだ。

やがて十一月、日劇はバラエティ・ショウ「ハイライト」で再開した。

服部良一は、十二月初旬、上海からの最後の引き揚げ船で鹿児島に到着。寒風の無蓋列車で品川駅までようやく辿り着いた。市電で銀座の尾張町へ出て、有楽町へ向かう途中に、日劇の前を通った。

そこで「ハイライト」の看板に並んだ笠置シヅ子、灰田勝彦、轟夕起子、灰田勝彦の名前に「うれしかった。すぐにも楽屋を訪ねて、なつかしいかつての仲間たちと再会したかった」（「ぼくの音楽人生」九三年・日本文芸社）。

25 コペカチータ

エノケンから教わった人生の教訓

一九四五（昭和二〇）年十一月二二日、日劇「ハイライト」公演から、歌手・笠置シヅ子の戦後が始まった。この頃は、最愛の人・吉本頴右と荻窪で一つ屋根の下で間借りをしていた。長くつらい戦争が終わり、ステージも再開して、仕事も私生活も充実し始めていた。シヅ子にとってはこの年の年末まで二人で暮らしたことが「人生最良の日々」だった。翌四六（昭和二一）年、頴右は早稲田大学を中退。吉本興業東京支社で社員として働くことになった。

服部良一は、引き揚げてきた翌日の午後、早速、日劇の楽屋を訪ねて、シヅ子や灰田勝彦、岸井明たちと再会、旧交をあたため、すぐに仕事に復帰することに。

明けて一九四六年の正月公演は、日劇ではエノケン一座「エノケンのサーカス・キッド」（作・菊田一夫、音楽・栗原重一）、有楽座では古川ロッパ一座「平和島・ロッパの福の神」（作・サトウハチロー、音楽・鈴木静一ほか）だった。エノケンもロッパも、丸の内の舞台に戻ってきたのだ。

東宝系の映画館では、戦後初の正月映画『東京五人男』（四五年十二月二七日・齋藤寅次郎）が公開され、古川ロッパ、エンタツ・アチャコ、石田一松、柳家権太楼の五人男が、焼け跡を舞台に復興に奮闘する喜劇に、観客たちは爆笑。こうしてエンタテインメントが戻ってきた。

正月、シヅ子は京都花月劇場、続いて大阪千日前の常盤座に出演、一月二一日から吉祥寺の服部良一宅の二階に世話になった。荻窪のフランス人宅には、東宝映画のプロデューサーの杉原貞雄一家、エノケン劇団文芸部の藤田潤一一家も、焼け出されて同居しており、穎右との関係も公にしていなかったので、何かと気兼ねをしていた。そこで、思い切ってシヅ子だけ服部宅に間借りしたのである。

その後、美容院で知り合ったシヅ子のファンである荘村正栄の目黒の自宅にこの年の暮れまで世話になる。東京はまだ焼け跡で、人々は住宅難で困っていた。家を建てることも借家もままならず、誰もがこうして知り合いの伝で家を探していた。

この頃、吉本穎右は、ステージの仕事が多忙になってきたシヅ子のためにマネージャーを付けた。戦前はコロムビア制作部にいて、敗戦後は吉本興業で働いていた山内義富である。服部とも旧知の山内は、良い意味で「番頭」タイプで、シヅ子も全幅の信頼を置いていた。

さて、服部良一と笠置シヅ子が戦後初めて組んだのが、三月二日から四月十日、有楽座での榎本健一一座「舞台は廻る」六景（作・演出・菊田一夫）だった。昭和のはじめ、浅草で一座を旗揚げして、その後丸の内の舞台に進出、東宝の前身であるP.C.L.映画で数々の音楽喜劇映画に主演。エノケンの愛称で「喜劇王」となった榎本健一と、「スウィングの女王」笠置シヅ子は、戦前、SGD時代にラジオ「音楽は嬉し」で共演していたが、舞台はこのときが初共演だった。

シヅ子がエノケンに会ったのは、この年の二月、「舞台は廻る」の稽古場だった。エノケンがシヅ子に言ったのは「君は歌手だから芝居はよくわからないだろうけども、君の芝居はツボがはずれている。しかしそれがまた面白い効果を出しているので改める必要はない。僕は君がどんなにツボをはずしても、どこからでも、はずしたまま突っ込んで来い」だった。

シヅ子はそれを生涯忘れぬ教訓とした。「舞台は廻る」のために、服部が書き下ろした「コペカチータ」(四七年十一月発売)という不思議な曲がある。「不思議なリズムだ」の歌い出しでリズムもメロディも次々と変転していく。スペイン風のサウンドで、一曲の構成がパッションに満ちた情熱的なオペレッタで、しかもジャズのイデオムである。エキゾチックで前衛的、シヅ子の声質を最大限に活かしての実験的野心作である。

スウィングのリズムで始まり次々と変転、ルンバになり「クカラチャ」のフレーズがちらっと出て、南国モードに入ると「君よ知らずや」と、戦前流行のオペラ「ミニョン」の「君知るや南の国」を連想させる歌詞が心憎い。で「それはコペカチータ」となる。服部による歌詞は、常にリズムと連動し、メロディと繋がっている。で、間奏はまたタンゴになる。この不思議なリズムを「コペカチータ」という謎のフレーズでまとめ上げる。

シヅ子は舞台で、この「コペカチータ」をエノケンと一緒に唄ったのだが、掛け合いのパートで、エノケンが間違えて「一つ余計に歌って」しまったことがあった。それがおかしくて、おかしくて、シヅ子は吹き出して歌えなくなってしまった。

するとエノケンは「自分で間違えた責任上、ご自身も笑いたかったに違いないのですが」最後までシヅ子のパートも一人で歌った。と、笠置シヅ子は、一九七〇（昭和四五）年に榎本健一が亡くなった時に追悼文集「エノケンを偲ぶ」で回想している。

26 ジャズ・カルメン

最愛の人との別れと新たな生命

将来を約束した笠置シヅ子と吉本穎右は、晴れて一緒になる日を夢見て、互いに忙しい日々を過ごしていた。エノケンとの初共演「舞台は廻る」を終えたシヅ子は、一九四六（昭和二一）年五月に穎右と、マネージャーの山内義富と三人で箱根に静養に出かけた。そこで穎右は来月早々、大阪に戻って、シヅ子とのこと、これからの仕事のことを「なるべく早く適宜に処理します。あとのことは、どうかよろしくお願いします」と山内に頼んだ。

その後、準備を整えた穎右は大阪へ帰ることに。六月十六日、シヅ子は山内とともに、琵琶湖まで見送った。湖畔の宿で一夜を過ごし、翌朝、大津駅での別れ際、頴右は「では、ちょっと行ってくるさかい……秋には東京へ帰れるやろ」と車窓から手を振った。

しかし、それが永遠の別れになるとは、シヅ子も頴右も思ってもいなかった。この頃、すでに頴右は、学生時代に患って完治していなかった結核が再発していたのである。

それからのシヅ子は多忙を極めた。「スウィングの女王」の完全復活に、戦前からの贔屓、戦後になってからのファンが喝采を送っていた。

九月十八日から、有楽町・日劇で、シヅ子をメインにしたレビュー・ショウ「スヰング・ホテル」（作・演出・金貝省三、音楽・谷口又士ほか）が開幕した。共演は、戦前から活躍していたハワイ生まれの日系ダンサーで歌手のヘレン本田、戦前の日活京都のトップスターだった深水藤子、そして、シヅ子の後輩でもあるＳＫＤの星光子。

この華やかなステージが千秋楽を迎えたのが十月七日。この頃、シヅ子は妊娠に気づく。頴右の子を宿していたのだ。シヅ子は、頴右と結婚をして、子供を産み、家庭に入ることを決意したのである。

さて、服部良一もまた音楽家として多忙な日々を送っていた。一九四六年三月、コロムビアから柴田つる子と岡本敦郎の「青春プランタン」(作詞・サトウ・ハチロー)、五月にはエノケンと池真理子の東宝映画主題歌「幸運の仲間」(同)、七月には二葉あき子と近江俊郎の「黒いパイプ」(同)、十一月には藤山一郎の「銀座セレナーデ」(作詞・村雨まさを)と次々とレコードをリリース。特に「黒いパイプ」と「銀座セレナーデ」は大ヒット、服部はレコード、舞台と大忙しだった。

この頃、服部は、名作オペレッタをジャズ・ミュージカル化しようと音楽的な野心を燃やして、東宝のプロデューサーに提案。それが一九四七(昭和二二)年一月二八日からの日劇公演「ジャズ・カルメン」として実現した。演出は宝塚歌劇を育てた白井鐵造、振付はベテラン舞踊家・益田隆。カルメン(笠置)、ホセ(石井亀次郎)、エスカミリオ(林伊佐緒)、ミカエラ(服部富子)、ラスキータ(暁テル子)のキャスティング。

服部の自伝「ぼくの音楽人生」（九三年・日本文芸社）から引用する。

「そのころ、笠置君は、吉本興業の社長の子息で早稲田の学生だった吉本穎右君と相思相愛の仲になっていた。先方の親の反対で正式結婚は難行していたが、状況は好転していた。結婚を前にして、最後の舞台では、はなばなしくカルメンを演じたいという彼女の懇望に、ついにハラボテ・カルメンとなって日劇に現われたわけである。」

服部渾身の「ジャズ・カルメン」は、もともと一九四六年九月に上演予定で準備が進められていたが、東宝の組合ストライキで延期になっていた。穎右は、身重な身体ではもしものことがあったらと心配、しかし主治医・櫻井先生が楽屋に詰めて、何かあればすぐに対応することで、シヅ子も出演を決意。カルメンを演じることへの情熱が湧き上がってきたのである。この時、シヅ子は妊娠六ヶ月だった。

シヅ子は、石井亀次郎のドン・ホセを向こうに回して、ジャズ・アレンジされた「ハバネラ」や「闘牛士の歌・トレアドール」をスウィンギーに、パワフルに熱唱した。とはいえ舞台の袖では主治医・櫻井先生、マネージャーの山内が固唾を飲んで見守る毎日だった。

このカルメンの上演中、穎右は上京の予定だったが、それも叶わずに、シヅ子は臨月を迎えた。しかし穎右は、治療の甲斐もなく、一九四七年五月十九日、二三歳の若さで旅立ってしまった。

シヅ子は深い悲しみのどん底に突き落とされてしまった。最愛の人・穎右が我が子を抱くこともなく亡くなってしまったのだ。シヅ子は病室の机に穎右のポートレートを飾り、穎右が着ていた浴衣を部屋にかけ、最愛の人を思いながら六月一日。女の子を産んだ。愛娘・亀井ヱイ子である。

シヅ子は愛娘のためにも、穎右のためにも、そして自分のためにも、泣いてばかりではいけない。一日も早くステージにカムバックしようと決意した。早速、シヅ子は服部良一に、いつもの明るい笑顔で「センセたのんまっせ」と頭を下げた。

そこで服部は「彼女のために、その苦境をふっとばす華やかな再起の場を作ろうと決心した」（「ぼくの音楽人生」九三年・日本文芸社）。何か明るいもの、心ウキウキするものをと、笠置シヅ子の新曲を書くことにした。

第四章

ブギの女王が時代を変える

――ブギウギ時代の到来！

27 東京ブギウギ

ブギの女王誕生す！

一九四七（昭和二二）年十二月三〇日、正月映画として鳴物入りで封切られた『春の饗宴』（東宝・山本嘉次郎）は、帝国劇場をモデルにした戦前からの劇場を舞台にした一夜の物語。ここで笠置シヅ子演じる大阪のレビューの人気スターが「センチメンタル・ダイナ」を唄い、満場の歓声を浴びる。

客席からの「東京ブギ！」のリクエストの声に応じて「『東京ブギ』でございますか？　まぁ、皆さま余程お好きなんですのね、じゃぁ、やりましょう！」とオーケストラボックスの指揮者を促す。それまでドレスを着ていた笠置は、カジュアルなワンピースに着替えて、ステージに再登場して「東京ブギウギ」

を唄い出す。

レコード発売は、翌一九四八（昭和二三）年一月だが、映画のなかの観客たちは、みんなこの曲を知っているのだ。日劇ダンシングチームを率いて、舞台せましと縦横無尽に歌い踊るシヅ子のパフォーマンスに圧倒される。

映像は雄弁、まさに映画はタイムマシンである。その全盛時代を知らない「遅れてきた世代」にも、そのパワー、圧倒的なエネルギーが、時代の熱気とともに、ダイレクトに伝わってくるのだ。

このとき、シヅ子は三三歳。最愛の恋人・吉本穎右と結婚してステージからの引退を決意していた。ところが、かねてから結核療養中だった穎右が二三歳の若さで、この年の五月に病没、失意のなかで六月一日に長女・ヱイ子を出産、シングルマザーとなる。

シヅ子は生きていくために、再びステージに立った。そのシヅ子のために、戦前、戦中と音楽面で彼女を支えてきた服部良一が作ったのが「東京ブギウギ」だった。

服部は、笠置の再スタートを応援するべく、リズミカルなブギウギのスタイルで明るい調子の曲を作ろうと作曲。それが「東京ブギウギ」である。戦時中の一九四二（昭和十七）年、服部は「ブギウギ・ビューグル・ボーイ」に出会い、戦争が終わったらこのリズムを活かしてブギウギ・ソングを作ろうと考えていた。

霧島昇の「胸の振子」のレコーディングの帰途、終電近くの中央線で吉祥寺に帰宅する途中、レールを刻む電車の振動に揺れる吊り革のアフタービート的な揺れに、八拍のリズムを感じて曲想が湧き、西荻窪で下車。駅前の喫茶店でナフキンに音符を書きとめ「東京ブギウギ」と命名した。

作詞の鈴木勝は、海外に禅を広めたことで知られる仏教学者・文学博士の鈴木大拙の養子で、スコットランド人と日本人のハーフという説もあり、戦前にジャパンタイムズ、戦時中は同盟通信社の特派員として上海で勤務していた。鈴木アラン勝の通称で、進駐軍の将校たちとも交流があった。

一九四七年九月十日、「東京ブギウギ」のレコーディングが、東京・内幸町の東洋拓殖ビルにあったコロムビアのスタジオで行われた。当日は、鈴木勝の声がけで、隣のビルにあった米軍クラブから下士官たちが押しかけてきた。スタッフは戸惑ったが、服部は「かえってムードが盛り上がるかも知れない」とレコーディングを断行。

シヅ子のパンチのある歌声、ビートの効いたコロムビア・オーケストラ。全身でそのサウンドにスウィングしているGIたち。OKのランプがつくと、GIたちが真っ先に歓声を上げたと、服部は自伝「ぼくの音楽人生」（九三年・日本文芸社）で回想している。

こうして「東京ブギウギ」が誕生した。リリースは翌年の一月に予定された。その前に十一月には前年の「舞台は廻る」の挿入歌「コペカチータ」と新曲「セコハン娘」がリリースされることになっていた。

ほどなく九月、大阪梅田劇場の舞台で初披露され、十月には、杉浦幸雄、近藤日出造、横山隆一たち漫画家のグループ「漫画集団」の企画による東京有楽町・日劇の「踊る漫画祭・浦島再び龍宮に行く」五景（作・演出・山本紫朗）で歌って注目を集めた。

そしてレコード発売に合わせて、東宝の正月映画『春の饗宴』で主題歌としてフィーチャーされることになった。もちろんその間に、ラジオでも「東京ブギウギ」は流れて、巷で唄われるようになっていた。

それがあっての『春の饗宴』での「皆さま、余程お好きなんですね」だったのである。この「東京ブギウギ」の大ヒットで笠置シヅ子は「ブギの女王」となる。

太平洋戦争直前、内務省による敵性音楽への締め付けが厳しくなり、ジャズ歌手として活躍していたシヅ子も「ジャズはけしからん」との理由で、警視庁から呼び出された。戦意高揚の時局にふさわしくないと、ステージではマイクの前で「三尺四方はみ出してはならない」と指導を受けたほどだった。

それから八年、「三尺四方」の制約から解放されて、舞台の端から端まで、身体を揺らせてジグザグに動き、踊りながら「東京ブギウギ」を満面の笑みで唄う笠置シヅ子は、戦後ニッポンの復興のエネルギーの象徴となった。

長くつらい戦争、数々の制約と、幾つもの悲しみに耐えて、生き抜いてきた日本の庶民たちが、敗戦のショックから立ちあがろうとする活力の源が「東京ブギウギ」であり、稀有な才能を持つエンタテイナー、笠置シヅ子の「底抜けの明るさ」と、身体と声からみなぎる「爆発的なエネルギー」だったのである。

28 笠置シヅ子と映画

空前のブギウギ旋風！

ここで「東京ブギウギ」をリリースするまでの戦後の笠置シヅ子のレコードと映画について触れておく。戦後初の笠置のレコードは、一九四六（昭和二一）年十一月発売の「センチメンタル・ダイナ」（作詞・野川香文）のセルフ・カヴァーである。この曲は「スウィングの女王」の出発点である。カップリングは、戦時中に未発売だった南方歌謡「アイレ可愛や」（作詞・藤浦洸）だった。

「センチメンタル・ダイナ」は、一九四七（昭和二二）年十二月三〇日公開の映画『春の饗宴』（東宝・山本嘉次郎）で、黒いイブニング・ドレス姿のシヅ子がスウィンギーに歌唱する。敗戦後二年間の彼女のパフォーマンスは圧倒的である。映画はその後、主題歌としてフィーチャーされた「東京ブギウギ」のパワフルなソング・アンド・ダンスへと展開していく。

また「アイレ可愛や」は、戦後初めてシヅ子が出演した映画で、この年九月十六日公開の『浮世も天国』（新東宝＝吉本プロ・齋藤寅次郎）の挿入歌として劇中で唄った。横山エンタツ、花菱アチャコ、徳川夢声、古川ロッパに加えて「アノネ、オッサン、ワシャかなわんよ」のフレーズで戦前、戦中の子供たちを夢中にした怪優・高勢實乘の五人男が出演。原作は「轟先生」の人気漫画家・秋吉馨。

残念ながらプリントが現存しないので、観ることは叶わないが、笠置のパフォーマンスはおそらく観客を圧倒したことだろう。

戦前「スウィングの女王」として大人気だったシヅ子だが、意外なことに戦前の映画出演は一作品だけ。ＳＧＤ時代、元祖・唄う映画スター・高田浩吉主演の『弥次喜多　大陸道中』（三九年・松竹下加茂・吉野栄作）である。

藤井貢、伏見信子の松竹スターに加えて、第二次あきれたぼういずの坊屋三郎、益田喜頓、山茶花究が共演。

同名主題歌は、高田浩吉と上原敏のデュエット（作詞・藤田まさと、作曲・高橋虎之助）でカップリングは伏見信子の「唄ふ姫君」（同）。ポリドールからリリースされている。この時は、シヅ子はレコード・デビュー直前、何を歌ったのか、ＳＧＤのジャズ・ソングの替え歌だろうか、と興味は尽きない。

幻の映画、ということでは二〇一七年、神戸映画資料館で戦前のアニメーション映画『HOT CHINA 聖林（ハリウッド）見物』（演出・中山浩、齊藤弥仁）が新たに発見され、上映された。十分の短編漫画映画だが、笠置シヅ子とリズム・ボーイズをフィーチャーしている。シヅ子と中野忠晴がアニメで登場。四〇年九月に発売禁止になった「タリナイ・ソング」「ホット・チャイナ」の頃の製作と思われる。

服部良一は自伝「ぼくの音楽人生」（九三年・日本文芸社）で、「ラッパと娘」「センチメンタル・ダイナ」に「つづいて出た『日本娘のハリウッド見物』は紺屋高尾を素材にした浪曲調ジャズとして好評だった」と回想している。残念ながら「日本娘のハリウッド見物」は、一九四〇（昭和十五）年一月ＳＧＤのステージ「新春コンサート」で「紺屋高尾ハリウッドへ行く」として披露されたが、レコード化されておらず、聴くことが出来ない。この短編のタイトルが『HOT CHINA 聖林見物』というのが興味深い。

ことほど左様に、戦前、戦中の音楽や映画について、現存しないものは遅れてきた世代には謎が多い。周辺情報や状況から類推するほかないので隔靴掻痒である。

戦後、映画初出演となった『浮世も天国』の公開直後、「東京ブギウギ」がステージで歌われてじわじわと評判となり、年末公開『春の饗宴』以降は「ブギの女王」として、各社の映画に引っ張りだことなる。ここからステージ、レコードに加えてシヅ子の「映画時代」が本格的に始動する。

一九四八（昭和二三）年四月には、「ヘイヘイブギー」をフィーチャーした『舞台は廻る』（四月十二日・大映・田中重雄）、黒澤明がシヅ子のパフォーマンスに注目して「ジャングル・ブギー」を書き下ろした『酔いどれ天使』（四月二七日・東宝）、大映伝統の音楽ファンタジー『春爛漫狸祭』（六月二九日・大映・木村恵吾）では、戦前発禁となった「ホット・チャイナ」の替え歌をブギウギでパワフルに歌った。

さらにエノケンとの映画では初共演の『エノケンのびっくりしゃっくり時代』（七月五日・大映・島耕二）、音楽喜劇「歌ふエノケン捕物帖」（十二月三一日・エノケンプロ・渡辺邦男）と五本の映画に出演。いずれもパワフルに歌唱する笠置シヅ子の姿がフィルムに記録されている。

こうした出演作のほとんどの音楽は、服部良一が手がけた。『酔いどれ天使』は黒澤の盟友・早坂文雄が担当したが「ジャングル・ブギー」を、笠置のバックバンド、楽団クラック・スターが演奏するシークエンスは、服部が編曲、音楽を担当している。

シヅ子は、一九五六（昭和三一）年末に歌手業からの引退を決意、女優に専念することになるが、引退前に出演した『のんき裁判』（五五年・新東宝・

渡辺邦男）まで、およそ二五作品でパワフルに歌って踊る。戦後黄金時代のパフォーマンスのエッセンスがこれらの作品に凝縮されている。ソフトパッケージ化されているものは僅かだが、CS放送の映画チャンネルでは、ほぼ全作品放映されているので、今後も視聴のチャンスはあると思う。

29 セコハン娘

天才少女との出会い

「東京ブギウギ」の直前、一九四七（昭和二二）年十一月に笠置シヅ子がリリースした「セコハン娘」（作詞・結城雄二郎）は、ブルース・シンガーとしてのシヅ子の確かな歌唱が堪能できる。

哀調を帯びたイントロ。着物もドレスも、ハンドバッグもハイヒールも、なにもかも姉さんのお古ばかり。やっとみつけた愛しい恋人も、姉のお古。全くやりきれない。しかも彼女はお母さんの連れ子だから、大事なお父さんも二度目のお父さん。だから私は「セコハン娘」という内容。

マイナーコードのブルースのスタイルで、この切ないヒロインの状況が切々と唄われる。歌詞はナンセンスなノヴェルティ・ソングだが、セコハン＝Second Hands（中古品）というフレーズが、世相を反映している。敗戦後二年、あらゆる物資も不足していた。必要なものは全く手に入らない。運よく出物があっても、使い古したセコハンか、米軍の払い下げ品。

敗戦で日本は連合国の支配下に置かれており、平和と自由を謳歌しているが、それもマッカーサーから与えられたもの、という意識も強かった。そうした庶民の感覚を、服部良一のブルースがカリカチュア。のちに作家として「昔々の宝塚歌劇」（七七年・甲陽書房）などを上梓する結城雄二郎による詞は、明らかにパロディなのだが、服部のアレンジ、哀調を帯びたシヅ子のヴォーカルが、時代の「やるせなさ」を醸し出して、まさに悲歌＝エレジーとして不思議な味わいがある。

三番がまた切ない。いつになったらお嫁に行けるのか、それともセコハン娘のまま終わるのか。もしも、結婚したとしても二度目の花嫁と人に指さされるだろう。なんとも自虐的である。そして曲全体のオチとして、ヒロインが胸を張って言えること。ただ一つだけ、セコハンではないものがある。それは「乙女の純潔」。神様だけがご存じなの、と。

市川崑の映画『果てしなき情熱』（四九年・新東宝）でシヅ子が「セコハン娘」を唄うシーンがある。キャバレーで楽団クラック・スターの演奏をバックに、ポーカーフェイスのシヅ子が、無表情に切々と歌い上げる。この頃、シヅ子はステージの振り付けを自分で考えることが多かったが、ここでもユニークな振り付けが楽しめる。歌詞に合わせて、無表情からニコやかで嬉しそうな顔となり、それが一転、悲しみを湛える。一曲のうち表情も動きも目まぐるしいのだが、歌詞の内容とリンクして不思議な説得力がある。

この『果てしなき情熱』は、服部良一をモデルにした野心家の作曲家・堀雄二が、戦後、創作上のスランプに陥り苦悩する。物語や主人公のキャラクターはほとんど創作だが、淡谷のり子「雨のブルース」、山口淑子（李香蘭）「蘇州夜曲」とオリジナル歌手をゲストにした服部ソングブック映画でもある。

ここでシヅ子は、未レコード化のオリジナル曲「私のトランペット」を唄い、ラストに新曲「ブギウギ娘」（作詞・村雨まさを）を熱唱する。

さて「セコハン娘」のレコードが発売される二ヶ月前、シヅ子は横浜国際劇場のステージに立った。楽屋へ前座をつとめる少女歌手とその母親が挨拶に来て、服部とシヅ子に、前座で新曲の「セコハン娘」を歌わせて欲しいと頼んできた。

少女は横浜出身で地元では歌が上手いと評判のまだ十歳の小学生。名前は美空和枝。のちの美空ひばりである。服部は、シヅ子が「セコハン娘」を歌う予定なので、他の曲にして欲しいと答えた。そこで少女は、菊池章子の「星の流れに」（作詞・清水みのる、作曲・利根一郎）を歌った。

「星の流れに」は、敗戦後、生活のために街角に立っていた街娼のやるせない気持ちを描いて、大ヒットしていた。最後の「こんな女に…」というフレーズは、敗戦後の混乱は誰がもたらしたのか、という怒りに満ちたメッセージでもあった。

これがシヅ子とのちの美空ひばりの初対面のエピソードである。その後、美空ひばりは、一九四九（昭和二四年）一月、日劇「ラヴ・パレード」十二景（演出・白井鐵造）で、灰田勝彦、橘薫、暁テル子たちとともにステージに立った。この時のことを「日劇レビュー史」（七七年・三一書房）で、著者の橋本与志夫は「灰田勝彦を中心に三つの恋を並べた構成だが、笠置ばりで『東京ブギウギ』を歌う〝ベビー歌手〟美空ひばりが〝大人〟を食ってしまった」と書いている。

さて、しばらくしてひばりは、喜劇の神様・齋藤寅次郎に抜擢され映画『のど自慢狂時代』（四九年三月二八日・東横）に出演。「セコハン娘」を大人びた表情で歌って観客を驚かせた。続く寅次郎の『新東京音頭　びっくり五人男』（六月七日・吉本プロ＝新東宝）でひばりは「ジャングル・ブギー」の替え歌パロディを、川田のギター伴奏で歌った。

当時、ひばりはまだレコードデビュー前で、持ち歌がなく、誰よりも好きで敬愛する笠置シヅ子の歌をレパートリーにしていた。それが波紋を呼ぶことになる。

30 さくらブギウギ

ブギが日本人の音楽を変えた

「東京ブギウギ」の爆発的ヒットは、敗戦後の庶民の「明るい光」でもあった。敗戦の年の秋、並木路子が歌った「リンゴの歌」（作詞・サトウハチロー、作曲・万城目正）では、焼け跡で絶望していた人々が笑顔を取り戻し、菊池章子の「星の流れに」（作詞・清水みのる、作曲・利根一郎）の厭世的な気分への共感、平野愛子の「港が見える丘」（作詞・作曲・東辰三）で抱いたありし日へのノスタルジーと明日への希望…歌は時代を映す鏡であり、人々の時代感覚を万華鏡のように、遅れてきた世代にも感じさせてくれる。

そうした曲の「情緒」は、歌詞やメロディがもたらすものだった。しかし、服部良一と笠置シヅ子の「ブギウギ」は理屈抜き、ウキウキするリズムに、心がズキズキと弾けて、ワクワクした気持ちになる。ブギのリズムが聞くものを、楽しい境地に誘ってくれたのだ。

「情緒」ではなく「衝動」。敗戦直前の上海で、李香蘭は「夜来香幻想曲」のブギ・アレンジの譜面を手に、服部に「このリズム、なんだか歌いにくいわ、お尻がむずむずしてきて、じっと立ったままでは歌えません」と言ったが、まさに身体がリズムに乗ったのである。

さてシヅ子の「ブギウギブーム」に対して、一九四九（昭和二四）年八月十六日付の東京新聞に掲載された記事を引用する。

「流行歌手には珍しく悪声の方だが、その野生的、官能的な歌と、ダイナミックに踊りまわる奔放な動きは従来の歌い手に見られなかった点で、見る者をして植民地気分にひたらせてくれる」「服部良一とのコンビで生まれた、その得意とする多くの陽気なブギものや、『セコハン娘』のようなブルースにも一脈の哀愁が感じられるのは、やはり敗戦歌手のせいであろうか」と、いささか自嘲的な表現だが、当時の新聞の論調はこんな感じだった。

「東京ブギウギ」が大ヒットするなか、一九四八（昭和二三）年三月、花見の時季に「さくらブギウギ」がリリースされた。作詞は戦前からの服部の盟友・藤浦洸。メロディもアレンジも、満開の桜祭りにふさわしく楽しい。桜＝チェリーから、チェリオ＝乾杯へ、お釈迦様＝花まつりと、季節感にあふれている。藤浦洸の歌詞は、お祭り気分を盛り上げて春のリズムで青春を讃える。他愛のないフレーズが、リズムに乗ってイキイキとした言葉になる。

服部によるシヅ子の「ブギウギ」は、それまでの情緒的な流行歌ではない、リズムの楽しさをもたらした。まだそういう言葉はなかったが「リズム歌謡」はここから始まったと言っていいだろう。

一九四九年、イギリスの国営放送ＢＢＣのニュース・フィルム「イッツ・ホッター・イン・ジャパン IT'S HOTTER IN JAPAN（日本はもっと熱い）」では、東京の将校向けナイトクラブに、ブロードウェイの大物プロデューサー、ビリー・ローズ夫妻がやってきて、笠置シヅ子の「東京ブギウギ」を楽しむ。

笠置は白地にラメの装飾の入ったワンピースを着て、いつものようにボディ・アクションを交えながら熱唱。バッキングは、一九四六年に結成された「楽団クラック・スター」。リーダーの高澤智昌は陸軍軍楽隊出身で、服部良一に認められ、笠置が歌手を引退するまで、専属バンドとしても活躍した。レコードテイクよりも、スピーディでパワフルなパフォーマンスである。ナレーターは「これほどホットなエンターテインメントは欧米にもなかった」と大絶賛。

ビリー・ローズは、ブロードウェイを代表する興行師であり、「ジャンボ」「カルメン・ジョーンズ」などヒット・ミュージカルを仕掛け、「ペーパームーン」などのスタンダードも作曲しているコンポーザー。服部が目指しているアメリカを代表するプロデューサーでもあった。いつかは、ジャズやミュージカルの本場で、自分の曲で勝負がしたい。服部は常にそうイメージしていたことだろう。

笠置シヅ子は、乳飲み子を抱えながら、生きていくため、毎日のステージを精いっぱい務めていた。それは戦前の松竹楽劇部の研究生時代、ＯＳＳＫ

時代から変わらない。家族の生活のために、懸命にステージに立ち、それを楽しんでくれるお客様の笑顔のために、精一杯の力を込めて歌って踊る。デビューして二十年、それはずっと変わらなかった。

「ブギの女王」と賞賛され、一躍時の人となってステージ、映画と飛び回っていたシヅ子だが、この年、雑誌「スクリーンステージ」（四八年九月号）に、こんなコメントを寄せている。自身のブームについて「或る人は戦後のジャズ解禁の風潮に乗ったのだと言い、また或る人は大阪生まれの私の図太い神経が今の世相、人心に適合したからだと言われます。しかし私は昔とちっともちがってないのです。十年前、大阪松竹歌劇から独立して上京した時の私を知る人はよくご存知だろうと思います。」

彼女は、どんなに売れっ子になっても、自分自身のポジションをきちんと認識して、ブームに浮かれることも振り回されることもなく、変わらぬスタンスを守っていた。

31 ヘイヘイブギー

ブギウギ娘とブルース

「さくらブギウギ」に続いて一九四八(昭和二三)年四月にリリースされた「ヘイヘイブギー」は「笑う門には福来る」「笑って暮らそう」というポジティブなテーマのノヴェルティ・ソング。シヅ子のセルフイメージである「満面の笑顔」は、雑誌の口絵やグラフ誌のグラビアにも溢れていた。

歌詞のなかに「ラッキー・カムカム」というフレーズがある。進駐軍のGIやその家族たちが街角を闊歩し、英語が飛び交うようになった戦後、庶民も英会話を身につけようと、NHKラジオで「英語会話」が一九四六年二月一日にスタートした。その番組の通称が「カムカム英語」。番組のテーマ音楽は、童謡「証城寺の狸囃子」のメロディに乗せて〝Come, Come, Everybody〟で始まる。担当アナウンサー平川唯一が作詞をして一世を風靡した。二〇二一年秋のNHK朝の連続テレビ小説「カムカムエヴリバディ」の題材ともなった。

ともあれ、笠置の「ラッキー・カムカム」は、聴くものを幸せな気分に導いてくれる。服部のブギウギ・アレンジもスピーディで、ピアノのブギのリズムに乗って、「ヘイヘイー」コールに、コーラスがレスポンスする心地良さ。続くスキャットも明るくて楽しい。これが客席のレスポンスとなり、ステージが盛り上がった。

「ヘイヘイブギー」がレコード発売前に披露されたのが、シヅ子主演の音楽映画『舞台は廻る』（四八年四月十二日・大映・田中重雄）である。

偏屈な作曲家・佐伯雅人（斎藤達雄）は、「スウィングの女王」と謳われる大人気の歌手・笠間夏子（笠置）とおしどり夫婦だったが、創作に行き詰まって酒と女に溺れて別居している。夫妻のかすがいだった一人息子・孝（有馬脩）は、佐伯が「自分で育てるから」と手放さずに鎌倉の屋敷で育てている。が、父親に厳しく躾けられて萎縮、頑なに心を閉ざしてしまった孝は、八歳だが学校にも通わせて貰えない。

ある日、有楽座のステージで夏子が「ラッパと娘」を歌っていると客席には、佐伯に内緒で劇場にやってきた孝の姿が…。

タイトルこそ、エノケンと笠置が初共演した有楽座の「舞台は廻る」と同じだが、打って変わってヘビーなドラマである。原作は戦前「新青年」でモダンな小説を発表してきた作家・久生十蘭「月光の母」。しかも劇中の設定で佐伯が作曲、夏子が唄うナンバーは、まさに「ブギの女王」の面目躍如。音楽を服部良一が手掛けているので、BGMに至るまで服部ソングブックの楽しさに満ちている。

巻頭の「ラッパと娘」のトランペットは、名手・益田義一。演奏は笠置のバンドで高澤智昌率いる「クラック・スター・スヰング楽団」。アレンジもスピーディで、ステージングも素晴らしい。SGD時代はこうだったのかとイメージさせてくれる。

ゲスト出演の淡谷のり子が、大山秀雄楽団をバックに「夜のプラットホーム」を歌うシーンがある。戦後、二葉あき子のレコードで大ヒットしたこの曲は、もともと映画『東京の女性』（三九年・東宝・伏水修）の挿入歌として淡谷のり子が歌ったもの。時局にそぐわないと発禁となったが、ここではシヅ子と同時代を生きてきた「ブルースの女王」の歌唱が楽しめる。

そしてシヅ子が、新曲のブルース「恋の峠路」を、悲しみを湛えた哀調の歌声で唄い上げる。「ブギの女王」が挑戦した服部ブルース「恋の峠路」は、本作の主題歌「ヘイヘイブギー」のカップリングとして、映画公開の四月にリリース。明るいブギのリズムを期待する観客を良い意味で裏切るパフォーマンスだが、その歌唱は圧倒的である。その前の淡谷のり子が前座に思えてしまうほど。

惜しむらくば、斎藤達雄の演じた作曲家・佐伯のキャラクターが、もう少し魅力的だったら、と思う。息子の教育も育児もネグレクトして、自分のコンプレックスばかりを前面に出して酒に溺れているだけ。当時の観客は受容できただろうが、現在の視点では完全にアウトである。しかし妻・夏子は、子供のためにも、そんな佐伯とヨリを戻そうと努力をする。

クライマックス、佐伯が妻のために書いた「還らぬ昔」を、フルオーケストラをバックに唄い上げるシヅ子の堂々たる歌声、服部渾身のアレンジで、まさにガーシュインの楽曲のような四分二〇秒間のシンフォニック・ジャズである。

そして、いよいよ新曲「ヘイヘイブギー」のステージ。バックダンサーは、シヅ子の後輩にあたるＳＫＤダンシングチーム。なんと七分二〇秒に及ぶスペクタクル・ナンバーである。間奏のアレンジもレコードよりゴージャスで、シヅ子がコミカルに、大きな口を開いて、満面の笑みでステージせましと踊りまくる。

やがて袖でリズムを取っている佐伯が、夏子のマネージャー森下（潮万太郎）に促されてステージへ。佐伯がピアニストと交代した途端、ピアノのキレが良くなる。三番の「ヘイヘイ」のコール＆レスポンスを、笠置とピアノで応酬。さらに四番にあたるリフレインでは、服部好みの女性コーラス、東宝マーガレットシスターズの千草みどり、緋桜京子、伊吹まち子、竹生八千代が登場。生のステージは見ることができないが、こうして映画に記録されていることに感謝、である。

32 ジャングル・ブギー

腰の抜けるようなブギウギ

「東京ブギウギ」が本当の意味でブレイクしたのは、映画『春の饗宴』（四七年十二月三〇日・東宝・山本嘉次郎）からだった。笠置シヅ子はステージせましとブギのリズムに乗って全身を躍動させた。

服部良一はシヅ子に「とにかくブギは、からだを揺らせてジグザグに動いて踊りながら歌うんだ。踊るんだ。踊りながら歌うんだ」（『ぼくの音楽人生』九三年・日本文芸社）と指導した。この踊りは振付師ではなく、シヅ子が独自に考案したものを振付師が仕上げたもの。

ここに空前の「ブギウギ・ブーム」が到来。様々な識者や見巧者、新聞記者が笠置のインパクトをそれぞれの言葉で語った。しかし、ブーム以前に、笠置のパフォーマンスに注目したのが黒澤明だった。師匠・山本嘉次郎が、エノケン・ロッパを映画で初共演させて話題となった大作喜劇『新馬鹿時代』（四七年十月・東宝）で作った闇市のオープンセットを取り壊すのが勿体ないからと、再利用目的で企画したのが、第一期東宝ニューフェースの新人・三船敏郎を起用した『酔いどれ天使』（四八年四月二六日・東宝）だった。

製作準備は一九四七（昭和二二）年十一月、クランクインは一九四八（昭和二三）年一月、クランクアップは三月というスケジュールである。黒澤は焼け跡のエネルギーを象徴する存在として、キャバレーの場面で、笠置シヅ子を起用することにした。シヅ子のステージを観ていた黒澤は、その圧倒的な歌声とインパクト、小さな身体から出てくる大きな声を、どうしても自作に活かしたいと考えたのである。

おそらく黒澤は一九四七年秋にステージのシヅ子を見て、起用を考えたのだろう。続いて師匠・山本嘉次郎が「東京ブギウギ」をフィーチャーした『春の饗宴』を手掛けたことも大きい。シヅ子に出演依頼するにあたって、黒澤は主題歌「ジャングル・ブギー」を作詞した。「ウワーオ、ワオ」と、ターザンの叫び声・エイプコールもかくやの絶叫。「ワタシは女豹だ」「南の海は」「火を吹く山から生まれた」と野生味あふれる歌詞。さらに「腰の抜けるような恋をした」というセックスを想起させるダイレクトな表現が続く。さすがに「これは歌えない」とレコーディングの際に、シヅ子が難色を示したために、書き換えられた。

服部は、この黒澤明のインパクトのある歌詞、演出意図を汲み取って、これまでの「ブギウギ」をさらに推し進めて、ジャズの歴史を遡った。一九二〇年代後半から三〇年代にかけて、デューク・エリントンが「コットン・クラブ」時代に、「ブラック・アンド・タン・ファンタジー」で確立したジャングル・サウンドである。ホーン・アンサンブルに、ブランジャー・ミュートをつけたトランペットでアフリカのジャングルを思わせるサウンドを展開したのである。そうしたジャングル・サウンドのエッセンスをスピーディなブギのリズムに取り入れてビートを効かせ、ホーンセクションも増やして、パワフルなサウンドに仕上げた。

さて撮影所では、高澤智昌率いるクラック・スター・スヰング楽団の演奏をバックに事前録音した音源を流すプレスコ撮影の際、黒澤はシヅ子の顔のアップ、いや口のアップを撮ろうとした。びっくりしたシヅ子が思わず「わての口の中写すんでっか」と言ったという。

実は「ジャングル・ブギー」が『酔いどれ天使』公開直前にステージで披露されている。四月一日から二五日、有楽座での榎本健一一座公演「一日だけの花形（スター）」（作・演出・斎藤豊吉）のこと。エノケンが虎の衣装で、シヅ子が女ターザンのような虎の織物を着たスタイルに、戦前からパラマウント映画で「南海美女」として名を馳せたドロシー・ラムーアのように髪に花一輪をつけて、掛け合いで歌った。これが初お目見得だが、客席がどっと沸いたという。シヅ子の知り合いが「六代目と播磨屋の初顔合わせ以来、二十何年ぶりに、こんなに沸いたのを見たことがなかった」と楽屋にやってきて興奮気味に話したという。

レコード発売二ヶ月前の九月十七日から日劇「ジャングルの女王」十二景（作・演出・東信一 音楽・服部良一）で大々的にフィーチャーされた。映画では翌年公開『脱線情熱娘』（四九年十二月八日・松竹・大庭秀雄）のなかで、笠置の「アー」という絶叫から始まる強烈な場面がある。クラシックの声楽を勉強しているはずのヒロインが、見合い相手（小笠原章二郎）に、お転婆を見せて嫌われようとする。このパフォーマンスがまたすごい。成金宅の応接間のセットを縦横無尽に飛び回る。観客がタジタジになってしまうほど。『銀座カンカン娘』（八月十六日・新東宝・島耕二）でも少しだけ歌っている。

また、六月公開『びっくり五人男』（新東宝・齋藤寅次郎）では、美空ひばりが「ジャングル・ブギー」の替え歌を唄う。喜劇の神様・寅次郎らしい戯作精神に満ちた歌詞もさることながら、「ベビー笠置」と呼ばれた十一歳のひばりのパフォーマンスに驚かされる。

33 ブギウギ時代

とにかくこの世はブギウギ

一九四八（昭和二三）年、服部良一と笠置シヅ子の「ブギウギ」ソングは、三月「さくらブギウギ」（作詞・藤浦洸）、四月「ヘイヘイブギー」（同）に続いて五月「博多ブギウギ」（同）、九月「北海ブギウギ」（同）、「大阪ブギウギ」（同）、十一月「ジャングル・ブギー」（作詞・黒澤明）、「ブギウギ時代」（作詞・村雨まさを）と毎月のようにリリースされた。

まさに「猫も杓子もブギウギ」である。「東京ブギウギ」のヒットで、各地から「東京もいいけど、我が地方のブギもぜひ」の声が放送局やレコード会社に殺到。音頭や小唄が定番だった「ご当地ソング」として、次々と企画された。

この頃は、有楽町・日劇や日比谷・有楽座などでの東京公演だけでなく、どの歌手も「巡業」として地方都市でのステージも積極的に出演していた。なので「ご当地ソング」があれば、ステージも盛り上がるし、レコード売上にも貢献できる。

「博多ブギウギ」は、「炭坑節」よろしくお月さんが「松の陰から顔を出した」から始まり、「博多はよかとこ」と「どんたく囃子」などのご当地ワードを盛り込んでいる。これまで民謡や盆踊りソングが果たしてきた役割をブギが担ったのだ。

続く「北海ブギウギ」は、北海道蓄音器商組合創立十五周年記念で作られた。寒くてもブギで暮らせば、心ウキウキになる。「ニシン」「シャケ」「たら」「マス」「コンブ」と海産物がずらりと並ぶ。ここでも「心ズキズキ」「ランララランララン」と「東京ブギウギ」で定着したフレーズがリフレインされる。三コーラス目の歌い出しは、ピアノがブギを奏でて、心地良い。

九月リリースの「大阪ブギウギ」は、笠置と服部にとってはネイティヴな大阪弁をフィーチャー。「ほんにそやそや」「そやないか」とのちの「買物ブギー」のプロトタイプでもある。道頓堀から御堂筋にかけての「赤い灯」「青い灯」は、松竹楽劇部のステージから生まれた「道頓堀行進曲」(二八年・作詞・日比繁次郎　作曲・塩尻精八）をイメージさせる。さらに、「あちらで言ったらニューヨーク」と喩えてモダン大阪を強調している。

こうした「ご当地ブギ」は、それまでの「ご当地ソング」でも定着しているキーワードを散りばめてブギのリズムでまとめ上げていくスタイルで連作された。これらを服部は「ブギ小唄」と名付けた。

そして黒澤明の映画『酔いどれ天使』から生まれたヒット曲「ジャングル・ブギー」のカップリングが、「ブギウギ」の産みの親である服部が村雨まさをのペンネームで作詞もした、セルフパロディによる集大成ソング「ブギウギ時代」である。

これはイントロの構成、アレンジも「東京ブギウギ」を踏襲している。猫も杓子も「ブギウギ流行り」と自らブームを唄い、歌の主人公はブギを唄いながら買い物に行くと、八百屋さんが慌ててネギを出した。これでは本当に「東京ネギネギ」と洒落ている。といった感じで、この村雨まさを（服部良一）の「ネギとブギ」をかけての笑いの感覚は、一九五〇（昭和二五）年の「買物ブギー」につながっていく。

服部のアレンジは、ジャイブ感覚に溢れて、シヅ子の「ダラララン、ダラララン」のスキャット、間奏の演奏のスウィング感。リズム歌謡としての楽しさに満ちている。昔は音頭で盆踊りだったが、今は浴衣でブギウギ・ダンスを踊っている。「とかくこの世はブギウギ」のフレーズがこの時代の空気でもあった。

このブギウギ・ブームのなか、今やステージの名コンビとなった、エノケンこと榎本健一と映画での初共演となる『エノケンのびっくりしゃっくり時代』（四八年七月五日・大映東京・島耕二）に出演。ここからエノケン・笠置のコンビが、スクリーンを通して全国区となった。プロデューサーは、映画『舞台は廻る』を企画した加賀四郎。服部とは、戦前未公開となった映画『舗道の囁き』（三六年・加賀プロダクション・鈴木傳明）以来の付き合い。この映画は四六年に『想い出の東京』に改題され松竹系で上映された。ちなみに加賀四郎は、女優の加賀まり子の父である。

敗戦後、ルンペンとなった健太（エノケン）が、街頭で歌を唄って楽譜を売っている歌ちゃん（笠置）たちのグループに加わるが、スリの濡れ衣を着せられて大弱り。しかしスられた相手は汚職政治家で…といった、風刺の利いたコメディ。脚本はエノケンの盟友・山本嘉次郎監督。

シヅ子は、未レコード化の新曲「浮かれルンバ」をタイトルバックで唄う。この年の一月、服部は二葉あき子の「バラのルムバ」（作詞・村雨まさを）をリリース。ブギに続く新リズムとしてルンバにも挑戦していた。笠置の「浮かれルンバ」は映画のみの歌唱だが、この曲は、服部がさまざまな映画のなかで使っている。そしてエノケンと笠置のデュエット「びっくりしゃっくりブギ」が楽しい。これも未レコード化の佳曲である。

34 歌うエノケン捕物帖

喜劇王VSブギの女王

喜劇王エノケンこと榎本健一と笠置シヅ子のコンビは、有楽座「舞台は廻る」(四六年三月)、「一日だけの花形」(四八年四月)とステージでの好評を受け、大映『エノケンのびっくりしゃっくり時代』(四八年七月)と映画へと発展。コメディエンヌとしてのシヅ子はいつしか「女エノケン」と呼ばれるようになっていた。

榎本健一は一九四八(昭和二三)年、エノケンプロダクションを設立した。敗戦三年目のこの年、「来なかったのは軍艦だけ」と連合国軍が出動するに至った東宝争議のあおりを受け、古巣の東宝で思い通りの映画が作れないなら、自分のプロダクションを作ろうと東宝のプロデューサー森岩雄の肝煎りで、エノケンプロを設立した。その第一回作品が、巨人軍の川上哲治などプロ野球の花形選手をフィーチャーした『エノケンのホームラン王』（九月九日・エノケンプロ＝新東宝・渡辺邦男）だった。

これが好評で、続いて「ブギの女王」笠置シヅ子と、服部良一に声をかけて企画したのが『歌うエノケン捕物帖』（十二月三一日・渡辺邦男）だった。さらにもう一人、服部メロディには欠かせないアーティストをキャスティング。「銀座セレナーデ」（作詞・村雨まさを）などヒットを連発していたベテラン・シンガーの藤山一郎である。エノケンが目指したのは、自身とシヅ子、藤山のトリオで唄いまくるオリジナルのミュージカル映画である。

エノケンがしばしば舞台で演じてきた講談「大岡政談」の挿話「権三と助十」は、大岡越前の「大岡裁き」をクライマックスにした時代劇で、作り方はアチャラカ芝居のスタイル。なんといっても、この作品の魅力は服部メロディの数々である。なんとナンバーは九曲もある。

冒頭、橋のたもとで客引きをする権三（エノケン）と助十（藤山一郎）が歌うのは「篭屋のダイナ」。エノケンも、戦前にポリドールで吹き込んだジャズソングの定番「ダイナ」を服部はブギウギに仕立て、二人が楽しげに唄う。続いてはエノケンが子供を前に、あやすようにおどけて「鐘の鳴る丘」（作詞・菊田一夫、作曲・古関裕而）を唄う。時代劇だけど最新の流行歌を歌う主人公。これまた音楽映画の楽しさである。

いよいよ権三の女房・おさき（笠置シヅ子）が登場する。このとき笠置は三五歳、『びっくりしゃっくり時代』では娘役を演じていたが、のちにお馴染みとなる「大阪のおばちゃん」キャラ、もちろん歌いながらである。服部が戦時中、シヅ子のために作曲した南方歌謡「アイレ可愛や」を替え歌で「今日もあぶれたコラ亭主　腰抜け亭主のドスカタン」と猛烈に唄い、エノケンとの夫婦喧嘩が始まる。この掛け合い、歌の魅力もさることながら、エノケンとシヅ子の強烈なパーソナリティのぶつかり合いが素晴らしい。演者のキャラが立った理想的なミュージカル場面である。

一方、助十は意中の彼女・おしげちゃんと、藤山一郎の戦後初のヒット曲「夢淡き東京」（作曲・古関裕而）の替え歌を唄う。おしげに扮したのは、戦後エノケンの舞台や映画に欠かせなかった旭輝子。神田正輝の母である。借金のカタに五両で売られてしまう悲劇のヒロインを演じており、笠置のパワフルなおカミさんとは対照的に可憐な女の子である。

そのおしげを狙う悪侍・三十郎には中村平八郎。エノケン一座の幹部俳優で、エノケンの盟友・如月寛多が改名しての出演。中村平八郎名義では翌年の『エノケン大河内の旅姿人気男』『エノケンのとび助冒険旅行』（四九年・新東宝・中川信夫）で出演しているが、その後、如月寛多に戻している。

後半、黒幕として登場する怪人物をエノケンが二役で演じている。舞台でも映画でもエノケンは数役に挑むのが習わしで、『エノケンの近藤勇』（三五年・P.C.L.山本嘉次郎）では近藤勇と坂本竜馬、『エノケンの爆弾児』（四一年・東宝・岡田敬）では三役を演じるなど、当時の観客にはお馴染みのパターンだった。

なんと言ってもシヅ子とエノケンの掛け合いによる「東京ブギウギ」の替え歌「ホウキブギウギ」が本作のハイライト。黒幕・三十郎の正体を暴くべく、権三はおさきにアイコンタクト、掃除をしながら歌い出す。服部のアレンジはほぼオリジナルで、シヅ子とエノケンとの呼吸もピッタリ。二人のパワフルなステージの片鱗が窺える。

プロデューサーの滝村和男、監督の渡辺邦男ともども、『エノケンのホームラン王』と同じメンバー。エノケンにとっても戦前からの旧知のスタッフである。撮影が行われたのが太泉スタジオ。黒澤明の『野良犬』(四九年・映画芸術協会＝新東宝)が作られたのもここ。

現在の東映東京撮影所の前身である。映画史的に云えば、この年起きた東宝争議の余波で、エノケンが独立プロを興し、使用できなくなった東宝撮影所の代わりに、太泉スタジオで撮影したということである。余談だが『野良犬』の闇市のシーンには「東京ブギウギ」のメロディが流れる。

さて、圧巻はフィナーレ。藤山一郎、旭輝子、笠置シヅ子、エノケンの四人が、それぞれの持ち歌を歌って、エンドマークというのがなんとも小気味が良い。

35 愉快な相棒

彼女は生一本でぶつかってくる

一九四九（昭和二四）年正月、空前のブギウギブーム、笠置シヅ子旋風が吹き荒れ、笠置は大忙しだった。元旦から、日比谷・有楽座では毎年恒例となったエノケン劇団の新春公演「愉快な相棒」九景（作・演出・藤田潤一）に客演。映画『歌うエノケン捕物帖』も好評で、エノケンと笠置の名コンビを見たさに、有楽座には多くの観客が詰めかけた。

戦前、東宝のオーナー、小林一三が「日本のブロードウェイ」を目指して、日劇、有楽座、東京宝塚劇場を次々と開場させ、エノケン、ロッパを中心に舞台公演に力を入れた。それから十数年、どの劇場も趣向を凝らして、入りきらないほどの観客が訪れていたのである。

この時、有楽町・日劇では、かつての李香蘭＝山口淑子が戦後初の日劇出演となる「歌う不夜城」十景（作・演出・白井鐵造）公演が元旦から九日まで行われることになっていた。

しかし山口淑子が、前年暮れの九州、神戸巡業の無理がたたって、急性肺炎で倒れてしまう。しかし舞台に穴は開けられない。日劇では必死に代役を探すも、主だった歌手はスケジュールが詰まっていて、なかなか決まらない。そこで有楽座のエノケン劇団に特別出演中の笠置に白羽の矢が立ったのである。いくら近くの劇場で時間調整ができるとはいえ、これは無謀なキャスティングであるが、笠置は他ならぬ親友・山口淑子のためならばと、代役を快諾した。

笠置は、前年の十一月『歌うエノケン捕物帖』撮影中から、一ヶ月半の地方巡業が続いて、十二月二六日に帰京。疲れを休める暇もなく「愉快な相棒」の稽古に入っていた。しかし、元旦、日劇の初日の蓋が開かないと知って、無理を承知で掛け持ち出演を承諾したのである。

元旦早々から、終日、有楽座と日劇間を衣裳のままリンタクで移動。有楽座は一日二回公演。日劇「歌う不夜城」は一日四回公演のハードスケジュールとなった。笠置の決断にエノケンも感激して、初日の最終回、日劇のステージにサプライズ出演。笠置と一緒に「へイへイブギー」をデュエット、観客を喜ばせた。さて、一月九日の東京新聞に有楽座「愉快な相棒」の劇評が掲載されている。見出しには「ウマが合う御両人」とある。「エノケンと笠置シヅ子が小学生になってつかみ合いのけんかをする愛きょうタップリの初恋の場」から物語が始まる。終戦後、芸術家になりそこねて今は警官のエノケン。一流の歌手を目指すもいまだにコーラスガールの笠置シヅ子。さらに中学の同窓生で、官吏を目指していたが、今ではスリの親分となっている山茶花究。この三人が、偶然銀座裏で再会。あの頃を思い出して、青空楽団を結成して再出発するまでの物語が展開する。

エノケン、笠置、そして戦前は古川緑波一座にいて、あきれたぼういずのメンバーとなった山茶花究。それぞれ喜劇役者として、歌手として、パフォーマーとしての個性のぶつかり合いは想像するだけでも楽しそうである。

劇評は「ただ現代の銀座裏を描いていながらこれといった風刺がないので、単なるお笑い劇に終わっているのは残念だが、エノケンと笠置のコンビはますます意気投合をみせ、いつも相手役を完全に食ってしまう笠置が、エノケンと一緒だと五分五分の共演をしている、よほどこの二人はウマが合うと見える、旭輝子のクツみがきの少女も明るい」で締めている。

榎本健一は、笠置シヅ子について「歌う自画像　私のブギウギ傳記」（四八年・北斗出版社）に「生一本の熱燗」と題して寄稿、笠置の人物像についてこう書いている。

「彼女は生一本である。彼女の生活には舞台と楽屋の裏おもてがない。ただ生一本である。私は舞台と映画に、彼女につき合って出演してみて、はっきりとそのことを知った」。エノケンがこれまで共演してきた女優や歌手には「女優らしさ」という気取りがあり、それで舞台に立つので「どうも嘘の姿になって、こっちとしっくり合わない」が、笠置はそうではなく「生一本でぶつかってくる。だから私も生一本で取り組むことができる。それが私にとってたまらなくうれしい」と礼賛している。

エノケンも戦前、戦中の全盛期、二村定一や如月寛多といったステージでの相棒はいたが、女性、特に強烈なインパクトのコメディエンヌのパートナーはいなかった。シヅ子は楽屋ではエノケンのことを「榎本先生」と師として慕い、その芸にかける姿勢を尊敬していた。しかし一度舞台に出ると「エノケン・笠置」のコンビは、最高のパートナーとして、パワフルなパフォーマンスで観客の爆笑を誘った。エノケンにとっても、一番相性の良いパートナーがシヅ子だった。一九四九年七月八日から八月一日にかけて、笠置はエノケン劇団の有楽座「エノケン・笠置のお染久松」(作・演出・波島貞)に出演、『エノケン・笠置の極楽夫婦』(十一月一日・エノケンプロ・森一生)、舞台の映画化『エノケン・笠置のお染久松』(十二月三〇日・エノケンプロ・渡辺邦男)でもコンビを組むこととなる。

36 あなたとならば

シヅ子とひばり

多忙な日々が続くなか、笠置への映画出演のオファーが続いた。笠置が出演して唄うだけで、観客が殺到したのだ。テレビ前夜、人気スターの芸はステージでの実演か映画でしか観ることができなかった。

一九四九（昭和二四）年、前年の『歌うエノケン捕物帖』に続いて、笠置が出演したのは、戦前、松竹のトップスターだった高杉早苗と、『愛染かつら』（三八年）などで一世を風靡した二枚目・上原謙とのロマンチック・コメディ『結婚三銃士』（三月二一日・新東宝・野村浩将）である。

就職難で苦労して、婚約者・若原春江との結婚もままならず、なんとか化粧品会社のセールスマンになった上原謙。二枚目だけど、その自覚のないまま、猛烈女社長・清川虹子に見込まれて、持ち前の男前を武器に、キャバレーや美容院の女の子たちに取り入って次々と契約を獲得。たちまちトップセールスマンとなる。前半の痛快さは、のちの植木等主演『日本一の色男』（六三年・東宝・古澤憲吾）のプロトタイプのようでもある。

シヅ子は売上に貢献するキャバレーの歌手役で、幼馴染の三味線の師匠・森赫子、化粧品会社社長の姪で口紅を開発中の研究員・高杉早苗と、上原謙をめぐって熾烈なライバルとなる。シヅ子のキャラは姐御肌であるが、上原謙に初恋の人の面影をみて一目惚れをする純情娘でもある。

この映画のために服部が書き下ろした主題歌は、ブギウギではなく、明るいポピュラー・ソング「あなたとならば」（作詞・藤浦洸）、公開直前の三月一六日に発売された。メジャーコードのメロディを聴いていると気持ちが開けてくる。コミカルなノヴェルティ・ソングというより、ストレートに「あなたと一緒にいると幸せ」と乙女心を歌っている。劇中では、キャバレーのステージで唄い、待合で上原謙に愛の告白をするシーンでリフレインする。歌詞が彼女の心情に寄り添っていて、印象的である。

シヅ子と森赫子、高杉早苗は、上原謙との恋愛について、お互いにモーションをかけないと淑女協定を結ぶが、結局、高杉と上原が結ばれる。シヅ子は完全にフラれてしまうのだが、高杉と上原がゴールインするまでの、あれよあれよのクライマックスは、ハリウッドのスクリューボール・コメディのようなモダンな味わいがある。

この『結婚三銃士』公開の翌週、大映系で封切られたのが喜劇の神様・斎藤寅次郎監督のオールスター音楽喜劇『のど自慢狂時代』(三月二八日・東横映画)である。灰田勝彦、並木路子、美ち奴ら人気歌手をフィーチャー、古賀政男まで出演しての賑やかな作品。十一歳の美空ひばりが出演して、小学校の教室で「セコハン娘」を歌うシーンがあったという。残念ながら完全なフィルムが現存せず、そのシーンは見ることが叶わない。

続いて寅次郎監督は、六月七日公開『新東京音頭　びっくり五人男』(吉本プロ＝新東宝）でもひばりを起用。古川ロッパ、エンタツ・アチャコ、キドシン、川田晴久の五人男の前に現れる孤児の役。川田のギターで「ジャングル・ブギー」の替え歌を唄うシーンは、のちに『ラッキー百万円娘』として再上映された改題再編集版にも残されているが、実は、当時「東京ブギウギ」を唄うシーンがあったのだ。

ひばりはレコードデビュー前で、まだ持ち歌がなく、ステージでも笠置の歌を唄っていたことは前述の通りである。オミットされた「東京ブギウギ」のシーンが、近年発見された。一九五一（昭和二六）年に新東宝が製作した短編『ひばりのアンコール娘』に収録されていたのである。

この年一月十日から十七日まで、日劇では灰田勝彦の「ラヴ・パレード」十二景（作・演出・白井鐵造）公演が行われ、美空ひばりがシヅ子の「ヘイヘイブギー」を歌わせて欲しいと、有楽座「愉快な相棒」出演中の笠置と服部に許可を求めた。

服部は、ひばりには「東京ブギウギ」が相応しいと判断して、曲の変更を伝えた。しかしひばりは「東京ブギウギ」を練習していなかったために、出だしを失敗してしまった。その話に尾鰭がついて、笠置と服部がひばりに「歌うな」とクレームをつけたということになってしまったが、真相はこうである。とはいえ五ヶ月後の映画『びっくり五人男』での、ひばりの「東京ブギウギ」のパフォーマンスは見事である。「ベビー笠置」と言われたのも頷ける。

八月十日、ひばりは、松竹映画『踊る龍宮城』（七月二十六日公開・佐々木康）の挿入歌「河童ブギウギ」（作詞・藤浦洸、作曲・編曲・浅井挙曄）でレコードデビューを果たした。実はこの時、コロムビアでは、ひばりのデビュー曲を「東京ブギウギ」にしようという案があったが、笠置と服部がそれに反対した。ひばりの力量を考えてデビュー曲はオリジナルが相応しいと判断したからだろう。「河童ブギウギ」はヒットに至らなかったが、九月発売の第二弾「悲しき口笛」はまさにひばりのオリジナリティーあふれる楽曲で、彼女の「これから」を決定づけた。

37 脱線情熱娘

満面の笑顔でパワフルに唄う

一九四九（昭和二四）年六月、日劇のワンマンショウ「歌う笠置シヅ子・服部良一ヒットメロディー」が開催され、一週間の観客動員が七万人を記録した。この年、シヅ子が出演した映画は六本、舞台公演、地方巡業、ラジオ出演と多忙を極めながらもコンスタントに銀幕に出演していた。

前述の『結婚三銃士』（三月二二日）に続いて、笠置の大ファンと表明していた高峰秀子主演『銀座カンカン娘』（八月十六日・新東宝・島耕二）に出演した。音楽は服部良一、笠置シヅ子の「ブギウギ路線」を受けて、高峰秀子のために書き下ろした「銀座カンカン娘」（作詞・佐伯孝夫）をフィーチャーした明朗音楽喜劇。

主演はシヅ子の大ファンだった高峰秀子、相手役は灰田勝彦、いずれもビクター専属で、主題歌も高峰の「銀座カンカン娘」（作詞・佐伯孝夫）、灰田勝彦「わが夢　わが歌」（同）とビクター勢がクレジットされている。しかし製作サイドはシヅ子の出演を切望して、シヅ子は高峰の相棒役でコミカルなキャラクターを演じた。財布が空っぽの二人が灰田の「ワン・エン・ソング」（作詞・村雨まさを）をユーモラスにデュエットしたり、流しの岸井明と高峰が「銀座カンカン娘」をキャバレーで唄うなど、楽しい音楽シーンが盛りだくさん。

続いて、市川崑監督による『果てしなき情熱』（九月二七日・新東宝）では笠置をイメージさせる歌手を演じて「セコハン娘」「私のトランペット」「ブギウギ娘」をパワフルに熱唱。特に十一月二一日にレコード発売される「ブギウギ娘」（作詞・村雨まさを）は、「ブギウギ時代」に続く集大成ソング。

映画は堀雄二扮する作曲家の苦悩を描くものだが、その内容の暗さに反比例して笠置は、満面の笑顔で「ブギウギ娘」をパワフルに唄う。

映画のラスト、ベレー帽を被っておしゃれをした笠置がカウンターの下からパッと出てきて大きな口を開け、笑顔のアップとなる。黒澤明が『酔いどれ天使』で笠置の口のアップを撮ろうとしたように、市川崑もまた笠置の口を協調する日本映画を牽引していく巨匠たちが、笠置に注目したのも頷ける。敗戦後、絶望に喘ぐ人々をその歌声とパフォーマンスで奮い立たせ、時代の寵児となった笠置のパワーを自作に取り込みたかったのだろう。

続いてエノケンとのコンビ作『エノケン・笠置の極楽夫婦』(十一月一日・森一生)は、新進漫画家・エノケンと笠置の新婚世帯に、先輩・渡辺篤が居候。これはかなわないと家を出たエノケン・笠置夫婦が新居探しに一苦労。小説家・灰田勝彦と新妻・旭輝子の新婚夫婦の家探しと、エノケン夫婦が混戦しての大騒動。残念ながらプリントが現存しているか未確認なので、笠置が何を歌ったのかは不明である。

十二月八日封切の松竹『脱線情熱娘』（大庭秀雄）は、『春の饗宴』（四七年）以来『びっくりしゃっくり時代』（四八年）、『銀座カンカン娘』など、笠置出演作のシナリオを積極的に手掛けていた山本嘉次郎と、若き日の新藤兼人がシナリオを執筆。シヅ子にとっては、戦前の『弥次喜多大陸道中』（三九年・松竹京都）以来の松竹作品だったが、松竹大船撮影所はこれが初出演となる。

タイトルバックの配役には「情熱娘　笠置シヅ子」とクレジットされる。役名で「情熱娘」というのがいい。「銀座カンカン娘」のように定着させようとしたのか。とし子（笠置）はクズ屋・金八（河村黎吉）の娘で、ある日、クズの中から宝くじを見つけ、それで百万長者となって豪邸住まい。金満家でエゴイストとなった金八は、とし子に英才教育を受けさせようと音楽家・小出老人（原保美）を教師につけるが、実は小出はまだ青年で、老けメイクで老人に化けていた。小出青年はとし子に恋をしてしまうが、とし子はロマンスグレイの老人を好きになって、ややこしくなる。

音楽映画だけに、服部メロディの数々が楽しい。この映画のために書き下ろした「情熱娘」（作詞・藤浦洸）は、さまざまなリズムでアレンジ。クラシック・スタイルからハイテンポまで楽しめる。

さらに「ジャングル・ブギー」「センチメンタル・ダイナ」「アイレ可愛や」に加えて、フィナーレの後にはアンコールとして「東京ブギウギ」まで。しかもアレンジが凝っていて、服部リズム・シスターズ（小川静江、山本照子、山本和子）のコーラスをフィーチャーするなど、服部の音楽的アプローチも楽しく、服部＆笠置のソングブック映画となっている。

また笠置と並ぶ服部シンガーの一人、藤山一郎が牧童役でゲスト出演。若原春江と新曲「恋は馬車に乗って」（作詞・藤浦洸）を歌うシーンも楽しい。レコード・テイクとは違う映画テイクは、貴重な音楽資料でもある。筆者は二〇一四年、笠置の生誕百年記念企画として、コロムビアで二枚組CD「ブギウギ伝説　笠置シヅ子の世界」を企画、監修を担当したが、この『脱線情熱娘』をはじめ、戦後、松竹映画で笠置が歌った映画テイクの音源をコンピレーション。「情熱娘」のさまざまなテイクや、前述の楽曲を収録している。

38 ホームラン・ブギ

空前の野球ブームが到来!

敗戦後、空前のプロ野球ブームが到来した。太平洋戦争の戦況が日に日に悪化していた一九四四（昭和十九）年十一月、日本野球報国会（現・日本野球機構）は公式戦の休止を発表。戦時下で非公式の試合は行われたものの、一九四五（昭和二〇）年十一月二三日、敗戦から一〇〇日目、東京・神宮球場で巨人・名古屋・セネタースの選手による東軍と、阪神・南海・阪急の選手による西軍の「日本職業野球連盟復興記念東西対抗戦」が行われた。

ちょうど、笠置シヅ子の戦後初の有楽町・日劇出演「ハイライト」が開幕した翌日である。プロ野球選手たちも兵役から続々と復帰、新入団選手も受け入れて、各球団ともに戦後の新時代がスタートした。例えば、東京巨人軍の川上哲治は、戦争から戻り実家で農業を手伝っていたが、四六年にチーム復帰。タイガースは、戦時中に阪神軍としていた球団名を大阪タイガースに改名。戦後のプロ野球時代が本格的に再開した。

それから三年、プロ野球は子供たちからお年寄りまで、当時の人々の最大の娯楽となっていった。黒澤明監督『野良犬』（四九年十月十七日・映画芸術協会＝新東宝）では、野球好きの拳銃の闇ブローカー・本多（山本礼三郎）を追って、村上刑事（三船敏郎）と佐藤刑事（志村喬）が、巨人南海戦が行われている後楽園球場へ向かうシーンがある。スタンドの上までびっしりと観客が埋まり、選手の一挙手一投足に声援を送る。その熱気、臨場感。昭和二四年の野球ブームを垣間見ることができる。

七月一日、服部良一がプロ野球の普及とさらなる発展のためにキャンペーンソングとして作曲した藤山一郎の「日本野球の歌」（作詞・藤浦洸）がリリースされた。そのカップリングが、笠置シヅ子の「ホームラン・ブギ」である。

これがA面よりもヒットして人々に親しまれた。「ブギの女王」によるプロ野球応援歌だが、ブギのリズムに乗せた数え歌で、当時の野球ファンの熱気をそのまま楽しく歌っている。作詞は、自他ともに認める野球ファンのサトウハチロー。若い頃からの野球狂で、日本に職業野球が誕生する前、さまざまなチームから要請を受けて、助っ人選手として試合にも出ていた。

その「野球狂」ぶりは、前年公開の映画『エノケンのホームラン王』（四八年・エノケンプロ＝新東宝・渡辺邦男）の企画、脚本を手がけたことでもわかる。エノケンが巨人軍に入団して、川上哲治選手や千葉茂選手、そして三原脩監督と夢の競演を果たした。いわゆるメディアミックスのはしりでもある。

「ホームラン・ブギ」も野球愛に溢れる歌詞で、ステージでは九番まで唄われたが、レコードでは三番と四番が省略されている。その三番ではアメリカ大リーグのホームラン打者、ラルフ・カイナーとジョニー・マイズ、巨人軍の川上哲治、阪急軍の青田昇が歌われている。ちなみに六番では甲子園、八番ではタイガース、巨人、ロビンス、阪急など当時の日本野球連盟所属の八球団が歌い込まれ、九番では一九四七年に甲子園球場の外野に設置された「ラッキーゾーン」が描かれている。なかなかマニアックである。

「東京ブギウギ」以来、ステージでの踊りや動きはシヅ子のアイデアによるものが多かった。この「ホームラン・ブギ」では高下駄を履いて応援団長のスタイルで登場。観客の声援のなか、勢い余って客席に転落してしまったこともある。これもシヅ子のサービス精神の発露であるが、大阪タイガースのダイナマイト打線を支えた四番バッター・藤村富美男選手が、シヅ子のパフォーマンスにインスパイアされて、派手なプレーを心がけるようになった、というエピソードもある。

「ホームラン・ブギ」は、この年の年末に公開された『エノケン・笠置のお染久松』（十二月三〇日・エノケンプロ・渡辺邦男）でもエノケンが唄う。先輩の番頭（あきれたぼういず）にいじめられた丁稚・久松（エノケン）が、「嫌な番頭にゃいじわるされるし」とボソボソと愚痴るように唄うのがおかしい。

シヅ子の盟友でもある灰田勝彦も野球好きで、一九五一（昭和二六）年に映画『歌う野球小僧』（大映・渡辺邦男）を自ら企画、製作、主演を果たし、主題歌「野球小僧」（作詞・佐伯孝夫　作曲・佐々木俊一）が大ヒットした。笠置シヅ子も「歌の学校の先生」役で出演、パワフルな音楽授業のシーンで「買物ブギー」「ほろよいブルース」を唄ってオペレッタの講釈をしていると、町内野球「小僧チーム」の灰田のホームラン打球が飛び込んできて、ガラスが割れる。そこで「ボール飛ばしてあかんがな、アホかいな」と唄でリアクション。灰田もそれに唄で応え、やがて二人で「夢のホームラン」と、授業で話していたオペレッタを実践。まさに夢の競演である。

この映画では「ホームラン・ブギ」は唄わなかったが、「ロスアンゼルスの買物」の替え歌で、日米ともに野球好きで「野球するならホームラン」となる。これがなかなかの傑作。

一九五一年の第三回ＮＨＫ紅白歌合戦では、紅組トリのシヅ子が「ホームラン・ブギ」、白組トリの灰田が「野球小僧」を歌ってのホームラン・ソング対決となった。

39 買物ブギー

「おっさん、これナンボ？」

服部良一と笠置シヅ子のブギウギ路線のなかで、最もインパクトのあるノヴェルティ・ソングの傑作「買物ブギー」（作詞・村雨まさを）の誕生にはこんなエピソードがある。一九四九（昭和二四）年、服部がひょう疽で入院した。見舞いにきたシヅ子に「センセ、何か新曲を」と頼まれ、思いついたのが、上方落語の「無い物買い」だった。それが「買物ブギー」として一九五〇（昭和二五）年六月十五日に発売された。

「無い物買い」はこういう噺である。退屈を持て余している喜六と清八が、金物屋で「茄子か胡瓜のつけもんないか？」と尋ねる。いぶかしがる店主。

看板に「なものるいくき（菜物類・茎）とあるがな」と清八。「かなものるいくき（金物類・釘）」の看板の「か」の字が隠れていたのを笑ったというもの。二人は次第にエスカレートして、和菓子屋、魚屋で次々と「無い物買い」をしてゆく。

服部は、この落語をベースに、歌の主人公が公設市場へ行って、様々な店の主人と「おっさん、これナンボ？」とやりとりしながら、買い物していく姿を、コミカルかつスピーディーに描いた。作詞の村雨まさをは、服部のペンネーム。魚屋の親父が取れ立ての魚をすすめても「オッサン買うのと違います」と、刺身にしたならナンボかおいしかろうと思っただけ、と切り返す。まさに「無い物買い」の世界。

関西弁ネイティブのシヅ子の歌唱もおかしく、大阪の言葉を知らない地域の子どもたちが「オッサン、オッサン、これなんぼ」を連発。歌のレッスン中、なかなか歌詞が頭に入らないシヅ子が「ややこし、ややこし」とつい漏らした言葉を「それ、いただくね」と服部は歌詞に取り入れた。

オチの「わて、ホンマによう言わんわ」のフレーズは、関西ことばに触れる機会のなかったエリアの人々に強烈なインパクトをもたらしたが、これは一九四九年末公開の『エノケン・笠置のお染久松』のなかで、あきれたぼういずの山茶花究、益田喜頓、坊屋三郎が「ああ、知らなんだ」と歌う劇中歌のオチとして「わて、ホンマによう言わんわ」と唄ったのをリフレイン。

一九五〇年二月、レコーディング直後に、大阪梅田劇場「ラッキー・サンデー」公演で唄って、観客に大ウケした。この初演の時は、ミュージカル仕立てで六分もあったという。服部が指示するまでもなく、ステージでは、シヅ子はエプロン姿に下駄履きスタイルを考案、下駄でタップを踏むというユニークなダンスを披露。根っからの舞台人であり、芸人でもあるシヅ子は、「東京ブギウギ」の振り付けも自分で考えたが、この時のコミカルなダンスは、喜劇王エノケンの薫陶を受けたことも大きいだろう。

その笠置のパフォーマンスが映像で堪能できる。レコード発売直前、五月二一日公開の松竹映画『ペ子ちゃんとデン助』(瑞穂春海)のなかでは、マーケットの二階建てのセットを縦横無尽にリズミカルに動き回りながら、パワフルに歌って、まさにショウ・ストッパーとなった。

歌詞の通りのシチュエーションで、買物かごを下げたペ子（笠置）が、マーケットの魚屋のおっさんに「これなんぼ」とさんざん聞いたあげく「シャケの缶詰おまへんか」とクサらせる。現在ではコンプライアンスの関係から、CDではカットされている歌詞も、ヴィジュアル込みで描かれていて、サゲにあたる部分まで、映像化されている。

この『ペ子ちゃんとデン助』は、前年の『脱線情熱娘』同様、服部&笠置のソングブック映画となっているのが楽しい。横山隆一が毎日新聞に連載した漫画の映画化で、売れないカストリ雑誌「フラウ」の編集者のペ子と、給仕のデン助（堺駿二）があの手この手で、ヒット企画をものにしようとするコメディ。上映機会の少ない作品だが、二〇一三年の第六回「したまちコメディ映画祭」で上映された。コロムビアの歌手・高倉敏が、覆面歌手に転身する警官役で出演。横山隆一画のタイトルバックに流れる主題歌「ペ子ちゃんセレナーデ」（作詞・東美伊、藤浦洸）は、劇中でもリフレインされる。

銀座のビルの屋上で、ストレス発散でペ子がシャウトする「ラッパと娘」、同名舞台の主題歌「ラッキー・サンデー」は未レコード化の傑作ソング。

さて「買物ブギー」の四分に及ぶミュージカル・シークエンスは、なんと映画のラストで、もう一度リフレインされる。同じ曲がリフレインされることがあっても、同じテイクの映像をリプライズで使用することは前代未聞。それほどインパクトのある映像で、観客には強烈な印象を与えたことだろう。

この「買物ブギー」は、レコードの初回出荷で二〇万枚がすぐに完売して、コロムビアの記録では初年度だけで四五万枚売り上げ、笠置シヅ子にとっては「東京ブギウギ」と並ぶ代表作となった。

一九五一（昭和二六）年十月四日公開の大映京都『女次郎長ワクワク道中』（加戸敏）のラストシークエンスでも歌うが、時代劇なのに、笠置だけでなく、コーラス・ガール演じるおかみさんたちが買物かごをぶらさげて、下駄でリズムを踏んで踊るシーンが圧巻である。

第五章

歌った！踊った！生きた！

——最高の音楽と最高のパフォーマンス！

40 アロハ・ブギ

「夜の女」となった女性たちに支持される

服部良一と笠置シヅ子は、一九五〇（昭和二五）年六月十六日から四ヶ月、ハワイ経由で渡米、ハワイ諸島、ロサンゼルス、サンフランシスコ、オークランドでコンサートを開催することになった。それに先立ち、有楽町・日劇では六月六日初日で「ブギ海を渡る」八景（作・演出・山本紫朗）公演が行われ、シヅ子がステージに立った。その最終日の十二日夜、有楽町・日劇で「服部良一、笠置シヅ子　渡米歓送ショウ」公演が開催された。

新聞によれば三千数百名が駆けつけた。そのなかには「笠置を姉と慕い美しい友情で結ばれている有楽町はじめ上野、新宿、池袋等のナイト・エンジェル三百名」たちもいた。シヅ子のファンは、戦争で夫を亡くし、恋人を失い、子供を抱えて生きていくために「夜の女」となった女性たちも多かった。

菊池章子の「星の流れに」の題材となった女性たちである。「東京ブギウギ」でブレイクした時、シヅ子を支えたのは彼女たちだった。シヅ子もまた彼女たちの境遇に自身を重ねて、その苦労に共感して、リーダー格である「ラクチョウのお米姐さん」たちとの交流を続けていた。

さて、服部と笠置、そして服部の妹・服部富子、女優・宮川玲子らが、松尾興行社長・松尾國三のマネージメントで、アメリカでの「日系人慰問」公演することになったのだ。この頃、日本の芸能人のアメリカ訪問が相次いだのは、進駐軍の意向を反映。かつての敵国であるアメリカで日本のエンタティナーが、ステージに立ち、ハリウッド・スターと交流する姿が、新聞雑誌に掲載されることで「日米文化交流」を印象付けた。

服部にしてみれば、若い頃から憧れ、目指してきた本場アメリカのショウビジネスを肌で感じるまたとないチャンスである。「東京ブギウギ」に始まり

「買物ブギー」など、空前のブギウギ・ブームを生み出した服部のサウンドは、四ヶ月に及ぶアメリカ・ツアーの後、大きく変わってゆく。

渡米前、三月十七日から十九日にかけて、大阪・朝日会館で「アメリカ博覧会記念公演」が開催された。ここで服部は念願のシンフォニック・ジャズ「アメリカ人の日本見物」を作曲・指揮をした。NHKラジオ「世界の音楽」で書いたモチーフをシンフォニック・ジャズに発展させたものである。服部は、戦前、紙恭輔が指揮したジョージ・ガーシュインのシンフォニック・ジャズ「ラプソディ・イン・ブルー」に憧れ、いつかはオリジナルを作曲して演奏したいと願っていたので、この日、オリジナル曲と同時に「ラプソディ・イン・ブルー」を指揮できたことは、二重、三重の喜びがあったと自伝に書いている。

シヅ子と服部の渡米直前、美空ひばりと川田晴久がホノルルで公演を行っている。第一〇〇歩兵大隊の記念塔建設基金チャリティ公演である。しかも、サンフランシスコ、ロサンゼルスでも、シヅ子よりも先に公演予定だった。

直前になって、ひばりの渡米を知った服部は、ひばり側に「服部作品を歌わないように」との通知を、日本音楽著作権協会を通じて出した。笠置たちも同じ会場の公演である。先にひばりに笠置の曲を唄われたら、観客が戸惑うとの判断である。これは当然のことである。

またもやその話に尾鰭がついて、シヅ子とひばりの確執がマスコミを賑わせたが、翌年二月十日、ＮＨＫラジオ「歌の明星」で、二人が共演することで和解が報じられた。

さて、服部とシヅ子のアメリカ行きは、六月から十月まで四ヶ月という長い旅となった。飛行機が途中のウェーキ島に着陸した時に、ハワイの歌手による海賊盤「銀座カンカン娘」が流れており、ハワイ本土でも大流行していた。

ホノルルで服部とシヅ子は、『オーケストラの少女』（三七年）のプロデューサーで、ハリウッドの大立者、ジョー・パスタナックに紹介された。そこで新作映画で「銀座カンカン娘」か「珊瑚礁の彼方に」のいずれかを使用したいと考えていると聞いた。もしも採用されたら、服部は世界マーケットで勝負ができると期待したが、日本語歌詞がネックとなり実現しなかった。

ホノルル国際劇場公演では、音楽の勉強のために故郷に帰国していた灰田晴彦がスチール・ギターを弾いて、晴彦作曲の「鈴懸の径」を演奏する景を用意した。その頃、ハワイでも「買物ブギー」が流行していて、道ゆく日系人が服部やシヅ子に「おっさん、おっさん」「わて、ホンマによう言わんわ」と声をかけてきたという。帰国後、服部はハワイを題材にした「アロハ・ブギ」(作詞・尾崎無音)を作った。ハワイアン・スタイルのブギで、リズムもさることながらエキゾチックでムーディなメロディが際立っていた。

二〇一三年、サクラメントでのひばりのライブ音源が発見されてCD化された。ひばりは「ヘイヘイブギー」と「コペカチータ」を唄っていたのである。これも当然のことだろう。物真似ではなく十二歳のひばりの解釈で、服部ソングを唄っている。笠置シヅ子とは違うスタイル、ぼくたちが知っているひばりの歌唱がすでにある。服部もシヅ子も、この資質を見抜いていたからこそ、ひばりにはオリジナル曲で勝負して欲しいと思っていたのだろう。

41 ロスアンゼルスの買物

アメリカ・ツアーでの体験

服部良一と笠置シヅ子は、ロサンゼルスでは、人気ミュージカル女優のベティ・ハットンをパラマウントのスタジオへ行き表敬訪問した。ベティ・ハットンは、ブロードウェイ出身でパワフルな歌声とパフォーマンス、コメディ演技で、よくシヅ子と比較されていた。シヅ子より六歳下で、ジュディ・ガーランドの代役で出演した『アニーよ銃をとれ』（五〇年・ＭＧＭ）でブレイク。そのパワーは、シヅ子に通じるものがある。

また服部は、ロスアンゼルスで、「ブギの王様」と呼ばれたジャズ・ヴィブラフォン奏者・ライオネル・ハンプトンと親交を深めた。一九三六年、ハンプトンは黒人としては初めてニューヨークのカーネギーホールでベニー・グッドマン楽団の一員としてステージへ。まだ人種の壁が厚い時代、これは画期的なことだった。「ハンプス・ブギ」などハンプトンのブギウギは、服部に大きな影響を与えた。

ロサンゼルス公演を終えると、服部とシヅ子はニューヨークへ向かった。その頃、ダウンタウンのジャズ・クラブでは、ブギウギがさらに進化、自由な即興演奏を盛り込んだビ・バップが盛んで、これが帰国後のシヅ子の新曲「オールマン・リバップ」へと発展する。

二人はブロードウェイで、最新のヒット・ミュージカル『南太平洋』（作曲・リチャード・ロジャース）、『キス・ミー・ケイト』（作曲・コール・ポーター）などを鑑賞した。これらの作品は、それまでのレビュー形式のステージから、歌がドラマの展開を推し進めるドラマチック・ミュージカルへと進化を遂げ、これも大きな刺激となった。

しかもニューヨークでは、服部にレコーディングのチャンスが訪れた。服部自ら指揮をして、「東京ブギウギ」のジャズ・アレンジ「ダンシング・ディキシーランド・スタイル」をレコーディングすることになったのである。

　この頃、笠置シヅ子の「東京ブギウギ」がオリジナル・テイクのまま、アメリカでレコード発売されており、和製ポピュラーソングとして認知されていた。この時のレコーディングでは、ブギウギではなく、ディキシーランド・スタイルでのスピーディな演奏となっている。ヴォーカルは、戦前から服部が力を入れてきた女性コーラス風に、ベティ・アレンが多重録音で三重唱を歌い、アメリカのスタンダード・ナンバーのような味わいがある。

　カップリングは、霧島昇が歌ってヒットした「胸の振子」をカヴァーした「アイル・カム・トゥ・ユー」。こちらはロバート・ジャレットがバラードで歌い上げて、改めて服部メロディの素晴らしさが堪能できる。Adorian レーベルからリリースされた。

　レコードのクレジットは、RYOICHI HATTORI & His Orch となっているが、現地のセッション用のミュージシャン。今でいうスタジオ・ミュージシャンたちだろう。渡米に際してあらかじめ企画されたものか、現地で急遽レコーディングすることになったのか、今となってはわからない。しかし、服部が戦後、笠置のために作曲した「東京ブギウギ」で、本場アメリカの音楽シーンに挑んだことは、大きな意味がある。

歴史にもしもはないが、ハワイでヒットした「銀座カンカン娘」がジョー・パスタナック製作のハリウッド映画で使用されていたら？　この「ダンシング・デキシーランド・スタイル」がヒットしていたら？　日米のポピュラー音楽の歴史は変わっていたかもしれない。

この夢を実現したのが、一九六三（昭和三八）年「スキヤキ（上を向いて歩こう）」で、日本の楽曲としては初めての全米ビルボードチャート一位に輝いた中村八大である。こうして四ヶ月に及ぶアメリカ・ツアーを終えた服部とシヅ子が帰国した。休む間もなく、十一月六日から二一日にかけて有楽町・日劇で、二人の帰朝記念公演「ホノルル・ハリウッド・ニューヨーク」十五景が行われた。これは服部良一と山本紫朗の共同演出による野心的なショウで、アメリカ・ツアーの成果として、シヅ子は新曲「オールマン・リバップ」（作詞・村雨まさを）、「アロハ・ブギ」（作詞・尾崎無音）、「ロサンゼルスの買物」（作詞・村雨まさを）をステージせましと披露。服部の妹・服部富子が「アメリカ土産」（作詞・村雨まさを）、リズム・シスターズが「ハリウッド噂話」を歌い、観客は服部とシヅ子のアメリカ旅行の成果のステージを堪能した。

ここでシヅ子が披露した新曲は、いずれもレコード発売された。帰朝第一作映画『ザクザク娘』（五一年一月二七日・松竹大船・大庭秀雄）では、これらの楽曲を歌う。

「ロスアンゼルスの買物」（五〇年十二月一〇日発売）のスケッチでは、高層ビルの書割の前に、アメリカ車に乗ったシヅ子が現れて、生まれて初めてのアメリカ体験談。素敵な兵隊さんが自分を見つめてニコニコ笑っているので、知っている英単語を並べてコミュニケーション。しかし兵隊さんは四年も日本に駐留していたので、日本語ペラペラだったというコミックな展開。「アメリカ大好き」「アメリカよいとこ」というフレーズは占領下ならではのもの。

42 オールマン・リバップ

ブギからビ・バップへ！進化するリズム

数ある笠置シヅ子と服部良一のコラボレーションのなかで、レコードに残された傑作の一つが「オールマン・リバップ」(五一年十月二〇日発売)である。四ヶ月に及ぶアメリカ・ツアーの最後に訪れたニューヨークで、服部とシヅ子が出会ったのが、最新のジャズ・スタイルであるビ・バップだった。

戦時中、アンドリュース・シスターズの「ブギウギ・ビューグル・ボーイ」の譜面に興奮し「いつかはブギウギを」と考えていた服部が、戦後「東京ブギウギ」でそれを実践。敗戦後の日本の流行歌を、それまでの歌詞とメロディ中心から、身体を動かす衝動のリズム歌謡へとシフトさせた功績は大きい。

このビ・バップは演奏中に、プレイヤーたちの感性で思いつくまま即興演奏を楽しんで、またメインのメロディに戻るという自由なスタイルだった。一九五〇年代後半、日本のジャズ・プレイヤーたちは、ダンスの伴奏としてのスウィングに飽き始めていて、客が帰った後、仲間たちと即興演奏を楽しむようになる。ビ・バップの時代の到来である。

それをいち早く、流行歌に取り入れたのが服部だった。しかもジェローム・カーン作曲のミュージカル「ショウボート」から生まれたスタンダード「オールマン・リバー」をビ・バップにしてしまおうという大胆な発想である。「ショウボート」は、一九二七年三月十五日にブロードウェイで初演されたミュージカルで、登場人物たちが物語の展開に合わせて歌う「ブック・ミュージカル」のスタイルを確立したモニュメンタルな作品。

服部とシヅ子がブロードウェイで楽しんだ「南太平洋」の作詞・脚本のオスカー・ハマースタイン二世が初めて手がけたドラマチック・ミュージカルである。「ショウボート」がブロードウェイで初演された一九二七年は、シヅ子が大阪道頓堀の松竹座に飛び込んで、松竹楽劇部生徒養成所の研究生としてステージ・キャリアをスタートさせた記念すべき年でもある。

さて「オールマン・リバップ」は、ゴキゲンなアレンジで「オールマン・リバー」のメロディを巧みに入れたイントロから始まる。シヅ子がまず「オールマン・リバー」をオリジナルよりもスピーディに歌う。彼女の少しかすれた低音は、まさしくブラック・ミュージック的な魅力でもある。シヅ子の声を追いかけるように伴奏が高鳴ってくる。英語のオリジナル歌詞で歌う彼女の「オールマン・リバー」の語尾が伸びやかで気持ちがいい。前半は、誰もが知っている原曲の味わい。それが「リバー」の連呼のうちに「リバ・リバ」とエッジがかかってくる。

やがて歌詞が「ふるさとの川」「思い出のミシシッピ」と日本語になって、バックコーラスのハンドクラップがリズムを刻む。一九二〇年代から三〇年代にかけてアメリカのレビューでは定番だった「ミンストレル・ショウ」を思わせる。

ミンストレル・ショウは、白人のコーラスが、黒塗りの黒人の扮装で、教会の集会のように牧師＝コンダクターとやりとりをしながら歌ってゆく形式で、一九三〇年代のハリウッド・ミュージカルでしばしば展開された。現在のコンプライアンスでは、あからさまな差別的表現なのでNGだが、当時は定番のスタイルで、日本でも『エノケンの千萬長者』（三六年）や『笑ふ地球に朝が来る』（四〇年）などでも、ハリウッド映画を意識してミンストレル・スタイルのナンバーがある。

さて、シヅ子の歌声はますますパワフルになり、演奏が高まったところで「オールマン・リバー」とコーラスとのコール＆レスポンスとなっていく。この時代、ヴォーカルもコーラスも伴奏も一発録りなので、スタジオでのこの日のセッションがそのままレコードに記録されている。笠置シヅ子のスタジオライブに居合わせているような音楽体験ができる。

映画『ザクザク娘』（五一年一月二七日・松竹・大庭秀雄）では、黒塗りのシヅ子とコーラスたちが、アメリカ南部ミシシッピ川に浮かぶショウボートのセットで歌う。しかも、後半、レコードはコール&レスポンスが極まったところで終わるのだが、映画ではそこからがすごい。笠置が即興（のように）スキャット「ズヴァラリズリズザディ」とリズムを口ずさみ、コーラスが「ハーイ・ハイ」と応える。カップリングの「ハーイ・ハイ」（作詞・村雨まさを）のフレーズである。笠置のスキャットはどんどんエスカレート。聴くものを忘我の境地に誘う。まさにビ・バップの即興演奏である。

この映画テイクは、レコードの再現かと思わせておいて、さらなる圧倒的なパフォーマンスへと発展していく。レコードは二分五十五秒、映画テイクは三分三十八秒。この場面だけでも『ザクザク娘』は一見の価値がある。

この音源は、二〇一四年、コロムビアから笠置シヅ子生誕一〇〇年記念でリリースした「ブギウギ伝説　笠置シヅ子の世界」のディスク2に松竹映画のサウンドトラックを完全収録してある。リリース当時、この映画音源を聴いた瀬川昌久先生は「レコードにも記録されていないステージでの笠置の真骨頂」と興奮、大絶賛された。

43 モダン金色夜叉

堺正章の父と名コンビを組む

一九五一（昭和二六）年が明けても、笠置シヅ子の多忙な日々は続いた。前年の大晦日に初日を迎えた有楽町・日劇「ラッキー・カムカム」（作・演出・山本紫朗　音楽・服部良一）が一月六日までの正月興行。日劇ダンシング・チームをバックに、シヅ子はアメリカ土産の新曲や、これまでのヒット曲を次々と歌った。

一月二七日からは松竹映画『ザクザク娘』（大庭秀雄）が封切られた。その撮影は、十二月から一月にかけ、スケジュールの合間を縫って行われた。シヅ子にとっては『脱線情熱娘』（四九年）、『ペ子ちゃんとデン助』（五〇年）

に続く、松竹大船撮影所での三本目の主演作。いずれもシヅ子のノヴェルティ・ソングのイメージ、コミカルでパワフルなコメディエンヌとしてのイメージを活かして作られた音楽喜劇。

エノケンとの共演作に比べると喜劇映画としてはいささかトーンが落ちるが、いずれの作品でも共演している堺駿二との名コンビぶりは、エノケンとは違った意味で息もぴったりで、瞬間最大風速的な笑いが楽しめる。

堺駿二は、マチャアキこと堺正章の父といった方がわかりやすいだろうが、戦後、シヅ子とのコンビ作や、「喜劇の神様」齋藤寅次郎監督のアチャラカ喜劇、美空ひばり映画や東映時代劇でのコメディ・リリーフと八面六臂の大活躍をした。

『ザクザク娘』では、歌手志望で田舎から上京してきた田村シズ子（笠置）が意気投合する見習い作曲家・三吉を演じている。この三吉、調子が良いことこの上ない。売れっ子作曲家の師匠・中川好夫（若原雅夫）が、ゴミ箱に捨てた書き損じの楽譜を集めては、自作の曲として売り込む。やがて盗作の

「コペカチータ」が大ヒット、押しも押されもせぬ先生となるが…といった展開。笠置のツッコミと堺のボケ、絶妙の呼吸が、映画のリズムになっている。

堺駿二は、一九一三（大正二）年生まれでシヅ子の一歳上。ハリウッド・スターとなった早川雪洲に弟子入り、「駿二」の芸名を貰う。その後、浅草オペラのヤパンモカル劇団で、シミキンこと清水金一とコンビを組んで人気者となるが、シミキンが映画界入りしたために、一旦俳優を辞める。しかし戦時中、再びシミキンの誘いで軽演劇へ戻り、「新生喜劇座」を結成して大人気となるも長続きはしなかった。その後、水の江滝子の「劇団たんぽぽ」に参加するも召集で軍隊へ。

笠置シヅ子同様、戦時中は才能を活かすことができずに苦労をしていたが、戦後は松竹大船と契約して、短編ながら映画『破られた手風琴』（四六年・須佐寛）で主演。コメディアンとしては、相手役がいると絶妙のボケと、奇想天外なリアクションで、実にイキイキとする。『ペ子ちゃんとデン助』でも、そのボケぶりはのちの吉本新喜劇の間寛平のようなセンス・オブ・ワンダー、まさに異次元の笑いをもたらしてくれる。

シヅ子のキャリアのなかでも、デュエット・ソングはあまりないが、この『ザクザク娘』のために、服部良一が作詞・作曲したのが「モダン金色夜叉」（五一年二月十日発売）。映画では、無一文の二人が流しで一儲けしようと、キャバレーでベテランの流し（高屋朗）を差し置いて歌い出す。

明治時代に大ヒットした尾崎紅葉の新聞連載小説「金色夜叉」は、その後、芝居や映画の定番となった。エノケンと二村定一の「ラブ草紙」でも「金色夜叉」の寛一お宮の熱海の海岸のシーンが織り込まれているように、パロディには格好の題材。よくアチャラカ芝居やのちのコントでも「金色夜叉」ネタがあるが、服部もまた堺とシヅ子のために戯作精神を発揮。

熱海の海岸で「ミスター寛一とミスお宮」が「今日限り」と散歩する。リズム歌謡としては「ザックザクザク」「ジャブジャブジャブ」「ブラブラブラ」と擬音が楽しい。タイトルは戦前、松竹蒲田で、齋藤寅次郎監督が撮ったコメディ『モダン籠の鳥』（三一年）のパターン。まさに服部の戯作精神に溢れたノヴェルティ・ソング。

続いてシヅ子が主演したのは、名匠・清水宏がシングルマザーとして頑張っているシヅ子をイメージしてオリジナル・シナリオを岸松雄と執筆した『桃の花の咲く下で』（五一年三月二四日・新東宝）。一人息子の親権を夫（北沢彪）と再婚相手（花井蘭子）に渡して、少し後悔している元女給（笠置）が、心機一転「歌う紙芝居屋」として再出発。子供たちの人気者となる。泣き笑いのヒューマンドラマで、これまでのシヅ子の喜劇映画とは一味違う。紙芝居の客寄せでヒロインが歌う主題歌は、前述の日劇正月公演「ラッキー・カムカム」。「カムカム・エヴリヴァディ〜」の歌い出しからスインギーでコミカルなジャズ・ソング。これが映画の音楽モチーフとして全編に渡って流れる。

この頃、日本中で空前のジャズ・ブームが到来。笠置は五月十八日から三一日まで「ヘイ・オン・ジャズ」十六景（演出・服部良一、山本紫朗）、六月一日から七日まで「ジャングルの女王」七景（作・演出・山本紫朗、音楽はいずれも服部）に連続出演している。

44 ケニー・ダンカンとブギの女王

最高のパフォーマンス、最高の音楽

一九五一（昭和二六）年十月四日、『女次郎長ワクワク道中』（大映京都・加戸敏）が封切られた。音楽は、笠置映画のほとんどを手がけた服部良一である。

大阪一の侠客の一人娘・おしづ（笠置）が、見合いが嫌で家出。その相手の船場のボンボン・勝太郎（キドシン＝木戸新太郎）も家を出て、そうとは知らずに二人で旅道中。度胸だけは負けないおしづは、藤兵衛親分（上田吉二郎）の賭場で、唄いまくりながら勝負をして一人勝ち、勝太郎は素寒貧となり、おしづは女次郎長と呼ばれ売り出す。

本物の次郎長（羅門光三郎）も登場するなか、次々とシヅ子が唄うミュージカル喜劇。「寿司食いねぇ」で知られる「三十石船」のシークエンスでは、船頭（牧嗣人）が朗々と歌う「オールマン・リバー」からシヅ子の「オールマン・リバップ」へと展開、賭博シーンではルーレットが廻るなか、やくざたちとおしづが歌うオリジナル曲「博打ソング」も楽しい。

特に「ままにならぬが浮世なら」と浪花節にのせて歌い出す「女次郎長ソング」ともいうべき主題歌は、浪曲とリズム歌謡のベストマッチが楽しめる。歌のうまさを買われて浪花節芝居に出演したシヅ子の少女時代を思わせる。この映画ではブギウギだけでなく、ブルース、浪花節、バラードなど、あらゆるタイプの楽曲が目まぐるしく登場する。ミュージカル作家・服部と、どんな楽曲でも自在に自分のものにしてしまうシヅ子の至芸が味わえる。

タイトルバックの配役で、おしづ・笠置シヅ子とともにトップに登場するのが、カウボーイのケニー・ダンカン（特別出演）。彼は「ハリウッド一の射撃の名手」「西部劇スター」の触れ込みでこの年六月二七日に来日。拳銃の実弾射撃の実演と西部劇ショウで、全国巡業をした。そのショウの司会をしたのが、この後ブレイクするトニー谷だった。敗戦後「アメリカ映画は文化の泉」のキャッチコピーで、戦前、戦中に作られた西部劇、ミュージカルがまとめて公開された。当時の子供たちや男性にとって「西部劇」は最高のエンタテインメントだった。そこに目をつけた、興行師・大洋芸能プロ社長の水島弥市が、西部劇俳優といっても端役が多かった、ケニー・ダンカンをハリウッドから招聘した。

しかしダンカンは、投げ縄も射撃もそれなりに出来るが、宣伝文句ほどではない。そこで水島社長が考えたのは、ダンカンが射撃をすると同時に奇術師にタガネで穴を開けさせるトリック。あっという間の早業で、的に穴が開くので、観客は驚きと興奮に包まれる。

全国各地でのショウは大入り満員。白馬に跨って銀座をパレードして、警視庁射撃練習場では、その射撃の腕前を生かして、ダンカンが実弾で曲撃ちのデモンストレーションをするなど、ダンカン・ブームは日に日にエスカレート。そこで大映では「ブギの女王」と「射撃の名手」の共演を売りにした『女次郎長ブギウギ道中』を企画。

当初のタイトルは『女次郎長ブギウギ道中』で監督は斎藤寅次郎が予定されていたが、クランクイン直前に加戸敏にバトンタッチされた。

さて、ダンカンが登場するのは後半、水芸人・笹の家千浪（服部富子）一座の呼び物として、ケニー・ダンカン・ショウを再現。「テキサスより渡来したるカウボーイ、音に名高き西部の王者」との呼び込みも、当時の実演での惹句はこうだったのだろうと思わせる。おかしいのはダンカンが、横山エンタツと伴淳三郎、上田吉二郎を向こうに回して銃撃戦を展開するクライマックス。ハリウッド俳優と日本の喜劇人が、アチャラカ対決を繰り広げるのだ。

さてダンカンのアトラクションに続いて、女次郎長・おしづが、急病で倒れた座長・笹の家千浪の代役を買って出て水芸を披露する。急遽つけた芸名が笠置家おしづ。水芸を披露しながらご機嫌に唄い出す。このヴォーカルがすごい。ブギウギのリズムにのせて「バビウビ、ブッパ、ブッパ」とスキャットするのだが、ブギが次第にビ・バップになっていく。「ウバウババーピピ」とバビブベボを崩しながらエスカレートしていく。このスウィング感、ジャイブ感。歌詞の意味がなくなったことで、笠置シヅ子のグルーブ感がストレートに伝わってくるのである。

服部は、この『女次郎長ワクワク道中』で、ヴォーカリスト、笠置シヅ子の様々な顔を見せてくれる。まさに円熟、ちょっとした歌唱シーンにもブギの女王のすごさが記録されている。この「水芸のビ・バップ」はその極みだろう。意味不明のスキャットが延々続いたところで「ビ・バップ唄うときゃ、言葉はいらない」「口から出まかせで」「手拍子揃えて」とようやく日本語に。「ビ・バップ、ビ・バップ、ビ・バップピラ」のスキャットで、クライマックスを迎える。

一九三九（昭和一四）年十二月にリリースされた「ラッパと娘」でのスインギーなシャウトから十二年、服部と笠置がニューヨークで出会った新しいリズム、ビ・バップをシヅ子が唄う。新しいリズムに挑戦してきた二人の、この傑作がレコード化されなかったのは残念である。

服部と笠置の「ビ・バップ」でレコード化されているのは「オールマン・リバップ」とカップリングの「ハーイ・ハイ」の2曲のみだが、「買物ブギー」以降、「黒田ブギー」「タンゴ物語」など日本の俗語を融合させた大衆的なリズム歌謡を連作しつつ、こうした音楽的実験も続けていた。

大衆がポピュラー・ソングとしてビ・バップを意識するのは、これから五年後、一九五六（昭和三一）年六月四日、ジーン・ヴィンセント&ヒズ・ブルー・キャップスがリリースした「ビー・バップ・ア・ルーラ」のビッグヒットから。日本では雪村いづみが一九五七（昭和三二）年にカヴァーしてヒットする。ロカビリー・ブーム前夜のことである。

45 帝劇ミュージカルス

オリジナル・ミュージカルを作ろう!

一九五一(昭和二六)年九月八日、サンフランシスコで日本と連合国の間で平和条約が締結された。皮肉なことに、日本の経済も前年に勃発した朝鮮戦争によって特需が到来、景気が上向きになっていた。翌一九五二(昭和二七)年四月二八日、この条約の発効により、連合国による占領が終わり、日本は主権を回復することになる。

日劇や東京、大阪のホールでは空前のジャズ・ブームのなか、様々なバンドがステージでプレイを展開していた。のちにクレイジーキャッツを結成する、ハナ肇(ドラムス)や植木等(ギター)、渡辺プロダクションを創設する渡辺晋（ベース）、「上を向いて歩こう」を作曲して、全米ビルボードチャート一位を獲得する中村八大（ピアノ）、コメディアンとして俳優として一世を風靡するフランキー堺（ドラム）といった、のちに時代を作っていく若者たちが、ジャズマンとしてステージで活躍していた。

服部良一にとっても笠置シヅ子にとっても、誰でもジャズが自由に演奏できる時代になったことは感慨無量だったことだろう。敗戦後、服部はシヅ子との「ブギ・コンビ」だけでなく、「胸の振子」「青い山脈」など数多くの流行歌を生み出したヒットメイカーとして活躍、作曲家として意欲的な挑戦を続けてきた。特にミュージカル・ステージのための作・編曲には、アメリカツアー後、さらに積極的だった。

この年の十二月、服部は久しぶりに帝劇のオーケストラボックスに立った。太平洋戦争開戦前夜までシヅ子と共にジャズ・ミュージカルのステージに取り組んでいた、松竹楽劇団（ＳＧＤ）のホームグラウンドだった日比谷の帝国劇場で、日本オリジナルのステージ・ミュージカルを作ろうと、東宝のプロデューサーから声がかかったのである。

そのプロデューサーとは、一九四〇（昭和十五）年、笠置シヅ子をSGDから東宝の日劇へ引き抜こうと画策した秦豊吉だった。日劇ダンシングチームや東宝名人会の育ての親でもあり、戦後は東宝の副社長に就任するも、公職追放でフリーのプロデューサーとなる。根からのアイデアマンで、新宿の帝都座で日本初のストリップ「額縁ショー」を企画、一九五〇（昭和二五）年に帝国劇場の社長として復帰。

そこで企画したのが、服部や笠置がブロードウェイで観劇したミュージカル・プレイのエッセンスを活かして、日本で独自ミュージカルを創作。日本人観客だけでなく進駐軍やその家族にも楽しんでもらおうと、国産ミュージカル「帝劇ミュージカルス」だった。

帝劇ミュージカルスは「第一回帝劇コミックオペラ　モルガンお雪」（五一年二月六日〜三月二七日）、「第二回帝劇ミュージックオペラ　マダム貞奴」（六月六日〜七月二九日）に続いて「第三回帝劇ミュージカルコメディー　お軽と勘平」（十一月二九日〜十二月三〇日）で三作目となる。

その第三回公演「お軽と勘平」（主演・榎本健一、越路吹雪）の音楽を服部が手掛けることになったのだ。そこで服部は、ハリウッドでシヅ子と一緒にスタジオで対面したベティ・ハットン主演のミュージカル映画で、ブロードウェイではエセル・マーマンが主演した「アニーよ銃をとれ」の「エニシング・ユー・キャン・ドゥ」のナンバーを、芝居に合わせてエノケンと越路吹雪に歌わせて大成功。もちろん服部のオリジナル曲もふんだんで、一ヶ月に及ぶ公演は連日満席。

舞台公演は一期一会、残念ながら遅れてきた世代には舞台を観ることは叶わないが、マキノ雅弘監督が、この公演中、帝劇を舞台にしたバックステージ映画『おかる勘平』（五二年三月二一日・東宝）を撮っている。エノケンと越路吹雪が自身をモデルにした舞台役者として楽屋での物語が展開して、帝劇でのステージでのパフォーマンスがそのまま記録されている。

笠置シヅ子との名コンビで、ステージや映画で活躍してきたエノケンの舞台人としての素顔（もちろん演技だが）を垣間見ることができる。そういう意味では、貴重な映像記録である。

話を帝劇ミュージカルスに戻す。服部は作曲、レコーディング、日劇のステージ、映画音楽の作曲をしながら、エノケンと越路吹雪の「お軽と勘平」の音楽構成、そして上演中から、大晦日からの日劇の笠置シヅ子公演「ラッキー・カムカム」の準備。帝劇の千秋楽の翌日には日劇の幕が開くという過密スケジュールだった。

それはシヅ子も同じこと。ステージの合間に、映画のための挿入歌の吹き込み、映画撮影をこなしていた。そうした日々のなか、二人とも流されずに一つ一つの仕事に取り組んで、成果を出していた。

帝劇の社長・秦豊吉は、好調の帝劇ミュージカルスの第四回公演のエノケンの相手役には、笠置シヅ子と決めていた。音楽はもちろん服部良一。タイトルは「浮かれ源氏」二部二三景（作・帝劇文芸部、演出・水守三郎他）。一九五二年三月一日から四月十七日の一ヶ月半の公演だった。

46 浮かれ源氏

奇跡のライブ音源発見！

笠置シヅ子と服部良一にとっては、出会いの場所、コンビの出発点となった日比谷の帝国劇場での「浮かれ源氏」公演（五二年三月一日〜四月十七日）は、感慨無量だったことだろう。笠置の音楽のパートナーである服部が作曲・指揮、そして舞台や映画での名パートナーであり敬愛する大先輩・エノケンこと榎本健一との共演である。

帝劇でのシヅ子とエノケンのステージはいったいどんなパフォーマンスだったのだろうか。若い頃、古書店で公演パンフレットを手にしてから、ずっと夢想をしていた。僕らの世代では笠置シヅ子のパフォーマンスは、レコードと映画での歌唱場面でしか触れることができない。あとはイメージするしかない。

ところが二〇〇三年のこと。筆者はエノケン生誕一〇〇周年プロジェクトとして、榎本健一のSP時代のレコードを復刻したCD「歌うエノケン大全集〜蘇る戦前録音編」（ユニバーサル）、三木鶏郎とのコラボレーション「エノケン・ミーツ・トリロー」（東芝EMI）を企画して、エノケンさんのご自宅へご挨拶に行った時に、なんとこの「浮かれ源氏」のステージの同録音源を発見。テープをお借りしてスタジオで確認したところ、二部二三景の音源が奇跡的に収録されていた。

その後、二〇一一年九月十七日「第四回したまちコメディ映画祭in台東」のイベントで「エノケン&笠置シヅ子に見る〝音楽の世界〟」（上野東急2）と題してケラリーノ・サンドロヴィッチ氏、いとうせいこう氏と一緒にコメディ講義という形で、「浮かれ源氏」の音源を披露した。それがきっかけとなり、二〇一四年、「ブギウギ伝説　笠置シヅ子の世界」で笠置とエノケンのパフォーマンスをCD化することとなった。

さて谷崎潤一郎の「鶯姫」をモチーフに、帝劇文芸部が脚色した「浮かれ源氏」の物語はこうである。「源氏物語」を研究している堅物の国文学教授・大伴先生（エノケン）が、「ストリップ源氏」を観に行ったことが、女学生たちの間で大問題となる。ある日、大伴先生の前に、なんと羅生門の青鬼（横尾泥海男）がやって来て、神通力で大伴先生を平安時代へとタイムスリップさせてしまう。やがて、光源氏となった大伴先生の目の前に現れたのは、京極姫（笠置）と鶯姫（筑紫まり）だった…。

歌あり、笑いあり、さらにはストリップありのバラエティ豊かなステージを支えたのが、服部良一の音楽である。

笠置のヴォーカルを中心にミュージカル・ナンバーを紹介していこう。「プロローグ」で笠置たちが歌う「ストリップ源氏の歌」は「買物ブギー」の替え歌。第五景「車争い」で、京極姫と鶯姫がデュエットする「賀茂の祭り」は、ローズマリー・クルーニーのレコードが大ヒットした「カモナ・マイ・ハウス」のメロディに乗せた替え歌。こうした「賀茂＝カモナ」のような地口落ちこそ、アチャラカの楽しさである。

第九景「宮中歌合戦」で、京極姫が歌うのは、一連のブギウギ・シリーズの第二弾、四八年三月リリースの「さくらブギウギ」の替え歌「チェリー・ブギ」。光源氏に変身した大伴先生が、ご機嫌になって、京極姫か鶯姫か、どちらをお妃にしようかと贅沢に悩むシーンを中心に、オペレッタ風に唄われる。

第九景「宮中歌合戦」の最後、光源氏と京極姫の掛け合いソング「気など狂ってない」は、エノケンの真骨頂。ここで光源氏となった大伴先生が、鶯姫に思わず「壬生春子さん！」と声をかけてしまう。

やがてクライマックス、第二部 第十八景「地獄裁判」では、青鬼との約束である「愛の限度」を破ってしまった光源氏は、地獄へと落とされてしまう。「源氏物語」は文学であっても、光源氏の所業は倫理規定に反すると、鬼検事（笠置）は有罪を論告する。そこでパワフルに歌うのが「地獄裁判ブギ」。

地獄裁判で赤鬼となった光源氏が青鬼を探すシークエンスでの「鬼の跋扈」は、エノケン節が楽しい。そして大団円、安倍晴明（如月寛多）から呼び出された雷神（笠置）が歌うのが、二月リリースの新曲「雷ソング」（作詞・野村俊夫）。レコードテイクを聴き慣れていると、この帝劇のステージ・パフォーマンスは新鮮である。フルオーケストラによるスピーディなブギウギは、まさに奇跡のライブである。

この上演中の三月十一日、ハリウッドで出会ったベティ・ハットンが帝劇を表敬訪問、笠置と旧交を温めている。

この「雷ソング」は、「浮かれ源氏」の直前に公開された大映映画『生き残った弁天様』（二月二九日・久松静児）でも新曲としてクライマックスに登場する。虎の毛皮のツーピースで肌もあらわに雷スタイルのシヅ子が、腰につけた太鼓を叩きながら「ピカピカゴロゴロ」と勢いよく歌い出す。

おそらく、そのまま帝劇の雷神の衣装になったのだと映画を観ながらイメージできる。ベテラン古川緑波から売り出し中の森繁久彌まで、オールスター喜劇人総出演の音楽喜劇で、そのメインがシヅ子である。発掘音源とこうした映像を改めて聴いて観ると、笠置シヅ子がもたらしたパワーを実感することができる。

47 七福神ブギ

娘のためにステージに立つ

「ブギウギ」で戦後リズム歌謡の時代を牽引してきた笠置シヅ子と服部良一コンビの「黒田ブギー」（作詞・村雨まさを）以来となる「ブギウギ」レコードが、映画『生き残った弁天様』（二月二九日・大映・久松静児）の主題歌として、サンフランシスコ平和条約発効直前、一九五二（昭和二七）年二月にリリースされた「七福神ブギ」である。カップリングは前述の「雷ソング」。

この映画は米軍大佐チャールズ・J・ミラゾーが、シヅ子のためにストーリーを考案したミステリー・コメディ。戦時中の慰問団に参加していたシヅ子、古川ロッパ、杉狂児、川田晴久、森繁久彌たちが、秘匿現金をめぐる伍長殺人事件を目撃。戦後、パフォーマーとして成功した彼らを集めたバラエティ・ショウのさなかに、目撃者が次々と殺される。といったストーリーに、笠置の歌、森繁の珍芸、ロッパの旦那芸、杉のマジックなどのパフォーマンスが盛り込まれていく。

笠置ファンの米軍大佐の肝煎り企画なので、主題歌「七福神ブギ」はじめ「タンゴ物語」（作詞・村雨まさを）、「ジャングル・ブギー」「雷ソング」とシヅ子のパフォーマンスがふんだんに楽しめる。映画の冒頭、七福神の扮装でロッパの布袋、杉の寿老人、川田の福禄寿、森繁の毘沙門天たちが登場、弁天様スタイルの笠置のMCでそれぞれを紹介。エンディングでもリフレインされる。これがシヅ子にとってブギウギを冠した最後のレコードとなった。

「買物ブギー」を創作した服部良一のコメディ・センスが光るのが、この年六月にリリースされた「タンゴ物語」。戦前から日本で流行してきたリズムの系譜は、ブルース、スウィング、ブギウギといずれも服部が流行歌にして日本人に親しまれてきた。ブルースやジャズが流行する前、戦前のダンス・ホールで流行したのがタンゴだった。

皆に親しまれている「タンゴ」のルーツは、スペインでもアルゼンチンでもなく、実は日本で、しかも天橋立で知られる京都府の宮津発祥、という珍説から始まる。「丹後（半島）の宮津か」「宮津のタンゴか」という洒落である。サウンドはこれまでの服部リズム歌謡同様、お馴染みのタンゴをフィーチャーしての凝ったアレンジ。これも優れたノヴェルティ・ソングである。

帝劇「浮かれ源氏」上演中に公開された『惜春』（三月二八日・新東宝・木村恵吾）は、ブギの女王として多忙な妻・シヅ子が関西への公演旅行中に、夫・上原謙が家事の手伝いに来た女性・山根寿子と恋に落ちるメロドラマ。ハードスケジュールの「ブギの女王」を逆手にとっての企画で、シヅ子の出番は冒頭とラストシークエンスだけ。おそらく「浮かれ源氏」準備中に一日か二日で撮影されたものだろう。未見だったが映画研究家の下村健氏のご厚意で観ることができた。

出番は最初と最後だけだが、シヅ子のパフォーマンスは圧倒的。自宅のリビングでバンドを従えての「ボン・ボレロ」（作詞・村雨まさを・五二年二月十五日）は、新興宗教にハマった両親が毎日お題目の太鼓を叩いている。ある日母親から「お前はジャズが好きでドラムが好きなら太鼓のリズムに変わりはないから」と、信者と一緒に「太鼓を叩いて歌いなさい」と言われて、イワシの頭も信心とばかりに「どんつくどん」「踊る宗教か、宗教の娘か」とゴキゲンなブギとなる。この頃、世の中を騒がせていた「踊る宗教」ブームを風刺したノヴェルティ・ソング。拍子木を叩きながらリズミカルに歌う、なかなかの傑作。「買物ブギー」の戯作精神に通じる。

続いて「黒田ブギー」（作詞・村雨まさを・五一年九月十五日）を歌う。イントロは戦前、バートン・クレーンが自作を歌って大ヒットした「酒がのみたい」のメロディを入れ込んで唄い出す。酔っ払いの心境、ご乱行を描いたドランク・ソングの傑作。「黒田節」ならぬ「黒田ブギー」のおかしさ。服部の戯作精神が楽しい。

『惜春』は大映出身のベテラン監督、木村恵吾らしい男女の細やかな愛情を描いた佳作だが、ここでのシヅ子は、「社会現象」を巻き起こしている「ブギの女王」としてカリカチュアされている。

まだ神風タレントという言葉はなかったが、実際、多忙な日々を過ごしていた。この時、笠置シヅ子は三七歳、娘・ヱイ子は四歳の可愛いさかりだった。シヅ子は、目に入れても痛くない可愛い娘のために、懸命にステージに立ち、自分の歌やパフォーマンスを笑顔と喝采で迎えてくれるファンのために、走り続けていた。

当時の雑誌や新聞に、笠置シヅ子の自宅訪問記事がしばしば掲載されている。世田谷区の弦巻町に瀟洒な家を建て、娘との生活を大切にしていた様子がこうした記事から伺える。雑誌「平凡」昭和二七年一月号の巻頭グラビア「ブギウギ会見　笠置さんの新居を訪ねた灰田さん」には、灰田勝彦が笠置宅を訪ねるというシチュエーションで、撮影のために着飾ってはいるが母娘の睦まじい姿が活写されている。

48 テレビ・ミュージカルショウ

草創期のテレビへの挑戦

一九五三（昭和二八）年二月一日、NHKがテレビ放送を開始した。日本でのテレビ放送の準備は戦前にさかのぼる。笠置シヅ子が、松竹楽劇団（SGD）で活躍していた三九（昭和十四）年五月十三日、初のテレビ公開実験が行われた。世田谷にあったNHK放送技術研究所から、十三キロ先の新放送会館で受信。大きな話題となった。そして一九四〇（昭和十五）年四月十三日、日本初のテレビドラマ「夕餉前」の実験放送が行われたが、戦争により実用化は中断され、戦後初の公開実験が行われたのは「東京ブギウギ」がヒットしていた一九四八（昭和二三）年になってからだった。

さて一九五三年二月一日（日曜日）、記念すべきテレビ初放送の日に、笠置シヅ子が出演している。当然のことながら、当時はニュースもドラマも全て生放送。ニュース、天気予報に続いて一九時三〇分から、人気ラジオ番組のテレビ版「今週の明星」が日比谷公会堂からラジオとのサイマル放送（同時放送）で中継された。出演は、霧島昇、笠置シヅ子、高倉敏ほかと、新聞のラテ欄にある。

トップスターだったシヅ子は、ステージ、映画、ラジオに加えて「テレビジョン」という新しいメディアからも引っ張りだことなる。この年、四月七日（火曜）には、NHKで二〇時から、笠置主演の「ミュージカルショウ・美人島上陸」（作・山下与志一）が放送された。音楽は服部良一、演奏は笠置の専属バンド、楽団クラック・スター。シヅ子はサルタン（内村軍一）の娘で、美人島に上陸した漫画家に千葉信男、カメラマンに三木のり平。NHKラジオ「冗談音楽」で一世を風靡した三木トリロー・グループの二人が共演。

この「ミュージカルショウ」はレギュラー枠で、五月十二日（火曜）にも、笠置主演の「東京カナカ娘」がオンエアされている。出演は千葉信男、太宰久雄。のちに「男はつらいよ」シリーズでタコ社長を演じる太宰はこの時、NHK放送劇団に所属。こうしたミュージカル番組や軽演劇などに顔を出していた。七月十五日に「ウェーキは晴れ」(作詞・村雨まさを)とカップリングでレコード発売された「東京のカナカ娘」(同)は、この回の主題歌。

当時の資料によれば、笠置シヅ子は、この「ミュージカルショウ」枠に、月一回のペースで出演している。いずれも、作・構成は山下与志一、音楽は服部良一、演奏は楽団クラック・スターで、おそらくは映画やステージ同様、笠置のヒット曲の替え歌や、番組のために服部が書き下ろした新曲も披露していたと思われる。

六月九日(火曜)には、「陽気なママさん」で、コロムビア・ナカノ・リズム・ボーイズ出身の歌手・高倉敏、川田義雄とミルク・ブラザース出身のコメディアン・有木三太、戦前、エノケン一座で「女エノケン」と呼ばれた武智豊子がクレジットされている。ちなみに有木三太は、この頃、俳優座の若手だった仲代達矢の叔父にあたる。

七月二八日（火曜）の「アルプスの人気娘」では、千葉信男、武智豊子、山田周平が共演。おそらくキャストは、レギュラー陣が様々な役を演じていたのだろう。

九月八日（火曜）は「この世もたのし」で、共演はブーちゃんのニックネームで親しまれたジャズピアニスト・市村俊幸、三木トリロー「日曜娯楽版」のシンガーだった楠トシエ。さらに服部リズム・シスターズもクレジットされている。

十月十三日（火曜）には「私は魔女よ」が放映され、昭和三〇年代の喜劇映画に外国人役で出演していたジョージ・ルイカー、服部リズム・シスターズが共演。十一月十日（火曜）は「ミュージカルショウ　セントルイスの娘」と、この枠は三年間続く人気番組だった。

シヅ子が、実際にどんなナンバーを歌ったのかは不明だが「タンゴと娘」（五四年二月九日）、「恋はほんまに楽しいわ」（三月九日）、「歌は翼にのって」

（五月二五日）、「お祭り騒ぎが大好きよ」（木曜・七月八日）、「君忘れじの河」（八月十二日）、「陽気なママさん」（九月九日・十月二日）、「サンタクロースの孫娘」（土曜・十二月十一日）とタイトルだけでも楽しい。服部にとってもテレビのミュージカル番組は、新しい音楽創作の場になっていたのだろう。

この番組は、放送時間を移動しながら、一九五五（昭和三〇）年も続いて「マンゴうりの娘」（五月十一日）、「カナリヤ姫の結婚」（六月八日）、「これは失礼番号違い」（八月十七日）、「陽気なサンバ」（九月七日）と毎月オンエアされている。

この頃になると、演奏は東京マンボオーケストラ、少女歌手・宮城まり子も出演。益田隆舞踊団などダンス・グループも加わり、よりバラエティに富んだものとなっている。

記録によれば「ミュージカルショウ」へのシヅ子の出演は、一九五五年十一月二三日（水曜）「河は生きている」まで続いている。出演はバレエダンサーの近藤玲子、ハリウッド帰りの中村哲、日劇「ジャズ・カルメン」（四七年）

でホセを演じた石井亀次郎と、ミュージカル番組らしいキャスティングである。

テレビ草創期、笠置シヅ子と服部良一が、三年に渡って作ってきたテレビミュージカルは、これまでの笠置シヅ子と服部良一研究ではノーマークだった。遅れてきた世代にとっては興味津々である。

49 ジャジャムボ

歌手引退を決意

一九五四（昭和二九）年五月十五日、ビル・ヘイリー&ヒズ・コメッツの「ロック・アラウンド・ザ・クロック」がアメリカでリリースされた。ロックンロールの誕生である。この曲は映画『暴力教室』（五五年・MGM・リチャード・ブルックス）の主題歌となり、世界的なロックンロール・ブームを巻き起こした。

日本では文化放送のラジオ「ユア・ヒット・パレード」の一九五五（昭和三〇）年一月八日付の放送で一位となり、十一月には江利チエミ、ダーク・ダックスがそれぞれ日本語カヴァーをリリース。とはいえ、チエミもダークも、新しい洋楽、最新のジャズ・ソングとして歌ったのである。

一九四七（昭和二二）年、服部良一が、乳飲児を抱えた笠置シヅ子の再起曲として、念願の「ブギウギ」のリズムを取り入れて「東京ブギウギ」を生み出したように、その後、様々なニューリズムが、目まぐるしく世界を駆け巡っていた。

笠置と服部コンビの「リズム歌謡」は、ブギウギからビ・バップと時流とともに変化してきた。「コンガラガッタ・コンガ」（五三年十月・作詞・村雨まさを）はラテンのダンス・ミュージックであるコンガを取り入れ、恋の大混戦をコミカルに「惚れたの晴れたの」とリズミカルに歌い上げる。

服部の弟子で美空ひばりの「お祭りマンボ」（五二年）を作詞作曲した原六朗による「私の猛獣狩」（五五年一月十五日）は、「買物ブギー」の要領で猛獣たちが次々と登場するが、ゴリラにゴジラと、前年十一月三日に公開された『ゴジラ』（五四年・東宝）まで登場する。

キューバ出身のペレス・プラード楽団の「マンボNo.5」（五〇年）をきっか

けに空前のマンボ・ブームが到来した。服部も笠置のために、このニューリズムを取り入れた「ジャンケン・マンボ」（作詞・村雨まさを）、「エッサッサ・マンボ」（同）を作詞・作曲、一九五五（昭和三〇）年六月十五日にリリースされた。

自由自在のヴォーカル、ユーモラスな歌詞、リズム重視のアレンジは、ここでも健在で大ヒットには至らなかったが、リズム歌謡史に残る佳曲である。いずれの曲もリズムの真ん中に笠置シヅ子の声があるのがすごい。

一九一四（大正三）年生まれの笠置は、この時すでに四十歳を過ぎていた。時代の変化の波に乗ってニューリズムを歌い続け、そのパワーは衰えることを知らなかった。

一九五六（昭和三一）年一月二一日から二月三日にかけて、有楽町・日劇「爆笑ミュージカルス たよりにしてまっせ」十二景（作・演出・高木史朗音楽・服部良一、広瀬健次郎ほか）に出演。これはミヤコ蝶々、南都雄二の宝塚新芸座のユニット出演で、笠置の新曲「たよりにしてまっせ」（作詞・吉田みなを、村雨まさを）をフィーチャーした音楽喜劇。

「たよりにしてまっせ」とのカップリングで、旗照夫とのデュエット「ジャジャムボ」がコロムビアからレコード・リリースされたのが、一月十日。二曲ともマンボ・アレンジが際立っていて、よりリズムが強調されている。「たよりにしてまっせ」は笠置のネイティヴである関西弁をフィーチャーしてのコミカルな「夫婦善哉」ソング。蝶々・雄二のイメージにピッタリ。

そして「ジャジャムボ」は、日本の男性ファッションモデル第一号のスタンダード歌手で日劇を中心に活躍していた旗照夫とのデュエットだが、甘いラブソングではなく、法華経のリズムにヒントを得た和製マンボ。法華経のお題目をリズム歌謡にした「ボン・ボレロ」をさらにスタイリッシュにブラッシュアップ。リズムはマンボだが、メロディはエキゾチックなチャイナ風、沖縄民謡のテイストを盛り込んでいる。

当時は、残念ながらヒットはしなかったが、服部は四年後に「カルメン」を現代に置き換えた香港映画『野玫瑰之戀』（六〇年・王天林）の音楽を手がけ、その中で「ジャジャムボ」をカヴァー、主演のグレース・チャンがマラカスを振りながら中国語で歌う。これがアジアで大ヒット、その後も台湾出身の伊能静（アニー・ユイ）などが唄って、スタンダード・ポップスとなっている。笠置シヅ子の最後の曲が、海外でカヴァーされ続けているのは興味深い。

この年の経済白書には「もはや戦後ではない」と書かれた。アメリカではロックンロールの申し子、エルヴィス・プレスリーが「ハートブレイク・ホテル」でメジャーデビュー。兄・石原慎太郎の芥川賞受賞作の映画化『太陽の季節』（五六年五月十七日・日活）で銀幕に登場した石原裕次郎が『狂った果実』（七月十二日・日活）で初主演してたちまちスターとなる。戦後派の若者たちにより、世界中のカルチャーが激変していく。

大きく時代が変わろうとしていた。この年、笠置シヅ子は活躍の場をテレビへとシフト。四月四日スタートした連続ドラマ「ぼんぼん頑張る」（〜七月四日・KR）では、前年の東映ニューフェイス・高倉健と共演している。十月一日と八日にはかつて舞台、映画で演じた「エノケンのお染久松　前後編」（ＫＲ）をスタジオドラマ化、二週に渡って放送された。

やがて大晦日の第七回ＮＨＫ紅白歌合戦に大トリとして出場。「ヘイヘイブギー」を歌ったのを最後に、ゆるやかに歌手から引退することになる。その理由、真相は、当人以外には知るよしもないが、パワフルに歌って踊って芝居をする「歌う喜劇女優」「ミュージカル・アクトレス」としての檜舞台から引退を決意したのだ。

一九二七（昭和二）年、十三歳で松竹楽劇部に入り、大阪・松竹座での初舞台からちょうど三〇年を迎えようとしていた。笠置シヅ子は自分が築いてきた輝かしいキャリアを自ら汚したくない、と四二歳で、きっぱりと歌手からの引退を心に決めたのである。

50 ホンマによう言わんわ

潔く生きた人生

一九八五（昭和六〇）年三月三〇日、笠置シヅ子こと亀井静子は、東京・杉並区の病院で七〇歳の生涯を閉じた。

一九四七（昭和二二）年、「東京ブギウギ」をレコーディングしてから九年間「ブギの女王」としてステージに、映画に、レコードにとパワフルな活動をしてきた笠置シヅ子は、四二歳、そのキャリアのピークでゆるやかに歌手としての引退を決意した。

とはいえ、一九五七（昭和三二）年五月には新宿コマ劇場「クルクル・パレード」に主演、クライマックスにはロックンロールを歌っている。これが最後の「歌って踊る」ステージとなった。その後も、服部良一プロデュースのミュージカル団体「凡凡座」にも出演。時折、ステージで歌っており、コロムビアとの専属契約もそのままだった。これまでのレコードやステージ中心の生活から、マイペースで出来る俳優の道を選んだのである。

笠置シヅ子と入れ替わるように、石原裕次郎が映画デビューを果たし、歌手としても活動を始めた。昭和二〇年代が笠置の時代だったとするなら、続く三〇年代は裕次郎の時代となった。

笠置の没後、服部良一は文藝春秋への寄稿「回想の笠置シヅ子」で思い出を綴っている。

年齢を重ねるうちに高いキーの声が出なくなり、音程を下げることは誰もがやっていたが「しかし彼女の場合はある日突然歌を止めてしまったので驚いた。はたから見た限りでは全然変わらないのに、彼女は自分自身の限界をさとってしまったのか、（中略）常に妥協を許さないきびしい人で、うっかり冗談もいえない人だったが、ほとんど最盛期と言ってもよい時期に、ファンに最高の思い出を残して音の世界から消えてしまったのである」

（「文藝春秋」八五年六月号）

シヅ子は「ああ、しんど」と現役の「ブギの女王」であることをやめてしまった。しかし、芸能界を引退したわけでなく、誰もが認める「大阪のおばちゃん」キャラクターを活かして、年相応、自分に相応しい役柄を映画、テレビで演じ続けた。歌手引退宣言をした直後、駆け出しの俳優のギャラで構わないので使って欲しいと、テレビ局や映画会社を回ったという。

その初仕事が、ラジオ東京テレビ（のちのＴＢＳ）のスタジオドラマ「雨だれ母さん」（五七年一月八日〜七月十六日）だった。脚本は名匠・五所平之助とベテラン舘岡謙之助。下町を舞台に逆境をものともせずに二人の子供を明るく育てる「おかあちゃん」役は、笠置のセルフイメージそのものだった。

昭和三〇年代から四〇年代にかけて、バイプレイヤーとしても数々の映画に出演した。水谷良重（現・水谷八重子）主演『アトミックのおぼん　女親分対決の巻』（六一年・東京映画・佐伯幸三）では、スリの親分・ヌーベル婆ちゃんをコミカルに演じ、軽演劇出身で当時、テレビで大人気のコメディアン、渥美清との丁々発止を見せてくれた。

映画で印象的なのは、吉永小百合と浜田光夫主演『愛と死をみつめて』（六四年・日活・斎藤武市）で、ミヤコ蝶々、北林谷栄と共に演じた入院患者のおばちゃん役。斎藤武市監督に伺った話では「どうしても笠置さんのキャラクターが欲しかった」とオファーしたという。

日活で石原裕次郎と名コンビだった舛田利雄監督が、『河内ぞろ　どけち虫』（六四年・日活）で河内のゴッドマザー的な母親役にシヅ子を抜擢したのも「買物ブギー」のおばはんに出て欲しかったと、筆者に話してくれた。最初、シヅ子は固辞したが、舛田が説得して出演した。舛田がシヅ子のために用意したセリフが「ホンマによう言わんわ」だった。

誰もがシヅ子をリスペクトしていた。『喜劇大安旅行』（六八年・松竹）で、シヅ子は新珠三千代の母親役で出演。劇中で伴淳三郎とゴールインしてラストがその新婚旅行だった。可愛らしいおばちゃんキャラで、往年のイメージを踏襲していた。これも瀬川昌治監督の猛烈なラブコールに応えてのことだった。ちなみに瀬川監督は、戦前からシヅ子の才能を評価していた瀬川昌久先生の弟である。

いずれの監督も、「ブギウギ・ブーム」の渦中、若者として撮影所を走り回っていた。現場で一緒になった人も、そうでない人も「この役は笠置シヅ子で」とイメージしてキャスティングしていた。

黒澤明『野良犬』(四九年・映画芸術協会＝新東宝)で焼け跡の風景に、「東京ブギウギ」が流れるが、これはリアルタイムの風俗描写だった。以後、映画やテレビで敗戦後の混乱期、闇市などのシーンにはかなりの確率で「東京ブギウギ」が流れている。

一九七〇年代になると「懐かしのメロディ」的な企画で、戦前、戦後のスター歌手たちが集結して、往年のヒット曲を歌う「懐メロ番組」が数多く作られた。

しかしシヅ子は、すでに歌手は引退しているので、とさまざまなラブコールを断り続けた。その潔さこそ、笠置シヅ子であり、彼女の生き方でもあった。

それゆえ、遅れてきた世代は、全盛期の彼女の歌声を聴く喜びがあり、映画に記録されたパフォーマンスを体感することができる楽しみがある。

笠置シヅ子と服部良一が残した五十数曲のレコードセッションは、二一世紀を生きるぼくたちに、様々なことを教えてくれる。戦前ジャズの豊かさ、敗戦後の人々の生きる糧になったブギウギ…。

笠置シヅ子のパワフルな歌声、息遣いに、未体験の時代を感じることができる。時空を超えて、今を生きるぼくたちに限りないチカラを与えてくれるのである。

あとがき

ぼくは一度だけ、有楽町・日劇のステージに立つ笠置シヅ子を、客席から観たことがあります。一九八一（昭和五六）年二月二五日「サヨナラ日劇フェスティバルあゝ栄光の半世紀」の最終日でした。

子供の頃、毎週日曜午後一時から「家族そろって歌合戦」（ＴＢＳ）の審査員として笠置シヅ子の関西弁を聞いていました。クレンザーのＣＭの「大阪のおばちゃん」が「東京ブギウギ」を歌ったという話は、両親から聞いてましたが、遠い昔の出来事のようでもありました。

笠置シヅ子は、歌手引退後、レコードはもちろん、テレビやラジオ、映画で「歌って欲しい」と頼まれても「鼻歌すら歌わなかった」との伝説があります。しかし歌手引退後、一曲だけ新曲をレコーディングしていました。

一九五九（昭和三四）年一月、「新おてもやん」（作詞・村雨まさを、岩瀬ひろし）、コーラスは服部リズムシスターズ、豊吉、豊寿、豊文、豊静の三味線入りのリズム民謡です。

残念ながらレコードは未発売でしたが、没後四年に発売された三枚組CD「ブギの女王　笠置シヅ子」に収録。これが、ぼくたちが聞くことができる最新の笠置シヅ子の歌声です。四四歳の彼女の歌声には、パワフルな「ブギの女王」というより、コメディエンヌ、名バイプレイヤーとしての貫禄を感じます。

戦後、彼女が出演した映画のほとんどは現存していますが、ソフトパッケージ化されたのはわずか数作です。黒澤明監督の『酔いどれ天使』以外、気軽に観ることはできません。二〇二三年のNHK連続テレビ小説「ブギウギ」で、笠置シヅ子が注目されたことを機に、気軽に観られるようになればと願います。「ブギの女王」の全盛期のパフォーマンスが詰まった貴重な「時代の記録」なのですから。

笠置シヅ子は、時空を超えて、これからも若い世代に、驚きともに発見され、そのたびに「ブギの女王」の時代に注目が集まるはずです。本書がそのガイドになれば幸いです。

本書を執筆するにあたり、多くの方々のご協力を得ました。企画・編集の興陽館の本田道生さん、盟友の作家・中川右介さん、龍谷大学教授・マイケル・ファーマノスキーさん、ＳＫＤ研究の第一人者・小針侑起さん、「あきれたぼういず」研究者・胡弓かなたさん、映画資料は佐藤俊哉さん、芸能誌は隅石覧さん、映画研究者・下村健さんには未見の映画を観せて頂き、日本コロムビアの衛藤邦夫さんにはサポートとサジェッションを頂きました。

そして「笠置シヅ子資料室」の小杉仁子さん、笠置シヅ子さんのご息女・亀井ヱイ子さんには的確なアドバイスとサジェッションを頂いて、本書をまとめることができました。ありがとうございます。

二〇二三（令和五）年八月九日
佐藤利明

【参考文献】

『歌う自画像　私のブギウギ傳記』笠置シヅ子　北斗出版社　一九四八年
『日本のジャズ史　戦前戦後』内田晃一　スイング・ジャーナル社　一九七六年
『ビギン・ザ・ビギン―日本ショウビジネス楽屋口』和田誠　文藝春秋　一九八二年
『ジャズで踊って　舶来音楽芸能史』瀬川昌久　サイマル出版会　一九八三年
『唄えば天国ジャズソング　命から二番目に大事な歌』色川武大　ミュージック・マガジン　一九八三年
『僕の音楽人生　エピソードでつづる和製ジャズソング史』服部良一　日本文芸社　一九九三年
『ニッポン・スウィングタイム』毛利眞人　講談社　二〇一〇年
『東宝と松竹　興行をビジネスにした男たち』中川右介　光文社　二〇一八年
『昭和ブギウギ　笠置シヅ子と服部良一のリズム音曲』輪島裕介　ＮＨＫ出版新書　二〇二三年

【参考ＣＤ】

「日本のポップスの先駆者たち　ブギの女王　笠置シヅ子」日本コロムビア
一九八九年
「日本のポップスの先駆者たち　服部良一　僕の音楽人生」日本コロムビア
一九八九年
「東京の屋根の下～僕の音楽人生　1948～1954［ビクター編］」ビクターエン
タテインメント　二〇〇五年
「大大阪ジャズ」ぐらもくらぶ　二〇一四年
「ブギウギ伝説　笠置シヅ子の世界」日本コロムビア　二〇一四年
「日本クリスタルレコード　幻のジャズ・ポピュラー全集　～1935～」ぐらもく
らぶ　二〇一八年
「笠置シヅ子の世界～東京ブギウギ～」日本コロムビア　二〇二三年

【協　力】
笠置シヅ子資料室、日本コロムビア株式会社、全線座株式会社、銀座15番街、保
利透（ぐらもくらぶ）、毛利眞人、鈴木宣孝、輪島裕介、佐藤成

笠置シヅ子　ディスコグラフィー

【コロムビア】

恋のステップ
作詞：高橋掬太郎　作曲・編曲：服部ヘンリー
三笠静子、大阪松竹少女歌劇声楽部、大阪松竹管絃楽団
28014-A　1934年8月7日
大阪松竹少女歌劇「カイエ・ダムール（愛の手帳）」主題歌

ラッパと娘
作詞・作曲・編曲：服部良一
コロムビア・オーケストラ
30476-A　1939年12月15日

センチメンタル・ダイナ
作詞：野川香文　作曲・編曲：服部良一
コロムビア・オーケストラ
100006-A　1940年3月20日

セントルイスブルース
作詞：大町龍夫　編曲：服部良一
コロムビア混声合唱団　コロムビア・オーケストラ
100015-A　1940年4月20日

ペニイ・セレネード
作詞：藤浦洸　編曲：服部良一
コロムビア・リズム・シスターズ、コロムビア・オーケストラ
100047-A　1940年6月20日

ホット・チャイナ
作詞：服部龍太郎　作曲・編曲：服部良一
コロムビア・オーケストラ
100104-B　1940年9月20日だったが発売中止

美はしのアルゼンチナ
作詞：原六郎　編曲：服部良一
コロムビア・オーケストラ
100303-B　1941年7月20日

センチメンタル ダイナ
作詞：野川香文　作曲：服部良一
コロムビア・スウヰング・バンド
A196-A　1946年11月

アイレ可愛や
作詞：藤浦洸　作曲：服部良一
コロムビア・スウヰング・バンド
A196-B　1946年11月

コペカチータ
作詞：村雨まさを　作曲：服部良一
コロムビア・オーケストラ
A315-A　1947年11月

セコハン娘
作詞：結城雄二郎　作曲：服部良一
コロムビア・オーケストラ
A315-B　1947年11月

東京ブギウギ
作詞：鈴木勝　作曲：服部良一
コロムビア・オーケストラ
A339-A　1948年1月
東宝映画『春の饗宴』主題歌

さくらブギウギ
作詞：藤浦洸　作曲：服部良一
コロムビア・オーケストラ
A364-B　1948年3月

ヘイヘイブギー
作詞：藤浦洸　作曲：服部良一
コロムビア・オーケストラ
A391-A　1948年4月
大映映画『舞台は廻る』主題歌

恋の峠路
作詞：藤浦洸　作曲：服部良一
コロムビア・オーケストラ
A391-B　1948年4月
大映映画『舞台は廻る』主題歌

博多ブギウギ
作詞：藤浦洸　作曲：服部良一
コロムビア合唱団、コロムビア・オーケストラ
A411-A　1948年5月

北海ブギウギ
作詞：藤浦洸　作曲：服部良一
コロムビア合唱団、コロムビア・オーケストラ

A447-A　1948年９月
北海道蓄音器商組合創立十五周年記念

大阪ブギウギ
作詞：藤浦洸　作曲：服部良一
コロムビア・オーケストラ
A448-A　1948年9月
復興大博覧会記念

ジャングル・ブギー
作詞：黒沢明　作曲：服部良一
コロムビア・オーケストラ
A472-A　1948年11月

ブギウギ時代
作詞：村雨まさを　作曲：服部良一
コロムビア・オーケストラ
A472-B　1948年11月

あなたとならば
作詞：藤浦洸　作曲：服部良一
コロムビア・オーケストラ
A529-A　1949年３月16日
新東宝映画「結婚三銃士」主題歌

ホームラン・ブギ
作詞：サトウハチロー　作曲：服部良一
コロムビア合唱団、コロムビア・オーケストラ
A558-B　1949年7月1日

ジャブジャブ・ブギウギ
作詞：天城万三郎　作曲：服部良一
コロムビア・オーケストラ
A619-A　1949年8月21日

ブギウギ娘
作詞：村雨まさを　作曲：服部良一
コロムビア・オーケストラ
A647-B　1949年11月21日

名古屋ブギウギ
作詞：藤浦洸　作曲：服部良一
コロムビア・オーケストラ
A672-A　1949年1月1日
名古屋タイムス社・昭和興業株式会社選定

情熱娘
作詞：藤浦洸　作曲：服部良一
演奏：コロムビア・オーケストラ
A673-A　1949年12月1日
松竹映画『脱線情熱娘』主題歌

ペ子ちゃんセレナーデ
作詞：東美伊　補作：藤浦洸　作曲：服部良一
コロムビア服部シスターズ、コロムビア・オーケストラ
A782-B　1950年3月20日
松竹映画『ペ子ちゃんとデン助』主題歌

買物ブギー
作詞：村雨まさを　作曲：服部良一
コロムビア・オーケストラ

A822-B　1950年6月15日

アロハ・ブギ
作詞：尾崎無音　補作：藤浦洸　作曲：服部良一
クラック・スター
A1052-A　1950年12月10日

ロスアンゼルスの買物
作詞：村雨まさを　作曲：服部良一
クラック・スター
A1052-B　1950年12月10日

ザクザク娘
作詞：サトウハチロー　作曲：服部良一
コロムビア・オーケストラ
A1096-A　1951年2月10日
松竹映画『ザクザク娘』主題歌

モダン金色夜叉
作詞：村雨まさを　作曲：服部良一
共演：堺駿二　クラック・スター
A1096-B　1951年2月10日
松竹映画『ザクザク娘』主題歌

黒田ブギー
作詞：村雨まさを　作曲：服部良一
クラック・スター
A1207-A　1951年9月15日

ほろよいブルース
作詞：村雨まさを　作曲：服部良一

クラック・スター
A1207-B　1951年9月15日

オールマン・リバップ
作詞：村雨まさを　作曲：服部良一
コロムビア・オーケストラ
A1239-A　1951年10月20日

ハーイ・ハイ
作詞：村雨まさを　作曲：服部良一
コロムビア・オーケストラ
A1239-B　1951年10月20日

ボン・ボレロ
作詞：村雨まさを　作曲：服部良一
コロムビア・オーケストラ
A1319-A　1952年2月15日

ホット・チャイナ
作詞：村雨まさを　作曲：服部良一
コロムビア・オーケストラ
A1319-B　1952年2月15日

雷ソング
合作詞：野村俊夫、村雨まさを　作曲：服部良一
コロムビア・オーケストラ
A1367-A　1952年2月
大映映画『生き残った弁天様』主題歌

七福神ブギ
作詞：野村俊夫　作曲：服部良一

コロムビア・オーケストラ
A1367-B　1952年２月
大映映画『生き残った弁天様』主題歌

タンゴ物語
作詞：村雨まさを　作曲：服部良一
コロムビア・オーケストラ
A1424-A　1952年６月15日

たのんまっせ
作詞：藤浦洸　作曲：服部良一
コロムビア・オーケストラ
A1645-A　1953年４月15日

おさんどんの歌
作詞：藤浦洸　作曲：服部良一
コロムビア・オーケストラ
A1645-B　1953年４月15日

東京のカナカ娘
作詞：村雨まさを　作曲：服部良一
コロムビア・オーケストラ
A1705-A　1953年７月15日

ウエーキは晴れ
作詞：村雨まさを　作曲：服部良一
コロムビア・オーケストラ
A1705-A　1953年７月15日

コンガラガッタ・コンガ
作詞：村雨まさを　作曲：服部良一

コロムビア・オーケストラ
A1766-A　1953年10月15日

恋はほんまに楽しいわ
作詞：村雨まさを　作曲：服部良一
コロムビア・オーケストラ
A1766-B　1953年10月15日

私の猛獣狩
作詞・作曲：原六郎
コロムビア・オーケストラ
A2195-A　1955年1月15日

めんどりブルース
作詞・作曲：原六郎
コロムビア・オーケストラ
A2195-B　1955年1月15日

エッサッサ・マンボ
作詞：服部鋭夫　作曲：服部良一
東京マンボ・オーケストラ
A2297-A　1955年6月15日

ジャンケン・マンボ
作詞：村雨まさを　作曲：服部良一
コロムビア合唱団、東京マンボ・オーケストラ
A2297-B　1955年6月15日

ジャジャムボ
作詞：村雨まさを　作曲：服部良一
共演：旗照夫　コロムビア合唱団、東京マンボ・オーケストラ

A2470-A　1956年1月10日

たよりにしてまっせ
作詞：吉田みなを・村雨まさを　作曲：服部良一
東京マンボ・オーケストラ
A2470-B　1956年1月10日

東京ブギウギ
作詞：鈴木勝　作曲：服部良一
コロムビア・オーケストラ
SA78-A　録音：1955年11月15日　発売：1958年1月15日

買物ブギー
作詞：村雨まさを　作曲：服部良一
コロムビア・オーケストラ
SA78-B　録音：1955年11月15日　1958年1月15日

男はうそつき
作詞・作曲：原六郎
コロムビア・オーケストラ
録音:1955年6月（当時未発売）※CA-2894～6収録（CD）発売:1989年1月21日

新おてもやん
作詞：村雨まさを・岩瀬ひろし　作曲：服部良一
服部リズムシスターズ、三味線：豊吉、豊寿、豊文、豊静
コロムビア・オーケストラ
録音:1959年1月（当時未発売）※CA-2894～6収録（CD）発売:1989年1月21日

【タイヘイ】
桜咲く国
作詞：岸本水府　作曲：松本四良
タップ：芦原千鶴子
合唱：笠置シズ子、月ヶ瀬咲子、松月さえ子、及合唱団
松本四良指揮　松竹管絃楽団
21178-〔　1937年3月
松竹少女歌劇第十二回『春のおどり』主題歌

【ビクター】
信州ブギウギ（のちに改題・善光寺音頭）
作詞：佐伯孝夫　作曲：服部良一
ビクター・オーケストラ
企画・毎日新聞社
PR-1208　発売：不明（信州ブギウギ）
PR-1450　発売：1958年（善光寺音頭）

このディスコグラフィーは2023年８月現在、確認されているレコードをリストアップした。未確認の作品が今後も発見される可能性がある。
作成協力：衛藤邦夫（日本コロムビア）、小針侑起、保利透

笠置シヅ子　映画歌唱楽曲 1939 ～ 1955年

1939.12.30　弥次喜多　大陸道中　　松竹下加茂
監督：吉野栄作　原作：木村綿花　脚色：柳井隆雄
共演：高田浩吉、藤井貢、あきれたぼういず

1947.09.16　浮世も天国　　新東宝映画＝吉本プロ
監督：齋藤寅次郎　脚本：八住利雄
役名：サーカス団長　共演：横山エンタツ、花菱アチャコ、徳川夢声
楽曲：「♪アイレ可愛や」

1947.12.30　春の饗宴　　東宝
監督・脚本：山本嘉次郎　音楽：服部良一
役名：淡島蘭子　共演：池部良、轟夕起子、若山セツ子
楽曲：「♪私はキューピッド*」、「♪センチメンタル・ダイナ」、「♪東京ブギウギ」、「♪春の饗宴*」（共演：轟夕起子、橘薫）

1948.04.12　舞台は廻る　　大映東京
監督：田中重雄　原作：久生十蘭　脚色：八木沢武孝　音楽：服部良一
役名：笠間夏子　共演：斎藤達雄、三條美紀、若原雅夫
楽曲：「♪ラッパと娘」（共演：益田義一）、「♪恋の峠路」、「♪還らぬ昔」、「♪ヘイヘイブギー」（共演：マーガレットシスターズ）

1948.04.27　酔いどれ天使　　東宝
監督・脚本：黒澤明　脚本：植草圭之助　音楽：早坂文雄
役名：ブギを唄ふ女　共演：志村喬、三船敏郎、木暮実千代
楽曲：「♪ジャングル・ブギー」

1948.06.29　春爛漫狸祭　大映京都
監督・脚本：木村恵吾　音楽：服部良一
役名：タララ姫　共演：喜多川千鶴、明日待子、草笛美子
楽曲：「♪タヌキの祭*《ホット・チャイナ》」「♪チェリー・ブギ（インスト）」

1948.07.05　エノケンのびっくりしゃっくり時代　大映東京　島耕二
楽曲：「♪浮かれルンバ*」、「♪びっくりしゃっくりブギ*」（共演：榎本健一）

1948.12.31　歌ふエノケン捕物帖　新東宝＝エノケンプロ
監督：渡辺邦男　脚本：八住利雄　音楽：服部良一
役名：おさき　共演：榎本健一、藤山一郎、旭輝子
楽曲：「♪今日もあぶれたコラ亭主*《アイレ可愛や》」（共演：榎本健一）、「♪えらいこっちゃブギ*～小さな喫茶店」、「♪唄げんか*」（共演：榎本健一）、「♪ホウキブギウギ*《東京ブギウギ》」（共演：榎本健一）、「♪フィナーレ」（共演：榎本健一、藤山一郎、旭輝子）

1949.03.21　結婚三銃士　新東宝
監督：野村浩将　原作：中野実　脚色：柳井隆雄、池田忠雄　音楽：服部良一
役名：百合　共演：上原謙、高杉早苗、森赫子
楽曲：「♪あなたとならば」

1949.08.16　銀座カンカン娘　新東宝
監督：島耕二　脚本：中田晴康、山本嘉次郎　音楽：服部良一
役名：お春　共演：笠置シヅ子、灰田勝彦、岸井明
楽曲：「♪ナイナイ尽くし*」「♪ワン・エン・ソング」（共演：高峰秀子）、「♪銀座カンカン娘」（共演：高峰秀子、岸井明）、「♪ラッ

パと娘」、「♪ジャングル・ブギー」

1949.09.27　**果てしなき情熱**　新世紀プロ＝新東宝
監督：市川崑　脚本：和田夏十　音楽：服部良一
役名：雨宮福子　共演：堀雄二、月岡千秋、山口淑子、淡谷のり子
楽曲:「♪セコハン娘」、「♪私のトランペット*」、「♪ブギウギ娘」

1949.11.01　**エノケン・笠置の極楽夫婦**　新東宝＝エノケンプロ
監督：森一生　原作：中野実　脚色：松浦健郎　音楽：服部良一
役名：コナミ　共演：榎本健一、灰田勝彦、旭輝子

1949.12.08　**脱線情熱娘**　松竹大船
監督：大庭秀雄　脚本：山本嘉次郎、新藤兼人　音楽：服部良一
役名：情熱娘とし子　共演：原保美、堺駿二、河村黎吉、藤山一郎
楽曲:「♪情熱娘」、「♪ヴォルガの舟唄」、「♪ジャングル・ブギー」、「♪センチメンタル・ダイナ」、「♪アイレ可愛や」（共演：服部リズムシスターズ）、「♪東京ブギウギ」

1949.12.30　**エノケン・笠置のお染久松**　新東宝＝エノケンプロ
監督・脚本：渡辺邦男　脚本：藤田潤一　音楽：服部良一
役名：お染　共演：榎本健一、高杉妙子、あきれたぼういず
楽曲：「♪お染久松ルンバ*《浮かれルンバ》」「♪恋は目でする口でする*」「♪お祭りブギ*」、「♪お染久松ブギ*」「♪それは聞こえませぬ*」（以上共演：榎本健一）、「♪さらば野崎村*《ラバウル小唄》」（共演：榎本健一、高杉妙子）

1950.02.07　**銀座の踊子**　宝映プロ＝東宝
監督：田尻繁　脚本：八尋不二　音楽：紙恭輔
役名：笠置シヅ子　共演：灰田勝彦、岸井明、藤山一郎

楽曲：「♪タイガー・ブギ*」

1950.05.21　ペ子ちゃんとデン助　松竹大船
監督：瑞穂春海　原作：横山隆一　脚色：中山隆三　音楽：服部良一
役名：大中ペ子　共演：堺駿二、河村黎吉、日守新一
楽曲：「♪ペ子ちゃんセレナーデ」、「♪ラッキー・サンデー」、「♪ラッパと娘」、「♪買物ブギー」

1950.05.27　大岡政談　将軍は夜踊る　東宝
監督・脚本：丸根賛太郎　音楽：服部良一、伊藤宣二
役名：粗相尊者　共演：花菱アチャコ、柳家金語楼、岸井明
楽曲：「♪尊者は夜踊る*～さくらブギウギ」

1951.01.27　ザクザク娘　松竹大船
監督：大庭秀雄　脚本：池田忠雄、柳井隆雄、中山隆三、光畑碩郎　音楽：服部良一
役名：田村シヅ子　共演：堺駿二、若原雅夫、河村黎吉
「♪ザクザク娘」、「♪モダン金色夜叉」（共演：堺駿二）、「♪コペカチータ」、「♪ビギン・ザ・コンガ」、「♪ロスアンゼルスの買物」、「♪オールマン・リバップ～♪ハーイ・ハイ」

1951.03.24　桃の花の咲く下で　新東宝
監督・脚本：清水宏　脚本：岸松雄　音楽：服部良一
役名：阿彌子　共演：花井蘭子、北澤彪、柳家金語楼
楽曲：「♪ラッキー・カムカム」、「♪紙芝居ソング*」、「♪ワッホワッホ*」

1951.07.27　歌う野球小僧　大映東京
監督・脚色：渡辺邦男　原作：久米正雄　音楽：服部良一、灰田勝彦

役名：笠村アキ子女史　共演：灰田勝彦、岸井明、上原謙
楽曲:「♪即興ソング*」、「♪買物ブギー」、「♪ほろよいブルース」、「♪即興ソング*～ホームラン」（共演：灰田勝彦）、「♪即興ソング*～ガラス屋と洗濯屋」（共演：岸井明、灰田勝彦）、「♪会津磐梯山ブギ」、「♪野球するならホームラン《♪ロスアンゼルスの買物》」

1951.10.04　女次郎長ワクワク道中　大映京都
監督：加戸敏　原作：高桑義生　脚色：民門敏雄　音楽：服部良一
役名：おしづ　共演：ケニー・ダンカン、木戸新太郎、服部富子
楽曲：「♪オールマンリバップ」、「♪懐かしのタンゴ」、「♪博打ソング*」、「♪女次郎長ソング*」、「♪黒田ブギー」、「♪愛して頂戴」、「♪清水港は鬼より怖い*《清水次郎長伝》」、「♪水芸ビバップ*」、「♪フィナーレ*」（共演：服部富子、キドシン、エンタツほか）、「♪買物ブギー」

1952.02.29　生き残った弁天様　大映東京
監督：久松静児　原作：チャールズ・J・ミラゾー　脚色：高岩肇　音楽：服部良一
役名：笠井セツ子　共演：古川ロッパ、川田晴久、森繁久彌
楽曲:「♪七福神ブギ」、「♪タンゴ物語」、「♪ジャングル・ブギー」、「♪雷ソング」「♪七福神ブギ」（共演：古川ロッパ、川田晴久、森繁久彌、杉狂児ほか）

1952.03.28　惜春　新東宝
監督・脚本：木村恵吾　音楽：飯田三郎
役名：衣笠蘭子　共演：上原謙、山根寿子
「♪ボン・ボレロ」、「♪黒田ブギー」

1952.10.09　銭なし平太捕物帖　東映京都
監督：田中重雄　原作：シャンペン・クラブ同人　脚色：村松道平　音楽：服部良一
役名：ジャガタラお虎　共演：花菱アチャコ、横山エンタツ、柳家金語楼

1952.12.04　唄祭り清水港　松竹京都
監督：渡辺邦男　脚本：柳川真一、沢村勉　音楽：服部良一
役名：鳥追い女お静　共演：北上弥太朗、高田浩吉、高千穂ひづる
楽曲：「♪門付ソング*」、「♪石松ソング*」、「♪三十石船ソング*」、「♪三十石船ブギ*」、「♪新婚道中ソング*」、「♪次郎長ソング*」

1954.06.22　東京ロマンス 重盛君上京す　新東宝
監督：渡辺邦男　原作：西沢爽、寺島信夫　脚色：岸松雄　音楽：松井八郎
役名：清水キミ子　共演：森繁久彌、横山エンタツ、新倉美子
楽曲：「♪唄うおかみさん*」、「♪心配ご無用*《コンガラガッタ・コンガ》」、「♪支那そばソング*」（共演：森繁久彌）、「♪みんな来い*」

1955.04.24　のんき裁判　新東宝
監督・脚本：渡辺邦男　脚本：川内康範　音楽：松井八郎役名：弁護人　共演：藤田進、小林桂樹、安西郷子
「♪弁護人ブギ*」

*映画オリジナル曲、曲名不明のものは映画での歌唱シーンを確認して便宜上、筆者がつけた。

笠《かさ》置《ぎ》シヅ子《こ》ブギウギ伝《でん》説《せつ》
ウ《う》キ《き》ウ《う》キ《き》ワ《わ》ク《く》ワ《わ》ク《く》生《い》きる

2023年10月5日　初版第1刷発行

著　者　佐藤利明《さとうとしあき》

発行者　笹田大治
発行所　株式会社興陽館
〒113-0024　東京都文京区西片1-17-8　KSビル
TEL 03-5840-7820　FAX 03-5840-7954
URL https://www.koyokan.co.jp

協　力　亀井ヱイ子
装　丁　長坂勇司（nagasaka design）
校　正　新名哲明
編集補助　伊藤桂　飯島和歌子
編集人　本田道生

印　刷　惠友印刷株式会社
D T P　有限会社天龍社
製　本　ナショナル製本協同組合

Printed in Japan
ISBN978-4-87723-314-3 C0095